사임당의
붉은
비단보

사임당의 붉은 비단보

권지예

장편소설

자음과모음

초혼(招魂)

물 위를 흘러가는 나뭇잎? 바람을 타고 하늘을 나는 연? 아아,
내 몸이 왜 이리 가볍지? 그러다가 몸이 물에 가라앉듯 서서히 중
량감이 느껴진다. 동시에 등으로부터 전해져 오는 규칙적인 진동
이 몸을 깨운다.

비릿한 물비늘 냄새가 났다. 그러자 이(珥)의 의식이 먹을 빨아
들이는 한지처럼 순식간에 명료해졌다. 배! 그래, 여긴 배 안이지.
단오도 지나고 오월 보름도 지난 절기의 상큼한 새벽 공기가 살
갗에 스몄다. 한 달여, 평안도에서부터 조곡을 싣고 한강을 거슬
러 오는 돛배 안이다. 그러나 오늘은 왠지 다른 느낌으로 새날이
밝아온다.

불분명하고 모호한 꿈 사위에서 아직 완전히 헤어 나오지 못했

지만, 동쪽 하늘은 이미 푸른빛으로 차올랐다. 뱃머리가 향한 서쪽 하늘은 아직 박명(薄明)이었다. 새벽빛 속에서 이는 살짝 얼굴을 붉혔다. 집을 떠나, 어머니를 떠나, 수운판관(水運判官)직을 맡은 아버지를 따라 스물여덟 살의 맏형과 함께 따라나선 열여섯 소년이 꾸는 물 위의 새벽꿈은 자주 달콤하고 허전하고 부끄러웠다. 그러나 오늘 새벽꿈은 이상했다. 모호하지만 애가 타게 슬펐다. 그것이 무엇일까? 딱히 불길한 조짐도 없는데 속절없이 애가 타는 이 심사는 무엇일까? 형과 아버지는 보이지 않았다. 그러자 퍼뜩 머리를 스치는 말이 떠올랐다. 어제 아버지는 오늘 새벽이면 배가 서강나루에 닿을 거라 했다. 아아! 그래, 마침내 한양 땅이다. 집으로 돌아간다. 그리고 어머니……. 그제야 이는 애가 타는 심사의 정체가 오랜 그리움이었다는 걸 깨닫는다. 겉으로는 드러내지 못했지만, 그것이 차곡차곡 쌓인 억눌린 그리움이라는 것을.

난생처음으로 집을 떠나, 어머니의 품을 떠나 지낸 한 달이란 시간은 길었다. 웬일인지 어머니는 이번 조운(漕運)에 형과 이를 아버지와 동행하게 했다. 책상물림의 학문과는 다른 삶의 현장을 체험하라는 뜻이었을까. 너도 이제 열여섯, 어린 나이가 아니다. 떠나기 전, 어머니는 별말 없이 단지 이 말만을 이에게 했다. 그리고 미소를 머금은 채 이를 그윽하게 바라보았다. 어머니에게는 무언가 깊은 뜻이 있었을 것이다.

중간에 배를 대었던 예성강 어귀에서 인편을 통해 어머니의 서간을 받았다. 이는 내심 기대했지만, 서찰은 아버지에게 보낸 것이었다. 아버지가 편지를 펼치자 어머니 특유의 자유롭고 아름다운 초서체의 글씨가 나왔다. 그런데 군데군데 먹이 번져 있었다. 굵은 빗방울 같은 눈물방울이 아니라면 승천하는 용처럼 일필휘지의 힘찬 먹글씨를 그렇게 흐리게 하진 못했을 것이다. 용틀임하는 글자의 행간에 어머니의 간곡하고도 격렬한 감정이 배어 있는 느낌이 들었다. 이는 왠지 이상한 생각이 들어 물었다. 아버지, 무슨 일이지요? 아버지는 편지지를 접으며 심상하게 대답했다. 아무 일도 아니다. 헛기침을 했다. 이는 그 까닭을 알 수 없었지만, 모든 것이 사람 사이의 그리움이 빚어낸 일이라고 막연히 생각되었다. 긴 여정의 반을 넘긴 그날, 서찰을 받고 난 아버지의 얼굴에도 쓸쓸한 그리움이 물비늘처럼 어른거린다고 이는 생각했다.

　나루에 배를 댈 채비를 하는지 갑자기 배꾼들의 소리와 뭍의 소음이 조금씩 가까워졌다. 이는 자리를 대충 정리하고 바깥으로 나가보았다. 기우뚱거리는 갑판 위에서 눈앞에 다가온 동터 오는 서강나루의 풍경은 한 폭의 그림이었다. 족히 수십 척은 될 듯한 황포 돛배들이 앞다투어 정박하려 하였다. 빛을 받은 황포 돛이 거대한 나비 떼의 날개 같았다. 뱃전에서 장부를 들여다보고 있던 아버지와 형은 잠을 설쳤는지 피로한 기색이 비쳤으나 얼굴빛이 상기되어 있다. 아침 햇살 때문일까? 귀가의 설렘 때문인지도 모르겠다.

"어? 일어났구나. 나는 지금부터 아버지를 도와 세곡을 조창(漕倉)에 부려야 하니 정신이 없을 거야. 네가 봇짐을 좀 꾸려서 하선할 준비를 해줘야겠다."

맏형 선(璿)이 말했다. 평소에 세심하지 못하고 허랑한 성격의 아버지는 장부를 들여다보며 연신 헛기침을 해댔다. 곧 임무 수행의 대미를 장식해야 한다는 긴장이 역력해 보였다. 말년에 운 좋게 얻은 말단 관직이지만 그는 만족했다. 창고에만 하자 없이 정확하게 세곡을 들여놓으면 이제 삼부자는 집으로 귀가할 수 있을 터였다. 집. 오랫동안 살던 수진방(壽進坊)에서 좀 더 넓은 삼청동 집으로 이사한 지 한 달도 안 되어 이번 임무 수행을 위해 삼부자는 집을 떠나왔다. 마당이 있는 집으로 이사하게 되었다며 제일 좋아한 사람은 식구 중에 어머니와 큰누이 매창(梅窓)이었다. 꽃은 물론 벌레까지 사랑하는 두 여인은 이사하자마자 소채 씨를 뿌리고 꽃모종을 심었다. 꽃들이 자라면 벌과 나비가 끓고, 열매가 익으면 땅벌레들까지 번잡스러울 마당에서 어머니는 외가에서처럼 밑그림 사생을 할 것이다. 순간 이는 빛에 여울여울 일렁이는 꽃의 표정과 벌레의 몸짓 하나라도 놓칠세라 무섭도록 몰입하고 있는 어머니의 옆모습이 떠올랐다. 유난히 창백한 낯빛과 찌를 듯 꼿꼿하게 올라간 속눈썹과 막 솟아오르는 갈매기의 날개처럼 긴장한 아미와 조금 낮아도 좋으련만, 잘 마름질한 버선코 같은 날렵한 코와 벙긋 벌어지기 전의 꽃봉오리처럼 단정히 포개진 입술이 당장에라도 눈앞에 보이는 듯했다. 자신의 세계에 몰입할 때면 그토록 단아하고 차가운 어머니지만, 대문을 들어서면 꽃봉오리가 벌어지듯 벙그러지는 웃음으로, 오오, 우리 이가 왔니? 하며 어린 시절처럼 가슴 가득 품어줄 것 같다.

이는 점차 자신을 눌렀던 모호한 슬픔이 바로 어머니를 향한 그리움이었다는 것을 깨닫자 가슴이 설레고도 저려왔다. 비록 모자의 연으로 태어난 인연이며, 일곱 자식을 둔 여인이지만 어머니가 자신에게 알게 모르게 쏟는 별난 애정을 어린 그도 모르지 않았다. 어머니는 누구에게나 가인(佳人)이지만, 열여섯 그의 생애에 그보다 더 아름다운 여인은 없을 것 같았다.

이는 한 달 내내 땀에 절고 습기에 전 옷가지와 식기들을 챙겨 봇짐을 꾸렸다. 드디어 나루에 정박한 배에서 이미 일꾼들이 곡물 섬을 창고로 나르고 있었다. 셈을 하고 있던 형은 잠깐 이를 일별하고는 장부를 들여다보았다. 아버지는 이미 하선하여 조창의 관원을 만나고 있었다. 어느새 동쪽 하늘엔 눈부신 홍시 같은 붉은 해가 떠올라 있었다.

*

무사히 임무를 끝낸 후 삼부자가 부지런히 집으로 발길을 돌려 삼청동에 당도한 것은 사시(巳時)가 좀 지나서였다. 한 달 남짓한 사이에 동네는 초여름의 녹음이 울울했다. 삼각산 빛도 푸른 기운이 왕성했다. 저 멀리 집이 보였다. 세 사람은 약속이나 한 듯이 걸음이 빨라졌다.

그러나 집 앞에 당도했을 때 대문 앞에서 세 사람을 맞은 것은 조촐한 상이었다. 상 위에는 밥 세 그릇, 간장 종지, 엽전 석 냥, 짚신 세 켤레가 놓여 있었다. 영문을 모르는 이의 곁에서 아버지가 갑자기 어이쿠, 하면서 무릎을 꺾었다.

황망 중에 대문을 밀치니 집 안에 곡소리가 낭자했다. 모두 머리를 풀고 호곡하고 있었다.

마당에서 일행을 보자마자 통곡을 터뜨린 파주댁이 겨우 말을 이었다.

"아이고오! 나으리, 도련님. 어찌 이리 애통하옵니까. 조금만, 조금만 더 일찍 오시지 않고요! 하필 오늘 새벽, 동이 틀 무렵 눈을 감으셨습니다요."

이는 파주댁의 그 말을 듣자마자 머리끝이 쭈뼛 섰다. 새벽녘, 그 애타던 슬픔의 정체가 확연해지는 전율 때문이다. 눈을 감던 마지막 그 순간, 어머니는 이의 꿈에 찾아와 그를 간절히 불렀던 것일까. 새벽녘……

세 사람을 보자 큰누이 매창이 맨발로 뛰어나와 아버지를 부축했다.

"왜 진작 기별을 안 했느냐?"

아버지는 울음 대신 어깨를 부들부들 떨며 물었다.

"병석에 드신 지 겨우 사흘째에…… 한두 번 겨우 잠깐 눈을 뜨셨지만…… 그만……."

매창이 더 이상 말을 잇지 못하다가 목소리를 가다듬었다.

"어머닌, 마치 재미난 꿈을 꾸는 것처럼 보였어요. 금방 깨어나실 줄 알았어요. 이렇게 일찍 가실 줄은 정말로 꿈에도 몰랐는데……. 하지만 고이 가셨어요."

매창의 말을 듣고 맏형 선이 황소 같은 울음을 토해내었다. 이는 마치 꿈을 꾸는 것 같았다. 매창이 이의 손을 부여잡을 때까지 이는 멍하니 서 있기만 했다. 마당의 진분홍빛 모란꽃이 풍성한 스란치마처럼 벙그러져 만개해 있었다. 이는 모란꽃을 오래 노려보았다. 매창이 꼿꼿하게 서 있는 이의 옷자락을 부여잡고 통곡하자 비로소 검은 눈망울에서 스며 나온 눈물이 볼을 타고 주르륵 흘렀다. 화려하게 만발한 모란꽃이 눈을 찌르듯 파고들었다. 모란꽃은 부귀를 상징하는 꽃이다. 내 이번에는 목단을 한번 심으리라. 자잘한 꽃에 애정을 더 기울이는 어머니가 목단나무를 얻어 와 심을 때 이는 좀 의아했다. 헤벌어져 금술 같은 꽃술을 다 내보이는 꽃. 모란꽃은 좀 헤퍼 보이지 않아요, 어머니? 그때 어머니는 대답했다. 나도 이제 늙었나 보구나. 헤프면 헤픈 대로 제 속을 드러내고 사는 것도 이뻐 보이는구나. 벌 나비 부르자는 꽃

아니냐? 꽃은 꽃다워야지.

그러면서 어머니는 덧붙였다. 모란꽃 하니 전조(前朝) 사람 이
규보가 지은 시 중에 절화행(折花行)이란 시가 생각나는구나. 들어
보련? 어머니는 기억을 더듬으려 잠시 눈을 가늘게 떴다.

> 진주 이슬 머금은 모란꽃을 (牡丹含露眞珠顆)
> 미인이 꺾어 들고 창 앞을 지나며 (美人折得窓前過)
> 살짝 웃음 띠고 낭군에게 묻네. (含笑問檀郎)
> "꽃이 예뻐요, 제가 예뻐요?" (花强妾貌强)
> 낭군이 짐짓 장난을 섞어서 (檀郎故相戲)
> "꽃이 당신보다 더 예쁘구려." (强道花枝好)
> 미인이 그 말을 듣고 토라져서 (美人妬花勝)
> 꽃을 밟아 뭉개며 말하기를 (踏破花枝道)
> "꽃이 저보다 더 예쁘시거든 (花若勝於妾)
> 오늘 밤은 꽃을 안고 주무세요." (今宵花同宿)

어떠냐, 아주 앙큼한 시지? 앵돌아지는 깜찍한 여인이 떠오르
지 않니? 그 말을 할 때 어머니는 장난기 가득한 소녀의 모습이었
다. 하지만 지금 이의 눈에는 오월 훈풍에 살랑대는 요요한 모란
꽃송이들이 간드러지게 홍소를 터뜨리는 여인의 얼굴처럼 생경
해 보였다.

안방에 모신 어머니는 머리를 동쪽으로 하여 누워 있었다. 흰 백합꽃이 저럴까, 흰 국화꽃 빛이 저럴까. 사람의 낯빛이 아닌 절대 백색. 어머니는 깊은 잠에 든 듯 적막한 얼굴이었다. 이는 어머니의 얼굴을 쓰다듬고 손을 어루만졌다. 이미 굳고 찼다. 백자의 차가움이 느껴졌다. 어머니는 자신의 세계에 빠져 있을 때면 누구에게도 틈을 허락하지 않았다. 아무도 틈입할 수 없었다. 지금 이 여인은 오로지 자신만의 세계에 몰두해 있다. 그것은 바로 죽음이라는, 그녀 자신만의 운명적 세계다. 어머니는 닥쳐온 죽음조차도 완벽하게 껴안고, 또 거기에 몰입했을 것이다. 그러므로 자신만의 고유한 죽음을 맞은 어머니는 피할 수 없이, 더할 수 없이, 차고 아름다웠다.

그때 문득 이는 어머니가 남몰래 간직해왔던 붉은 비단 보따리가 갑자기 떠올랐다. 어머니는 그 안의 것들을 어떻게 했을까? 언젠가부터, 우연히 붉은 비단보의 존재를 알고 난 이후부터, 어머니의 내밀한 삶의 자락을 훔쳐본 듯, 이는 가슴이 두근댔다. 이는 지금, 다가갈 수 없는 세계로 홀연히 떠난 어머니의 육신 앞에서, 그녀의 붉은 비단보가 참을 수 없이 궁금해졌다. 소복을 곱게 입은 어머니는 완벽하게 빚은 아름다운 백자 항아리 같다. 어머니는 죽어서도 그렇게 흠결 없는 백자처럼 자신의 삶을 완결하고 싶어 했을까? 아니면……? 붉은 비단 보따리는 어머니에게 모란꽃과 같은 것이었을까? 어머니는 언젠가는 그 붉은 비단 보자기를 꽃잎을 열 듯 열어 보이고 싶어 했을까? 이는 어서 그 붉은 비단 보따리를 활짝 펼쳐보고 싶다는 광포한 충동에 어금니를 깨물었다.

*

이는 어머니가 돌아가시자마자 붉은 비단보의 행방에 강렬한 의문이 들었으나 집 안 어디에서도 그것은 눈에 띄지 않았다. 이의 머릿속에는 언젠가 어머니가 그 보자기를 풀어놓고 골똘히 그 안의 그림들과 글씨들을 꺼내어 홀린 듯이 바라보던 모습이 각인되어 있다. 책을 읽다 무언가 이해되지 않아서 안방 문을 열었는데 어머니는 그렇게 정신없이 넋을 놓고 그것들에 빠져 있느라 이가 문을 연 기척도 눈치채지 못했다. 그런데 돌부처처럼 앉아 있던 어머니의 뒷모습이 조금 이상했다. 가늘게 어깨가 떨리고 있었다. 이는 그때부터 붉은 비단보는 어머니의 비밀스런 슬픔과 연관되어 있을 것이라는 막연한 생각이 들었다.

그렇게 싹튼 호기심은, 어느 날 어머니의 잠긴 문갑을 열어보게 했다. 비단보는 제법 묵직했다. 어머니는 잠시 출타 중이었다. 떨리는 손으로 비단보의 매듭을 풀고 처음 본 것은, 한 번도 보지 못한 남자의 초상화였다. 얼굴만 커다랗게 그린 남자의 초상화가 여러 점 나왔다. 이상하게 낯익다는 느낌이었다. 그렇다고 집안사람도 아니었다. 어머니는 인물의 초상을 한 번도 그린 적이 없었다. 남자의 초상화는 도화서의 화원(畵員)이 아닌 이상 양반가의 아녀자가 대놓고 그릴 그림은 아닌 것이다. 그리고 그다음 그림은 두 나무가 엉켜 있는 묘한 산수화 한 점이었다. 이는 다급한 심정으로 허겁지겁 그다음 종이를 펼쳤다. 다음 그림은 두 젊은 남녀가 함께 그네를 타는 장면을 그린 것이었다. 이의 얼굴이 순간 후끈 달아올랐다. 시중의 매설가가 쓴 야설에나 나올 법한 삽화처럼 두 남녀가 함께 쌍그네를 타다니……. 이의 가슴과 손이 떨려왔다. 하지만 어머니가 그린 그림이 아닐지도 몰랐다. 그런데 종이 밑에 낡은 옥색 천이 보였다. 펼쳐보니 낡은 치마였다. 치마 위에는 활짝 핀 모란 꽃송이들이 그려져 있었다. 그런데 붉은 물감은 색이 변해 흑자줏빛을 띠고 있었다. 그때 밖에서 매창 누이가 안방을 향해 어머니를 부르는 소리가 들렸다. 그 통에 이는 급히 다시 보자기의 매듭을 묶고 말았다. 나머지 그림들은 보지도 못하고 제자리에 보자기를 챙겨놓고는 아쉽게 방을 나오고야 말았다. 그 이후 그 보자기를 열어볼 기회는 다시 없었다.

하지만 그날 본 기이한 그림들의 장면은 이의 머릿속에서 지워지지 않았다. 그러나 돌이켜 생각하건대, 그 붉은 비단보는 다시 열려서는 안 되었다. 주인과 함께 순장되는 노비처럼 어머니와 함께 매장하거나 불태워 화근을 없애야 마땅할 것이다. 그것만이 고인의 뜻과 넋을 펌훼하지 않을 것이다. 이는 어머니가 눈을 감았다는 그 새벽녘에 꾼 혼미한 꿈을 돌이켜보았다. 아무것도 생각나는 것은 없었다. 다만 어머니가 마지막으로 무슨 뜻을 전하러 자신의 꿈속으로 찾아오지 않았을까……. 어머니는 여인으로서, 아내로서, 어머니로서 완벽했다. 그런데 어머니는 그 붉은 비단보를 어찌했을까. 이는 요즘 어머니의 혼이라도 꿈속에서 다시 만나고 싶었다.

매창 누이의 말에 의하면, 행랑어멈 파주댁과 장터에 나가 어머니의 심부름으로 이것저것 장을 봐서 집에 돌아오니 어머니가 마당에 쓰러져 있었다는 것이다. 그때부터 이미 의식을 잃고는 사흘 뒤에 주무시듯 돌아가셨다는 것이다. 사흘 동안 의식을 잃기는 했지만, 어머니의 얼굴은 눈을 감은 채 긴 꿈을 꾸는 듯 그 표정이 실로 다채로웠다고 했다. 간혹 잠꼬대 같은 말이나 탄성, 신음을 흘리기도 했다고 한다. 어머니는 마치 두루마리를 펼치듯 지나온 한 생애를 더듬고 계시는 것 같았다 한다. 누이는 그래서 어느 한순간, 어머니가 맑은 정신으로 깨어나 낙관을 찍듯 유언이라도 한마디 할 줄 알았다 했다. 무언가 미진한 것이 있었다. 그러나 경황이 없는 상례 중에 누이에게 꼬치꼬치 묻기도 뭣했다. 다만 누이는 인편에 아버지께 보내는 편지를 쓰면서 어머니가 몹시 울었다는 말을 덧붙였다.

졸지에 임종도 보지 못하고 어머니를 잃은 식구들은 하늘이 무너지는 슬픔 속에서 장사를 치렀다. 어머니의 시신은 파주 선산의 양지바른 곳에 묻혔다. 상여가 나가는 날은 하늘의 눈물인지 때 이른 장맛비가 하염없이 내리던 날이었다. 묘소에 다녀온 뒤 정갈하게 궤연(几筵)을 꾸며 어머니를 모셨다. 조석으로 영위 상에 메를 올리며 살아 계시는 듯 정성을 다해 문안을 올렸다. 지고 난 뒤에 더 깊고 짙은 향기를 남기는 꽃이 있다면 바로 어머니가 아닐까. 벌써부터 어머니가 그리웠다. 그러나 그 붉은 비단보가 아무 데서나 함부로 펼쳐진다면……. 그 생각이 문득 들 때면 이는 그만 가슴이 뛰고 눈앞이 아득해졌다. 그것을 반드시 찾아야 했다. 어머니, 도대체 당신은 누구십니까. 이는 어머니의 혼을 애타게 부른다.

빛과 그림자

매창은 원추리꽃을 그린다. 어머니의 그림을 모사하고 있다. 붉은 원추리꽃 위를 벌 두 마리가 날고 있는 그림이었다. 가녀린 긴 줄기와 긴 이파리가 벌을 향해 희롱하듯 휘어져 있다. 그림을 보고 있자니 어머니의 모습이 자연스레 떠올랐다. 갑자기 어머니가 타계하고 나서 한동안 막막하기만 한 심정이었다. 살림이야 과년한 맏딸인 자신이 어깨너머로 배운 대로 하면 된다 치지만, 언젠가는 출가외인이 될 몸이었다. 일곱 남매 중 아직 어느 누구 성혼도 못한 처지에 창졸간에 일을 치르고 나니 온 식구가 어미 잃은 강아지처럼 비칠댔다. 맏오라버니인 선이 빨리 혼사를 치러야 맏며느리가 들어와 살림을 건사할 것이다. 그 와중에도 아버지는 주막을 들락거리기 시작했다. 슬픔에 겨워 술에 의지하는

것이라 생각해보지만, 예전부터 주막집 안주인과의 사이가 심상
치 않은 듯했다. 그 여인에 대한 좋지 않은 소문을 주위들을 때마
다 한숨이 새어 나왔지만, 아버지에게 간할 용기도 없었다. 그런
데 무엇보다도 이가 걱정이었다. 아우의 얼굴에 그늘이 깊어가고
있었다. 어머니는 생전에 어느 아들보다도 이를 사랑했다. 이도
그것을 모를 리 없었다. 그러나 이의 그늘은 어머니를 잃은 허전
함보다는 어떤 혼란의 기미를 감추고 있는 것이었다.

어젯밤, 삼경(三更)도 지난 시각에 이가 매창을 찾아왔다. 한참
이나 머뭇거리더니 대뜸 물었다.

"매창 누님은 어머니가 어떤 분이라 생각하오?"

"다시없는 훌륭한 분이시지. 재주와 덕을 고루 갖추신 분이고.
그리고 지혜로운 분이라 생각해."

"어머니는 자신이 어떤 분이라고 기억되길 바라실까? 평소에도
몸이 좀 약하시긴 했지만, 왜 그리 갑작스레 떠나셨을까."

"하지만, 어머니는 떠나실 걸 미리 아셨던 것 같아."

"그런데도 아무 유언도 유품도 남기지 않고 말이지?"

이의 물음에 매창은 가만히 한숨을 쉬었다. 이가 혼잣말처럼
중얼거렸다.

"사람의 인생은 죽으면서 비로소 완성되는 걸까? 그렇지 않다
면…… 참 허무해."

매창도 맥없이 중얼거렸다.

"어머닌 인생이 한바탕 꿈이구나, 흐르는 물처럼 지나는 바람처럼 속절없구나, 그런 말씀을 간혹 하셨지."

"그럼 생전에 그렇게 애지중지하던 서화(書畵)들은 뭐야? 어떻게 한 거야? 누님은 혹시 알고 있지?"

매창은 자리에서 일어나 벽장문을 열었다. 그곳에서 푸른 천으로 싼 지함(紙函)이 나왔다.

"돌아가시기 열흘 전에 나를 부르셨어. 한갓 아녀자 생전의 화업이 다 부질없는 짓이다만, 그러시면서 이걸 내게 맡기셨어. 내가 그림 공부를 하니까 그러셨겠지. 그러시면서 만약 내가 맡는 게 문제가 있다면 차후에 이, 너와 의논하라 하셨어. 나는 앞으로 이 그림들을 보면서 어머니를 만날 거야."

이는 허겁지겁 푸른 함을 열었다. 그곳에는 생전에 어머니가 공을 들여 그린 초충도(草蟲圖)와 화조도(花鳥圖) 그리고 화초어죽(花草魚竹), 글씨들, 자수 놓은 비단 천들이 나왔다.

"이게…… 다요?"

이가 한 점 의혹을 실은 눈빛을 보내왔다. 매창은 고개를 끄덕였다.

이가 돌아가고 나서도 매창은 어머니의 작품들을 오래 바라보았다. 어머니의 그림은 섬세하고 화사하면서도 범접할 수 없는 절제미가 있다. 어쩌면 어머니의 성정과 닮았을 것이다. 그림은 정직할 것이다. 내일부터 다시 그림 공부를 시작해야겠다. 어머니가 남긴 이 그림들은 매창에게 스승이나 마찬가지다. 어머니는 자신의 재주와 성정을 빼닮은 매창을 애틋하게 생각했다. 그러나 매창이 그림 그리는 것을 한 번도 말리거나 타박한 적도 없었다. 매창에게 자연스레 재주를 받아들이도록 한 사람도 어머니였다. 바느질품과 떡을 만들어 팔며 아들들의 학비를 댔지만 몰래 비싼 화구를 마련해준 사람도 어머니였다.

오늘 푸른 비단보에 있는 그림을 꺼내 그중에서 원추리꽃을 그리기로 한 것이었다. 그림을 보니 문득 어느 날이 떠올랐다. 어머니와 함께 원추리꽃을 그렸던 날이었다. 어머니가 말했다.

"이 꽃을 말려서 향낭에 넣어 다니면 아들을 낳는다는 속설이 있느니라. 하지만 속설은 속설. 네 외할머니가 왜 이것을 안 해보았겠느냐. 여자가 아들을 통해서 존재의 가치를 발하는 세상이니 아녀자의 그림 재주는 아들 낳는 재주보다 하찮은 것이지. 다만 이 그림 재주는 네 자신의 기쁨과 위안을 위해서만 소용에 닿으리니."

어머니의 말끝이 쓸쓸하게 잦아졌다.

"어머니, 그럼 그림이란 오로지 자신만을 위한 것입니까?"

"그럼 대장부도 아닌 아녀자의 그림이 어찌 세상을 바꾸겠느냐?"

어머니가 엷게 미소 지었다.

"그나마 자신의 마음을 다스릴 수 있다면 족한 게지."

"그럼 도대체 그림이란 뭐지요? 어머닌 아시지요?"

"호오, 너는 그래 뭐라고 생각하느냐? 네 소견을 들어보자꾸나."

어머니가 고개를 돌려 매창의 눈동자를 바라보았다. 어머니의 눈동자가 매창의 눈동자보다 더욱더 호기심으로 반짝였다.

"세상에 있는 원추리꽃과 화폭에 담긴 원추리꽃은 똑같지가 않아요."

"어떻게 다르지?"

"아침에 보는 꽃과 저녁에 보는 꽃도 똑같지 않아요."

"그래, 그렇기도 하지. 연꽃은 아침에 활짝 피었다 낮에 오므라들지만, 분꽃은 오후가 되면 피기 시작하지. 달맞이꽃은 달밤에 피기도 하고. 원추리꽃도 매 순간 다르겠지. 그게 바로 그리는 이가 언제 그리느냐에 따라 결정되는 꽃의 운명인 게지. 그러니 화폭에서 꽃을 창조하는 것은 어디까지나 화가의 선택이고 마음이란다. 그때는 화가가 조물주인 셈이지."

햇빛에 따라 꽃이 다르게 보이는 것은 사실이었다. 매창은 고개를 끄덕였다. 비 오는 날의 꽃, 흐린 날의 꽃, 맑은 날의 꽃⋯⋯.

"그러고요, 꽃은 그리는데 왜 꽃 그림자는 그리지 않지요?"

어머니가 웃으며 고개를 끄덕였다.

"오호라, 그래 너는 내 딸이로구나. 나도 그게 늘 궁금했느니라. 나도 그림을 처음 배울 때는 오로지 사물을 그대로 실사(實寫)하는 데만 주력했었지. 그래서 그림자를 그려보기도 했단다. 하지만 우리가 보는 세상의 모든 물건은 시시각각 변하고 있지. 그러니 그것들은 찰나에 그저 우리 마음에 찍힌 허상이니라. 어차피 허상을 그리는데 그림자를 그릴 필요가 뭐 있겠느냐. 그림 자체가 사물의 그림자니라."

"그러면 그런 허상을 왜 그리 골똘히 그리는 것입니까?"

어머니는 붓을 내려놓았다. 그리고 옷고름 위에 가만히 오른손을 올려놓았다.

"매창아, 이 세월이 되어 깨닫는 바로는, 그림이란 것은 사의(寫意)니라. 뜻을, 다시 말해 마음을 그리는 것이다. 그런데 사람의 마음은 아무도 본 이가 없구나. 제 가슴속에 간직하다 그저 죽을 뿐이니 말이지. 그러나 마음에는 눈이 있어 마음이 보는 허상을 표현하면, 그것을 통해서 바로 마음을 그리게 되는 것이지."

어머니가 방에서 낡은 화첩을 꺼내 왔다.

"이 그림을 보거라. 오래된 매화나무 고목에 앉은 두 마리 참새를 보거라. 혹 어디 이상하지 않느냐?"

"……아하! 그림자도 없고요. 참새가 또 왜 이리 큽니까?"

"그래. 화가의 마음은 뭐였을까? 중요한 것은 새봄에 금슬 좋은 참새 한 쌍을 그리고 싶어 하지 않았겠니? 매화꽃은 봄이라는 시간을 암시하고 싶었던 거고."

"아, 예. 그러니까 그리는 이가 그리고 싶은 것을 크고 화려하게 그리게 되는 이치로군요."

어머니가 고개를 끄덕이며 웃었다.

"그림이란 마음의 표현이다. 너도 모사(模寫)를 열심히 한 연후에는 네 마음을 나름대로 독창적으로 표현할 수 있을 게다. 그러면 같은 원추리꽃을 그려도 너와 내가 그린 것은 분명 다른 원추리꽃인 게야. 원추리꽃은 그리는 이의 화폭에서 매번 다시 태어나게 되는 거란다. 그러니 진정으로 예(藝)의 기쁨을 아는 사람이라면 아들을 낳는 것보다 화폭 속에 세상을 다시 태어나게 하고 자신의 마음을 표현하는 기쁨이 더 크지 않겠니?"

"그럼 그림 그리는 일이 기쁘기만 한가요?"

"그림자는 왜 생기겠느냐? 빛이 있으니 생기지. 세상 만물의 이치가 기쁘기만 한 일이 어디 있겠니. 산이 높으면 골이 깊고…… 아들 낳는 기쁨도 다 산고를 겪고 난 후에 오는 것이지. 우리 매창이도 시집가서 아이 낳아보면 알게 될 거야."

"그럼, 어머니. 한 가지만 더 여쭐게요."

"호오, 우리 매창이는 송곳이야. 이렇게 파고드는 걸 좋아하니……."

"어머니는 어느 기쁨이 더 크셨어요? 아녀자로 본분을 다하는 삶과 예를 추구했던 삶."

"……글쎄다……."

어머니는 더는 아무 말 없이 그리던 원추리꽃에 다시 몰두했다.

어머니가 아직 살아 계셨다면 다시 묻고 싶었다. 그러나 어머니는 그럴 기회를 주지 않았다. 어쩌면 재주를 타고난 아녀자로서, 어머니 같은 삶을 살아가야 할지, 그렇지 않다면 모든 걸 포기하고 일개 양반가의 한 아녀자로 생을 사는 게 좋을지 혼기에 처한 매창은 간혹 혼란스러웠다. 매창은 어머니가 두 가지의 삶에 충실했다고 생각한다. 하지만 그것은 어쩌면 어머니에겐 양날의 칼로 가슴을 저미는 고통이었을지도 모른다.

어느 날 매창이 그린 화조도를 보고 어머니가 했던 말이 자꾸 떠올랐다. 아름답긴 하다만…… 그림이란 그리움이다. 배고픈 사람이 먹을 것을 그리워하듯, 마음이 고픈 것을 그리워하며 참을 수 없어 그리는 건지도 몰라. 네 마음을 다시 들여다보아라. 네가 간절히 원하는 것이 무언지……. 그래서 붉은 비단보를 보았을 때 매창이 떠올린 것은 선혈 같은 고통의 생생함이었다.

매창이 그 붉은 비단보를 보게 된 것은 어머니가 쓰러진 날이었다. 매창은 어머니 생의 그림자를 보았다. 그러나 매창은 그것을 아무에게도 말하지 않았다. 매창은 함구하기로 마음먹었다. 거짓말보다 함구하는 편이 훨씬 견디기 쉬웠다. 하지만 매창에게도 여전히 의혹은 남아 있다. 아버지와 두 형제들이 공무차 평안도로 떠나고 얼마 안 있어 어머니는 아무 말 없이 집을 나가셨다. 좀체 그런 일이 없어서 걱정을 했었는데 다행히 삼경도 넘은 야심한 시각에 어머니가 돌아오셨다. 어머니에게서 딱히 특별한 기미를 발견할 수는 없었으나 그날 이후, 기력이 눈에 띄게 쇠해졌다. 그리고 얼마 후에 병석에 들었다. 그 얘기는 아직 아무에게도 하지 않았다. 이에게는 미안한 일이지만 어쩔 수 없었다.

　의식을 잃고 쓰러진 날부터 매창은 어머니의 침상을 지켰다. 어머니는 정신을 차리지는 못했으나 꿈속을 헤매는 것 같았다. 어린아이의 배냇짓 같은 표정이 시시각각 얼굴에 떠올랐다. 눈을 뜨지 않은 채로 옹알이하는 아기처럼 잠꼬대 같은 말을 자주 중얼거렸다. 어머니 말대로 꿈같은 한평생을 들락거리는지도 몰랐다. 사흘 밤낮, 어머니의 한평생이 꿈처럼 흐르고 있다고 매창은 생각했다. 어머니 곁에 누우면 마치 그 꿈을 함께 꿀 것 같은 느낌도 들었다.

　숨을 거두던 그날엔, 매창은 어머니의 감은 눈만 애타게 바라보며 뜬눈으로 밤을 새우길 사흘째, 버티다 못해 잠시 선잠에 들었다. 어느 결에 어머니의 힘겨운 숨소리에 잠을 깼다. 어머니는 고통스런 표정이다가 각혈하듯 한마디를 토해냈다. 그 말이 무슨 말인지 애타게 생각해봐도 지금은 떠오르지 않는다. 다만 그 말을 토해내고 어머니는 모든 짐을 부려놓은 사람처럼, 무언가를 깨달은 선승처럼 일시에 얼굴빛이 온화해지며 편안한 숨을 길게 내쉬었다. 매창은 그때 어머니가 영면(永眠)에 들었음을 알았다.

아아, 눈을 뜰 수가 없다. 내 몸이 왜 이리 가볍지? 나비가 된 걸까? 오호, 마치 장주의 나비가 된 것 같구나. 눈앞에 커다란 붉은 꽃송이가 불길이 덮치듯 일렁인다. 모란꽃일까? 거대한 붉은 꽃이 보인다. 겹겹의 치마폭처럼 벌어져 내게 다가온다. 나를 삼키려 한다. 빨려들 것 같다. 아득한 현기…… 나락으로 떨어진다. 붉은 꽃 속일까? 왜 이리 눈이 침침한 걸까……. 좀 더 가까이, 좀 더 가까이……. 그러나 붉게 벌어진 그곳에는 노란 꽃술 대신 타다 만 잿더미가 가득하다. 잿가루가 날려서 콜록콜록 기침이 난다. 기침을 할 때마다 나는 다시 몸이 솟구쳐 오른다. 어디론가 높이 날고 있다. 갑자기 불꽃같은 붉은 기운이 사라지고 온통 하얗다. 펼쳐놓은 하얀 종이 위를 나는 날고 있는 걸까? 흰 바탕에 검은 먹선이 빗금 긋고 지나간 자리에 파릇파릇한 댓잎들이 보인다. 오죽(烏竹) 숲이다. 그때 기와지붕 너머로 할머니의 목소리가 아득하게 들린다. 아! 얼마 만에 들어보는 할머니의 목소리인가.

"개남아! 개남아! 일어나거라. 흰 눈이 소복하게 왔구나."

개남(開男)……. 아아, 얼마나 오랜만에 들어보는 아명(兒名)인가. 입안에 슬며시 침처럼 웃음이 고이는데 이상하게 가슴은 찌르르 저린다. 아아, 저 때는…… 아홉 살이나 되었을까. 사십 년의 시간을 이렇게 단숨에 날아왔다니. 나는 들창으로 스며들어 모로 누워 있는 어린 개남을 본다. 어린 계집애는 꿈을 꾸고 있는지 얇은 눈두덩 속의 눈동자가 슬몃슬몃 움직인다.

까치연

마당에서 싸리비질 소리가 들렸다. 나는 파고드는 새벽 한기에 이불을 끌어당기고 아랫목으로 파고들었다. 그때 할머니가 밖에서 문고리를 잡고 흔들었다. 오늘따라 할머니가 웬 성화일까?

"얘들아! 어서 일어나거라. 함박눈이 소복하게 왔구나."

눈이 왔다는 소리에 반짝 눈을 떴다. 올겨울 내내 기다린 눈이다. 올겨울은 첫눈이 한 번 오고는 경포호수가 얼 정도로 모진 엄동(嚴冬)이었다. 추워서 옹송그리며 방 안에만 있어야 하는 겨울이 빨리 갔으면 싶었다. 꽃과 벌레를 그릴 수 없는 것이 속상했다. 그래도 그 덕에 책을 많이 읽을 수 있어서 다행이었다.

설레는 마음으로 들창으로 다가가 문을 열었다. 뒤껼의 오죽을 빨리 보고 싶었다. 들창 바깥으로 잎새마다 눈을 이고 있는 힘차게 뻗은 검은 대들이 눈 덮인 배경 속에서 더욱 산뜻하게 다가왔다. 빨리 일어나서 세수하고 먹을 갈고 그림을 시작해야지. 짙은 먹으로 깔끔하게 처리한 수묵화 화면이 벌써 내 머리를 점령했다.

그때 어디선가 까치가 울기 시작했다. 이상하게 어제부터 까치가 계속 울었다. 어머니는 반가운 얼굴로 까치 소리에 귀를 기울였다. 까치가 울면 귀한 손님이 온다는 걸 나는 알고 있다. 어머니는 까치가 울 때마다 혹 네 아버지가 오시려는가 보다, 하며 설레는 얼굴이 되곤 했다. 그러나 밤이 깊어져 딸들의 잠자리를 봐주러 방에 들어와서는 몹시 지치고 실망한 얼굴이 되었다.

"엄마, 아버지는 날이 추워 못 오시고 엄마 배 속의 아기가 곧 우리 집에 오려나 봐. 아가 손님이."

"그러게 말이다. 하긴 한양 아버지가 이 엄동 추위에 오시는 게 무리지. 대관령 고개 넘다 낙상이라도 하면 큰일이지."

만삭의 어머니는 힘이 드는지 어깨로 숨을 쉬고 있었다. 그게 꼭 큰 한숨처럼 느껴졌다. 함께 살지 못하는 아버지. 어머니처럼 내게도 아버지는 그리운 사람이었다. 게다가 아버지는 귀한 화구를 사 오기 때문에 나는 아버지가 더욱 기다려졌다.

까치 소리가 가까워졌다. 까치 한 마리가 대나무에 살짝 날아와 앉았다. 그 통에 대나무가 간지러운지 몸을 턴다. 떡가루 같은 흰 눈이 사사사사, 떨어진다. 오죽 마디만큼 옹골차고 날렵한 검은 꼬리를 까딱 올리고 까치가 운다. 눈 덮인 검은 대나무 위의 까치. 흑백의 조화가 선명하고 단아하다. 나는 벌써 그림 생각에 가슴이 설렌다.

"인홍(仁紅)아, 개남아! 얼른 일어나거라. 인홍이 얼른 나와 옥남(玉男)이 좀 보고, 개남이는 인남(仁男)이 챙겨라. 오늘은 일손이 모두 바쁘다. 아이고 만득 아범! 비질 끝냈으면 아궁이불 좀 더 댕기고 만득 어멈은 얼른 물 좀 더 끓이게! 그래 만득이는 옥계댁한테 보냈는가?"

"예, 큰마님, 급하다고 잠자는 놈 후려쳐서 쫓아 보냈으니 곧 도착할 거구먼요. 눈길이라 늙은이가 종종거리고 오느라 늦나 봅니다."

옥계댁. 옥계댁은 마을의 산파다. 하필 어머니가 아기를 낳으려 한다. 그러니 이렇게 분답한 날에 홀로 고즈넉하게 그림에 몰두하기는 틀렸다. 오늘 까치가 운 것은 정녕 꼬마 손님이 오려는 뜻인 게다. 그래서 할머니가 부산을 떨며 새벽 댓바람부터 나서서 해산 준비를 하는 것이다.

"인홍아! 개남아!"

집 안 곳곳을 분주하게 다니던 할머니가 다시 큰손녀와 둘째 손녀의 이름을 재촉하여 부른다.

나는 곤히 자고 있는 언니 인홍을 흔들었다.

"언니, 일어나. 엄마가 애기 낳으려고 해."

"아이참! 어제 수놓다 늦게 잤단 말이야. 조금만 더 잤으면."

"할머니가 언니는 옥남이 보고, 나보고는 인남이를 보라는데……. 저어, 미안하지만, 내 부탁 좀 언니가 들어주면 안 될까? 오늘 하루만 나 좀 봐주면 안 될까? 옥남이 봐주는 김에 인남이까지 함께 봐주면……."

"그러면?"

언니의 표정이 새침해진다.

"언니가 원하는 일을 한 가지 해줄게."

"그러는 넌 오늘 뭘 하고?"

"으음…… 눈이 아주 오랜만에 왔잖아. 오래 기다렸거든. 눈이 녹아버리기 전에 눈을 이고 있는 오죽을 그리고 싶어서……."

나는 공연히 언니의 눈치를 살핀다.

"언니, 오죽하면 내가 오죽, 오죽 하겠어? 하하."

"싫은데? 그건 공평하지가 않잖아. 사랑받는 사람 따로 있어 서러운데, 누구 좋으라고 집안일까지 도맡아서 하란 말이야? 내가 종이야? 아무리 남녀 차별, 반상 차별이 있다 해도 너와 나는 똑같이 피를 나눈 형제자매고 게다가 난 맏이야."

언제부턴가 언니는 내게 샘을 내더니 이제는 가끔 심술까지 부린다. 걸핏하면 나는 이 집의 맏딸이야, 어깃장을 놓는다. 아마도 사랑에서 외할아버지의 지도로 함께 글공부를 하면서부터일 것이다. 비록 맏딸이지만 세 살 어린 내 총명함을 따라가기엔 역부족임을 열두 살 언니가 깨닫고부터라고 짐작만 할 뿐이다. 타고

난 재주는 못 당하는 법, 할머니는 언니의 시샘을 보며 혼잣말을 했다. 언니는 글공부에는 취미를 못 붙이고 걸핏하면, "난 재주 없으니 재주 많은 네가 해라!" 이런 식으로 매사에 빼고 게으름을 부렸다. 게다가 성격이 솔직 담백한 할아버지는 친구들이 사랑에 모이면 나의 재주를 자랑하는 것을 낙으로 삼기까지 했다. 습작한 붓글씨를 보여주거나 불러다 『사자소학(四字小學)』이나 『논어(論語)』를 외우게 했다. 그러면 할아버지 친구들은 아홉 살짜리 어린 나를 "어이쿠! 우리 여중군자(女中君子)님!" 하면서 치켜세웠다. 그렇지 않으면 내가 일곱 살 때 안견의 산수화를 모사한 그림을 보여주며 자랑하기도 했다. 그럴 때마다 언니는 삐죽거렸다.

"에구! 아무리 그래 봤자 네가 과거를 보니? 벼슬을 할 거니? 아버지 봐라. 평생 글공부를 하셨어도 출세 못 하시잖아. 계집 팔자 뒤웅박 팔자래."

언니가 그럴 때마다 나도 분해서 대거리를 하곤 했는데, 어느 날 어머니가 나를 불러 조용히 말했다.

"비록 언니지만 네가 참아줘라. 너는 타고난 가진 게 많으니. 군자의 덕에 대해 배웠으면 정녕 마음으로 따르려고 해봐. 알겠니? 어쨌거나 너는 모자라서 외롭지는 않을 것이다."

언니 때문에 화가 날 때면 어머니의 그 말을 떠올려 다시 새긴다.

"알았어. 언니, 미안해."

이번에도 나는 선뜻 언니에게 사과한다. 그리고 얼른 사과하는 이유를 생각해낸다. 그림은 내일 그리면 돼. 아니, 내일 못 그리면 또 눈이 오는 날을 기다려 그리면 되고. 올해 못 그리면 내년에 그리면 되고. 세상에 있는 모든 눈이 녹지 않는 한, 그리고 내가 죽지 않는 한. 난 아직 아홉 살이야. 새털 같은 수많은 날들이 나를 기다릴 텐데 뭐. 그렇게 대범하게 생각해버리자 마음이 툭 트였다. 오늘은 어쩔 수 없다. 일어나기 전에 다시 한 번 더 오죽을 봐둬야겠다. 그리고 단단하게 마음속에 얼려놔야겠다. 마치 밤새 꽁꽁 언 자리끼의 맑은 물처럼 마음 그릇에 그 풍경이 꽉 차도록. 나는 들창을 열고 차가운 공기를 마시며 눈 한 번 깜박이지 않고 눈 덮인 검은 대 무리를 응시했다.

언니와 나는 두 동생 인남과 옥남에게 아침밥을 먹였다. 여섯 살 인남과 네 살 옥남은 오늘따라 유난히 어머니를 찾았다. 방에서 가끔 어머니의 신음 소리가 들려왔다. 눈은 그쳐 있었다. 날이 그리 차지는 않았다. 할머니와 옥계댁이 뭐라 어머니를 어르는 소리가 들려왔다. 만득 어멈은 물을 끓이랴 미역국을 끓이랴 들락거렸다. 집안의 여자들이 정신이 없을 때 사랑에서는 할아버지의 글 읽는 소리가 들렸다. 간간이 헛기침 소리도 섞여 들려왔다.

집 안엔 이상한 긴장감이 돌았다. 동생이 태어난다면 사내아이일까? 이번엔 사내아이였으면 좋겠다는 생각을 해본다. 무남독녀 외동딸인 어머니는 내리 딸 넷을 낳았다. 인홍 언니 열두 살, 나 아홉 살, 인남이 여섯 살, 옥남이 네 살. 아기가 태어난다면 막내인 옥남이와는 세 살 터울이 될 것이다. 간혹 할아버지와 할머니는 나를 보며, 저게 사내아이면 좀 좋았을까, 라며 끌끌 혀를 찼다.

막내 옥남을 데리고 놀던 언니는 막내가 잠들자 그 옆에서 함께 잠이 들었다. 인남이 화로의 재를 들쑤시며 놀더니 심심한지 내게 말했다.

"언니, 심심해. 우리 호수에 나가서 팽이 칠까?"

사내애처럼 괄괄한 인남이 졸라댔다. 작년까지만 해도 나는 꽁꽁 언 경포호수에 나가서 팽이를 치고 얼음을 지쳤다. 강릉에 터를 잡고 대를 이어온 외할머니 최씨의 친정집은 집안이 번족했다. 아주 어릴 때는 또래의 외가 쪽 친척 사내애들과 어울려 함께 놀기도 했다. 그러나 올해부터는 할아버지의 시선이 곱지 않았다. 남녀가 일곱 살이 되면 시렁에 옷도 함께 걸지 못하는 법, 하물며…… 할아버지 입에서 그 소리가 나오면 나는 입을 삐죽 내밀었다.

아직 여섯 살인 인남은 사내애들의 놀이를 좋아했다. 연을 만들어달라고 내게 조르기도 했다. 정월 초하루, 설날에 나는 인남이를 위해 까치연과 방패연을 곱게 채색까지 하여 만들어주었다. 그러나 그 연을 갖고 경포호나 바다로 나가는 사내아이들의 뒤를 따르지는 못했다. 아무도, 치마를 입은 여자애는 눈을 씻고 봐도 없었다. 정월 초하루부터 계집애가 설치다니. 할머니와 어머니가 눈을 흘겼다. 겨우 허락을 받고 집 마당에서만 연을 날렸다. 가엾

이 넓은 창공을 마음껏 나는 연. 그러나 나와 인남, 두 계집아이의 손에 쥐어진 연은 집 담장 안에서만 맴돌았다. 하물며 만득이의 연도 동구 밖까지 날아가는데. 막연하게 계집애로 태어난 내 존재가 마치 손에 쥔 연의 신세처럼 여겨졌다. 사내라면 가없는 하늘로 연을 날리듯 뜻을 무한하게 세상천지에 펼칠 텐데.

"오늘은 얌전히 있는 게 좋겠어. 호수에 가면 혼날 테고……. 아! 이러면 되겠다. 그럼 우리 우물가에 가서 놀까?"

내 말에 인남이 손뼉을 치며 좋아했다. 솜저고리를 걸치고 방을 나왔다. 마루 끝에 서서 까치발을 하면 저 앞에 경포호수가 보였다. 마루 밑에서 팽이 두 개를 찾아 샘가로 갔다. 동네에서 우물이 있는 집은 몇 되지 않았다. 비록 지금은 벼슬하는 사대부의 집안은 아닐지라도, 윗대에 외할머니 친정 집안은 참판 벼슬은 물론이거니와 학식과 덕망이 풍부해서 숭앙받는 집안이었다. 외할머니가 외할아버지와 혼인하여 솔가한 이 집은 살림이 대단히 풍족하진 않아도 집칸이 그런대로 넉넉하며 조촐하지만 윤택한 살림이었다.

우물가로 통하는 길은 뒤꼍 오죽 숲을 돌아나가야 했다. 인남의 손을 잡고 눈 쌓인 길을 걸어갔다. 뽀도독, 뽀도독. 눈을 밟을 때마다 소리가 났다. 흰 눈 위에 발자국이 생겼다. 인남은 신이 나서 걸었다. 나는 동생의 손을 잡고 아직 눈이 얹힌 푸른 잎을 달고 있는 오죽의 검은 댓줄기들을 바라보았다. 인남이 우물로 가자고 자꾸 손을 잡아끌었다.

우물가에는 이미 열한 살 만득이가 나와서 팽이를 돌리고 있었다. 우물 옆에 겨우내 하수가 얼어 얼음판이 생겼다. 만득이가 누런 코를 소매로 쓰윽, 닦으며 히죽 웃었다. 솜도 넣지 않은 무명저고리 소매는 제 색을 알아볼 수 없도록 까맣게 윤이 났다. 이렇게 얼음이 얼어도, 저 깊은 우물물은 뿌연 증기만 서린 채로 얼지 않는 게 신기했다.

내가 인남에게 팽이를 건네주자 인남은 만득에게 질세라 팽이를 돌렸다. 나도 팽이를 돌렸지만 흥미가 붙지 않았다. 내 눈길은 검은 대숲으로 자꾸만 갔다. 다행히 눈이 녹지 않았다. 내일도 눈이 녹지 않으면 눈이 살짝 앉은 이 정갈한 대나무를 그려야지. 그때 언뜻 솔개인지 까치인지, 하늘 위에서 무언가가 날았다. 그런데 잠시 후, 비틀비틀하더니 제일 큰 대나무 우듬지에 머리를 박고 처박혔다. 푸드득거리는 통에 댓잎의 눈이 진저리를 치듯 떨어져 내렸다. 자세히 보니 그것은 새가 아니라 연이었다. 커다란 까치연이었다. 대숲 밖 동네에서 누가 연을 날리다가 연이 대나무에 걸린 게 분명했다. 까치연 임자가 감긴 연줄을 풀어보려고 자꾸 당기는 바람에 대나무를 죄 흔들어놓았다. 대나무들이 몸을 털어 눈가루를 떨구었다. 아니 도대체 누가! 내일이라도 설죽(雪竹)을 그리려고 별렀던 나는 그림 소재를 망쳐놓는 훼방꾼 때문에 부아가 났다. 대나무 숲으로 가서 대를 헤치고 틈으로 밖을 엿보니 또래처럼 보이는 사내아이 하나가 얼레를 풀었다 감았다 하며 대나무의 우듬지로 고개를 쳐들고 있었다.

낯이 선 그 사내아이는 깔끔한 입성으로 보아 양반집 자제처럼 보였다. 잠깐 눈이 마주쳤다. 그 아이는 대숲의 틈새로 보이는 내 작은 얼굴이 믿기지 않는지 눈을 동그랗게 뜨고 있다가 이내 환하게 웃었다. 젖니를 갈고 있는지, 송곳니 빠진 흰 앞니 네 개가 백옥처럼 희었다.

"으음, 혹시 너 이 집에 사니?"

나는 고개를 까딱하고는 얼른 물러났다. 만득이 멀리서 그 광경을 보았는지 장대를 들고 다가왔다. 장대로 흔들어도 칭칭 감긴 연은 풀리지 않았다. 아니 오히려 그 통에 연줄이 끊어진 것 같았다.

"어? 연줄이 끊어졌네!"

만득이 대나무 틈으로 소리쳤다. 대숲 밖에서 사내아이의 소리가 들렸다.

"그놈 거기가 좋은가 보구나. 그럼 그놈 그냥 거기 살게 놔두거라. 내 허락 없이는 내려놓지 말고!"

안타깝게 우듬지를 쳐다보던 사내애가 호기 있게 명령했다. 그리고 미련 없이 돌아섰다. 대나무 틈으로 내다보던 만득이 홍! 하며 어깨를 으쓱한다. 그 태도가 좀 불손하게 느껴져 의아하게 쳐다보자 만득이 묻지도 않은 대답을 했다.

"가을에 서울서 내려온 정 대감댁 도령이래요. 나이는 나랑 동갑이구. 그런데 첩실의 자식이라던데요. 양반도 아닌 것이 어따 대구 이래라저래라, 내 참! 울 엄마 말로는 기생첩이라고도 하던데……."

반상의 차별뿐 아니라 서얼의 차별 또한 혹심하다는 걸 나는 할아버지를 통해 알게 되었다. 세상이, 이미 모든 것이 정해져 있다는 게 다행인지 불행인지 나로서는 잘 모르겠지만, 가슴이 왠지 답답했었다.

인남이 콧물을 흘렸다. 고뿔이 걱정되어 동생을 데리고 만득과 집 안으로 들어갔다. 안마당에 들어서니 만득 아범이 만득일 보고 소리를 질렀다.

"이노무 자슥! 어딜 그렇게 빨빨거리고 다녀! 지금 당장 광에 가서 깨끗한 짚가리 좀 가져와!"

"왜요? 짚신 삼으려고?"

"이런 맹한 자슥! 금줄을 만들어야지."

드디어 어머니가 아기를 낳았구나. 사내아기를 낳았을까? 순간, 만득 아범의 얼굴을 잠깐 살피는데 만득이 끼어들어 묻는다.

"아부지! 뭐요, 웅? 뭘 달고 나왔어요? 뭐?"

만득 아범이 아들의 머리통을 냅다 쥐어박았다.

"이 자슥 말본새 하고는! 광에 갈무리해둔 숯하고 뒤꼍에 가서 깨끗한 솔가지 좀 꺾어 와라."

무릎에 힘이 빠졌다. 아아, 불쌍한 엄마 그리고 외할머니. 엄마와 갓 난 동생이 보고 싶었지만 삼칠일 동안은 허락 없이 함부로 방에 들어가서는 안 된다는 걸 나는 이미 잘 알고 있다. 그때 댓돌로 내려온 할머니의 얼굴이 지쳐 보였다.

"에미 쉬어야 하니까 너희들은 얼씬거리지 말고 할미랑 사랑에 가자."

인남이 할머니를 보고는, 엄마 또 딸 낳았어? 하고 묻는다. 할머니는 아무 말 없이 손녀들의 손을 잡고 사랑채로 향하다가 한숨을 크게 쉬었다. 할아버지는 이미 출산 소식을 들었는지 무표정한 얼굴로 종이 위에 갓 태어난 아기의 생년월일시를 붓으로 정성껏 적었다. 그리고 잠시 생각하더니, 붓을 움직였다.

"이 여식 이름은 이렇게 정하도록 하오."

종이 위에 단정한 해서(楷書)로 두 글자를 써내려갔다.

끝 말(末), 계집 희(姬). 末姬.

항아(恒我). 내가 지은 내 이름.
철들기까지 이 이름으로 불리던 시간이 있었지.
그러나 여인의 생은 이름을 버림으로써 비로소 시
작된다.
이 이름을 지은 날의 정경이 떠오른다.
후후…… 나는 참으로 발칙한 계집아이였겠다.

나, 항아(恒我)

　할아버지가 갓난아기에게 말희라는 이름을 지어준 것은 분명
의미가 있었다. 무남독녀인 어머니가 다남(多男)하길 바랐지만
어머니는 내리 딸만 다섯을 생산했다. 첫딸인 인홍 언니만 해도
맏딸은 살림 밑천입네, 하고 인홍이라 이름 짓고 계집아이를 손
위 누이로 둔 아들을 고대했다. 그러나 그다음으로 내가 태어나
자 할아버지는 인선(仁善)이란 이름을 짓긴 했지만, 사내동생을
보라고 개남이라는 좀 상스런 아명으로 줄곧 부르셨다. 그러나
내 이후로도 계집아이가 태어났다. 할아버지는 셋째 계집아이도
사내 '男' 자를 넣어 인남이라 지었다. 연달아 넷째가 또 딸인 것
을 알자 지조 있게 또 옥남이라 지었다. 다섯째 아이를 말희라 이
름 지은 뜻은 아마도 득남의 오랜 기원을 접는 의미라고 나는 내

나름대로 생각했다. 유난히 몸이 약한 어머니도 이미 서른 중반을 넘은 나이였다.

말희가 태어나고 첫 칠 일이 되었을 때 나는 사랑으로 건너갔다. 내 딴에는 단단히 결심을 하고서였다. 할아버지는 『논어』의 어느 구절을 붓으로 쓰고 있었다. 눈을 떼지 않고 내게 말했다.

"오오, 우리 개남이 왔니?"

나는 일부러 대답을 하지 않고 뾰로통하니 있었다. 대답이 없자 할아버지는 눈썹을 꿈틀 올리며 나를 쳐다보았다.

"이제부터 저를 개남이라 부르지 말아주셔요."

"이게 무슨 소리? 개남이를 개남이라 부르지 뭐라 부를꼬?"

"저는 그 이름이 싫어요. 정말 싫어요. 저도 할 만큼 했고 참을 만큼 참았답니다, 할아버지. 태어나서 여태까지 그 이름으로 불리는 걸 꾹 참았어요. 제 이름에 온 식구들의 원(願)이 실렸다는 걸 알기 때문에요. 그런데 개남이란 이름에 별 영험이 없다는 걸 할아버지도 아시잖아요. 그런 이름을 지어도 사내동생을 못 봤잖아요. 이제 할아버지도 말희가 막내가 되기를 원하시는 거지요? 그러니 저도 이젠 이름 바꿔주세요."

할아버지가 오호, 요놈 봐라, 하는 눈빛으로 붓을 내려놓았다.

"개명을 하겠다고?"

"예."

"네겐 인선이란 이름이 있지 않느냐."

"그 이름보다 더 불리고 싶은 이름이 있습니다."

"계집애 이름은 어차피 중요하지 않다."

"그러니 식구들이라도 제가 원하는 이름으로 바꿔 불러주십사 하는 거지요. 시집가기 전까지라도요."

"허 참, 해괴한! 그래 뭐라 불러줄꼬?"

"항아."

"호오, 네가 그 이름을 아느냐? 달나라의 아리따운 공주의 이름을? 월궁항아(月宮姮娥)라……. 계집애라면 그 이름이 탐나겠지."

나는 고개를 흔들었다.

"항아 공주. 그 이름이 아닙니다."

"그러면……."

나는 마른침을 꿀꺽 삼켰다. 하지만 내 뜻을 관철하고 싶었다. 사내동생을 낳는 조건으로 불린 개남이라는 이름을 더 이상 듣고 싶지 않다.

"저는 이제부터 개남이가 아닙니다. 저는 또한 월궁항아도 아닙니다. 저는 항시 저이고 싶습니다."

할아버지가 잔뜩 호기심이 인 얼굴로 종이와 붓을 밀어주었다.

"그래, 네가 지어 온 네 이름을 써보거라."

나는 심호흡을 크게 하고 붓에 먹을 찍어 힘주어 써내려갔다.

항상 '恒' 자와 나 '我' 자. 항아(恒我).

할아버지의 얼굴에 곤혹스런 표정이 서렸다.

"그 항아를 쓰겠다고? 허어, 참!"

"예!"

내가 듣기에도 내 목소리는 힘차고 낭랑했다.

"저는 항상 저이고 싶어요."

"가뜩이나 사내 같은 사주를 타고났는데 그 이름은 계집아이에 겐 너무 과하다. 그리고 나를 앞세우는 그 이름이 어쩐지 마뜩지 않다만……."

할아버지는 나를 한참 바라보더니 결국 고개를 끄덕였다.

"할아버지, 고맙습니다."

나는 활짝 웃으며 깊이 고개를 숙였다.

"과거를 볼 것도 아니고 사내대장부처럼 이름을 남길 것도 아 니니, 네 원이 정 간절하다면 식구들끼리는 그리 부르도록 하자."

"예, 그런데 집안의 어른이신 할아버지가 식구들에게 말씀을 내려주셔요."

기쁜 마음에 자리를 털고 일어나니 할아버지가 불러 세웠다.

"개남아, 가지 말고 앉아봐라."

"……."

나는 못 들은 척, 대답도 않고 선 채로 가만히 있었다.

"옆에 앉아서 먹도 갈고 우리 개남이, 오랜만에 그동안 공부한 『사자소학』도 읊어보련?"

"아휴, 할아버지. 개남이가 누구온지 저는 모릅니다. 잊으셨어요? 제 이름은……."

그제서야 할아버지는 나를 다시 불렀다.

"어이쿠, 그래. 항아…… 항아야……."

할아버지는 어색하게 나를 불렀다. 나는 할아버지의 건망증이
우스워 손으로 입을 가리며 웃었다. 그리고 할아버지 옆에 앉아
조심스레 먹을 갈았다. 할아버지는 그런 나를 바라보며 복잡한
표정을 지었다. 할아버지의 속엣말을 나는 알아차렸다. 저게 사내
라면. 얼마 후 할아버지가 식구들에게 내 이름을 선포하자 언니
와 동생들이 까르르, 웃었다.

"항아? 항아리가 아니고?"

언니가 놀렸다. 그때부터 동생들은 항아, 항아, 항아리 언니! 하
고 나를 불렀다. 한동안 할머니와 어머니, 할아버지조차도 나를
여전히 개남이라 불렀다가 엉거주춤 항아야, 라고 불렀다. 나는
개남이라 부르는 것에도, 항아리라 놀리는 것에도 일절 대답하지
않았다. 어른들은 아이고, 저 고집! 하면서도 서서히 내가 지은 이
름으로 나를 부르기 시작했다.

아홉 살의 어린 계집애였던 나는 생애 최초의 허기를 느꼈다. 그것은 무엇이었을까. 그때의 나는 그것을 배고픔과 같은 결핍으로 느꼈지만, 지금, 한생을 지나온 지금, 그것은…… 내 안의 채울 수 없는 끊임없는 그리움이 아니었을까. 그리움이란, 물속의 달 그림자처럼 헛되고 헛된 욕망. 제 그림자를 잡으려 맴도는 어린 강아지처럼, 그리움은 부서질 듯 위태로운 내 안에 드리워진 그림자였지. 그림자로만 살진 않으리라. 그래, 나는 빛을 좇았지. 하지만 밝을수록 내 안으로 맹렬히 스며든 그늘…… 그런 미혹이라도 없었다면……. 나는 무엇 때문에 그토록 헛헛함에 사로잡혔던 걸까? 그럴수록 완벽한 삶을 살려고 했을까.

달그림자

까치가 몹시 울던 눈 오는 날, '마지막 계집아이' 말희가 손님처럼 왔던 날 이후 내 마음에도 묘한 느낌이 찾아왔다. 그 느낌은 이상하게 아련한 허기와 비슷했다. 그러나 여태까지 음식 앞에서도 맹렬한 허기를 느껴보지 못한 나였다. 그것은 가슴속이 대나무 속처럼 텅 빈 듯한 느낌이랄까. 그곳에 허전한 한기가 스며 있는 쓸쓸함 같은 것이었다.

어쩌면 그것은 검은 대나무 숲을 바라볼 때마다 더했다. 그곳 우듬지에는 커다란 까치 한 마리가 깃들고 있었다. 기름 먹인 종이로 만든 까치연. 창공을 날다가 우리 집 대나무 숲에 와 깃든 까치연은 해가 바뀌어도 아직 그대로 있다. 대나무 우듬지에 실이 엉킨 채로 팔락거리고 있었다. 그걸 볼 때마다 내 가슴도 새가슴처럼 팔락거렸다. 희고 고른 잇속을 보이며 웃던 얼굴이 해맑은 사내아이. 그럼에도, 그럼 그놈 그냥 거기 살게 놔두거라, 내 허락 없이는 내려놓지 말고, 배포도 좋게 어른스레 말하던 아이. 관옥 같은 얼굴이며 말씨가 예사 개구쟁이 사내아이와는 달리 기품이 있어 보이던 사내아이. 그런데 만득이의 말에 의하면 기생첩의 자식이라고? 만득이와 동갑이라 했으니 나보다는 두 살 위. 아, 그런 오라비가 하나 있으면 얼마나 든든하고 재미있을까? 다섯 자매로 가득한 집안에 그런 오라비가 하나 있다면…….

콩깍지에 든 콩처럼 올망졸망 어슷비슷한 딸들과 달리 그런 아들을 하나 가진다면 외조부모나 부모도 얼마나 대견하고 든든할까. 어머니가 아들이었다면 아버지와 헤어지지 않고도 외할머니와 외할아버지를 모시면서 살 수 있을 것이다. 천지간에 무남독녀 외동딸인 어머니는 부모를 봉양하느라고 지아비를 곁에 두지 못했다. 다행히 아들을 낳진 못했어도 딸 다섯을 두었다. 그러나 딸들은 어느 날 지아비를 따라 떠날 것이다. 그러면 먼 훗날 부모님은, 특히 세상천지에 혈육 한 점 없는 어머니는 누구에게 의지할까. 여자는 꼭 시집을 가야 하는 걸까? 부모님을 모시고 자신이 하고 싶은 일을 하면서 살 수는 없는 걸까?

그러나 첩실의 자식으로라도 사내로 태어나는 게 나처럼 여식으로 태어난 것보다는 나은 것일까? 왠지 까치연 소년이 애틋하게 느껴졌다. 소문대로 어미가 기생이었다면 그의 앞날 또한 맑은 날은 아닐 것이다. 작년에 외가 쪽 친척 아저씨 회갑연에 불려 나온 기생들 생각이 났다. 고운 분을 얼굴에 바르고 화려한 비단 옷을 입고 가야금을 타거나 노래와 춤을 보여주던 여자들. 나는 그들에게 시종일관 눈길을 빼앗겼다. 화사하고 예뻤다. 언니와 함께 감탄사를 소리 죽여 내뱉었다. 언니와 나는 불려 온 기생 중에 서로 자기가 점찍은 기생이 더 예쁘다고 우겼다. 입성이나 용모, 자태가 여염집 아낙들과는 너무도 달랐다. 연회가 끝나고 우리는 할머니에게 어찌하면 기생이 될 수 있느냐고 물었다. 할머니는 단번에, 그 천한 것들! 이라고 내뱉었다. 그런데 천한 것들이 가죽 신에 어쩌면 그렇게 예쁜 비단옷을 입고 금은보화 노리개 장식을 할 수 있나요? 언니가 물었다. 할머니가 말했다. 그래 봤자 노류 장화(路柳牆花) 신세란다. 노류장화? 우리는 고개를 갸웃했다. 길 가나 담장 밖에 핀 꽃들은 남의 손을 얼마나 타겠냐. 하여간 남자 골을 빼는 못된 것들이란다. 나는 남자 골을 뺀다는 말이 무슨 뜻 인지 알 수 없었다. 골을 뺀다니? 그렇게 무시무시해 보이지 않던 데……. 오히려 기생들의 공연이 끝나자, 술이 불콰하게 취한 남 자들이 서로 더 예쁜 기생을 차지하려고 욕심을 부리지 않았나. 그런 기생이 아이를 낳았다면 그 아이도 그런 재주를 타고나는 것일까.

그런데 그 사내아이를 다시 보게 되었다. 정월 대보름날이었 다. 온 마을 사람들이 저녁을 먹고 달맞이를 하러 나왔다. 이날만큼은 남녀노소 반상을 안 가리고 집 안에만 있던 아낙들과 처녀들 또한 저녁밥을 먹고 모두 나왔다. 말희를 뺀 우리 네 자매도 어린 동생들을 걸리거나 업고 다리 밟기 놀이가 열리는 남대천으로 갔다. 농악패를 따라 어깨춤을 추는 사람들을 따라갔다. 경포호수를 지나면서 보니 맑고 커다란 하늘의 만월이 동경(銅鏡) 같은 밤 호수에도 떴다.

"와아! 달이 두 개다."

혀 짧은 소리로 네 살배기 옥남이 소리쳤다. 남대천의 삼형제 다리까지 가는 동안 들판에서 아이들이 쥐불놀이를 하거나 달집을 태우느라 그런지 매캐한 냄새가 났다. 들불에서 튀는 불꽃이 하늘을 나는 별똥별처럼 밤하늘을 수놓았다.

남대천에 놓인 다리를 나이 수대로 모두 돌고 나니 다리가 아팠다. 동생들이 칭얼거려 언니와 나는 동생들을 업었다. 사람들이 모여 냇물에 종이배를 띄웠다. 어부들이 고기를 많이 잡으라고 비는 것이라 했다. 정월 대보름날은 복은 맞고 액은 막는 날이다. 다시 다리를 건너가려니 발도 시리고 아팠다.

"개남아, 아니 항아야, 좀 쉬었다 가자."

마침 언니의 그 말이 너무 반가웠다. 어른들은 사람들이 북적이는 큰 다리를 다시 돌아오는 대신 지름길로 갈 수 있는 징검다리를 건넜다. 그러나 어린 동생들 때문에 미끄러운 징검다리를 건너는 건 무리였다. 게다가 동생들은 업힌 채 잠이 들었다. 언니와 나는 동생들을 업은 채로 큰 다리 참에 앉아 쉬었다. 유난히 밝은 보름달 덕분인지 주위가 환했다. 남대천 냇물 위로도 달빛이 은빛으로 부서졌다. 사람들 얼굴도 낮보다 더 은은하고 멋스러워 보였다. 햇빛은 화사하지만 달빛은 은은하다. 나는 달빛에 취한 듯 꿈꾸듯 냇물을 바라보았다. 정작 달보다 은빛 물결 위로 일렁이는 달그림자가 더욱 아름다웠다.

그때 소년의 미성(美聲)이 들려왔다.

강 속의 달을 지팡이로 툭 치니 (胡爲投江月)
물결 따라 달그림자 조각조각 일렁이네. (波動影凌亂)

어라, 달이 다 부서져버렸나? (翻疑月破碎)
팔을 뻗어 달 조각을 만져보려 하였네. (引臂聊戲玩)

물에 비친 달은 본디 비어 있는 달이라 (水月性本空)
우습다. 너는 지금 헛것을 보는 게야. (笑爾起幻觀)

물결 가라앉으면 달은 다시 둥글 거고 (波定月應圓)
품었던 네 의심도 저절로 없어지리. (爾亦疑思斷)

한 줄기 휘파람 소리에 하늘은 드넓은데 (長嘯天宇寬)

소나무 늙은 둥걸 비스듬히 누워 있네. (松偃老龍幹)

　나도 모르게 소리 나는 곳을 보았다. 저 앞에서 도령 하나가 내 또래의 여자애 손을 잡고 물을 바라보며 시를 읊조리고 있었다. 소년이 전체를 읊조리고 나서는 소녀에게 구절구절 되뇌어주었다. 소녀는 그를 따라 글을 배우듯 구절마다 따라 읊고 있었다. 그 시를 듣자마자 가슴이 찌릿했다. 어쩌면 지금의 이 풍경과 내 심정을 이렇게도 잘 집어내었을까. 저 도령이 지은 시일까? 목소리는 점점 다가왔다.
　"수월성…… 아아 그다음에 뭐라 그랬지?"
　"으이구, 초롱아! 너는 어떻게 이름값도 못하냐? 개명해야겠다. 수월성본공! 물에 비친 달은 본디 비어 있는 달이라."
　나는 그 시가 너무 좋아 그 소년의 낭송을 저절로 속으로 따라 하고 있었다. 곧 시는 내 머릿속에 박혔다. 이걸 외워서 할아버지께 들려드리면 작자를 알 수 있겠지. 하지만 아직 어린 소년이 보름달을 보고 그 시를 떠올리고 읊을 수 있다니 얼마나 식견과 재치가 있는가. 그 시를 글씨로 써서 머리맡에 붙여두고 싶었다. 요즘엔 세상 모든 만물이나 물건에도 무슨 신비한 조화가 있다는 생각이 든다.
　도령과 초롱이라 불린 소녀가 가까이 다가왔다. 이상하게 가슴이 팔락거렸다. 부끄러움을 무릅쓰고 그 도령의 얼굴이라도 꼭

봐두고 싶었다. 내가 그 두 사람을 주시하고 있는 것을 지나던 소녀가 먼저 알아챘다. 소녀는 나를 향해 시선을 돌렸다. 낭창낭창한 여린 몸매에 이상하게 사람의 마음을 끄는 아주 예쁜 여자애였다. 새치름하니 쏘아보는 눈빛이 예사 아이는 아닌 듯했다. 도령은 소녀의 손을 꼭 잡고 고개를 살짝 숙이고 시를 읊조리는 데만 몰두해 있다.

그러나 내 눈길이 그의 얼굴에 닿자 그의 얼굴이 구름 속에서 내민 보름달처럼 갑자기 환하게 빛났다. 아아, 저 얼굴! 그는 검은 대나무 사이로 한 번 보았던 까치연 소년이었다. 그때, 그 찰나의 기억 속에 어떻게 그 얼굴이 이토록 깊이 박혔을까. 달빛 속에 고개를 숙인 그 얼굴을 순식간에 알아보다니. 두 사람은 내 앞을 지나쳤다. 소녀만이 뒤를 돌아 내 얼굴을 뚫어지게 보았다. 소녀와 내 눈길이 꼿꼿하게 얽혔다. 좀 있다 소년도 이상했는지 뒤를 돌아보았다. 몇 걸음 떨어져 있었지만 그의 눈의 동공이 열리는 게 보이는 듯했다. 달빛 때문일까? 소년의 눈길이 반짝 빛을 낸다고 생각했다. 갑자기 부끄러워졌다. 어떤 사내아이들 앞에서도 당당하던 나였다. 지금 옥남을 업고 엉거주춤 서 있는 내 모습도 왠지 자신이 없었다. 초롱이라는 여자애의 색동저고리와 자주색 꽃당혜도 내 것보다 어여뻐 보였다. 나는 단호하게 고개를 돌렸다. 그리고 옥남을 추스르고 나서 걷기 시작했다.

도령과 초롱은 냇가로 내려가 징검다리를 건너려 했다. 초롱이 발이 아프다 투정 부리며 아양을 떠는 목소리가 들려왔다. 도령은 초롱을 업고 냇물을 건넌다. 나는 묵묵히 큰 다리를 건넌다.

"항아리, 넌 어떤 소원을 빌었니? 난 말이야······."

뒤따라오는 언니가 뭐라 그러는지 잘 들리지 않는다.

"항아, 항아야! 애, 화났니? 너 왜 그래?"

언니가 쫓아오며 계속 집요하게 물었다. 물 위의 부서져 흔들리는 달이 흐느적거리며 내 뒤를 쫓아왔다.

아버지, 당신은 이미 제가 세상에 태어나던 순간부터 아셨지요? 제 안의 허기, 샘물처럼 솟아나지만 저를 채우지 못하는 그리움의 갈증을. 아아, 이제야 저도 알겠어요. 제게 붓을 주신 이유를……. 세상을 떠난 당신을 한때 이해도, 용서도 할 수 없었던 시간이 있었지요. 당신도 눈을 감는 순간까지 마음의 짐을 벗지 못하셨으리라 짐작합니다. 이제 저를 용서하세요, 아버지.

홍매화

뒤꼍 매화나무 등걸에서 뻗은 가지에 홍매화가 피어나기 시작
했다. 바야흐로 온 들판은 해토 내음이 진동하고 한낮의 호수는
아지랑이로 아른거렸다. 그 아른거리는 빛 때문에 현기증이 살짝
났다. 나는 뒤꼍으로 나와 한껏 기지개를 켜며 매화꽃 하나하나
에 눈을 맞추었다. 투박한 고목 등걸에서 이렇듯 섬세한 꽃이 어
디 숨어 있다가 봄만 되면 고개를 내미는지 신기했다. 붉은 기가
살짝 도는 홍매화는 외할아버지가 이 집에 터를 잡고 살기 시작
하기 전부터 있던 나무라 했다. 세밀히 관찰하였다가 종이에 꼼
꼼하게 밑그림을 그렸다. 사군자 중에서도 매화와 대나무를 그리
는 것이 가장 재미있었다.

꽃을 가만히 보고 있으면, 꽃의 표정이 느껴졌다. 나무가 몸이

라면 꽃은 나무의 얼굴이다. 봄바람에 파르르 떠는 매화의 기다
란 꽃술이 살짝 미소 짓는 처녀의 떨리는 속눈썹 같다. 그때 누군
가 뒤에서 내 눈을 손으로 가린다. 손을 만져보니 두툼하고 따뜻
하다. 그리고 남자의 손이다. 아! 순간 왈칵 반가운 마음이 든다.
아버지. 그러나 나는 반가운 마음을 살짝 누르며 말한다.

"한양에서 학식과 덕망이 높기로 자자한 신(申) 진사 어른 아니
시옵니까?"

나는 '신 진사'라는 단어에 힘을 준다. 아버지가 손을 풀며 허
허, 웃는다. 아버지가 진사 초시에 합격했다는 소식을 얼마 전에
인편을 통해 듣고, 온 가족이 기뻐하며 그를 기다려왔다. 이렇게
라도 축하하는 마음을 표하며 아버지를 기쁘게 하고 싶었다. 뒤
를 돌아보니 아버지는 도포와 갓도 아직 벗지 않은 채 웃음 가득
한 얼굴로 나를 바라보았다.

"그래, 그림이 그렇게 재미있느냐?"

"예, 몰두해 있는 동안은 세상 근심을 다 잊을 거 같아요."

"네가 뭐 세상 근심을 알겠냐만, 기뻐서 하는 일이니 나도 참
좋다. 온 정신을 꽃에다 쏟고 있는 네 모습이 멀리서 보니 꼭 그림
같구나. 어서 안으로 들어가자. 아버지가 이번에 물감과 화첩을
많이 구해 왔다."

굽이굽이 아흔아홉 고개 대관령을 넘어 쉬지 않고 꼬박 아흐
레가 걸려 서울에서 온 아버지. 산이 얼마나 험한지 대굴대굴 굴

러야 온다는 대굴령. 대굴령이란 험한 산으로 고립되어 있는 처지의 고향 사람들이 한숨과 웃음을 섞어 부르는 대관령의 별명이다. 그 험준한 고개를 아버지는 일 년에 두어 번씩 한여름과 한겨울을 피해 식구들을 보기 위해 온다. 게다가 집에 올 때마다 꼭 장인 장모의 선물과 딸들의 선물을 잊지 않고 챙겨 왔다. 주로 딸들에게는 꽃당혜나 곱게 물들인 댕기, 머리빗 같은 것을 선물했지만, 나를 위해서는 물감과 화첩과 붓을 구해 오곤 했다. 그것은 나에 대한 아버지만의 각별한 사랑이었다.

할머니가 벌써 닭을 잡으라고 지시했는지 씨암탉을 놓친 만득아범이 부엌칼을 들고 닭 꽁무니를 쫓아다녔다. 푸드덕거리는 닭은 좀체 잡히지 않았다. 그 광경을 보고 식구들이 박장대소했다. 어머니도 행주치마를 두르고 부엌에 나가 있다가 입을 가리고 웃었다. 늙은 노인 남자 한 사람에 여자만 일곱인 식구들에게 아버지의 등장은 생동하는 봄기운처럼 온 집 안을 설레게 했다. 우선 어머니의 얼굴이 홍매화처럼 화사해졌다. 벌써 십 년이 넘게 서울과 강릉을 오가며 사는 부모님. 속정이 깊고 수다스럽지 않은 어머니는 평소에 무척 엄격하다가도 아버지가 오면 부드럽고 온유해진다. 아버지는 여섯 살 난 막내 말희를 안고, 매달리는 어린 동생들의 볼과 머리를 쓰다듬었다. 그리고 아버지는 사랑으로 건너갔다.

저녁상을 들고 사랑으로 건너가 방문을 열려다가 나는 할아버지와 아버지의 대화를 살짝 엿듣는다.

"그래, 진사 초시에 합격하고 자네는 이제 무엇을 계획하고 있나?"

"시절이 수상하여 벼슬길을 도모하는 것에는 큰 뜻이 없습니다. 더욱더 학문에 매진하고 싶습니다. 서울의 어머님 건강도 웬만하고 해서 이번에는 이곳에서 글도 좀 읽고 아이들과 함께 시간을 보내고 싶습니다. 인홍이 이제 열일곱, 과년하여 치우기 전에 함께 지내고 싶고 인선이 열네 살, 나날이 발전하는 아이를 옆에서 좀 지켜보고 싶습니다."

"인홍이도 좋은 혼처를 얼른 알아봐야지. 인홍이야 다른 건 몰라도 음식 솜씨 얌전하고 살림을 잘할 아이지. 그나저나 항아, 인선이는 그 재주가 비상해서 이제 내가 더 가르칠 것도 없네. 사내아이 같으면 서당에 보내거나 독선생을 붙이면 일취월장 그 재주가 빛나겠구먼. 안 그래도 서당을 보내달라고 조르더니 요즘 좀 잠잠하다네. 혼자서 독학으로 사서(四書)를 다 읽고 요즘은 삼경(三經)에 심취해 있지. 특히 『시경(詩經)』을 외우는 걸 좋아해. 그림이야 사실 인근에선 이미 소문이 자자하지. 게다가 당차고 속이 깊다네. 아들이면 좀 좋았겠나. 보면 볼수록 아깝고 안타깝네. 그런데 계집이 저렇게 재주가 뛰어나니 앞날이 애잔하네."

"여자도 학식이 없는 거보다야 있는 게 더 좋지요. 뜻을 펼치는 게 길이 좀 다를 뿐이지요. 좋은 아내와 어머니가 지아비와 자식

68

에겐 가장 첫번째 훌륭한 스승 아닙니까."

"그 아이 태어날 때 본 사주가 마음에 걸리고……."

"참, 빙장 어르신도……."

"그런데 말일세. 이 강릉 땅에 우리 인선이와 필적할 만한 아이가 하나 있는 거 자네는 모르지? 그 아이는 시문에 아주 뛰어나다네. 신동이라고 소문이 났네. 삼대째 판서를 지내고 있는 청송 심씨 집안의 여식이라네. 그 집안이나 이 집안이나 강릉 땅에서는 알아주는 명문 집안이지만, 우리는 벼슬에 뜻이 없고 그 집은 대대로 벼슬을 한 집안이니 사는 형편은 좀 다르잖나. 집 안에 독선생을 모셔놓고 여식에게도 글을 가르친다네. 인선이 그걸 알고는 자기도 서당에 보내달라고 그러더란 말이지. 워낙 배움에 목마른 아이니, 기왕 자네가 온 김에 그 아이 마음의 상처를 살펴보고 내대신 모자라는 글공부를 해갈시켜주게."

저녁상을 들고 선 내가 비로소 기척을 내니 두 어른이 말을 멈추었다. 밥상의 탕기와 주발의 뚜껑을 열고, "진지 맛있게 잡수세요" 하고 인사를 하니 아버지가 나직하게 말했다.

"내일부터 우리 인선이 스승은 이 아비다."

초롱의 몸을 얼마나 질투했던가. 아니 얼마나 경멸
했던가. 연민과 뒤범벅이 된 질투는 나를 혼란에 빠
뜨리곤 했지. 지금에야 고백하자면, 너를 경멸하지
않고는, 너를 연민하지 않고는 때때로 나는 내 알량
한 자존감을 지킬 수 없었단다. "춤출 때만 내가, 내
몸이 기쁘게 살아 있는 것 같아." 너는 그 말을 하지
말았어야 했어. 네 몸 안에 나와 똑같은 허기가 도사
리고 있다니! 나는 그걸 인정하기 싫었어. 너의 허
기, 그건 단지 화냥기라고 너에게 말해주고 싶은 충
동을 꾹 눌러 참은 적이 있다는 걸 넌 몰랐겠지. 네
가 한 남자를 사랑한다 했을 때 난 아무 말도 할 수
없었어. 하지만 우리가 사랑에 대해 무엇을 재단할
수 있겠니. 아아, 내 안의 그런 이중성……. 네가 알
고 있는 나, 내가 알고 있는 나는 같은 사람일까. 그
럼에도 나는 너를 사랑했고, 분명한 건 네가 나보다
더 자유로웠다는 거야. 어쩌면 내가 가장 질투했던
것은, 너의 가는 허리도 아니고, 바로 그것이었는지
도 몰라.

초롱(草籠)

　단오절도 지나고 절기는 하지(夏至)를 앞두고 있었다. 마당에
심은 꽃모종이 나날이 튼실해졌다. 마당가에 수국과 원추리꽃이
피어나고, 봉선화, 채송화가 한두 개씩 얼굴을 내밀고 때 이른 꽃
을 피우기 시작했다. 소복한 고봉밥 같은 흰색 불두화 송이와 불
꽃같은 작약이 흐드러지게 한차례 지고 난 후였다. 한낮의 햇빛
이 기세가 등등해서 동생들은 점심을 먹은 후 시원한 대청마루에
서 잠시 낮잠을 자곤 했다. 풀각시를 가지고 놀거나 공깃돌 놀이
를 하며 동생들을 데리고 놀던 나도 그 무렵이 되면 졸음이 오고
혼곤해졌다. 안채에서는 혼기에 든 언니를 데리고 어머니가 『내
훈(內訓)』을 가르치고 있었다. 나도 간혹 어깨너머로 배우긴 했으
나 왠지 언젠가는 시집을 간다는 일이 현실적으로 느껴지지 않았

다. 남의 집에 가서 자기를 죽여야 살 수 있는 새로운 생. 한번 선택하면 물릴 수 없는 생. 나는 인륜지대사인 혼인이란 것이 어쩐지 사람의 본성을 따르는 것이라고는 생각되지 않았다. 언니는 『내훈』은 건성으로 듣고, 틈만 나면 병풍이며 횟댓보며 베갯잇, 방석에 수를 놓으며 욕심껏 혼수를 준비했다. 물건에 욕심이 많은 언니를 이해 못 하는 건 아니지만, 숙제처럼 내게도 할당하는 바람에 요즘엔 그림에도 전혀 손을 대지 못하였다. 언니의 혼수품에 자수 밑그림을 그리며 한 땀씩 정성껏 수를 놓는 일에 만족할 수밖에 없었다. 다만 언니의 혼수 때문에 요즘 들어 아버지에게 배우고 익히고 있는 붓글씨의 매력에 흠뻑 빠지지 못하는 게 서운했다. 아버지는 내가 공부한 책들을 검사하는 방법으로 그것을 외우게 하는 대신 글씨로 써보게 했는데, 운필법과 서체도 함께 가르쳤다. 해서부터 수련하게 했으나 내가 끌리는 것은 용틀임을 하는 초서(草書)였다. 중국의 왕희지와 세종대왕의 아드님 안평대군이 서도(書道)에 뛰어났다고 한다. 얼마나 많이 써야 그들만큼 쓸 수 있을까. 아버지는 글씨를 쓰는 것은 기예가 아니라 도를 닦는 마음으로 하는 것이라고 했다. 그래서 서도라고 하는가 보다.

아버지가 거하는 바깥채에서 글 읽는 소리가 들리면 사랑채에서는 할아버지의 글 읽는 소리가 들려온다. 집 안에 두 남자의 낭랑한 음성이 들리니 왠지 든든하다. 아버지가 더 오래 계시면 좋

을 텐데……. 아버지는 보통 날씨가 무더워지기 시작하는 초복
전에는 상경한다. 아버지가 곧 떠난다는 생각을 하니 벌써부터
마음이 허전하다. 단조로운 가락으로 이어지는 두 사람의 글 읽
는 소리를 듣다 보니 막내 말희의 가슴을 토닥이며 자장가를 불
러주던 내 눈꺼풀도 무거워진다.

누군가 살살 목을 간질이는 느낌에 눈을 떴다. 눈을 뜨니 초롱
이 강아지풀을 들고 킥킥대고 있다.

"어? 너 웬일이야? 네 아버지 오셔서 꼼짝 못한다며?"

"그러게 말이야. 오랜만에 오셔서 얼마나 엄격하게 하시는지
숨도 못 쉬겠어. 역성들어줄 어머니도 안 계시고."

초롱이 눈을 내리깔고 살짝 한숨을 쉰다. 그러다 반짝 고개를
들며 눈빛을 빛낸다.

"그런데 나, 오늘은 특별히 사신(使臣) 자격으로 왔단다."

"사신? 네 아버지가 우리 아버지랑 한잔 하자시니?"

"아니, 오늘은 그게 아니고. 너 혹시 알고 있니? 네 집에도 기별
이 왔을 텐데."

"무슨?"

"내일모레가 심 판서댁 잔치란다. 왜 부자가 다 판서를 지낸 강
릉 대갓집 말이야. 그래서 그 아버지를 큰 판서, 아들을 작은 판서
라고 하는 집. 지금은 그 아버지가 벼슬에서 물러났는데 회갑을
맞아 큰 잔치를 연대. 우리 아버지가 네 아버지도 가시는지 여쭤

보고 오라셔서. 우리 아버지와 너희 아버지는 친구잖아. 준서 오라
버니가 그랬어. 두 어른이 진취적이고 이상적인 성향을 가진 게 비
슷하다고. 그러니까 사상과 생각도 같은 파잖아. 오라버니도 인간
적으로 아버지는 맘에 안 들지만 아버지의 성향은 맘에 든다고."

나도 갑자사화(甲子士禍)니 그 전의 무오사화(戊午士禍)를 귀동
냥으로 들어서 알고 있다. 학문의 정도를 걷고 치국을 함에 사사
로운 욕망을 부리지 않는다면 왜 그런 피를 부르는 화가 생길까.
아버지가 벼슬에 나가지 않는 것은 정말 다행이다. 무슨 파, 무슨
파…… 무리를 짓고, 편을 갈라 쪼개고, 선을 긋고, 서로 이간을
하고……. 무릇 도량이 넓다는 사내들이 모여 서로 헐뜯고 죽이
는 게 한심하게 여겨졌다. 초롱의 아버지 정 대감은 아버지와 뜻
을 같이하지만, 서울에서 벼슬살이를 하고 있다. 그는 초롱의 어
머니 김씨를 소실로 두어 고향인 강릉으로 이주시켜 두 소생, 준
서와 초롱을 기르게 하여 자주 내려오곤 했었다. 그러다 초롱의
어머니가 작년에 병으로 죽고 나서는 드물게 왕래할 뿐이었다.

수년 전 정월 대보름날 밤에 초롱을 만나 알게 된 건 다 인연이
었던 모양이다. 알고 보니 초롱의 아버지는 서울에서 아버지와
알고 지내는 사이였다. 초롱의 아버지 정 대감은 정실부인인 윤
씨와 아버지의 본가인 남산골에 이웃하여 살고 있었다.

초롱과 준서를 처음 보았을 때 이상하게 두 오누이가 지워지지
않았었다. 처음에는 초롱이가 누이인 줄 생각도 하지 못했다. 왜

그랬을까. 초롱이의 자태를 보며 오누이 간이 아니라 뭔가 불안한 사이로 보였던 것이다. 불안이라……. 나는 그때를 떠올리면 왠지 부끄러워진다. 처음 본 여자애에게 뜬금없는 시샘을 느꼈던 걸까? 준서, 단지 그 사내애 옆에 있었다는 이유로? 나는 그날 밤 달빛 아래서 보았던 준서와 초롱의 다정한 모습을 지울 수 없었다. 초롱의 버들가지처럼 휘어질 듯 호리호리한 자태와 걸음걸이가 까닭 없이 자주 떠올랐다. 그런데 이듬해 봄에 아버지와 경포호를 산책하다 두 어른이 딱 부딪쳤다. 우연이라면 우연이었다. 두 어른은 반갑게 인사를 나누었다. 정 대감 옆에는 초롱이가 붙어 있었다. 그때의 놀라움이라니. 그리고 까치연 도령의 누이동생이라는 걸 알고 났더니 홀가분한 기분마저 들었다. 아버지들 간의 인연을 알고 나니 왠지 끈질긴 인연의 느낌이 들었다. 그 이후 초롱과는 자주 보게 되었다. 초롱은 나와 동갑이었다. 성정이나 생각이 너무 달라서일까? 이상하게 서로에게 끌리는 매력을 느꼈다. 양쪽 아버지들의 암묵적인 동의하에 자연스레 동무 사이로 지내게 되었지만, 나는 초롱이 귀엽고 사랑스러웠다. 초롱은 나와 동갑이지만 언니에게 하듯 내게 애교와 응석을 부리곤 했다.

"그런데 심 판서는 두 어른과는 성향과 뜻이 좀 다르다잖니. 낸들 뭘 아냐만, 울 오라버니가 그러니까 알지. 왜들 그렇게 패를 갈라서 그러는지 모르겠어. 윷놀이 판도 아니고. 이런들 어떠하리, 저런들 어떠하리. 만수산 드렁칡이 얽혀진들 어떠하리. 우리 같은 계집애들이야 무슨 상관이야? 같은 향반들끼리 어르신 회갑연에 가는 게 도리가 아니겠는가, 하시며 네 아버지께 여쭙고 답을 받아 오라 하셨어. 여기 우리 아버지 서찰이야. 네가 갖고 가서 답을 좀 받아 오렴. 그런데 너 그 집 손녀가 신동이란 소문 들었지? 이름이 가연이라지. 그 할아버지가 손녀 자랑하고 싶어 잔치하는 거 아닌가 몰라. 하여간 우리도 아버지를 졸라서 잔치에 가보자. 어떻게 생긴 것이 그렇게 글을 잘 짓는지 한번 보자고. 우리 인선이한테 댈라고 흥! 꼭 가보자, 인선아, 응?"

초롱은 내 손을 잡고 어깨를 살랑살랑 흔들며 아양을 떨었다. 아마도 초롱은 가연을 보고 싶은 게 아닐 것이다. 연회에 나오는 기생들이 보고 싶을 것이다. 초롱은 기생들의 춤사위를 곧잘 흉내 내곤 했다. 그럴 때 초롱의 몸은 새봄의 물오른 버들가지가 봄바람에 간드러지게 휘날리는 것 같았다. 나는 가슴이 뛰었다. 가연이라는 그 여자애를 보고 싶었다. 아버지가 허락하시면 좋을 텐데.

"애, 그 집이 아흔아홉 칸이라는구나. 얼마나 큰지 꼭 가보고 싶어. 예전에 우리 아버지 어릴 때 말이야. 그 집에 가서 가연이 아버지랑 자주 글공부도 하고 놀기도 하셨다지. 지금쯤 그 집 연못에 연꽃이 볼만할 거래. 연못 안에 정자도 멋지게 지어놨대. 그래서 고을에서 풍류깨나 하는 선비들이 그 연지(蓮池)에 모여 유흥을 즐긴다더라. 그 가연이라는 아이는 참 좋겠다. 위로 오라비 둘

을 둔 외동딸이라더라. 그렇게 잘살고 세도가의 외딸이니 부러운
게 뭐가 있겠니. 나는 왜 이리 타고났는지 원…….”

초롱의 표정이 뽀로통해졌다. 서녀인 자신의 처지를 비관하는
초롱의 외로움을 나는 당해보지 않아 뼛속 깊이 잘 모른다. 하지
만 사이가 좋지 않은 서울 본가 정실 마님의 미움을 피해 어머니
와 오누이가 낯선 강릉 땅에 정착하여 산 지 몇 해 되지 않아 초롱
인 어머니마저 잃었다. 어머니를 잃는다는 것. 그걸 생각만 해도
가슴이 먹먹해졌다. 하긴 나도 남들처럼 혼례를 치르고 집을 떠
나면 어머니와 이별인 것이다. 출가외인. 그야말로 어머니를 잃는
것이다. 언젠가 다섯 딸들이 모두 출가하여 어머니 혼자 남게 된
다면. 그 생각만으로도 어머니가 안쓰러운데, 어머니가 돌아가신
다면……. 나는 경우 바르고 속 깊은 어머니가 늘 믿음직스럽고
좋았다. 어머니는 말은 없지만 늘 눈빛으로 나를 믿어주신다. 내
마음은 그 믿음으로 늘 넉넉해졌다. 어머니를 잃고 서울 본가에
도 가서 살지 못하는 초롱이 오누이가 애틋했다. 초롱이 넋두리
를 할 때는 그래서 언니처럼 가만히 들어주었다. 뭐라 대꾸할 말
을 고르는 것보다, 마음이 아플 때는 오히려 초롱의 손을 꼭 잡아
주었다.

동생들이 차례로 깨어났다.

“아! 초롱 언니!”

동생들은 초롱이를 반겼다. 그도 그럴 것이 동생들이 모이기만

하면 나는 서책을 가져와 가르치거나 혼자 그림에 몰두하거나 했지만, 초롱은 동생들의 머리를 예쁘게 빗기고 땋아주거나 놀이를 가르쳤다.

"언니야, 춤 쫌 초바! 으응?"

막내 말희가 혀 짧은 소리로 떼를 썼다. 그러자 동생들이 모두 손뼉을 쳤다. 언젠가 초롱이 분홍 꽃타래가 만발한 담장 밑의 배롱나무 아래에서 춤을 추었다. 희게 빛나는 배롱나무 줄기와 우아하게 휘고 늘어진 가지 밑으로 너울너울 춤추는 초롱의 손짓은 나비처럼 가뿐하다가도 백로의 날갯짓처럼 유장하기도 했다.

"아이! 싫어야아~."

초롱이 말희의 볼을 꼬집으며 옷고름을 물고 잠시 어깨를 흔들고 사양을 했다. 아이고, 저 교태! 나는 살짝 눈을 흘겨준다. 그러면서도 마루 위에 있던 땀을 닦던 무명 수건을 초롱의 손에 얼른 쥐어준다. 동생들이 그 모습을 보고 웃음을 터뜨린다. 초롱이 못 이기는 척 무명 수건을 손에 쥐고 일어선다. 표정도 새침하게 달라진다. 눈을 살짝 내리감고, 새치름한 입매로 잠시 숨을 고르더니 수건을 쥔 손을 서서히 끌어 올린다. 새하얀 명주 수건이 부럽지 않은 듯 손끝으로 살짝 쥔 무명 수건을 도도하게 놀렸다. 늘어뜨렸다 치올렸다 어깨 위로 휘감았다 하며 초롱의 춤사위가 무르익었다. 살풀이춤이라고 하던가. 멍하니 입을 벌린 동생들의 눈길이 수건 끝을 따라다녔다. 적막한 가운데 무명 수건이 초여름 하오의 공기를 살랑살랑 간질이는 소리만이 들렸다. 나는 날렵하게 춤을 추는 초롱의 몸에 빠져들면서도 마음이 베인 듯 초롱이 애틋해서 견딜 수가 없었다. 언젠가 내가 초롱에게 물었다. "춤추는 게 그렇게 좋니?" 초롱이 꿈꾸듯 말했다. "웅!" 그리고 덧붙였다. "춤출 때만 내가, 내 몸이 기쁘게 살아 있는 것 같아." 그 대답을 듣고 나는 가슴이 쿵, 내려앉았다. 그 말은 내 안의 깊은 속에서도 길어 올려지는 두레박 속 샘물 같은 진실이었기 때문이다. 그림을 그릴 때면 나도 꼭 그랬다.

초롱이 춤을 추는 별당 마루에서 눈길을 돌린 나는 마당을 바라보았다. 햇빛은 많이 사위었다. 마당에 심은 분꽃들도 어느새 눈을 뜨고 별당 마루에서 춤을 추고 있는 초롱과 어린 계집애들을 바라보았다. 벌써 신시(申時)도 넘었나? 아휴, 중요한 서찰을 들고 온 사신이 저렇게 춤에만 빠져 있다니. 저물기 전에 아버지의 답신을 들고 초롱은 돌아가야 할 것이다. 나는 춤을 추느라 바닥에 흘려버린 초롱이 가져온 정 대감의 서찰을 들고 바깥채 아버지에게 가서 전했다.

지금도 생각난다. 그래, 또렷이 떠올라. 가연의 눈
빛. 피안(彼岸)을 바라보는 듯했던……. 너, 황금 새
장에 갇힌 새. 내게는 오른편에 초롱의 육체가 있었
고, 왼편에 가연의 정신이 있었지. 가연과 나의 삶이
달랐다면 그건 지혜의 문제일까, 균형의 문제일까?
내가 땅에 발을 붙이고 주위의 미물들에 눈을 돌렸
다면, 가연은 먼 하늘에 시선을 두고 상상의 새를 꿈
꾼 죄로 이 땅에서는 추방될 운명이었을까.

가연(佳然)

　심 판서댁 회갑연은 온 강릉 고을의 잔치였다. 소 한 마리, 돼지 다섯 마리, 떡쌀이 스무 섬이 들었다는 소문이 돌았다. 당일의 잔치음식은 물론, 여염집에도 떡을 돌리고 지나는 중과 거지까지 거둬 먹였다 한다. 다소 과장이야 좀 했겠지만, 잔치 규모를 보면 과연 고개를 끄덕이게 되었다.

　그날, 나는 아버지를 따라 심 판서댁 잔치에 가게 되었다. 초롱의 아버지 정 대감도 참석을 하겠다고 했으니 초롱과는 잔칫집에서 만나게 될 터였다. 가연이라는 부잣집 아이에게 꿀리지 않기 위해 나는 올 설빔으로 마련했던 연두 저고리와 비단 다홍 치마를 깨끗하게 손질하여 입었다. 초여름 날씨에는 더운 옷이지만, 여름옷은 물 먹인 낡은 무명옷뿐이라 어쩔 수 없었다. 경대 앞에

서 이리저리 맵시를 보았다. 문장에 재주 많은 가연이라는 아이
가 미색까지도 갖췄다면 가슴이 좀 쓰릴 것 같았다. 하늘이 그리
불공평하진 않을 거야. 그렇게 생각하니 좀 안심이 되었다.

가연의 집은 용틀임하는 커다란 적송들이 호위하고 있었다. 과
연 소문대로 아흔아홉 칸인지는 모르겠지만 멀리서 보기에도 위
용이 대단했다. 몇 계단인지 돌계단 위에 높게 세워진 솟을대문
부터가 그랬다. 대문은 활짝 열려 있었다. 그 사이로 굽이치는 팔
작지붕들이 보였다. 대문 앞에는 멀리서 온 손님들을 싣고 온 말
들과 가마가 여러 채 세워져 있었다. 갓 쓰고 도포 입은 양반 남정
네들과 울긋불긋 화려한 치마저고리를 입은 양반가의 여인들이
계속 드나들었다.

행랑채를 거쳐 집 안으로 들어서자 바깥채 마당에서 초롱과 정
대감이 기다리고 있었다는 듯 두 사람을 맞았다. 초롱도 역시 설
에나 입었음직한 색동저고리를 입었다. 어미가 작년에 죽은 이후
로는 올 설빔을 얻어 입지 못해서인지 초롱의 옷은 좀 작은 듯했
다. 그래서인지 오히려 초롱의 가녀린 몸은 더욱 날렵해 보였다.
초롱이 활짝 웃으며 손짓을 했다. 아버지들도 수염을 쓰다듬으며
웃는 얼굴로 수인사를 나눴다.

집사로 보이는 탕건을 쓴 중늙은이가 아버지와 정 대감을 사랑
채로 인도했다.

"애기씨들은 별당으로 가시면 됩니다. 먼저 맘껏들 음식을 즐

기시고 풍악 소리가 날 때 연지 앞에 모이시면 됩니다. 정자에서 즐거운 연회가 기다리고 있습니다."

초롱이 내 손을 잡으며 골이 난 듯 말했다.

"오지 않으려고 했어. 옷도 마땅치 않고. 이 색동저고리 벌써 삼 년째야. 내 처지가 속이 상해 좀 울었단다. 오라버니보고 대신 가라고 했지. 우리 오라비 성질에 갈 리도 없고 너랑 약속했으니 그냥 왔다. 그나저나 너 정말 예쁘다. 그렇게 녹의홍상 받쳐 입으니 시집갈 처녀티가 확 나는구나. 시집가도 되겠다. 에고, 나, 이 색동옷 너무 애기 같지?"

정말 울었는지 초롱의 눈이 살짝 부어 있다.

"아니, 귀여워. 알록달록한 채송화처럼."

"흥, 겨우 채송화?"

"채송화가 얼마나 예쁜데. 오색영롱한 채송화가. 그럼 뭐 양귀비 할래?"

햇빛에 눈이 부신지 촉촉한 눈으로 초롱이 나를 곱게 흘겨보았다. 별당으로 가려다 안채의 마당으로 통하는 중문 안을 들여다보니 안마당에 모란꽃이 흐드러지게 만발해 있다. 초롱과 내가 동시에, 세상에! 탄성을 질렀다. 초여름 햇살 속에 무성한 초록 잎들 위로 눈부시게 만개한 모란꽃들은 화려함의 극치였다. 그 원색의 화려함과 집의 크기에 우리는 주눅이 들었다. 초롱이 모란꽃과 나를 번갈아 보며 말했다.

"인선아, 오늘 보니 네가 꼭 모란꽃 같다. 그렇게 녹의홍상을 차려입으니 더 그래. 한 번도 나는 너를 모란으로 생각해본 적은 없는데. 넌 왠지 매화 같았거든. 그것도 설중매. 그런데 너에겐 또 이런 화려한 모습도 있네."

안채에는 부인네들이 들어갔다. 별당으로 가니 계집종 둘이 대청마루로 안내했다. 내 또래의 소녀들과 젊은 처자들, 또 가연의 젊은 여자 친척들이 모여 있는 곳인 것 같았다. 분위기가 무르익진 않았으나 삼삼오오 모여 소곤소곤 정담을 나누고 있었다. 펼쳐놓은 교자상에는 온갖 떡과 부침개, 나물이 놓여 있었다. 그 손이 까다롭다는 창면도 깨끗한 백자 그릇에 담겨 놓여 있었다. 진달래 빛으로 곱게 우려낸 오미자 물에 채를 친 녹두 녹말로 만든 면이 깔끔했다. 송송, 잣을 띄운 창면을 한입 넣으니 시원하고 상큼한 맛이 일품이었다. 접시마다 색색의 고물을 입힌 떡들이 고여 있고, 주발엔 고봉으로 담은 잘디잔 백옥 구슬 같은 기름진 입쌀밥이 윤을 내고 있다. 갓 구운 너비아니도 맛났다. 동해 바다에서 잡은 싱싱한 생선찜에는 오색 고명이 화려했다. 그야말로 산해진미였다. 계집종들이 고깃국을 나르며 땀을 뻘뻘 흘렸다. 초롱과 나도 땀을 흘리며 음식을 먹었다. 음식이 맛있는지 여기저기서 고깃국, 식혜, 창면의 주문이 잇달았다.

그때 나이 든 부인이 한 여자아이를 데리고 마루로 올라왔다.

"아! 가연 아씨다."

누군가가 속삭였다. 부인이 하객들을 향해 잔치에 와준 것에 감사하며 음식을 맛나게 들기를 청했다. 하객들은 부인에게 머리를 조아려 치하했다. 가연의 어머니인 그 부인과 가연은 하객들에게 미소 띤 목례를 보내고, 그중에 친척들에게는 일일이 안부를 묻고 인사를 했다. 음전해 보이는 어머니 옆에 선 가연은 무척 수줍음을 탔다. 살짝 고개를 숙이고 있거나 말을 시키면 곧잘 얼굴이 발갛게 달아올랐다. 많은 사람들 앞에 서는 것을 달가워하지 않는 표정이었다. 빼어난 미색은 아니었다. 가연이 차려입은 옷차림은 부요하고 호사스러웠다. 나비 날개처럼 날아갈 듯한 노란색 깨끼저고리에 짙은 남치마가 화사했으나 얼굴은 무언가 깊은 생각에 잠겨 있는 듯 표정이 가라앉아 있었다. 오히려 어여쁘고 화사해서 눈에 띄기보다는 오래 보고 있으면 은은하고 기품 있어 보일 모습이다. 가연의 어머니도 삼회장을 댄 깨끼저고리와 옅은 옥색 치마를 입어 차분하고 고상해 보였다.

　초롱이 킥, 하고 입을 가리며 웃었다.

　"얘, 미색은 별로다. 게다가 머리통이 왜 저리 크니? 앞짱구 뒤짱구, 앞뒤 꼭지 삼천리구나. 머리통이 무거워 고개가 자꾸 처지는 것 좀 봐."

　남이 들을세라 내가 초롱의 옆구리를 툭 쳤다. 가연이 살짝 고개를 들고 주위의 하객을 살펴보았다. 그러다 나와 잠깐 눈이 마주쳤다. 나는 가연을 똑바로 쳐다보았다. 살집이 있는 둥그스름한 얼굴에 이마가 넓고, 동글동글 편안해 보이는 코와 수다스러워 보이지 않는 꼭 다문 얇지 않은 입술. 섬세하게 생긴 얼굴은 아니지만, 그러나 깊이 있는 눈매가 총명해 보이고, 그 눈길엔 사람을 꿰뚫는 것 같은 날카로움이 느껴졌다. 나는 속으로 흡! 하고 숨을 쉬었다. 내 눈을 꿰뚫고 내가 보지 못하는 그 뒤의 세계까지도 보는 것 같은 저 눈빛. 예사롭지 않은 눈빛이다. 하지만 나도 질세라 피하지 않고 가연을 똑바로 쳐다보았다. 잠시 순간적으로 두 눈길이 불꽃처럼 튀었다.

그때 누군가가 방정맞은 비명을 터뜨렸다.

"어머나! 이 일을 어째! 내 치마 다 베렸네!"

가연의 근처에서 밥을 먹던 어떤 처녀가 울음 섞인 목소리로 말하더니 기어이 울음을 터뜨렸다. 그 옆에서 계집종 하나가 어쩔 줄 몰라 하며 행주로 치마를 닦느라 정신이 없다.

"아이고, 난 몰라. 우리 언니 널모레 시집갈 때 입을 옷인데, 언니 몰래 입고 왔더니……. 어떡하면 좋아!"

"아니 그래 다치진 않았는가? 그나마 창면을 쏟았으니 다행이지 고깃국이라도 쏟았으면 치마가 문제가 아니라 살이 데지 않았겠나?"

가연의 어머니가 달랬지만, 그 처녀는 방정맞은 울음을 그치지 않았다.

"네 이년! 종년이 창면 쟁반 하나 제대로 나르지도 못해 새 비단 치마에 둘러엎냐! 저리 가거라. 물행주로 자꾸 문지르면 더 번 지잖아!"

그 처녀는 성질이 꽤 괄한지 우는 중에도 쩔쩔매는 계집종에게 일갈하는 걸 잊지 않았다. 나중엔 제 성질에 못 이겨 일어나서 발을 동동 구르며 울었다. 그 통에 계집종도 아무 말 못 하고 고개를 숙이고 입을 틀어막고 울었다.

"큰일은 큰일입니다. 이 아이 집 형편이 어려운 데다 그 어미와 언니의 성질이 보통이 아닌데 한 번도 입지 않은 새 비단 치마를 이 지경으로 만들어놨으니……."

처녀 옆에서 음식을 먹던 젊은 아낙이 처녀의 역성을 들었다. 잔치 분위기는 일시에 웅성거리는 소음으로 혼란해졌다. 가연과 가연 어머니의 표정도 복잡해졌다. 나는 고개를 들어 동동거리는 그 처녀의 치마를 바라보았다. 옅은 진달래 빛 고운 비단 치마에 오미잣물이 군데군데 묻어 있었다. 마르면 검게 변색이 될 터였다. 내 머리에 갑자기 진달래 빛 비단 화폭이 펼쳐졌다. 오미잣물의 농담이 포도송이로 변해가고 있었다. 포도송이와 잎으로 감쪽같이 얼룩을 위장하고 넝쿨을 그려주면…….

초롱도 같은 생각이었을까?

"인선아, 차라리 저 치마를 버리느니 네가 그림을 그려주는 게 어떨까?"

마주 보던 초롱의 눈빛이 순간 빛났다. 말릴 틈도 없었다.

"외람된 말씀이지만 한 말씀 올릴게요. 여기 이 집의 가연 아씨가 강릉 땅에서 신동이란 소문이 자자한데, 또한 못지않은 그림 신동이 이 자리에 있습니다. 그 재주를 한번 보심이……."

성질 급한 초롱이 대뜸 일어나 말을 꺼냈지만 곧 부끄러운지 자리에 앉았다. 아휴, 초라니같이 나서긴……. 좌중은 이게 갑자기 무슨 소린가, 하여 고개를 갸웃하며 웅성거렸다. 어쩔 수 없다. 내가 일어났다.

"신동이란 말은 당치도 않고 부끄럽습니다. 다만 그림을 좋아하여 먹과 붓을 가까이하며 흉내를 내보는 정도입니다. 아까운 비단 치마를 버리실 양이면 차라리 제게 먹과 붓을 주세요. 치마폭에다 부족한 저의 재주를 다하여 그림을 그려보고자 합니다. 그림이 마음에 안 들면 그때 버리셔도 늦지는 않을 것이니까요."

곧 먹과 붓이 준비되었다. 나는 마음을 가라앉히느라 천천히 먹을 갈았다. 초롱이 옆에서 거들었다. 초롱이 치마폭을 판판히 펴주었다. 첫 붓질이 힘들지, 구도가 잡히자 내 붓질은 곧 한 치의 망설임과 후회 없이 비단폭 위에서 자유로웠다. 진달래 빛 비단 치마폭 위에 엽엽한 포도송이가 넝쿨째 살아났다.

여인들의 찬사가 높고 끊이질 않았다. 세상에! 내 치마폭에도 하나 그려주! 여인네들이 모두 치마끈을 풀 기세였다. 저 아가씨가 얌전한 규방 마님 치마끈을 풀게 하네그려. 아이고, 어쩌나! 밤에 서방님 앞에서만 푸는 치마끈인데! 여인네들이 말해놓고 무엇이 우스운지 까르르 웃어댔다. 잔치 분위기는 다시 화기애애해졌다. 무엇보다 울던 처녀의 입이 헤벌어졌다.

가연의 어머니가 물었다.

"뉘 댁의 따님인지? 아가씨 이름이 뭐지?"

"제 이름은 신인선이라 합니다. 북평 마을에 살고 있습니다."

"아, 그러면 외조모님이 최 참판댁 가문 아니신가?"

"예."

"그렇구나. 나이가 우리 가연이와 비슷하겠는데?"

"올해 열네 살 되었습니다."

"어머니, 저와 한동갑이네요."

가연이 옆에 있다가 반가운 얼굴로 말해놓고 얼굴빛을 붉혔다.

"앞으로 자주 놀러 오거라. 우리 가연이와 좋은 벗이 될 거 같구나."

"어? 나도 동갑인데……."

초롱도 끼어들었다. 가연이 초롱을 보며 웃었다.

"아가씨는 누구지?"

가연의 어머니가 물었다.

"초롱이에요."

"어느 댁 따님인가?"

"저는, 저는……."

초롱이 말을 더듬었다. 아마도 자신이 서녀라는 걸 말하는 게 싫었나 보다.

"서울에서 좌참찬 벼슬하시는 정운교(鄭運教) 대감이 아버님 되세요."

내가 대신 말해주었다.

"오오……."

가연 어머니는 고개를 끄덕이더니 다행히 더 이상 묻지 않았다. 대신 계집종을 불러 따로 다과상을 가연의 방에 차리라고 일렀다. 그래서 우리는 따로 가연의 방으로 들어갔다. 가연의 방에는 서책이 즐비했다. 그리고 가연이 지은 것인지 글을 묶은 문집도 여러 권 되었다. 독선생이 와서 글을 배우지만, 자신은 시와 도가의 이야기나 대국에서 가져온 재미있는 이야기책을 더 즐긴다고 했다. 학문의 경지는 독학을 하는 나와 비슷할 듯싶었다.

"도가의 이야기라면? 『장자(莊子)』의……?"

"응, 『장자』의 「소요유(逍遙遊)」편에 나오는 붕새 이야기는 늘 신비해. 북쪽 바다의 곤(鯤)이라는 커다란 물고기가 구만 리를 나는 붕새가 되어 남쪽 바다로 날아가는 이야기, 너도 들은 적 있지? 그리고 신선 이야기도 난 참 좋아. 이 땅의 이야기가 아닌 저 하늘의 이야기들……."

그래서일까. 그 눈빛은 어딘가 멀리 향해 있다. 그러다 초롱이를 보며 물었다.

"초롱아, 넌 뭐가 재밌어?"

초롱이 새침하게 말한다.

"가연인 글재주를 타고났고, 인선이는 그림 재주를 타고났고. 에고, 난 타고난 거라곤 그러고 보니 미모밖엔 없네."

그 말에 가연이 웃음을 터뜨렸다.

"난 재주라 해봤자 몸으로 할 수 있는 것밖에 없어."

"누군 몸으로 안 해? 글씨도 그림도 손으로 하지."

"난 온몸을 쓰잖아."

"그게 뭔데?"

가연이 궁금해했다.

"난 춤추는 게 좋아. 그래서 말인데 오늘 춤추는 기생들 많이 오니?"

"그럴 거야. 우리 할아버지께서 워낙 그런 걸 즐기시니. 예기 (藝妓)들을 많이 불렀나 봐. 무기(舞妓)들도 있겠지 뭐."

"햐아! 재밌겠다. 이따 제일 앞자리에서 봐야지."

나는 가연의 방에 있는 서책들이 부러웠다. 가연은 중국에서 직접 갖고 온 이야기책도 보여주었다. 그동안 초롱을 보며 내 처지에 안도하곤 했으나 부유한 처지의 가연에게는 부러움이 느껴졌다. 내 마음에 땅거미가 내리듯 그늘이 졌다. 가연은 또래들과 어울려본 적이 별로 없이 규중에서만 곱게 자란 아이라 그런지 수줍음이 많았다. 그러나 그런 아이일수록 고집이 세다. 결코 편안한 아이는 아니란 생각이 들었다. 하지만 가연은 수줍어하면서도 나와 초롱에 대해 무척 알고 싶어 하는 눈치였다.

"너희 둘은 친하니? 도대체 뭘 하며 노니?"

"내가 인선네 집으로 자주 놀러 간단다. 인선네 집은 딸이 다섯이야. 얘가 그림 그리는 것도 구경하고, 동생들과 놀기도 하고, 인홍 언니와 음식도 만들어보고. 재미있어. 인선네 집은 남자가 없거든. 할아버지 빼고. 여자들만 있으니 그것도 얼마나 편한지. 인선 어머니도 인자하시구."

"좋겠다. 나도 가끔 놀러 가면 안 될까? 우리 집에선 바깥에를 못 나가게 해. 어른들이 얼마나 엄하신지. 게다가 나이차 나는 오라버니들도 다 혼인을 했으니 어렵기만 하고. 그러니 내가 빠질 데라곤 책밖에 더 있겠니?"

"안됐다, 얘. 우린 그래도 하고 싶은 건 다해. 안 그러면 병나. 나나 얘나. 인선이 얘도 겉보기엔 요조숙녀 같지만 사내 같은 데가 있거든. 인선네 집에선 얘가 아들이나 마찬가지야. 너도 맘 있으면 우리랑 어울리게 해줄게."

초롱이 선심 쓰듯 말했다.

"언제 우리 집에 한번 놀러 와. 사실 밖에 나가 자유롭게 놀 처지는 못 되지만, 봄이 오면 들에 나가 나물도 뜯고, 산에 가서 진달래꽃 뜯어 화전도 만들고, 단오 때는 그네도 뛰고, 추석과 보름에는 달맞이도 하고, 바깥이 궁금할 땐 담장 밑에 널을 갖다 놓고 널도 뛴단다. 그러면서 담 밖의 볼 건 다 본단다. 그리고 한여름

복더위엔 밤에 미역도 감아. 여인네들만 가는 비밀스런 소(沼)가 있거든. 나도 공부하는 거 싫어하진 않지만, 틀어박혀 있는 건 질색이야. 우리 같은 여자들은 학문을 통해서 천하를 아는 것도 막혀 있는데, 세상 속으로 들어가는 것도 막혀 있어. 그러니 우리가 살아도 세상을 어떻게 알겠니. 난 그게 참 답답해. 그나마 내가 살고 싶은 대로, 내가 하고 싶은 대로 사는 게 고작 부모의 품에 있을 처녀 적까지니 그 시간이라도 즐겨야지."

조용하던 내가 거침없이 말하자 가연이 나를 부러운 듯 쳐다본다.

"너는 그래도 정말 재미나게 사는구나."

"너도 글을 지으려면 세상살이의 이치를 알아야 하지 않니?"

"내가 글을 잘 짓는다 한들 무슨 소용이겠어. 그런 거야 시집가면 다 끝인데 뭘. 그나저나 너희들은 집안에서 혼인 얘기 없니?"

초롱과 내가 고개를 저었다. 가연이 한숨을 쉬었다.

"할아버지와 부모님은 늦게 본 딸이라 더 데리고 있고 싶어 하는데, 오라비들이 극성이야. 서울의 권문세가들을 들먹이며 빨리 보내야 한다고 성화란다. 난 적어도 열여덟까진 버티고 싶은데."

"그래. 열여덟까지 버텨. 우리 동맹 맺자. 우리 모두 열여덟 전에 시집가지 않기다."

초롱이 손을 내밀었다.

"우리 뜻대로 그럴 수 있을까?"

가연이 자신 없는 표정을 지었다.

"난 그럴 거야."

초롱이 고개를 까딱이며 말했다.

"그래, 그러자."

나와 가연이 동시에 대답하고 까르르 웃었다.

"그리고 우리들의 처녀 시절을 값지고 재미나게 보내보는 거야. 사 년 남았다."

내가 초롱의 손을 잡았다. 거기에 가연도 우리 둘의 손을 꼭 잡았다. 가벼운 흥분으로 가연의 목소리가 들떴다.

"그래, 그러자! 우리 세 사람 귀한 벗들이 되자꾸나. 시집가더라도 죽더라도 우정 변치 말기다."

"그런데 우리들 중에 누가 가장 먼저 시집을 가게 될까?"

내 말에 두 소녀는 난 아냐, 고개를 흔들다가 서로를 쳐다보더니 웃음을 터뜨렸다.

그때 연회를 알리는 풍악 소리가 요란하게 울렸다.

회갑연이 열리는 연지의 누각 위에는 잔칫상이 차려져 있었다. 연못은 그리 크지 않으나 아름다웠다. 홍옥루(紅玉樓)란 현판을 달고 있는 누각은 질 좋은 이 고장 홍송(紅松)으로 지어져 그런 이름이 붙었다 한다. 연잎이 무성한 데다 아침에 피었다 살짝 오므린 연꽃이 여름 한낮의 햇빛을 받아 은은한 불이 켜진 연등처럼 떠 있었다. 연못 뒤엔 오죽 숲이 보였다. 잔칫상을 차린 누각을 무

대 삼아 한쪽에 악대가 앉았다. 주인공인 가연의 할아버지는 세
모시로 곱게 지은 옷을 입고 있어서 한 마리 학이 따로 없었다. 연
못에 다리를 만들어 누각과 포석을 깐 후원이 연결되어 있었다.
누각과 연못을 사이에 두고 연못가에 백차일을 치고 하객들이 앉
았다.

"과연 세도가의 잔칫집답군. 오늘 그 유명한 연엽주 맛을 보겠
구먼."

"그 귀한 게 우리 입까지 돌아올 게 어디 있겠나."

사람들이 연못을 가리켰다. 그러고 보니 둥글게 말아놓은 연잎
뭉치들이 드문드문 보였다. 술을 빚기 위해 찐 밥과 누룩을 섞어
연잎으로 싸서 자연 발효시켜 먹는 운치 있는 술이 연엽주다. 바
람과 햇빛이 자연스레 연잎 속의 밥을 술로 만들어준다. 술을 머
금고 있는 연. 나는 그것을 신기하게 바라보았다. 고이 싸맨 연잎
을 따다가 술잔에 따라 먹으면 그 맛이 천하일품이라던가. 남자
들이 입맛을 다실 만했다.

심 판서 내외는 북쪽에 마련된 화려한 십장생 병풍이 둘러쳐진
잔칫상 중앙에 앉았다. 병풍 중앙 남쪽에는 남자 어른들이, 서쪽
에는 여자 어른들이 자리했다. 장자인 가연 아버지의 인도로 수
연례를 올렸다. 자손들이 회갑을 맞은 어른에게 술을 올리는 헌
수(獻壽)를 하며 남자는 재배, 여자는 사배하였다. 자손이 풍성한
심 판서는 연달아 술을 받아 얼굴이 금세 불콰해졌다. 예식이 끝

나자 손님들에게 주안상을 돌리며 연회가 시작되었다.

풍악이 울리고 연엽주가 몇 순배 돌자 화려한 당의와 화관을 쓴 기생들이 올라와 춤을 추었다. 오색 구슬로 화려하게 장식한 화관을 쓰고 무희들이 색한삼(色汗衫)을 공중에 뿌리면서 춤을 추었다. 초롱이 넋이 나간 듯 바라보았다. 그 뒤로 기생들이 가야금을 타며 노래를 불렀다. 그 사이사이로 검무를 추는 기생과 살풀이춤을 추는 기생이 나왔다.

여흥이 무르익자 그때 누군가가 지필묵을 대령하라고 했다. 하객 중에 몇 사람이 즉석에서 회갑을 축하하는 글을 지어 심 판서에게 올렸다. 심 판서는 만면에 기쁜 웃음을 감추지 않고 술을 따라주었다. 그때 또 누군가가 말했다.

"자손들과 하객들의 축하를 받는 어르신의 만수무강을 기원하는 의미에서 어르신이 귀애하시는 손녀 따님의 경축문을 받아봄이 어떠할는지요. 이 손녀 따님은 어렸을 때부터 스스로 글을 지어 총명하기가 근동에 이름이 자자했었지요."

사람들이 손뼉을 쳤다. 연꽃처럼 붉게 얼굴이 물든 심 판서는 연신 흡족한 웃음을 머금고 고개를 끄덕였다. 가연의 얼굴도 연꽃처럼 붉어졌다. 그러나 가연은 고개를 숙여버렸다. 한동안 고개를 들지 않고 침묵을 지키고 있자 분위기가 어색해졌다. 그걸 바라보는 나도 초조했다. 아무리 신동이라지만 아무 때나 사람들 앞에서 재주를 펼쳐 보이라는 것은 일개 노리개로 취급받는 일과

뭐가 다를까. 기생과 다를 게 없는 것이다. 술 취한 어른들이 가연을 부추겼다. 가연이 결심한 듯 누각으로 올라갔다. 그리고 지필묵이 놓인 서안 앞에 앉았다. 화가 난 얼굴처럼 보였다. 붓을 들어 종이 위에 일필휘지로 휘갈겨 쓰고는 곧 뒤도 돌아보지 않고 누각을 내려갔다. 취한 심 판서가 우리 가연이 이리 온, 할애비한테 안겨봐라, 가연을 향해 과장되게 팔을 벌렸지만 눈길 한 번 주지 않고 누각을 내려간 뒤였다. 나는 그 매정함에 속으로 놀랐다. 수줍음이 많은 아이. 그러나 저 차가운 고집이라니. 다섯 자매 속에서 어쩔 수 없이 부대끼며 화해와 양보를 자연스레 배우고 자란 내게는 자칫 버릇없게도 보일 그 행동이 왠지 애틋하게 여겨졌다. 가연인 아주 작은 일에도 상처를 받는 연약한 계집애겠구나.

한 선비가 얼른 어색한 분위기를 무마할 양으로 가연이 쓴 종이를 펼쳐 읽었다. 우선 한시를 읽고 풀이를 했다.

하늘 위엔 노인성*이 떠 있어 (天上老人星)
별빛이 남극 하늘을 비추고, (光芒照南極)
인간에는 무이군**이 있어서 (人間武夷君)
홍교에서 수연 잔치 베풀었도다. (虹橋開壽席)
자손들 사방에 가득 앉았고 (子孫滿四座)

* 남극에 있는 별로 장수를 상징한다.
** 전설 속에 나오는 신선으로 무이산에 산다고 한다.

뭇 신선들 함께 편히 즐기는도다. (群仙同宴息)

서왕모의 복숭아*를 드시게 하고 (侑以王母桃)

신선 술과 신선 이슬 잔에 따르니, (酌以瓊霞液)

일천 년에 술에서 한 번 깨나고 (一千年一醒)

삼천 년에 복숭아가 한 번 익누나. (三千年一熟)

저 노인성 오래도록 아니 떨어져 (維南長不崩)

동해 바다 마르는 걸 앉아서 보리. (坐看東海涸)**

사람들의 찬탄과 박수 소리가 터져 나왔다. 내 눈길은 가연의 자취를 따랐다. 돌아서는 가연이 왠지 울고 있을 것 같았다. 슬쩍 옷고름 끝을 눈가에 갖다 대는 듯하더니 별당 쪽으로 사라져버린 것이다. 나도 모르게 자리를 털고 일어났다. 별당으로 가보니 아닌게 아니라 가연이 툇마루에 앉아 있었다. 내가 다가가도 가연은 깊은 생각에 빠진 듯 몽롱해 보였다. 한참 그러고 있다가 눈을 깜박이자 눈물이 툭 떨어져 남색 치마에 떨어졌다. 눈물방울이 비단에 스며들어 금세 먹포도 알처럼 번졌다. 가연이 천천히 말했다.

"저놈의 신동 소리, 듣기 싫어 죽겠어. 붕새가 되어버렸으면! 훨훨 날아가버리게."

* 신선인 서왕모가 심은 복숭아로 이를 먹으면 온갖 피로가 풀린다고 한다.
** 이 시는 본래 김성일이 지은 『학봉집(鶴峯集)』 제1권 중 청계정(淸溪亭)의 여덟 가지 경치를 읊은 시 중에서 수연(壽宴)에 손님이 모인 것을 읊은 것을 변형하여 인용했다. 회갑연을 읊은 시가 흔치 않은 중에 이 책에서는 부득이 가연이 쓴 시로 차용하였다.

아아, 그 시절은 행복했지.

문장과 춤과 그림 재주를 가진 가연, 초롱 그리고 나. 모름지기 여자의 재주는 미덕이 아니었다. 훗날 그것이 저주받은 운명이라고 생각한 적도 있었지. 하지만, 그 시절은 발이 세 개 달린 솥처럼, 함께 모이면 우리 세 벗들의 관계는 완벽했지. 그 발들이 각자의 운명으로 걸어나가기 전까지는. 결국 운명대로 사는 것일까. 가슴을 꼭 눌러도 빼앗길 마음은 빼앗기듯이…….

홍화(紅花)

　가연의 집에서 처음 만난 우리 세 소녀는 그 이후 자주 만났다. 주로 우리 집에서였다. 적막한 초롱의 집도 그렇고 엄한 가연의 집도 마땅치 않았다. 한동네에 사는 초롱이야 임의로운 우리 집을 들락거렸지만, 그리 먼 길은 아니라도 가연이 마실 삼아 쉽게 오갈 거리는 아니었다. 가연은 어머니의 허락을 받고 가마를 타고 오갔다. 가마를 타고 올 때는 교꾼이 밖에서 기다리는 게 신경 쓰인다며 어느 날부터는 가연도 혼자 걸어왔다. 아마도 그럴 때는 집에 허락도 구하지 않고 오는 게 분명했다.

　초복이 지나도 아버지는 서울로 떠나지 않았다. 처서 무렵까지만 강릉에 머물겠다고 했다. 나는 속으로 쾌재를 불렀다. 아버지가 집에 있어서 좋은 점도 있지만, 동맹을 맺은 세 소녀가 자유롭고 편하게 집 안에서 지내는 게 예전처럼 편치는 않았다.

유난히 더운 복날에도 세 소녀는 별당의 방문을 꼭꼭 닫고 이야기하는 재미에 빠져 있었다. 어디서 주워들었는지 재미있는 야화(野話)는 초롱이 하고, 가연은 신기하고 기이한 선계(仙界)의 이야기를 해주었다. 열네 살 소녀들은 책에서도 배우지 못한 남녀상열지사로 호기심에 달뜬 시간을 보냈다. 모든 것이, 세상 만물의 이치가 알고 보면 음양의 조화 아닌 것이 없었다. 그러다 보니 서로 연시(戀詩)를 소개하고 외우기도 했다. 나는 주로 시를 외웠다. 『시경』에 보면 이름이 알려지지 않은 이들이 연인을 그리워하며 지은 시들이 많았다. 아직 나는 연인들의 그 애틋한 마음을 충분히 이해할 수는 없었다. 다만 그 사랑하는 마음을 흔히 볼 수 있는 미물이나 자연을 통해 표현하는 것이 흥미로웠다. 세상 만물을 가만히 보면 인생사의 모든 비밀이 담겨 있는 것 같았다. 나는 세상을 알고 싶었다.

풀벌레(草蟲)

찌르찌르 풀벌레 (喓喓草蟲)
폴짝폴짝 메뚜기 (趯趯阜螽)
우리 낭군 못 만나 (未見君子)
내 마음 울적해. (憂心忡忡)

낭군을 만나고 (亦旣見止)

낭군과 어울면 (亦旣覯止)

내 마음이 풀리리. (我心則降)

저 남산에 올라 (陟彼南山)

고사리를 꺾네. (言采其蕨)

우리 낭군 못 만나 (未見君子)

내 마음 답답해. (憂心惙惙)

낭군을 만나고 (亦旣見止)

낭군과 어울면 (亦旣覯止)

내 마음이 기쁘리. (我心則說)

저 남산에 올라 (陟彼南山)

고비를 꺾네. (言采其薇)

우리 낭군 못 만나 (未見君子)

내 마음 속상해. (我心傷悲)

낭군을 만나고 (亦旣見止)

낭군과 어울면 (亦旣覯止)

내 마음 편안하리. (我心則夷)

소녀들은 즐겁고 재미나게 노래 부르듯 한 줄씩 번갈아가며 시를 외웠다. 요요초충이 적적부종이로다. 미견군자에 우심충충이로다…….

그리고 가연은 중국 송나라의 선시(禪詩) 중에 나오는 난새를 소개했다.

"옛날 중국에 한 임금이 난새 한 마리를 잡아다가 황금 새장에 넣고 정성껏 먹이를 주며 키웠단다. 난새는 중국 전설에 나오는 상상의 새야. 다섯 가지 아름다운 빛깔의 깃털을 지녔고, 울 땐 오음(五音)을 낸다는 새지. 그런데 세 해가 지나도 도대체 울지를 않는 거야. 보다 못한 왕비가 말했어. 새 앞에 거울을 놓아주면 친구가 온 줄 알고 울지 않을까요? 왕이 거울을 놓아주었어. 그랬더니 정말로 거울에 비친 제 모습을 보며 슬피 우는 거야. 그러더니 갑자기 거울로 미친 듯 달려들어 머리를 짓찧고 죽었대. 거울에 그 피가 주르르 흘러 아마 능소화가 되었다지?"

가연은 어쩌면 저렇게 아는 것도 많을까. 가연의 집에 있던 책들도 부럽고 독선생도 부러웠다. 그럴 때마다 같은 양반이지만 부유한 가연의 처지가 부러웠다. 그래도 나는 가연에게 책 빌려 달란 소리 한 번 하지 못한다. 아니, 하지 않는다. 그런 일로 가연에게 주눅 들고 싶지 않았다. 초롱이 같은 아이도 있지 않은가. 어찌 보면 가연이야말로 난새처럼 불쌍한 신세다. 아무리 학식이 풍부하고 글을 잘 지으면 무엇하나. 황금 새장 안의 난새가 아닌가. 거기 비하면 나는 하늘을 나는 까치 정도는 되지 않는가. 나는 답답한 것보다 자유로운 것이 좋아. 애써 자위했다.

어느 날 가연이 아름다운 시를 외웠다.

> 동으로 때까치 날고 서로는 제비가 나는데
> 견우와 직녀는 때가 되어 만난다네.
> 한 아가씨 맞은편 집에 사는데
> 꽃 같은 얼굴빛이 온 동네를 환하게 비추네.
> 남쪽 북쪽 창문에는 밝은 거울 걸려 있고
> 고운 비단 휘장 안에는 연지와 분 향기 가득하네.
> 아가씨는 나이 십오륙 세.
> 둘도 없는 아리따운 모습 옥 같은 얼굴.
> 석 달 봄도 이미 저물어 꽃들이 바람에 날려 떨어지니
> 부질없이 집에만 있으면 사랑스런 미모는 누구와 함께할까.*

그 시를 듣고 내가 물었다.

"그 시는 어느 책에서 읽었니?"

듣고 있으니 마치 우리 또래들의 이야기 같았다.

"아아, 사랑스런 이 미모는 누구와 함께할까. 어쩜! 딱 내 얘기네. 아니 이 작자는 도대체 누구야? 어쩜 우리 처녀들 마음을 이

---

* 중국의 옛 가사이나 여기서는 가연이 지은 것으로 설정했다. 권혁석이 번역한 『옥대신영 3』 중에서 인용.

리 잘 알까?"

초롱도 덩달아 물었다.

"으음…… 작자가 누구냐면…… 나야."

가연이 얼굴이 발개지며 말했다. 역시 가연이구나. 내 가슴이 살짝 쓰라렸다. 가연의 재주에 샘이 났다. 봄을 애틋하게 보내는 처녀의 마음결을 어찌 저리 섬세하게 표현할 수 있을까. 문재(文才)는 역시 가연을 따라가긴 힘들다. 가연이 타고난 세필(細筆)이라면 나는 마치 끝이 뭉툭한 붓처럼 처참하게 느껴졌다.

"응, 그냥 흉내를 좀 내본 거야. 중국의 염정시(艶情詩)를."

어머니가 세 계집애들의 방자하고 위험한 회동이 걱정되었는지 당분간 별당 출입을 금했다. 그리고 안채에서 『내훈』을 외우게 했다. 인홍 언니와 더불어 세 소녀가 함께 어머니의 지도로 『내훈』을 익히게 된 것이다. 어머니는 세 소녀들의 음양의 조화에 대한 왕성한 호기심을 『내훈』의 부부장(夫婦章)으로 가라앉혔다.

"부부의 도는 음양에 부합하고 신명에 통달하여 진실로 천지 사이의 큰 뜻이고 인륜의 대사이다. …… 음양의 성질이 다르고 남자와 여자의 행동이 다른 것이니 양은 강직한 것을 덕으로 삼고 음은 온유한 것을 덕으로 삼는다. 몸을 닦는 데는 공경보다 더 좋은 것이 없고, 강한 것을 피하는 데는 순한 것보다 더 좋은 것이 없다. …… 모든 일이 부인에게서 생기는 것이 많으니 모질게 투기하고 독하게 성을 낸다면, 크게는 그 집을 무너뜨리고 작게는 제 몸을 망치는 것이다. 오직 너그럽고 인자해서 편파스러운 것이 없다면 집안이 저절로 화평해질 것이다."

『내훈』 강독을 하고서야 안채에서 물러나 우리는 자유로워졌다. 마침 한여름의 후원에는 온갖 여름 꽃들이 다투어 피어 있었다. 별당 담장에 백 일간 꽃이 핀다는 백 년 된 배롱나무에 붉은 자미화가 만발했다. 뾰족뾰족한 이파리의 홍화도 노랗고 붉은 꽃이 가득 피었다. 처음엔 밝은 노란색이었다가 차츰 붉은빛으로 변하는 게 신기했다. 홍화는 흔히 잇꽃이라 불리기도 하지만, 연지의 재료가 되어 연지꽃이라고도 했다. 시집갈 딸들이 있는 집에서는 연지 곤지 찍을 때 쓸 물감을 만들려고 홍화를 심었다. 게다가 그림을 그리는 나를 위해서도 붉은 물감을 만들 양으로 어머니가 구해다 심었다. 봉선화도 닥지닥지 붉은 꽃을 매달고 있었다. 봉선화 옆으로는 가지가 벌어진 실한 분꽃의 꽃들이 긴 꽃자루를 오므리고 피기를 기다렸다. 마당가로는 키 작은 채송화들이 옹기종기 모여 앉아 오색영롱하게 재잘댔다.

"얘들아, 우리 봉숭아 꽃물 들일까? 첫눈 올 때까지 지워지지 않으면 멋진 낭군님을 만난다더라."

초롱이 말했다.

"아! 난 틀렸어. 손톱이 너무 빨리 자라."

가연이 두 손을 펼쳐 보며 안타깝다는 듯 말했다.

"아이고, 처녀가 시집 안 간다는 말은 다 거짓말이라더니. 멋진 낭군님은 그렇게 만나고 싶나 보지? 열여덟까지 어떻게 기다리니?"

내가 혀를 차는 시늉을 했다.

"그럼, 넌 시집 안 갈 거야?"

가연이 정말 궁금하다는 듯 물었다.

"쟨 아들이라 시집 안 간다."

초롱의 말에 내가 장난스레 말했다.

"그래, 난 시집은 안 간다. 장가를 오게 하지."

그때 초롱이 뽀로퉁한 표정으로 말한다.

"그런데 신랑 얼굴도 모르고 혼인을 해야 하다니. 난 뭐니 뭐니 해도 잘생긴 남자가 좋은데 말이야."

"잘생긴 사내 싫어하는 계집이 어디 있니? 떡도 보기 좋은 게 맛있다고."

내가 말하자 가연이 야무지게 말했다.

"난 내가 신랑 얼굴을 보고 결정할 거야."

"나도 신랑은 내가 고를 거야."

나도 덩달아 맞장구쳤다.

"아이고, 그게 쉬운 일이니? 조선 천지에 처자가 신랑을 고르게. 그래 누구 신랑이 잘났나 나중에 한번 두고 보자."

초롱이 코웃음을 쳤다.

우리는 쪼그리고 앉아 봉선화꽃을 땄다. 나는 꽃을 따다가 멈추었다. 가만히 보니 봉선화가 핀 땅 위에 방아깨비 두 마리가 붙어 있다. 한 마리가 다른 한 마리의 등에 올라타고 있다. 가연이 꽃을 따려다가 조용히 물었다.

"쟤들 뭐 하는 거야?"

"둘이 사랑하는 거야."

내가 검지를 입에 대고 속삭였다. 신기하기도 해라. 온갖 벌레와 미물들도 자신과 똑같은 존재를 만들어내기 위해 이런 짓을 하는 거겠지. 이 미물들은 그런 것을 어떻게 아는 것일까? 사람도 그것을 어떻게 아는 것일까? 때가 되면 저절로 몸의 이치를 깨닫게 되는 것일까? 아무도 가르쳐주지 않는데.

"얘들아, 꽃이 이 정도면 되겠니?"

초롱이 멋모르고 꽃을 따서는 봉선화 꽃나무 앞에 털썩 앉자, 위에 탔던 방아깨비가 놀라서 잽싸게 도망을 쳤다. 남은 한 마리가 우왕좌왕했다.

"아휴, 조심하지 않구! 방해했잖아."

가연이 초롱을 나무랐다. 초롱이 그 통에 머쓱해했다. 나는 초롱을 달래듯 말했다.

"참 신기하지 않니? 세상 만물이? 어느 꽃에 앉을까 망설이는 저 나비 좀 봐. 어머나, 잠자리가 벌써 나왔네. 꽃이 있는 곳에는 늘 날것들이 있어. 그런 게 없으면 꽃은 아무것도 할 수 없으니, 혼자 살 수 있는 건 이 세상에 없는 거 같아."

"그래서 남녀, 음양이 다 있는 거잖아."

기분이 풀어진 초롱이 명랑하게 대꾸했다. 나는 우왕좌왕하는 방아깨비를 살짝 들어 손바닥 위에 올려놓고 자세히 들여다보았다.

"얘, 그거 수놈이니? 암놈이니?"

"어머! 인선아, 징그럽지 않니?"

초롱과 가연이 동시에 물었지만 나는 방아깨비에 몰두하여 대답을 하지 않는다.

"아아, 예뻐!"

방아깨비를 놓아주며 그제서야 내가 대답했다.

"이 작은 미물들이 고물거리는 걸 자세히 들여다보면 얼마나 신기하고 예쁜지 몰라. 한참 보고 있으면 맘이 통하는 기분이 들어. 잘 기억해뒀다 그려보려구."

"얘는 저번에 부엌에서 생쥐가 나타났는데 놀라지도 않고 때려잡으려고도 안 하고 가만히 들여다보고 있더라니까. 좀 별난 애야."

초롱의 말에 내가 고개를 갸웃하며 대꾸했다.

"얼마나 귀여운데!"

봉선화꽃이 제법 모이자 내가 작은 돌절구를 가져와 봉선화꽃을 찧고 으깼다. 우리 집 살림을 제 집 안처럼 잘 아는 초롱이 행랑어멈에게 가서 백반을 얻어 왔다. 손톱을 싸맬 이파리와 실도 준비했다. 우리는 교대로 정성껏 손톱에 봉선화꽃을 얹고 실로 싸맸다.

원래 봉선화 꽃물은 하룻밤 싸매고 자야 제대로 든다. 한나절이 지나고 분꽃들이 꽃잎을 열 때 인홍 언니가 왔다.

"어머나, 너희들 아직 안 갔니? 저녁밥 지을 때 됐다. 초롱이 너 저녁 안 지어도 돼? 네 집 행랑어멈 애 낳았다며? 그리고 가연이는 날이 곧 저물 텐데 이러고 있어도 야단 안 맞아?"

세 소녀가 재미있게 지내는 걸 시샘하는 언니가 호들갑을 떨었다.

"언니, 알았어. 곧 갈 거야. 그런데 언니는 어째 그리 얼굴이 백옥 같아? 무슨 비법이 있수?"

눈치 빠른 초롱이 언니의 비위를 맞추었다. 언니는 금세 얼굴에 기쁜 미소가 감돌았다.

"뭐 비법이야 있겠니? 다 타고난 거지, 뭐. 인선이도 살결이 곱잖아. 핏기가 너무 없어 그렇지."

"난 또 언니가 매일 분을 바르는 줄 알았지."

"얘는 분이 어딨다고."

"언니, 내가 분 좀 줄까? 모르는구나. 이 분꽃 씨 말렸다가 속을 타봐. 곱고 흰 가루가 나오잖아. 난 그거 재작년부터 통에 모아뒀는데. 시집갈 때 쓰려구. 난 좀 가무잡잡하잖아. 그게 싫어."

"얘는 정말 모르는 게 없어!"

언니가 찬탄을 했다.

언니는 초롱을 업신여기며 속으로 싫어했다. 초롱이 양반가 처녀와 달리 교태가 넘치고 잔망스럽다고 흉을 보았다. 내가 초롱과 어울리는 것을 어머니에게 자주 일러바쳤다. 그러나 어머니는 초롱을 반기지도 않았지만 대놓고 싫어하지도 않았다. 초롱은 개의치 않았다. 나는 초롱의 꿋꿋함이 부럽기도 했다. 나 같으면, 누가 날 싫어하는 기색이 있으면, 자존심 때문에라도 지레 주눅 들고 가까이 가려 하지 않으련만……. 초롱은 오히려 사람의 마음을 사로잡는 법을 태어날 때부터 터득한 아이 같았다.

어쨌거나 날이 저물면 둥지로 돌아가야 할 저물녘의 새들처럼 소녀들도 돌아가야 했다. 우리도 좀 서둘러 칭칭 싸맸던 꽃이파리를 손톱에서 떼어냈다. 샘가로 가서 뽀독뽀독 손을 씻었다. 그리고 모두 두 손을 모아 앞으로 폈다. 여섯 개의 꽃물 들인 손이 여름 황혼에 꽃잎처럼 오롯하게 떠올랐다. 진하지는 않지만 당장은 보기 좋게 꽃물이 들었다. 살빛이 흰 내 손톱이 제일 붉어 보였다.

"아이고, 인선이만 잘난 낭군 만나겠다. 우리 것은 너무 희미하고 옅어서 첫눈 오는 날까지 못 가겠다."

초롱이 부러운 듯 말했다. 동쪽 하늘에 얼굴을 내민 초사흘 초생달이 쌩긋, 웃었다.

어느 날 말을 탄 젊은 선비 한 사람이 아버지와 할아버지를 만나러 우리 집 사랑채로 찾아왔다. 알고 보니 가연의 큰오빠였다.

116

아버지가 가연을 불러 그에게 인계를 해주었다. 한동안 가연의 발길이 뚝 끊어졌다. 그 이후 가연은 외출이 금지되었다 한다. 가연이 오지 않자 초롱도 발길이 뜸해졌다.

나는 다시 그림과 글씨 쓰기에 몰입했다. 글씨를 쓰기 위해 먹을 갈고 마음을 다스리는 시간도 좋았지만, 사물들의 색을 그대로 살려내고자 채색에 온갖 노력을 기울이는 채색화의 매력은 나를 행복하게 했다. 내 존재가 무언가에 완전히 몰입하는 그 순간이 행복했다. 그러지 못하면 허망하고 쓸쓸했다.

*

더운 한낮을 피해 아침부터 별당 마루에서 정신을 집중하여 해서를 쓰고 있는데 어머니가 마루로 올라왔다. 어머니는 내 글씨를 찬찬히 보았다. 그리고 내 얼굴도 찬찬히 보았다.

"홍화를 따서 물감을 만들어야 할 텐데……."

"벌써 따요? 좀 더 있다 이른 아침에 이슬 맺혔을 때 따야지요."

"그래…… 오늘 홍화 꽃밭을 보았니?"

"아뇨."

어머니가 작게 한숨을 쉬었다.

"왜요?"

"홍화꽃을 누가 다 꺾어 갔구나. 밤새 누가 그랬는지……."

"누가 물감을 만들려고 훔쳐 갔나요?"

"그랬으면 좋겠다만……."

어머니는 왠지 난감한 표정을 지었다.

"너 혹시 마음에 두고 있는 사내아이가 있느냐?"

어머니의 갑작스런 물음에 얼굴부터 붉어졌다. 대답도 못 하고 고개부터 저었다.

"아무한테도 홍화꽃 도둑맞았다고 말하지 말아라."

어머니가 다짐부터 두었다.

"속설에 시집갈 딸자식이 있는 집 홍화꽃을 그 집 딸을 마음에 두고 있는 총각이 꺾어 가면 그 딸의 마음이 넘어간다는 얘기가 있다. 그거야 속설이라 치고 무시할 수도 있겠지만, 홍화꽃이 꺾인 게 소문이 나면 좋을 게 없지. 또 총각이 입을 나불대면 보통 결국은 그리로 시집을 갈 수밖에. 그러니 처자의 마음을 따게 되는 거지. 인홍이는 아닌 거 같고, 왠지 네가 불안해서……. 너도 이제 어린 계집애가 아니니 매사에 조심하여라. 여자의 행복은 별거 아니다. 좋은 남자 만나서 평생 그 남자 품을 온 세상으로 알다가 죽어야 행복한 거야. 꽃을 따긴 좀 이르긴 하지만 네 그림 물감 만들려고 다 딴 걸로 하자꾸나."

어머니는 작은 목소리로 차분하게 말했지만 어딘지 절박하게 들렸다. 나는 입술을 꼭 깨물고 고개를 끄덕였다. 누가 홍화꽃을 꺾어 갔을까? 만약 속설대로라면 이제 내 마음은 도둑을 맞은 것일까? 내 마음은 바로 이곳에 있는데······. 나는 마치 마음을 빼앗기지 않으려고 하는 것처럼 오른손으로 옷고름을 꼭 눌렀다. 심장이 쿵쿵, 터져 나올 것 같아 다시 한 번 가슴을 꼭 눌렀다.

마음의 눈으로 보면 마음이 보이는 걸까. 그리고 마음을 그릴 수 있는 것인가. 마음은 뜬구름 같은 게 아닐까. 이 우주 안에서 비로 흩어지고 다시 구름으로 모이고…… 있는 듯 없는 듯. 변한다면 변하는 것이고 변치 않는다면 변치 않는 것. 이 높은 곳에서, 내 생이 구름처럼 흘러 지나가는 걸 보니 나는 인연 따라 이르는 곳에 노닐었을 뿐이구나. 지나고 보니 알겠구나. 하지만 아름다운 집착이었다. 살아 있는 내내 그날의 비가 내렸다. 빗방울이 속살을 파헤친 마당의 흙 내음과 습습한 공기를 타고 스며든 거문고 가락의 여운이 내내 내 심금을 울렸지. 그리고 내 생의 한 장 한 장마다 낙관처럼 찍히던 그의 눈빛…….

준서(俊瑞)

　말복도 지났건만 무더위는 가실 줄 몰랐다. 그래서 새벽에 일찍 일어나 글을 읽거나 더위가 가실 무렵이 되어야 그림을 그리거나 글씨를 썼다. 친구들의 발길이 뚝 끊어졌다. 하지만 고적하고 외로운 것이 오히려 좋았다. 마음이 잔잔해지니 보이는 것들이 더욱 맑게 보였다. 친구가 없어도 형제가 없어도 홀로 글이나 글씨, 그림을 그리고 있으면 일신에 더 바랄 것이 없을 것 같았다. 평생 홀로 살아도 자신만을 기둥으로 삼아 세상을 살면 텅 빈 정자처럼 한갓지면서도 자유롭고 충만할 것 같았다. 언니와 함께 자수를 하는 것도 나쁘지 않았다. 그것은 자신뿐만 아니라 타인과의 생활에 윤기를 주는 것이었다. 작은 노리개나 향낭, 쌈지 같은 곳에 수를 놓아 선물하면 누구나 다 기뻐하였다.

나는 두 가지의 기쁨 중에 어느 것이 더 좋은 것인지 간혹 생각했다. 나 자신만을 기쁘게 하여 지극한 충일감을 느끼는 것. 나를 둘러싼 존재들의 기쁨을 위해 희생과 봉사를 하는 것. 사실 나는 내 자신이 무척 이기적이라고 생각한다. 아니, 내 자신을 어느 누구보다도 더 사랑한다고 생각한다. 다만 남들이 알고 있고 기대하고 있는 내 모습을 내가 잘 알고 있을 뿐이다. 타고난 재주에 속도 깊고 남의 처지를 잘 이해하고 배려하며 집안의 아들 노릇을 할 든든한 딸자식. 그들을 실망시키고 싶지 않다. 그러니 남들의 기대를 어기고 자신의 모습이 망가지는 걸 보이고 싶지 않은 욕망도 결국 이기적인 것인지 모른다. 나는 내 조건들과 남들의 시선에서 결코 자유롭지 못하다. 그런 것을 생각하면 사람들에겐 자신만의 굴레가 있고, 또 함부로 벗을 수 없는 게 인생이라고 어렴풋이 느껴졌다.

이 더위에 초롱은 발을 다쳐 누워 있다고 계집종을 시켜 전갈을 보내왔다. 그러면 그렇지. 그 재바른 초롱이 발을 다치지 않았으면 몇 번이고 우리 집을 들락거렸을 것이다. 초롱은 너무 적적하고 심심하니 집에 놀러 좀 오라고 간절히 부탁했다. 여태까지 초롱의 집에 딱 두 번 가보았다. 3년 전에 초롱의 아버지를 방문하려는 아버지를 따라갔을 때, 그리고 초롱의 어머니가 죽었을 때.

오랜만에 혼자 초롱의 집에 가는 것이 나는 어째 쑥스러웠다. 한 손엔 새로 딴 호박과 가지가 시들지 않게 커다란 호박잎에 싸서 넣은 바구니를 들었다. 그리고 다른 한 손은 어린 말희의 손을 잡고 집을 나섰다. 말희는 옥수수로 만든 인형을 들고 좋아라 나를 따라나섰다. 날이 얼마나 더운지 옥수수 인형에서 쉰내가 났다. 말희에게 헝겊으로 예쁜 인형을 만들어주어야겠다.

한낮의 마을은 매미 소리만 요란할 뿐 텅 비어 있었다. 조금만 걸어도 숨이 막혔다. 호숫가 길로 들어섰다. 호수 물이 그릇에 고인 뜨거운 탕약처럼 끈적해 보인다. 비라도 한소끔 내리면 시원할 텐데. 그러다 곧 후회했다. 아니나 다를까, 갑자기 굵은 소나기가 퍼붓기 시작했다. 호수 길 중간에서 맞은 비라 나는 망설였다. 집으로 돌아갈까? 그러다 말희를 업고 뛰었다. 얼결에 뛰다 보니 집과 반대 방향인 초롱의 집 쪽으로 뛰고 있었다. 온몸이 소낙비에 다 젖어버렸다. 눈앞에 보이는 초가집 처마로 뛰어들어가 비를 그었다. 다려 입고 나온 옷이 후줄근하게 다 젖어버려 몸에 척척 붙었다. 이 꼴을 하고 어떻게 간담?

사실 초롱의 집에 가는 것이 설레기도 하고 걱정스럽기도 했다. 행여나 준서를 만나게 될까, 그것이 설렘도 되었다가 걱정도 되었다. 그런데 엎친 데 덮친 격으로 갑작스런 소낙비까지 맞게 되다니. 이 꼴로 혹시 초롱의 집에서 준서와 부딪치게 될까 봐 초조해졌다. 곱게 빗은 머리칼도 빗물에 헝클어지고 입성도 후줄근해진 마당에 초롱의 집에 가서 행여 준서와 맞부딪치게 된다면……. 싫었다. 발을 다쳐 꼼짝을 못하는 초롱의 가여운 심정도

헤아려졌지만, 왠지 가서는 안 될 것 같았다. 다행히 소나기는 그쳤다. 거짓말같이 햇빛이 환하게 비쳤다.

그런데 집으로 돌아가려고 발길을 돌리자, 말희가 마음을 알아챘는지 졸랐다.

"초롱 언니 집에 가자. 난 집에 안 가! 초롱 언니 춤 구경할래."

"초롱이 발 다쳐 춤 못 춰. 그리고 언니가 집에 가서 예쁜 헝겊 각시 만들어줄게."

말희는 업힌 채로 떼를 쓰며 내 젖은 등을 주먹으로 콩콩 쳤다. 곧 좀 전의 내 마음이 부끄러워졌다. 초롱아, 미안해. 나는 결심하고 씩씩하게 초롱의 집으로 나아갔다.

초롱의 집은 행랑어멈과 계집종부터가 결기가 빠져 있었다. 안채에다 대고, 아씨! 손님 왔어요, 득달같이 소리를 지르곤 그뿐이었다. 집안의 어른들이 없기도 하고 첩실을 잃은 정 대감의 발길도 점점 뜸하기 때문일 것이다. 정 대감의 발길이 뜸한 이유로는, 초롱의 말을 빌리면 준서와 아버지의 사이가 좋지 않기 때문이라고 했다. 집안 살림살이와 양식은 정 대감으로부터 넉넉하게 조달받지만, 왠지 늘 부족하다고 한다. 뭔가 노비들의 행실이 문제인 것 같으나 족치려 하면 준서가 말린다고 했다. 저들과 우리가무엇이 다르냐, 다 같은 사람 아니냐, 밥은 굶지 않으니 웬만한 것은 알고도 모른 체 넘어가야 한다는 것이다. 원체 초롱과 준서의 너그럽고 자유분방한 기질 탓인지 종들도 다 자기들이 한 식구인

줄 안다고 한다.

"어서 와."

초롱은 보료에 몸을 기대고 오른발은 서안에 올려놓은 채 비스듬히 누워 있었다.

"아니, 넌 어쩌다가⋯⋯."

"의원이 와서 침을 놔줬는데, 이상하게 여름이라 그런지 잘 안 낫는다. 자꾸 붓고⋯⋯ 갑갑해 죽겠어. 처서가 낼모레인데 날은 또 왜 이리 덥니? 살살 걷긴 한다만 조금만 걸으면 금방 덧나."

"언니, 춤춰봐."

말희가 졸랐다.

"언니 이제 춤 못 춰. 발이 시원찮아 앞으로 춤추긴 그른 거 아닌가 걱정돼. 얼마 전 보름날 밤에 날은 너무 덥고 달도 몹시 밝고 해서 오라버니랑 계곡에 갔었거든. 발 좀 담그려고. 오라버니가 바위 위에서 거문고를 타는데 몸이 저절로 움직이더라. 마치 내가 달밤의 선녀가 된 거 같았어. 왜 가연이 맨날 하는 이야기 속의. 그러다 그만 바위에서 미끄러져서 발을 접질렸지 뭐니? 그만하기 다행이지. 울 오라버니, 거문고를 메고 날 업고 내려오느라 고생했지. 그나마 보름달이라 다행이었어. 그런데 생각해보면 그날 밤, 너무 행복했어. 빨리 나아서 한번 같이 가면 정말 좋을 거야. 달빛 내리비치는 바위와 계곡이 얼마나 아름다운지⋯⋯. 지금도 눈에 선해. 언제 그곳에서 춤추는 나를 한번 그려줘, 응? 인선아, 꼭! 음악과 그림과 춤이 달빛에 어우러지면 무릉도원 같은 건 저리 가라일 거야."

아! 준서가 거문고를 타는구나. 꿈꾸는 듯한 표정을 짓는 초롱의 말에, 내 머릿속으로 달밤에 거문고를 타는 준서와 선녀처럼 춤을 추는 초롱의 모습이 그려졌다. 계집종이 밭에서 딴 참외 몇 알을 소반에 얹어 왔다.

"더운데 오라버니한테도 깎아서 갖다 주지."

유난히 정이 돈독한 오누이였다.

"천렵 나갔어요."

계집종이 말하자 초롱의 얼굴이 복잡해진다.

"우리 오라버니, 내게는 참 재미나고 다정하고 멋진 사내인데……. 애틋하고 마음 아파. 아버지와 자꾸 사이가 벌어지니……. 서자 출신이라 큰 벼슬도 못할 테니 글공부는 이제 그만하겠노라고, 그리고 자기는 한세상 바람처럼 자유롭게 살겠다고 아버지에게 선언했지. 글재주야 원래 어릴 때부터 아버지가 인정하신 재주인데……. 큰댁 오라버니들보다 월등하게 뛰어나대. 과거에 급제할 실력은 충분하단다. 대신에 거문고를 끼고 다니고, 자연을 벗삼아 저리 나도는구나. 활터에 가서 활 쏘는 연습도 하고 사냥도 하고. 하지만 그래도 마음을 못 잡아 우울해하는 거 같아. 요즘엔 가끔 술도 입에 대는 거 같아. 하긴 그렇게 재주 많은 사내로 태어나 세상에 큰 뜻 한번 제대로 펼쳐볼 수 없는 처지니……. 나한텐

부모만큼 낭군만큼 다정한 사람인데. 난 울 오라비 같은 남자 있으면 당장 시집갈 거야."

내가 참외를 깎았다. 한입 베어 무니 단물이 입에 가득 고였다. 고기를 잡으러 나갔다고? 수년 전 시를 읊던 그의 모습이 떠올랐다. 작년에 언뜻 그를 보았다. 상복을 입고 있어서 어른스럽고 슬퍼 보였다. 그도 이제 열여섯. 양반가의 자제라면 한창 과거 준비를 시작할 나이. 사내라면 과거를 통해 뜻을 펼쳐보고 싶을 것이다. 초롱의 말을 들으니 애틋한 마음이 들었다. 그때 초롱이 밝게 웃으며 말했다.

"그나저나 잘됐다. 잘하면 오늘 민물고기 맛을 좀 보겠다. 저녁 먹고 가라."

오랜만에 초롱과 만나 도란도란 이야기를 나누느라 시간 가는 줄 몰랐다.

갑자기 하늘이 검어지며 천둥과 번개가 치더니 빗줄기가 거세어졌다. 눈 깜짝할 사이에 폭우가 내렸다. 집에 갈 일이 걱정이었다. 그리고 아는 척을 하진 않았지만, 천렵을 나갔다는 준서도 걱정이 되었다. 그러나 초롱은 태연했다. 그때 언뜻 말울음 소리가 들린 듯했다.

"아, 오라버니가 돌아왔다. 아버지에게 말을 사달라고 졸랐다가 무척 야단을 맞았는데, 결국 말을 한 필 사주셨어. 아, 그러고 보니 말 타고 너희 집에 놀러 가도 되겠구나. 다리 아프다면서 내가 그 생각은 못 했네."

초롱이 자기 머리를 주먹으로 콩콩 쳤다. 나도 모르게 허리를 꼿꼿이 세우고 머리를 매만졌다. 혹시나 준서가 안채로 들어올까. 그러나 준서는 얼씬도 하지 않았다. 어느새 말희는 칭얼대다가 잠이 들었다. 마당에 떨어지는 빗소리가, 물기 머금은 흙냄새가 풍겨오는 게 싫지 않았다. 그때 은은하면서도 묵직한 거문고 소리가 들려왔다. 그 소리가 준서의 목소리인 양 가슴이 뛰었다. 비오는 날의 애조 띤 느릿한 거문고 가락에 나도 모르게 온통 마음이 끌려갔다. 얼마나 배우면 사람의 심금을 울리는 저런 소리를 내는 걸까? 거문고의 술대가 어느새 깊은 마음자리를 건드린 것 같았다. 가슴이 먹먹하고 뭉클해졌다. 초롱이 달밤에 저절로 춤을 춘 까닭이 이해가 될 것 같았다.

"저 거문고 소리 좀 들어봐라. 준서 오라빈 정말 재주꾼이야. 뭐든지 빨리 배우고 못하는 게 없어. 저게 뭐 〈영산회상(靈山會相)〉이라든가? 어려운 곡이라던데……."

거문고 가락은 계속되었다. 거문고 소리도 비에 젖었다. 그 소리를 가만 듣고 있자니 어느 때는 아련한 슬픔이, 어느 때는 싸늘한 소름이, 어느 때는 뜨거운 눈물이 솟구칠 것 같았다. 아아, 날도 저물어 집에 가야 하는데……. 왜 이리 내 마음이, 물에 젖은 종이처럼 착 가라앉아버리나. 나는 몽롱한 기분으로 하염없이 비오는 밖을 내다보았다. 초롱은 보료에 기대앉은 채로 가락에 맞

춰 민살풀이춤을 추듯 손끝을 휘젓고 있었다. 거문고 소리가 갑자기 툭, 그쳤다. 내가 꿈에서 깨듯 말했다.

"아, 이제 집에 가봐야겠어."

"이 비가 오는데 어쩌려고? 말희도 자는데 저녁 먹고 비 그치면 가."

"집에다 아무 얘기도 안 하고 와서 걱정하실 거야."

그때 안채로 누군가 들어왔다. 그가 마당에 들어서자마자 나는 그가 누구인지 알아보았다. 그도 방문을 열어놓은 방 안에 초롱과 함께 있는 사람이 나인 것을 알았을까. 그의 눈빛이 순간 빛났다. 아니, 그것은 환영일까. 비 내리는 바깥은 어스무레했다. 얼굴의 윤곽조차도 또렷이 보이지 않는다. 마음의 눈. 마음의 눈으로 그도 나를 알아보았을까. 찰나의 순간, 두 사람의 마음의 눈에 벽력(霹靂)이 일었을까. 비는 좀 가늘어졌다. 그는 서두르지 않고 천천히 걸어왔다. 그러나 하나의 목표물에 조준하는 화살처럼 정확하게. 마치 내 눈에는 그가 빗속에서 환하게 빛으로 오는 느낌이 들었다.

이 사람이 그인 걸까? 눈을 이고 있는 오죽 숲에 연을 걸어놓고 간 까치연 소년. 수년 전, 정월 대보름날 밤, 다리 위에서 시를 읊던 소년. 작년에 어미를 잃고 상복을 입고 슬픔에 잠겨 있던 소년. 그러나 지금 걸어오고 있는 사람은 소년이라기보다는 사내에 가까운 기골을 갖추고 있다. 세월이 준서를 장부로 키워냈다. 준서는 잠깐 발길을 멈추고 나를 바라보았다. 검은 눈썹과 우뚝한 콧날 밑으로 코밑이 살짝 거뭇했다. 비에 젖은 피부가 사내의 것 같지 않게 깨끗했다. 내가 고개를 숙인 것과 동시에 그도 쑥스러운지 어색한 웃음을 머금었다.

"비 맞지 말고 어서 올라오우. 마침 인선이가 와 있수."

초롱이 마른 무명 수건을 건네주었다. 그는 좀 부끄러운지 얼굴을 돌려 수건으로 얼굴을 벅벅 문질렀다.

"고기 많이 잡았수? 오늘은 잉어나 붕어 맛 좀 보려나?"

"고기 안 잡았어. 비 오는 날은 고기도 안 물어."

"그럼 고기도 안 잡고 뭐 했수?"

"비 구경했지. 연당에 가서 연잎에 비 떨어지는 소리 들었다. 그 소리를 들으니 거문고 생각이 나서 달려왔지."

두 오누이가 하는 말을 듣고 있다가 초롱에게, 나 정말 가야겠어, 하면서 일어났다.

"비가 좀 그치면……."

준서가 급히 운을 떼다 뒷말을 잇지 못했다. 목소리가 아직 변성이 완전히 이루어지지 않았는지 조금 불안하게 들렸다. 오 년 전, 대보름날 밤에 시를 외던 어린 소년의 미성은 어디에도 남아 있지 않았다. 그 소년이 읊었던 시를 그대로 외웠던 나는 나중에 그 시가 세종 때의 강희맹이란 문사가 지은 것임을 알게 되었다. 그때부터였다. 나는 시를 읽고 외우는 것에도 색다른 흥미를 느끼게 되었다.

"조금만 있으면 비가 그칠 거 같은데……."

준서가 다시 한 번 말했다. 나는 못 들은 척 말했다.

"말희를 깨워야겠어. 말희야, 말희야!"

말희는 꼼짝도 안 했다.

"오라버니가 인선을 말에 태워 데려다주면 어떨까?"

그 말에 내가 기겁을 했다. 동네 사람이 보면 어쩌려고? 그 말을 속으로 삼키고 초롱을 살짝 흘겨보았다.

"나야 괜찮지만……."

준서도 뒷말을 삼켰다. 말희는 잠투정을 했다. 억지로 깨우니 울음을 터뜨렸다. 난감했다. 비는 가랑비로 변했지만 사위는 이미 어둑해졌다.

"언년이한테 저녁 차리라 그럴 테니 차라리 밥 먹고 어두워지면 가. 너랑 말희랑 오라버니가 태워서 좀 데려다주면 되겠네. 이 비 오는 날 어두운데 누가 보겠니. 그리고 보면 좀 어때? 너 그런게 그렇게 겁나니? 겁나면 네가 내 올케가 되면 되겠네."

초롱은 뭐가 재미있는지 깔깔대고 웃었다. 나는 초롱의 경망스러움에 마음이 상했지만, 준서 앞이라 아무 말 하지 못했다. 말희를 달래야 했다. 막내인 말희는 집안의 응석받이라 고집이 셌다. 대신 초롱이 말희에게 저녁 먹고 말 타고 집에 가자, 그러면서 달랬더니 말희는 말? 하고 눈이 동그래지며 손뼉을 쳤다. 마침 계집종이 초롱의 방에 저녁상을 들고 들어왔다. 비는 다행히 완전히 그쳐 있었다.

말희를 업고 나서자 기어이 말을 대령한 준서가 데려다주겠다고 나왔다. 나는 고개를 완강히 젓고 어둠 속의 마을길을 걸었다. 준서가 말을 타고 천천히 쫓아왔다. 말희가 말을 타겠다고 계속 징징댔다.

"함께 타요."

말 위에 앉은 준서가 말에서 내리며 말했다. 말희가 등 뒤에서 기뻐 깡충거렸다. 하는 수 없이 말희를 준서에게 넘길 수밖에 없었다. 준서는 내 의향을 눈길로 물었지만 나는 고개를 숙이고 앞서 걸어갔다. 준서는 말희를 앞에 안고 천천히 말을 부렸다. 홀가분해진 나는 땅만 보며 길을 걸었다. 비 온 뒤의 여름밤은 청량했다. 호숫가 길로 접어들자 맹꽁이와 개구리 우는 소리가 요란했다. 어둠 속에 잠긴 사위는 인가의 불빛도 보이지 않고 인적도 끊겨 괴괴했다. 준서가 옆에서 말을 타고 따라오니 든든하기도 했다. 그러나 서로 말 한마디 하지 않고 길을 걸으려니 어색했다. 그때 준서가 입을 열었다.

"아, 그때가 언제였더라. 함박눈이 왔던 그날, 그 까치연……."

말희가 세상에 나오던 날이었다.

"그날은 말희가 이 세상에 태어나던 날이었는데……."

내 말을 듣고 준서는 말희에게 고개를 숙여 물었다.

"아, 그랬구나. 말희, 몇 살이지?"

"여섯 살."

말희가 손가락 여섯 개를 펼치다가 흔들거리는 말이 무서운지 얼른 말고삐를 잡았다.

"벌써 육 년 전 일이네. 우리 그때 처음 보지 않았소? 혹시 기억나오?"

아, 그도 그날의 나를 기억하고 있구나. 나는 대답 대신 고개를 끄덕였다.

"그래, 그 까치연은 얼마나 오래 오죽 숲에서 살았는지……? 간혹 대나무에 걸린 까치연을 보러 가곤 했었는데……. 한참 지나 어느 날 보니 그것이 없어졌더군. 얼마나 섭섭하던지. 그걸 누가 치웠었나 보오."

샘가로 갈 때마다 나도 그 까치연을 찾아보았었다. 그러다 어느 날, 그것이 보이지 않았다. 서운했다. 지금도 기억한다. 까치연이 없어진 날의 검은 대나무 숲의 허전한 우듬지를. 하늘이 무척 맑고 화사한 봄날이었다. 우물가의 앵두나무에 앵두가 잔뜩 열렸던 무렵이었다.

또 침묵. 그 사이로 또각또각 말발굽 소리, 개구리 우는 소리.

"거문고 소리, 참 좋았어요."

내가 생각난 듯 말했다.

"초롱이 그러는데 인선 낭자가 총명하고 재주가 뛰어나다고.

특히 그림에…… 언젠가 그림을 한번 보고 싶은데…….”

“초롱이 춤을 추다 다쳤다는 달밤의 그 계곡을 그려달라고 했
어요.”

내 입에서 예상치 못한 말이 튀어나왔다.

준서가 반가운 기색을 보였다.

“오오, 우리 모두 언제 한번 그리로 가보면 어떠오? 그러고 보
니 춤과 음악과 그림이네. 예(藝)의 세계가 얼마나 오묘한지 한번
모여봄이…….”

어느덧 집에 다다랐다. 말희를 땅에 내려놓고도 준서는 나를
한참 바라보았다. 어둠 속에서 마음의 눈으로는 가장 간절한 것
이 보이는 법이다.

“……그렇게 재주가 신묘하다니 사람의 마음도 그릴 수 있겠구
려……?”

준서는 그 말을 농담처럼 들리게 하고 싶었는지 말끝에 쿡, 객
쩍은 웃음을 터뜨렸다. 그러고는 말을 돌려 뒤도 돌아보지 않고
쏜살같이 어둠 속을 내달려버렸다.

그날 보았던 벽옥(碧玉) 빛 동해 바다는 내 아들 이
(珥)를 잉태한 날의 태몽에서도 보았지. 바다는 내게
처음으로 외로움을 가르쳐주었지. 그리고 돌아보니
어긋난 운명의 밑그림을 그날 나는 바다에서 본 거
야. 지척지간에도 그를 부르지도 못하고, 멀어져 가
는 그의 뒷모습만 망연히 보아야 했던 것. 그건 가위
눌림 만큼 잔인한 일이야.

동해 바다

별당 담장 안의 배롱나무에 붉은 꽃타래가 만발했다. 목백일
홍이라 불리기도 하고 자미화라 불리기도 하는 배롱나무. 햇빛은
여인의 매끈한 하얀 팔뚝 같은 배롱나무 가지에 눈부시게 부서지
고 있다. 나는 별당에 앉아 배롱나무를 바라본다. 별당 앞의 배롱
나무는 홍매화와 더불어 이 집에서 백 년 세월을 견딘 나무다. 백
일 동안 붉은 꽃이 핀다는 배롱나무. 나무껍질을 손으로 긁으면
이파리가 움직인다는 간지럼나무. 우아하면서도 색기가 느껴지
는 나무. 왜 저 나무를 그려볼 생각을 하지 않았을까, 잠시 생각해
본다. 무엇보다 작은 미물들만 사랑했기 때문일까? 그러고 보니
나는 땅과 가까운 꽃과 풀을, 그 주위를 맴도는 나비와 곤충들을
함께 그리기를 좋아했다. 음양의 조화가 정겹게 느껴지는 정경들

이 좋았다. 소곤소곤 말이 오가고 정이 오갈 것 같은 그림을 그리고 싶었다. 그저 고고한 매화나 대나무는 내 호기심을 오래 끌지는 못했다. 나는 사군자를 그리는 게 별 재미가 없었다.

어디선가 매미가 줄기차게 울어댄다. 매미 소리를 듣고 있자니 정신이 가마득해지고 눈앞의 정경마저 하얗게 바래는 것 같다. 초롱이 어제 다녀가고부터 내 마음은 자주 아득해졌다. 초롱은 이제 좀 걸을 만해졌다며 수틀을 들고 우리 집을 찾아왔었다. 발을 다쳐 앉아 있는 게 지겹다며 시작한 자수였다. 무엇이 제대로 안 되는지 끝맺음을 내게 부탁하려고 왔다. 전에 내가 밑그림을 그려준 넝쿨 포도였다. 초롱이 여러 번 수를 놓았다 푼 흔적이 있어서 보풀이 일고 엉킨 곳을 내가 말끔하게 복원해주었다.

"이걸로 뭘 하려고? 천이 작은 거 보니 베갯잇?"

"글쎄…… 쌈지를 만들까? 아님 향낭을 만들까? 오라버니한테 줄까?"

초롱이 생긋 눈웃음치며 내 눈치를 살핀다.

"넝쿨 포도 말고 꽃과 나비 같은 걸로 밑그림 하나 그려줘. 아니면 네가 아예 하나 수를 놓아주든가. 오라버니가 아주 좋아할 텐데."

내가 송곳에라도 찔린 듯이 펄쩍 뛰었다.

"얘, 실성했니?"

"실성은? 실성할 일이라도 생기면 좋겠다. 지루하고 심심한데."

하품이라도 늘어지게 할 듯한 초롱의 무료한 얼굴에 갑자기 생기가 돈다.

"얘, 너 말이야. 우리 오라버니…… 어떠니?"

"무슨 소리야?"

초롱이 나를 잡아끌었다.

"이거 내가 얘길 해야 하는지 어쩐지 모르겠다. 오라버니가 알면 가만 안 있을 텐데. 어제 오라버니 방에 가서 뭘 좀 찾을 게 있어서 벽장을 열어보았는데, 세상에! 한지로 켜켜이 싼 홍화꽃이 나오더라. 네 집 홍화꽃 맞지? 언젠가 네 집 가서 보니 홍화꽃들이 다 없어졌던데. 그리고 글을 지은 종이를 묶어두었더라. 내가 글 뜻을 정확하게는 못 옮기겠다만 절절하게 연모하는 글들이더라."

머릿속이 텅 비었다. 얼마나 가슴이 뛰는지 저고리 앞섶이 들썩였다. 나는 잠깐 넋이 나간 듯 앉아 있다가 모른 척 바늘을 놀렸다.

"어머나, 애 얼굴 좀 봐. 핏기가 싹 가시네. 두 사람 다 내 눈은 못 속여. 난 옛날부터 알아봤지. 예전 정월 대보름날 밤에 남대천 다리 위에서 지나칠 때 계속 좇아오던 네 눈길을 잊을 수 없었어. 오라버니도 그 옛날부터 너를 마음 깊이 담아두었을걸. 틀림없어! 오라버니가 요즘 네 얘길 자주 물어봐. 그리고 밤에 홀로 거문고를 켜다가 잠 못 들고 새벽까지 마당을 서성대기도 하고, 좀 이상해졌어. 그러더니 한가위 다음 날 함께 달구경 가자고 하더라.

원래 달은 보름보다 열엿새 달이 더 좋다면서."

소동파(蘇東坡)의 「적벽부(赤壁賦)」에 망월(望月)보다는 열엿새 기망(旣望) 달이 더 좋다고 했던 걸 나도 기억했다.

초롱이 계속 속살댔다.

"사실, 말이야 바른말이지. 우리 오라버니 뭐 하나 빠지는 거 없지. 인물 출중하겠다, 속은 하해와 같이 넓겠다, 학문과 재주 뛰어나겠다. 다만 너와 격이 약간 안 맞는 건, 타고난 신분이 좀 기운다는 건데……. 그건 오라버니 잘못도, 또 누구의 잘못도 아니야. 에고, 그저 억울한 일이지."

나는 아무 말 없이 수틀 위에서 바늘을 놀린다. 흰 비단 천에 갑자기 붉은 한련화 꽃잎이 번진다. 깊이 찔려버렸다. 피가 배어 나오는 손가락을 얼른 입안에 넣었다. 비릿하고 서글픈 맛이 입안에 번진다.

팔월 한가위까지는 이제 한 달 남았다. 바늘처럼 따갑게 내리쪼이는 햇볕도 나날이 이울고 있다. 매미 소리를 들으니 어지럼증이 났다. 나는 눈을 감았다. 몇 장의 그림처럼 준서의 모습이 빠르게 지나갔다. 그렇게 재주가 신묘하다니 사람의 마음도 그릴 수 있겠네……. 뒤도 돌아보지 않고 말을 달리며 떠났던 준서의 마지막 말이 떠올랐다. 그 말이 그날 빗속을 뚫고 들려오던 아득한 거문고 가락을 배경으로 계속 머릿속에서 맴돈다. 그의 마음은 어찌 생겼고 또 내 마음은 어찌 생겼을까. 사람의 마음은 어떻게 그려낼 수 있는 걸까.

별당 밖에서 아버지가 부르는 소리가 들린다.

"인선아, 준비됐느냐?"

나는 그제야 정신을 차리고 외출 단장을 하기 시작했다. 아버지와 함께 바다에 나가기로 한 날이었다. 아버지는 처서가 지나고 더위가 꺾이면 서울로 떠난다고 했다. 본가에서 한가위 제사를 받들어야 한다. 만약 준서와 초롱과 한가위 달맞이를 하게 된다면 아버지가 없을 때이다. 왠지 마음이 한시름 놓인다. 그러면서 준서와의 달맞이를 상상하고 있는 내 자신에게 깜짝 놀란다. 그냥 상상일 뿐인데 뭐 어때? 뭔들 생각은 왜 못 해. 이래저래 제약 많은 여자의 몸이라도 사람 마음은 하늘만큼 바다만큼 끝이 없는데…… 아버지는 집 안에서 초충도나 화조도를 그리고 있는 내게 바다를 보여주고 싶어 했다. 아니, 더 넓은 세상을 보고 싶은 내 마음을 이미 알아챘는지 모른다.

아버지는 말을 한 필 빌렸다. 내가 타고 갈 나귀를 구하려고 했지만 나는 아버지와 함께 말을 타고 싶었다. 아버지는 나를 등 뒤에 태웠다. 아버지의 등은 너르고 듬직했다. 도포 자락이 날리는 바람결에 아버지의 냄새가 났다. 땀 냄새 같기도 하고 묵향 같기도 한. 어둠 속에서 말을 타고 달리던 준서의 모습이 빠르게 지나갔다. 앞에 탄 이가 준서라면 어떨까? 어떤 냄새가 날까? 나는 눈을 감고 준서의 말을 타고 가는 내 모습을 그림처럼 머릿속에 그려보았다. 그러고는 고개를 살래살래 저으며 가만히 눈을 떴다. 흔들리는 말 위에서 기우는 여름 햇빛 속으로 지나쳐 가는 강릉 고을의 풍경을 나는 눈을 가늘게 뜨고 바라보았다. 내가 이곳에 얼마나 더 살 수 있을까. 만약 시집을 가게 되면 이곳을 떠나야 하겠지. 나는 어디에 가서 살게 될까. 가을날 서리 맞은 국화 분을 옮기듯 주인의 뜻에 따라 옮겨지는 걸까. 아아, 그런 생은 싫어.

"강릉 고을은 참 좋은 곳이다."

아버지가 말했다.

"서울보다도요?"

"서울은 임금님이 계신 곳이고, 뜻을 펼칠 사내들의 공간이지. 대관령이 병풍처럼 둘러싸여 있고 동쪽으로는 툭 트인 동해 바다에, 거울 같은 호수에, 사람들 예의 바르고 인심 좋고. 나는 서울에서 더 신경 쓸 게 없으면 말년엔 이곳에 내려와 조용히 여생을 보내고 싶구나. 왜 서울 가고 싶으냐? 서울로 시집보내줄까?"

허허…… 아버지의 웃음소리가 등 뒤에 귀를 댄 내게는 깊은 우물 속처럼 웅숭깊게 울렸다.

"아이, 아버지, 아니에요. 저도 이곳이 좋아요. 여기를 지키고 살 거예요."

"네가 아들 같으면야 당연한 일, 무슨 걱정이겠냐. 마음으로는 너를 이미 아들로 생각하고 있다. 그렇다고 네 마음에 짐을 지우는 일은 이 애비가 절대 하지 않을 것이다. 다만 내 딸이라 그런

게 아니라, 계집으로 태어나 좁은 세계에 살다 가는 것이 가련하기도 하다. 여자도 사람인데 너한테만은 세상 구경을 시키고 싶다는 생각이 드는구나. 학식과 견문이 넓으면 오히려 여자의 팔자가 기구하다고 한다만 여자도 여자 나름, 그릇이 커서 다 포용할 수 있으면 그런 것들이 자신의 인생뿐 아니라 후대 자손들의 삶에도 깊은 영향을 줄 것이다. 어찌 보면 아녀자의 인생은 단지 한생으로 끝나는 건 아니야. 어머니가 훌륭해야 자손이 훌륭한 법."

"여자의 인생은 그저 밑거름이 될 뿐인 거지요. 지아비와 자식을 위해……."

"왜 싫으냐?"

아버지가 돌아보았다. 나는 입술을 꼭 다물고 대답을 하지 않는다. 왜일까? 요즘 들어 부쩍 부아가 난다. 감정이 변덕을 부리고 공연히 눈물이 나려 하고…….

"그게 정녕 여자의 기쁨이 되는 걸까요?"

"허어! 네 어머니는 뭐라 그러더냐. 네 어머니야말로 좋은 아내에 현명한 어머니지. 불행하다 그러더냐?"

나는 가만히 입을 다문다. 어머니. 벌써 십여 년째 부모 봉양과 자식 부양에 남편과의 정을 마음껏 누리지 못하는 여인. 어머니는 늘 낯빛을 온화하게, 화도 한 번 내지 않고 조곤조곤 말씀하시는 분이다. 어머니는 자식들 앞에서 팔자타령을 한 적도 없고 불행하다고 푸념한 적도 없다. 그러나 온전히 행복한 것일까.

"네가 아들 같으면 이렇게 자주 말을 달리며 호연지기를 키워 줬을 거야. 너 경포팔경이란 말 들어보았느냐?"

"예."

"그래, 무엇이냐?"

"으음…… 녹두일출, 죽도명월, 강문어화……."

"그래, 오늘은 내가 한 바퀴 구경시켜주마. 들어보거라. 제1경, 녹두일출(綠荳日出)이라. 경포대 정동 방향에 위치한 녹두정, 곧 한송정에서 바라보는 일출이 장관이니라. 동해 바다에서 솟는 시 뻘건 태양이 얼마나 장엄하고 신비로운지. 사실 나도 아직 두 번 밖에 못 보았다. 제2경, 죽도명월(竹島明月)이라. 경포호수 동쪽에 있는 산 모양의 작은 산은 산죽(山竹)이 무성하여 죽도라 부른다. 동쪽 수평선 너머에서 솟아오른 보름달의 달빛이 하늘과 바다와 호수까지 이어지며 수십 리 달빛 기둥을 만드니 얼마나 기묘하고 장엄하겠느냐. 제3경, 강문어화(江門漁火)라. 강문은 경포호수 동 쪽 하구로 바다와 통하는 곳이다. 강문 쪽에서 밤에 오징어 잡는 고깃배의 불빛이 휘황찬란하게 물 위에 비치는 모습이 일품이니 라. 제4경은 초당취연(草堂翠煙)이라. 참, 너 초당마을은 알지 않느 냐? 심 판서 대감 회갑연에 가보았지? 그곳 마을이 오목하니 녹 지가 많고 낙락장송이 우거진 곳이잖니. 해가 시루봉에 설핏 기 울 때 노을 속에서 바라보는 그곳은 밥 짓는 흰 연기가 노을빛과 어우러져 아주 오묘하고 평화로운 모습이란다."

초당취연. 갑자기 가연이 보고 싶었다. 마치 안개 속에 하강하여 길을 잃은 선녀처럼 보이는 쓸쓸한 가연. 어찌 지내고 있을까. 바깥세상을 등지고 선계의 꿈에 취해 글을 짓고 있을까. 이즈음 가연에게서는 소식이 없었다.

"제5경, 홍장야우(紅粧夜雨). 예전에 홍장이란 기생이 있었다. 강릉 부사가 감찰사 박신(朴信)을 맞이하여 홍장으로 하여금 뱃놀이를 하며 대접하게 했지. 미모가 출중한 홍장은 사랑을 듬뿍 받았는데 둘은 헤어지게 되었지. 감찰사를 못 잊은 홍장은 호숫가 바위에 앉아 그를 사무치게 그리워하며 기다렸는데 어느 날 안개 속에 박신이 부르는 소리를 듣고 호수에 빠져 죽었단다. 사람들이 그 바위를 홍장암이라고 하는데, 안개 끼고 비 오는 날 여인의 구슬픈 울음소리가 들린다는구나."

"어머나, 무서워라. 원귀가 되었나요? 사람들이 그런 사랑 이야기를 꾸며낸 거 아닌가요?"

"글쎄다. 제6경, 증봉낙조(甑峰落照). 일몰 때 시루봉 낙조에 어리는 채운(彩雲)이 경포호수에 비치면 그 광경이 기가 막히단다. 제7경은 환선취적(喚仙吹笛)이다. 시루봉, 상선봉에는 고요하고 달 밝은 밤이면 구름 사이로 어디선가 바둑 두는 신선의 피리 소리가 경포대까지 들리는 듯하다고 하여 붙여진 말이다. 마지막 제8경은 한송모종(寒松暮鍾). 한송정 정자에서 해질 무렵 치는 종소리가 경호의 잔물결을 타고 신선이 놀던 경포대까지 은은히 들려오는 것 같다고 하는구나. 어떠냐? 절경도 절경이지만 옛사람들의 풍류가 대단하지."

아버지와 이야기를 나누는 동안 말은 어느덧 청옥 빛 동해 바다에 닿았다. 어쩌다 먼 곳에서 동해 바다의 한 자락을 훔쳐본 적은 있어도 이렇게 바다에 서보기는 철나고 처음이다. 가슴이 확 트였다. 답답했던 가슴이 산들바람 부는 정자가 된 것처럼 막힘 없이 툭 트였다. 나는 가슴 가득 바다 기운을 들이마셨다. 짭조름한 갯내가 코끝을 간질였다. 끝없이 펼쳐져 있는 고운 떡고물 같은 백사장으로 흰 거품을 문 파도가 들락날락하는 것도 신기했다. 고기잡이배들이 점점이 바다 위에 떠 있었다. 간혹 밥상에 올라오는 물고기는 저 어부들이 잡는 거겠지. 밭에서 흔히 보는 농부들에게서 익숙하게 느껴지는 감정과는 또 달랐다. 갑자기 눈시울이 시큰해졌다. 꽃과 나비의 세계, 채소와 풀벌레의 세계, 그리고 글자로 이루어진 어떤 갇힌 세상에서 이렇듯 넓은 세상으로 나아갈 수 있다니. 아아, 세상은 어디까지일까. 내가 알고 또 내가 살면서 알아갈 세상은 어디까지일까. 아버지는 해가 지면 면식이 있는 어부의 집에 가서 저녁을 먹을 거라 했다. 갓 잡은 싱싱한 생선 맛을 보여주겠다고 했다.

"아버지, 신기해요. 이렇게 넓은 세상이 있다는 것이. 봉선화 잎새에 올라앉은 개미가 세상이 얼마나 큰 줄 모르듯이 여기선 제가 꼭 개미 같은 미물로 느껴져요."

나는 말에서 내려 모래사장을 걸었다. 아예 신과 버선을 벗고 맨발로 걸었다. 볕에 그을린 적 없는 흰 조롱박 같은 두 발이 보드라운 모래에 폭폭 빠졌다. 콩고물 같은 모래가 발가락 새로 스며들어 간지러웠다. 아버지는 그런 내 모습을 미소를 띠고 바라보았다. 어느덧 바다색이 어두워졌다. 곧 저녁이 내릴 모양이다. 물안개 때문일까. 말에 탄 아버지의 얼굴이 성글게 짠 명주 수건에 가린 듯 은은해 보였다. 모래사장에는 어린 사내애들이 뛰어놀고 있었다.

　"저 뒤편이 죽도란다. 가만, 오늘이 며칠인가. 보름이 다 되지 않았는가. 오늘 어쩌면 운치 있는 월파(月波)를 볼 수 있겠구나. 경포팔경 중에 그것 하나만 제대로 보아도……. 그래, 단연 백미지."

　아버지가 가리키는 곳을 바라보는데 어떤 그림자가 휙 지나간 것 같았다. 오소리나 새끼 노루일까? 그러나 산죽이 우거진 그곳에서 나온 것은 말을 탄 젊은 남자였다. 그는 말을 몰아 해변으로 나오더니 거침없이 말을 달렸다. 말발굽 때문에 생기는 모래 먼지가 파도보다 더 거칠었다. 그는 그렇게 거칠게 말을 몰며 여러 번 해변을 달렸다. 그러곤 그 젊은 남자는 파도가 날름대는 바다로 들어갔다. 저러다 바다에 빠져 죽는 건 아닌가. 공연히 걱정이 되었다. 큰 파도가 몰려오자 말이 놀랐는지 큰 울음소리를 내며 뒷걸음질을 쳤다. 그 통에 남자의 몸이 위태로이 꺼떡 들어 올려졌다 내려왔다.

"혈기방장할 때지."

아버지가 지나는 말투로 말했다. 젊은 남자는 좀 전의 혈기는 어디 두었는지 갑자기 생각에 잠긴 듯 고개를 푹 숙이고 말이 이끄는 대로 몸을 의탁했다. 무언가 골똘히 생각에 잠긴 그가 내가 있는 곳으로 다가왔다. 터덜터덜, 말의 걸음이 만드는 진동에 무심하게 몸을 맡긴 그는 가까이서 보니 어려 보였다. 그의 모습이 다가오자 가슴이 마구 뛰었다. 준서. 머리끝이 쭈뼛해지고 입안에 살구 즙처럼 시큼한 침이 올라온다. 내 옆을 지나건만, 그는 고개를 들지 않는다. 그는 무언가 낙담한 것 같기도 하고 분노를 삭이고 있는 것도 같다. 나는 옷고름을 꼭 여며 쥐고, 그가 한 번이라도 돌아보길 간절히 바랐다. 그의 말이 내 곁을 지날 때 꼬리를 터는 통에 내 눈에 모래가 들어갔다. 눈이 따가워 눈물이 조금 고였다. 말은 멀어지고 나는 쥐었던 옷고름을 눈가에 갖다 댄다. 지척에서 이렇게 어긋나는 걸 속수무책으로 바라본다.

어부의 집에서 갓 잡은 생선으로 저녁을 먹고 나는 아버지를 졸라 다시 바다로 나왔다. 바다는 달빛으로 은은하게 빛났다. 마치 은사(銀絲)로 만든 비단을 펼친 듯했다. 그 위로 작은 배 한 척이 위태롭게 흔들거리고 있었다. 은은한 달빛 때문일까. 그 풍경이 애틋하고 고즈넉했다. 모래가 들어갔던 쓰라린 눈 안쪽에서 물기가 차올랐다. 아아, 달빛 아래 떠 있는 외로운 저 배가 어찌 이토록이나 내 마음 같을까. 그래, 그는…… 마음을 그려 보일 수 있을 거라 그랬지. 그의 마음을 말한 걸까? 내 마음을 말한 걸까? 아아, 저걸 그리고 싶어. 그리고 보여주고 싶어. 내 마음과 같은 저 배를. 나는 그 외롭고 쓸쓸한 정경을 마음속 화폭에 담았다. 그리고 그림의 제목을 한 자 한 자 머릿속에 써내려갔다.

'월하고주도(月下孤舟圖).'

그날 밤, 바다에서 돌아온 나는 초경을 했다.

아아 답답하구나. 답답해. 가위에 눌린 걸까?
누군가 내 몸을 꼭 안고 조여온다.
아니 내가 무언가를 꼭 그러안는다.
아아, 아파. 가시가 온몸에, 살에 박힌다.

연리목(連理木)

모기 입이 비뚤어진다는 처서도 지나고 날씨가 선선해지자 강릉 집에 오래 머물던 아버지는 서울로 떠났다. 들판엔 추수를 끝내 노적가리를 쌓은 논도 군데군데 보였다. 그러나 아직 황금물결이 출렁대는 곳도 많았다. 아버지가 떠난 집 안이 왠지 추수 끝낸 들판처럼 썰렁했다. 하지만 아버지가 없는 집은 한편으로는 홀가분한 느낌도 들었다. 날이 더 차가워지면 제비도 강남으로 떠날 것이고 대신 경포호수에는 청둥오리나 겨울 철새가 날아들 것이다. 지난번 바다로 나가본 뒤로 내게는 넓은 곳에 대한 누를 수 없는 호기심이 생겼다. 어릴 때 안견의 〈몽유도원도〉 같은 산수화를 흉내만 내보았을 때와는 달랐다. 그것은 죽은 그림이었다. 눈앞에 펼쳐진 대자연은 생생하게 살아 있는 그림이었다. 그 기운과 감흥을 화폭에 옮겨보고 싶었다. 그렇게 좋다는 금강산은커녕 강릉 앞바다에도 홀로 나가기가 엄두가 나지 않아 가까운 경포호수로 몇 번 나가 물에서 노니는 해오라기나 물새를 그려보았다.

그러나 그 노릇도 편히 할 수는 없었다. 댕기머리를 한 처녀가 화첩을 들고 한적한 물가에 앉아 있을라치면 지나가는 도령이나 남정네들의 눈길이 곱지 않았다. 뭔가 끈끈했다. 그림을 그리러 집 밖으로 나간다는 건 완고한 할아버지나 할머니에게는 아예 말조차 꺼내지 못할 일이다. 그러나 어머니는 눈치를 챈 듯하다. 초롱의 집에 놀러 간다고 둘러대긴 했지만 탐탁지 않아 했다. 언제부턴가는 초롱이와 어울리는 것을 우려하는 기색이었다. 하지만 어머니는 평소에 늘 남녀 차별이나 반상의 신분 고하를 따지기보다 선한 인간의 도리를 강조하지 않았는가. 자매들에게는 하인들에게조차도 함부로 대하지 말라고 엄하게 교육시켰다. 속이 깊은 어머니는 깊은 눈빛으로, 그러나 세심하게 나를 살폈다. 그럴 때마다, 아니 철이 들어갈수록 나는 여자로서 살아갈 삶이 참 불편하다는 생각이 들었다. 세상에 눈을 뜰수록 하고 싶은 일은 너무나 많은데……. 남자라면 아무렇지도 않을 일을 여자의 몸이기 때문에 제약을 받는다. 차라리 남장(男裝)을 할까? 그래서 자유로이 온 산야를 다니며 산수화를 그리고 싶기도 했다.

어쩔 땐 초롱이 곁에 있어주었다. 나의 그런 불만을 초롱이 왜 모르겠는가. 하지만 초롱이 있어서 오히려 더 눈길을 끄는 꼴이었다. 사람에게 호기심이 많은 초롱은 오히려 지나가는 남정네들을 핼금핼금 쳐다보곤 했다. 그러다가도 두 처녀의 모습을 보며 곁눈질하거나 농지거리를 붙이려는 사내들에게는 오히려 대차게 쏘아붙였다. 게다가 초롱은 그림 그리는 내 곁에 가만히 앉아 있는 것을 잘 견디지 못했다. 제풀에 갑자기 흥이라도 나면 저 홀로 어깨 장단을 맞추며 노래를 부르기도 하고, 집중하고 있는 내게 자꾸 말을 걸어왔다.

"인선아, 이러느니 차라리 우리 오라버니랑 함께 다니는 게 낫겠다. 든든한 사내가 있으면 어느 놈이 뭐라 찍자 붙을 리도 없고, 그림에도 더 집중이 잘될 테고. 우리 오라버니, 말 타고 산천경개 좋은 온 강릉 골짜기를 다 다니니 길 안내도 잘할 것이고. 그렇지 않니?"

딴에는 그러고 싶기도 했다. 한가위가 다가올수록 초롱은 전에 준서가 제안한 달맞이 회동을 계속 졸라댔다. 그 무렵 어느 날엔가, 초롱이 준서의 글을 전해주었다. 시경에서 따온 시구를 적어 보낸 글이었다. 서체는 힘차고 강직했다. 그러나 시에 실린 그의 섬세한 마음의 결이 느껴져 오히려 애틋했다.

날은 참으로 음산하고 (曀曀其陰)

우르릉 우렛소리 들려오네. (虺虺其雷)

깨어 앉아 잠은 안 오고 (寤言不寐)

생각하자니 그리움 깊어. (願言則懷)

　며칠 전 때늦은 가을장마가 지나갔다. 비 오고 바람 불고 우레가 칠 때 나 역시 이상하게 쉬이 잠이 들지 못했다. 감은 눈으로 그의 모습이 그림처럼 떠오르고, 귓가에는 언젠가부터 빗속의 공기를 뭉클하게 흔들었던 그의 거문고 가락이 아련하게 들렸다.

　초롱을 통해 전해진 분명한 연서. 준서의 마음이 단박에 느껴지는 시였다. 준서로서는 큰 용기를 냈을 터였다. 그러나 나는 아무 확답도 할 수 없었다. 나는 두려웠다. 머릿속에서는 계속 "두려워하지 않으면 언젠가는 두려운 운명에 빠지게 된다"는 주나라 성왕의 말이 맴돌았다. 아무리 초롱이 막역한 친구지만 준서에 대한 내 감정을 들키는 것은 싫었다. 아니, 그것보다도 무언가 '두려운 운명'이 두려운 것인지도 모른다. 그러나 그뿐, 초롱도 더 이상 아무 얘기도 하지 않고 준서 또한 더 이상 편지를 보내지 않았다. 그런데 이상하게 내 마음엔 파문이 인 호수 물처럼 나날이 그리움이 멀리멀리 퍼져 나갔다.

　그럴 때일수록 나는 마음을 다잡아 경전을 읽고 「은사(隱士)의 노래」를 읊조렸다.

　　즐거웁도다, 산골짜기에, 임의 마음은 너그러워라.
　　홀로 잠들고 홀로 말하고, 잊지 않으리 이 마음 경계.

즐거웁도다, 언덕 그 아래, 임의 마음은 한가로워라.

홀로 잠들고 홀로 노래해. 그르침 없으리 이 마음 경계.

그중에서 "홀로 잠들고 홀로 말하고, 잊지 않으리 이 마음 경
계"와 "홀로 잠들고 홀로 노래해. 그르침 없으리 이 마음 경계"에
서는 기도를 하는 간절한 마음으로 읊었다. 그에게 마음 한 조각
이라도 결코 기대지 않게 하소서. 마음의 경계를 굳건히 지키게
하소서. 마음의 경계……. 그 마음의 경계를 그으면 그을수록 변
방의 파수꾼처럼 쓸쓸했다. 그러나 외로움 대신 학문과 예의 기
쁨을 알게 되지 않았는가. 깊이 외로울수록 송곳처럼 깊은 경지
를 뚫을 수 있을 것이다. 그렇게 위안했다. 그러나 나는 내 자신
이 점점 두려워졌다. 내 안에 든 내 마음의 정체는 과연 무엇일
까? 흐르는 물처럼 끊을 수 없고, 안개처럼 가둘 수 없고, 바람처
럼 잡을 수 없는 이 허허로운 마음은. 다른 여자아이들도 그럴
까? 초롱도? 가연도? 나처럼 이런 묘하고 복잡한 마음자리를 가
졌을까? 나는 부끄럽고 겁이 났다. 어른들의 총애를 받고 있는 나
자신의 속마음이 이렇듯 나약하고 추악한 걸 그들이 알게 된다
면……. 끔찍했다. 나는 다시금 마음을 꼿꼿하게 가다듬었다. 결
국 나는 한가위 다음 날 모이자는 준서와 초롱의 청을 단호하게
거절했다.

*

  가연의 집에서 전갈이 왔다. 가마를 보낼 테니 한번 들러달라
는 가연의 편지였다. 궁금하던 차에 기꺼이 나는 가연의 집에서
보낸 가마를 타고 가연을 만나러 갔다. 가연은 노르스름하게 시
든 박처럼 핼쑥한 얼굴로 나를 맞았다. 우리는 말없이 손을 맞잡
았다. 가연의 손은 얼음처럼 찼다. 그러나 두 눈은 더 깊고 날카로
워져 있었다. 그 눈 밑에서 물기가 올라와 눈동자가 구슬처럼 형
형해 보였다. 가연의 외로움이 절절하게 전해졌다. 가연은 그동안
오빠들의 성화에 엄한 독선생을 모셔와 집에서 글공부에 매진했
었다 한다. 어린 나이에 명문 사대부 가풍을 이어 진사시 초시에
합격하여 벼슬길의 탄탄대로에 놓인 두 형제는 현실적이지 못하
고 공상에 빠진 하나밖에 없는 순진한 여동생의 앞길이 지나치게
불안했다. 규방에 얌전히 앉아 적당히 글공부를 하다 서울의 명
문 사대부가와 혼인을 시켜 집안을 번듯하게 세우는 것이 자신들
의 도리라고 생각하였다. 게다가 첩실의 딸년과 어울린다는 소문
을 듣고는 집안의 체면이 땅에 떨어졌다며 가연을 거의 연금 상
태로 가두어두었다. 그러다가 가연이 점차 식욕을 잃고 시름시름
앓게 되었다 한다. 보다 못한 어머니가 가연의 청을 들어 나를 데
려오게 되었다고 한다. 가연의 청이란, 오빠들의 뜻을 거스르진
않겠다, 다만 나를 데려와 집 안에서 함께 글공부를 하겠다는 것

이었다.

"사는 거 같지가 않아. 난 이 세상에 잘못 태어났나 봐. 내가 살 곳은 이곳이 아닌 거 같아."

둘이 있게 되자 가연이 나를 바라보며 쓸쓸하게 말했다. 방문 밖에서는 계집종이 탕약을 끓이는지 쌉쌀한 약 냄새가 풍겼고 부채질 소리가 들려왔다.

"그래…… 그런가 보다. 너는 달에서 잘못 내려온 선녀인가 봐."

내가 그렇게 말해주자 가연의 눈이 활짝 열리며 금세 눈 밑에서 물기가 차올랐다.

"세상에! 너도 그렇게 생각하니? 이 세상은 내게 감옥(監獄)이야. 구중궁궐도 이렇게 답답하지 않을 거야. 보름달이 뜨는 날은 더 슬퍼. 이상하지? 대들보에 목이라도 매고 싶을 정도로 죽고 싶어. 의원은 폐가 허해서 생긴 울증이라고 그러더라만, 내 병은 내가 알아. 난 선계로 돌아가야 해."

선계로 돌아가야 해, 그 말을 할 때 가연의 눈빛에 섬광이 어렸다. 내 가슴에도 알 수 없는 불안한 그림자가 드리우는 것 같았다.

"너희들이 부러워. 심지어는 초롱이 신세가 얼마나 부러운지. 나 없이도 재미나게 지내겠지? 뭐 재미있는 일 없었니?"

나는 초롱이 발을 다쳐서 자주 놀지 못했다는 이야기를 했다.

"왜 다쳤는데?"

"그게…… 보름달이 휘영청 뜬 날, 그 애랑 그 애 오라비랑 그

정취를 만끽하고 싶어 심심계곡을 찾았대. 그곳 바위에서 오라비는 거문고를 타고 초롱은 흥을 이기지 못하고 바위 위에서 춤을 추다 미끄러졌단다. 왜 그 애, 넘치는 흥 너도 알지?"

갑자기 가연이 웃음을 터뜨렸다. 그 웃음이 얼마나 높고도 명랑했는지 약 달이던 계집종이 다 뛰어들어왔다.

"에구머니! 아씨! 우리 아씨 웃음소리 몇 달 만인지! 아이고 마님! 아씨가 웃습니다요."

계집종마저 입이 함박꽃처럼 벌어져 뛰어나갔다.

"아이고! 인선아! 내 배꼽 어디 있나 찾아봐라. 초롱이 그것이 달밤의 거문고 소리에 계곡, 아슬아슬한 바위 위에서 촐랑대며 춤추다 물에 홀랑 빠졌다 이 말이지? 초롱이가 달밤의 선녀인 척 오죽 새침하게 입을 빼물고 춤을 추었겠니. 그런데 에구! 하며 물에 빠지는 모습이 안 봐도 눈에 선하구나. 아하하하!"

가연이 너무 화통하고 즐겁게 웃자 나도 정신 나간 모습으로 춤을 추다 물에 빠지는 초롱의 모습이 저절로 떠올라 우리는 데굴데굴 구르며 웃었다.

"애, 웬 달밤의 풍류? 그 오라비에 그 누이다. 그 오라비도 그렇게 초롱이 같으니?"

가연이 눈가의 눈물을 닦고 웃음을 수습하며 물었다. 나는 대답할 말이 없었다.

"글쎄, 초롱이 말로는 어린 나이지만 풍류도 알고 재주도 많대.

오라비만 아니면 시집가고 싶다나 봐."

"좋겠다. 어쩜 우리 오라버니들과는 성정이 그리 다른지……."

가연이 한숨을 쉬었다. 나는 아버지와 바다에 간 이야기를 들려주었다.

"어머나! 난 여태 태어나서 바다에 한 번도 가보질 못했어. 그래, 바다는 어때?"

나는 그날 본 바다의 모습을 그림 그리듯 차분하게 말해주었다. 푸르게 넘실대던 동해 바다의 물결이며 콩고물처럼 고운 백사장, 갈매기, 생선 내음, 어부들…… 특히 달빛이 일렁이던 밤바다의 모습을. 그리고 그 물 위에 떠 있던 외로운 고깃배 한 척에 대해서도. 그러나 집에 돌아와 처음으로 몸엣것을 보았고, 바다에서 우연히 보았던 준서를 생각하며 외로운 마음으로 〈월하고주도〉를 그렸다는 말은 하지 않았다.

"아아, 똑같은 달빛 아래서도 이렇게 다른 인생을 살다니. 누구는 달빛 아래서 춤을 추고, 누구는 달빛 어린 바다를 그리고, 누구는 달밤에 대들보에 목을 맬 생각을 하고……."

가연의 얼굴이 또다시 어두워졌다.

"가연아, 사람은 다 자신의 처지에 만족을 못 하는 거 같아. 네가 부러워하는 나는 또 네가 부러워. 너는 집안이 부유하니 얼마든지 공부도 할 수 있고, 오라비가 둘이나 있으니 집안 건사 걱정 없고, 외동딸이니 사랑만 받으면 되잖아. 넌 가진 게 많아. 난 늘 내 삶이 나만의 것이 아닐 거 같아 슬퍼져."

그때 가연의 어머니가 방으로 들어왔다.

"그래, 우리 가연이가 웃었다고? 아이고, 가연이 얼굴이 꽃보다 더 붉고 예쁘구나. 다 인선이, 네 덕이다. 어째 인선이는 볼수록 이리 귀하고 복스러우냐. 우리 성담, 규담이 미혼이면 당장이라도 며느리 삼고 싶구나."

가연의 집에 다녀온 이후 할아버지는 내가 가연의 집 독선생에게 글 배우러 다니는 걸 탐탁해하지 않았다. 그러나 나는 마음이 외로운 가연의 벗이 되고 싶다고 진정으로 간청했다. 할아버지는 나를 똑바로 바라보더니, 다정도 때로는 병인 게야, 한마디 하고는 허락을 내렸다. 가마는 사흘에 한 번씩 왔다. 가연의 얼굴에 나날이 화색이 돌고, 나 또한 가려운 곳을 긁듯이 생전 처음 독선생 밑에서 해갈하듯 글공부를 했다. 선생의 평으로는, 가연의 문장은 풍부하고 유려하며, 나의 기억력과 통찰은 여태 보았던 중 혀를 내두를 정도라며 칭찬을 아끼지 않았다.

*

해가 어디쯤 걸려 있나. 나뭇가지 사이로 나는 해를 가늠해보았다. 좀 더 일찍 일어날 걸 그랬다. 오늘따라 가연의 어머니가 친척 생일에 가마를 타고 가 늦어지는 탓에 나는 걸어서 집에 올 수

밖에 없었다. 가연은 어머니 올 때까지 기다리거나, 오빠의 말을 타고 가거나, 하인이 동행을 하거나, 몇 가지 귀가의 방법을 제안했다. 그러나 나는 거절했다. 동짓달 말미의 차갑고 시린 햇빛을 받으며 오랜만에 홀로 걸어서 집에 가보고 싶기도 했다. 초당마을에서 북평마을까지 오는 동안의 경치를 답답한 가마에서 지나치는 게 몹시 억울하기도 했었다. 온 산이 꽃밭처럼 울긋불긋한 단풍을 마음껏 보고 그리고 싶었다. 그러나 그 이유로 깊은 산중에 가마를 세우라 할 수는 없었다. 그렇게 가을을 보내버렸다. 이젠 추수도 끝나고 들길과 산길의 풀도 스러지고 나무들은 낙엽 지고 더러 옷을 벗었다.

조청처럼 맑고 단 햇살이 들길을 지나 산길로 접어들자 희미해졌다. 집에 가는 길 중에 가장 깊은 숲길을 지날 터였다. 이 길만 지나면 들길과 마을길이 이어진다. 화살나무, 붉나무는 빨갛게 물들었고, 가지에 노랗게 단풍 든 싸리나무 잎은 비낀 햇살에 금관처럼 반짝이며 대롱거렸다. 깊은 숲은 은은하고 고즈넉했다. 너무도 고요해서 무서워졌다. 낙엽 밟는 소리에도 제풀에 놀랄 지경이었다. 갑자기 발 앞에서 꿩이 한 마리 푸드득, 날아가는 통에 걸음을 멈추고, 아이고 깜짝이야, 나는 두 손으로 가슴을 쓸어내렸다. 그리고 공연한 헛기침을 한 번 하고는 책보자기를 꼭 안고 노래를 부르기 시작했다. 무섬증에 발도 콩콩 찧는다.

"꿩! 꿩! 장 서방! 꿩! 꿩! 장 서방! 어디어디 사나! 산 넘어 살지! 무얼 먹고 사나! 콩 까먹고 살지! 누구하고 사나! 새끼하고 살지!"

그러고 보니 꿩은 한 쌍이었다. 까투리와 장끼가 사이좋게 놀고 있었다. 암컷인 까투리보다 수컷인 장끼의 빛깔이 훨씬 고왔다. 나뭇가지 사이로 잠깐 해가 비쳐들었다. 햇빛에 장끼의 깃털들이 오묘하게 빛났다. 나는 노래를 뚝 그치고 조심스레 꿩에게 다가갔다. 아아! 어여뻐라. 신기하기도 하지. 짐승들은 왜 수컷들이 더 예쁜 걸까? 꿩들은 둥치 굵은 굴참나무를 사이에 두고 숨바꼭질을 하는 듯 보였다. 자세히 눈 안에 쏙 들어오도록 봐야지. 그리고 이번에는 꿩을 그려보는 거야. 저 깃털들의 오묘한 빛은 어떻게 내야 할지, 채색을 궁리하자니 벌써부터 설레었다.

얼마나 꿩들에게만 집중을 했는지 이상한 소리가 들렸을 때는 이미 눈앞에 시커먼 형체가 버티고 서 있었다. 나뭇가지 사이로 스며들어온 인색한 석양을 등지고 나타난 그것은 음산하게 그르렁거렸다. 들개일까? 여우일까? 늑대일까? 매서운 짐승의 눈과 마주치자 온몸의 기운이 빠져나갔다. 그 짐승은 내 앞에서 위협적으로 한 번씩 그르렁대며 맴을 돌았다. 갑자기 숲에서 나타난 산짐승 때문에 혼백이 다 달아난 나는 그저 멍하니 서 있기만 했다. 그 성난 산짐승은 꿩처럼 어여쁘지도 온순하지도 않았다. 눈에서는 부싯돌에 불이 붙듯 석양빛에 간혹 두 눈이 파랗게 이글거렸다. 정신을 차려야 해. 공포에 잠긴 내가 정신을 겨우 차려 짐승에게 달래듯 애원해보았다. 늘 벗으로 생각하던 미물들, 메뚜기에게, 새에게, 생쥐에게 말하듯이. 자아, 착하지. 난 널 미워하지도 싫어하지도 않아. 그러니 내가 길을 갈 수 있도록 제발 조용히 돌아가줄래? 그러나 산짐승은 배가 고픈지 성이 났는지 내게 달려들 기세였다. 살아 있는 모든 것들에게 내 마음이 통한다고 늘 믿어왔던 내게 순간, 죽을 듯한 공포가 밀려왔다. 아아, 이렇게 이 산중에서 죽게 되는구나. 내 아무리 학문을 배우고 그림을 그리는 고매한 인간이라 할지라도 한낱 짐승의 먹이로, 산토끼나 들쥐 같은 먹잇감과 다를 바 없이 죽는구나. 너무도 허망하고 절통하여 비명조차 나오지 않았다.

산짐승이 가까이 다가왔다. 나는 책보자기를 가슴에 붙안고 떨고만 있었다. 산짐승이 내 곁을 맴돌았다. 그르렁거리는 소리가 나지막이 내 주변의 공기를 갈랐다. 갑자기 짐승이 나를 향해 달려든다고 생각한 순간 나는 모로 쓰러졌다. 세상이 그 짐승의 몸빛깔로 물들어 빙글 돌았다. 그때 무슨 소리를 들은 것 같았으나 정신이 아득해졌다.

누군가 나를 불렀다. 순간적으로 정신을 잃었다가 정신이 들었다. 내가 살아 있다는 생각이 들자 가눌 길 없는 뜨거운 속울음이 끓어 올라왔다. 누군가가 떨리는 내 어깨에 손을 얹었다. 따뜻한 손이었지만 나는 본능적으로 물러났다. 그리고 몸을 일으켜 세워 앉았다.

"이제 괜찮아요. 괜찮아."

얼굴을 들어보니 어디서 많이 본 사람이었다. 그는 희미하게 웃고 있었다.

"정말 정신이 나갔나 보네. 큰일 날 뻔했소."

어떻게 준서가 이 자리에 있을 수 있단 말인가! 이건 분명히 꿈인 거야. 나는 그 와중에도 살며시 입속의 혀를 깨물어보았다. 꿈은 아니었다. 준서를 알아보자 아무리 해도 참으려 했던 속울음이 오열로 바뀌었다.

"얼마나 놀랬을까. 진정해요. 천우신조요. 호랑이나 멧돼지였으면 어쩔 뻔했소? 겨울이 오는 길목엔 먹을 게 없어 배고픈 산짐승들이 산 아래까지 가끔 내려온다오. 오래 굶은 늑대였소. 괜찮아요. 이제 괜찮아요."

준서도 진심으로 가슴을 쓸어내렸다. 늑대였다고? 그런데 분명이 자리에 있었던 늑대는 어디로 간 거지? 대신 치마에 핏물이 튀어 있었다. 준서가 답을 말해주었다. 그는 웃으며 어깨에 멘 화살통을 보여주었다.

"달려들 때 화살을 쏘았다오. 운 좋게 한 방에 맞았는데 그 길로 도망을 가더군. 배가 너무 고파 보여 쫓진 않았는데, 기운이 없는 놈이지만 당장 죽진 않았을 거요. 활터에서 평상시에 연습을 해두길 잘했지 뭐요. 그래도 그런 놈이 걸렸으니 다행이오. 꿩 같은 거야 많이 잡아봤지만, 멧돼지 같은 놈이었다면 성질이 포악

해서 힘들었을 거요."

준서가 스스로 대견한지 자랑스레 말했다. 잘했다는 뜻으로 나는 겨우 고개를 끄덕여주었다. 온몸에 식은땀이 났다가 식느라 몸에 오한이 났다. 그가 겉에 입은 창옷을 벗어서 감싸주었다. 거절할 힘도 없었다. 여름날 바닷가에서 아버지의 도포 자락에서 났던 냄새와 다른 냄새가 났다. 한 번도 맡아보지 않은 냄새.

"어둡기 전에 내려가야 하오."

소나무 밑에 준서의 말이 서 있었다. 준서가 턱짓을 하며 웃으며 물었다.

"이번에도 거절할 테요?"

내 가슴이 뛰기 시작했다. 거절하고 싶지만 온몸이 나무토막처럼 굳고 움직일 힘조차 없었다. 난감했다. 뜨거운 물이라도 마시고 좀 진정을 하면 몸이 풀릴 것 같았다. 일몰의 산중에서 이런 일이 벌어지다니 도무지 황당하기만 했다. 그것을 알았는지 준서는 가만히, 그러나 단호하게 손을 내밀었다. 나는 고개를 들지 않았다. 준서의 눈길일까. 아니면 마지막 잔광일까. 정수리의 하얀 가르마가 뜨끈하게 느껴졌다.

"내민 손이 부끄럽구려. 참 오만한 아가씨군. 목숨 앞에 무엇이 두렵소. 그럼 손을 거둘 테니 스스로 말을 탈 수 있겠소? 아니면 설마 이 일을 당하고도 홀로 산길을 걸어가겠다고 고집을 부리진 않겠지요."

나는 혼란스러웠다. 준서는 손을 거두었다. 잠시 후 눈을 내리 감고 있던 내가 고개를 들고 준서의 눈을 똑바로 쳐다보았다. 준서의 눈길이 잠시 흔들렸다. 이번에는 결심한 듯 내가 손을 내밀었다. 내 오만한 눈빛과 꼿꼿한 손길에 준서의 눈빛도 긴장이 되었다. 준서는 내민 내 손을 힘주어 잡고 내 몸을 일으켜 세웠다. 어찌나 힘주어 당겼는지 서로의 몸이 부딪쳐 통, 소리가 날 지경이었다. 우리는 얼굴을 붉혔다. 서로 얼른 얼굴을 외면했다.

준서의 말을 타다니. 그렇게 피하려 했건만, 이 산중에서 이렇게 그의 등을 부여안고 말을 타다니. 말발굽 소리 때문에 심장의 박동이 들리지 않아 더없이 안도가 되었다. 그런데 어떻게 이 산중에 그때 그 시각에 준서가 나타났을까. 그게 신기하기만 했다.

"어떻게 이 시각에 이곳에……."

내가 궁금증을 못 참고 물었다.

"그러니 다 인연이 아니겠소?"

준서가 장난삼아 어른처럼 말했다.

그런데 이번엔 말이 집으로 가는 길이 아니라 엉뚱한 길로 접어들고 있었다.

"집에 가는 길이 아니잖아요!"

"내가 꼭 한 군데 보여주고 싶은 데가 있어서요. 생명의 은인인데 그 한 가지 청은 들어주리라 생각되는데……. 아주 가까운 곳이라오."

나는 할 말이 없었다. 준서가 의외로 주눅 들지 않고 당당한 것에 속으로 놀랐다. 준서가 나를 데려간 곳은 산길에서 좀 떨어진 숲이었다. 숲은 이미 어두컴컴했다. 두려웠다. 이번에는 산짐승이 아니라 인간이 두려웠다. 준서가 두려웠고, 준서와의 일을 알게 될 사람들이 두려웠다. 초롱의 오빠지만 준서를 잘 알지 못한다. 내 경계심을 눈치챘는지 준서가 말했다.

"지금 나를 못 믿는다면 그대가 더 괴로울 거요. 모든 것은 그대의 마음에 달려 있으니…… 일체유심조(一切唯心造)라."

어느 지점에 이르자 준서가 말을 세웠다. 그리고 나를 부축해서 말에서 내리게 했다. 긴장했던 사지가 뻐근하게 말을 듣지 않았다. 몇 번인가 넘어지려 하자 준서가 손을 잡았다. 손을 잡아주니 걷기가 한결 편했다. 둘은 그냥 손을 잡고 수풀이 우거진 곳으로 몇 걸음 걸어 들어갔다. 어둠이 내리는 숲이라 그랬을까. 별로 부끄럽지 않았다. 남녀칠세부동석이란 말은 먼 나라의 이야기 같았다. 준서가 어떤 나무를 가리켰다.

"저 나무를 좀 보오. 가끔 저 나무를 보러 오곤 한다오."

그러고 보니 기이하게 생긴 나무였다. 굵은 줄기부터 꼬여 붙어버린 나무. 이파리마저 떨어져 나신의 두 몸이 한 몸으로 얽혀 부둥켜안고 있는 형상의 나무. 남녀가 서서 애타게 끌어안은 형상이었다.

"연리지(連理枝). 아니 줄기부터 붙었으니 연리목이라 할까. 뿌리는 다르지만 줄기나 가지가 서로 얽혀 한 몸이 된 나무라오. 이 나무의 존재를 아는 사람은 강릉 땅에 몇 안 될걸. 바람처럼 떠돌아다니는 나 같은 사람 눈에나 뜨이겠지. 어때요? 신기하지 않소? 두 몸이 한 몸처럼. 아름답지 않소? 이걸 그림으로 그려보면 어떨지……? 자연엔 인간이 생각하는 것보단 더 오묘한 형상이나 이치들이 많다오. 만일 내가 재주가 있다면 이걸 그대로 그려서 보여주고 싶은데. 불우하게도 나는 그런 재주가 미천하니."

내가 자세히 보니 나뭇가지와 등걸에는 가시가 박혀 있었다.

"온통 가시투성이예요. 가시나무네요. 이 나무 이름이 뭐지요?"

"아마 엄나무라 할 거요. 예부터 가시가 많은 나무라 나뭇가지를 집에 걸어두면 잡귀를 쫓는다는 속설이 있다오."

어둠이 급히 내리는 숲 속의 연리목을 앞에 두고 잠시 침묵이 흘렀다. 기분이 묘했다. 일수유(一須臾)의 시간이겠지만, 억겁의 시간처럼 흘렀다. 바로 이 순간의 상(像)이 미래의 기억에까지 각인될 것 같은 강렬한 느낌 때문에 소름이 돋았다. 나는 몸을 감싼 준서의 창옷 자락을 더욱 여미었다.

"사내와 여인으로 태어났다면……."

그때 준서가 입을 열었다.

"이 연리목의 인연 정도라면 아름답다 하지 않을까? 나는 그런 생각이 들어요. 이 나무를 볼 때마다. 그리고 그대를 볼 때마다."

나는 흡, 하고 숨을 들이마셨다. 준서도 말끝이 떨려 나왔다. 저물녘에 둥지를 찾아 숲으로 돌아온 새들의 지저귐이 요란했다.

"저게 아름답다고요? 제 한 몸 가시로도 모자라서 부둥켜안은 상대의 몸을 서로의 가시로 찌르고 있는 저 모습이? 내 눈엔 부둥 켜안을수록 서로를 깊이 상처 주고 있는 것처럼도 보이는데…….
왜 홀로 똑바로 크지 못하고 서로를 구속하며 악착같이 휘감고 있는 건지……."

준서는 이 나무를 빗대어 자신의 마음을 이야기하고 있는 것이 다. 왜 모르겠는가. 준서의 말뜻을 모를 리 없지만 나는 왠지 선연 히 수긍해서는 안 될 것 같았다.

"누구나 다 똑같은 세상 가치를 부여할 수는 없는 거겠지요."

준서가 색다른 견해를 표하는 나를 보며 고개를 끄덕였다. 그 리고 곧 시무룩해졌다. 말을 타고 되돌아오는 길에 오랜 침묵을 깨고 준서가 말했다.

"오늘 내가 왜 거기에 있었냐고 물었소? 우연이라면 믿기 어렵 고 필연이라면 믿기 싫겠지요? 나는 늘 그 시간엔 거기에 있소. 왜냐고? 그대가 심 판서 집에서 올 시간이니까요. 내가 오로지 그 대를 멀리서 바라볼 수 있는 것은 그때뿐이니까요. 가마에 탄 그 대의 모습을, 흔들리는 창 안의 자그만 얼굴을 먼발치에서라도 볼 수 있으니까요. 그리고 돌아오는 길에는 또한 이 연리목을 볼 수 있으니까."

그는 화가 난 듯, 목이 멘 듯 말하고는 시종일관 침묵을 지켰다.

나도 가슴이 먹먹했으나 입을 다물었다. 마을 입구에서 내가 말에서 내려달라 말하자 준서는 두말없이 나를 내려주고 돌아갔다.

그날 어스름 녘에 집으로 돌아오니 마침 식구들은 저녁을 먹느라 부산했다. 나는 몸이 아프다는 핑계로 방문을 걸어 잠그고 어두운 방 안에 오래 앉아 있었다. 그에게 잡혔던 왼손을 들어 냄새를 맡았다. 아련하게 땀 냄새가 났다. 텅 빈 가슴에 무언가 허기처럼 밀려왔다. 그리웠다. 벌써 그리웠다. 뜨거운 눈물이 날 것 같았다. 준서가 잡았던 왼손을 들어 나는 왼쪽 볼을 천천히 쓰다듬었다. 마치 내 손이 준서의 손이라도 되는 양 눈을 감고 볼을 맡겼다. 내 손은 볼을 거쳐 어깨를 쓰다듬었다. 포근하다. 무언가 위로받는 기분이 되었다.

그리고 치마를 벗었다. 옥색 비단 치마엔 늑대의 피가 튀어 검붉게 변해 있었다. 나는 치마를 활짝 펼쳤다. 그곳에 붉은 물감을 듬뿍 칠한 붓을 들고 그림을 그리기 시작했다. 화려하게 만발한 모란 꽃송이들이 옥색 치마 위에 붉게 붉게 피어나고 있었다.

아아, 그것은 꿈이었을까. 쌍그네 위에 마주 선 나와 그이. 참으로 젊기도 하구나. 날아오를 땐 한 쌍의 어여쁜 제비처럼 날렵하구나. 저 구름 자락이라도 차버릴 듯하구나. 푸른 비단처럼 펼쳐지는 하늘에 그의 얼굴만이 보인다. 그의 두 눈만이. 그리고 푸른 비단이 두루마리처럼 펼쳐지더니 이어서 푸른 바다가 되었다. 그이 뒤편으로 하늘과 맞붙은 바다가 보인다. 그이가 울고 있다. 나를 좀 살려주오…….

쌍그네

두 번의 봄이 지나고 열여섯 살의 단옷날이 코앞에 닥쳤다. 일 년 중 만물의 양기가 절정에 이르는 음력 오월 초닷새. 예부터 강릉 고을의 단오제는 온 나라를 통틀어 가장 전통 깊고 규모가 크다. 그래서 비단 단옷날뿐 아니라 오랜 기간 동안 이어진다. 강릉 단오제는 음력 3월 20일에 제사에 올릴 신주(神酒)를 빚는 일로부터 시작하여 4월 1일과 8일에 대성황사에서, 4월 15일에는 대관령 국사성황사에서 차례로 제사를 올리고 4월 27일에는 굿을 하고 5월 1일에는 남대천에 설치된 본제청에서 본제를 시작하여, 며칠간 무당굿과 관노놀이를 한다. 이때 동해 바다 백사장에서 관노가면극이나 씨름대회, 동네마다 그네 타기, 투호놀이 등 온갖 놀이가 펼쳐진다. 5월 7일이 되어 소제를 하고 대관령 국사성황을 보내드리는 소제와 봉송(奉送)을 끝으로 마치게 된다.

하지만 뭐니 뭐니 해도 처녀들에게 5월 5일 단옷날의 백미는 물맞이 의식과 그네뛰기였다. 단옷날은 갇혀 있던 여자들이 마음껏 창공을 향해 그네를 뛰고, 창포물에 머리를 감고 몸을 씻고, 장옷 벗어놓고 어여쁜 물색 옷을 맘껏 차려입고 맵시를 뽐내는 날이다. 동네 총각이건 처녀건 스스럼없이 어울릴 수 있는 일 년 중 몇 안 되는 날의 하나다. 처녀는 처녀대로 씨름판에서 웃통을 벗은 총각들의 기운을 구경하고, 총각은 총각대로 그네 뛰는 처녀들의 치마폭 안을 은근슬쩍 감상할 수 있는 날이었다. 뉘 집 총각이 잘났고 뉘 집 처녀가 아리따운지 자연스레 격이 매겨지는 날이기도 했다.

별당 앞의 홍매화가 두 번을 피고 지는 동안, 내 몸도 성숙했다. 준서의 표현에 의하면, 열여섯 나의 모습은, 타고난 빙기옥골(氷肌玉骨)의 자태가 더욱 빛을 발하고, 희고 투명한 살빛은 한창 물오른 홍매화처럼 화사해졌으니 설부화용(雪膚花容)이란 단어가 딱 들어맞는다 했다. 살 향기 또한 매화 향처럼 있는 듯 없는 듯 은은했고, 검푸른 색 윤기 도는 숱 많은 머리칼 사이의 반듯한 가르마가 더욱 희게 돋보인다. 가지런한 눈썹 밑의 은근한 미소를 머금은 듯한 반달눈은 다감함과 차분함을 동시에 지니고 있다. 반듯하고 깨끗한 콧날은 자랄수록 더욱 고고한 자존감을 보여주며, 또렷한 인중 밑에 섬세하며 선이 고운 입술은 야물게 다문 꽃잎 같다. 그러나 활짝 웃을 때면 만개한 한 떨기 화사한 꽃이 따로 없다. 가지런한 흰 이를 어여쁜 꽃술처럼 거침없이 보여준다. 이 같은 준서의 평이 아니더라도 내 몸은 이제는 얼추 다 성숙하여 크지도 작지도 않은 키에 아담한 골격을 가진 얌전한 규수로 자라났다. 가만히 있는 조신한 모습을 보면 아들 가진 어른들이 탐을 낼 만하고, 표정이 풍부한 웃는 모습을 볼라치면 젊은 사내들의 가슴을 설레게 하기에 충분하다 했다.

오월 스무아흐레에 혼인날을 받아놓은 언니가 그네를 뛰려고 하는 걸 할머니와 어머니가 말렸다. 대신 할머니와 어머니는 수리취를 넣고 만든 수리떡을 싸들고 언니를 데리고 단오 물맞이를 하러 폭포로 갔다. 이날만큼은 동네 아녀자들이 함께 모여 따스한 햇살 아래 살을 내놓고 마음껏 음식을 먹고 수다를 떨며 즐긴다. 어린 동생 둘은 어머니를 따라가고 나는 이제 열세 살 난 인남을 데리고 그네를 뛰러 간다. 어릴 땐 사내 같던 인남도 언제부터인가 젖멍울이 봉긋 솟은 어린 처녀로 자라났다. 그 무렵이 목욕을 함께 하기엔 가장 부끄러운 때이다.

우물가의 앵두나무엔 올해따라 빨간 앵두가 닥지닥지 열렸다. 맑은 샘물을 길어 다듬어놓은 창포 줄기를 넣고 끓인 물을 식혀 머리를 감았다. 향긋하고 개운했다. 인남과 서로 참빗으로 머리를 빗겨주었다. 얼마나 곱고 윤이 나는지 빗이 지나가는 느낌이 거침없이 매끄럽고 시원했다. 금박 물린 자주색 새 댕기로 마무리를 하니 내가 보기에도 내 모습이 흡족했다. 거울 속의 처녀에게, 뉘신지? 놀라는 척 장난스런 표정을 지으며 나는 방긋 웃었다.

"인선 언니, 언니 얼굴은 어쩜 그리 까놓은 달걀 같고 깎은 밤알 같아? 난 왜 이리 두상이 못났지?"

"아냐, 우리 인남이 얼마나 귀여운데!"

나는 동생의 잘 빗긴 머리를 쓰다듬으며 위로했다. 언니의 혼인을 앞두고 있어서 어머니는 자매들에게도 고운 옷을 지어주었다. 나는 노란 저고리에 자주 고름, 다소 화려하다 싶은 다홍색 치마를 입었다. 자주색 고름과 댕기가 일색으로 잘 어울렸다. 인남은 고름과 댕기만 다홍색일 뿐 치마와 저고리의 색은 내 것과 똑같은 감으로 만든 옷을 입었다.

"이거 봐. 언니와 똑같은 옷을 입어도 난 이렇게 맵시가 안 나잖아. 오늘 단오 처녀는 언니가 으뜸일 거야."

"인남아, 네 나이 때가 제일 옷맵시가 안 나는 어설픈 때야. 몇년 있으면 우리 인남인 빛나는 처녀가 될 거야. 지금도 정말 어여뻐. 그리고 그네라면 우리 인남이가 제일 높이 뛸걸?"

"옳지! 그래! 인물은 좀 빠지지만 그건 내가 빠지면 안 되지."

우리 두 자매는 의기투합한 듯 두 손을 꼭 잡고 별당을 나왔다. 대문을 나서자 하늘은 새로 짠 옥색 명주처럼 곱고, 어디선가 산들바람이 옷 속으로 스며들어 날아갈 듯했다. 성황당 앞의 팽나무 가지에 그네를 매두었다. 벌써 곱게 차린 아녀자들은 물론 남정네들도 모여 있었다. 모두들 오늘 하루만큼은 농사일도 쉬고, 느긋한 표정으로 성장(盛裝)을 했다. 외사촌과 육촌 외종 형제자매들도 더러 눈에 보였다. 다들 반갑게 인사하였다. 인남은 어느새 동갑내기 외재종 자매를 만나 부둥켜안고 반가워했다.

"인선아, 너는 점점 고와지는구나. 차암, 곱다! 재색겸비라더니……."

"아이고! 미인박명이라잖아."

친척 자매들은 시샘 어린 찬탄을 내뱉었고, 엇비슷한 나이의 남자 형제들은 그 전과는 다른 눈빛으로 나를 바라보았다. 그중에 외당숙네 둘째 아들 재규 오라버니의 눈길은 바로 맞받기 어려웠다. 고개를 돌리니 뒤통수에까지 쩍쩍 달라붙었다. 재규 오라버니는 한량 기질이 다분한 사람이다. 하라는 글공부 대신 난봉질을 일삼는다며 집안에서 쑤군대는 소리를 들었다. 어려서부터 어디서든 눈에 번쩍 뜨이는 인물이었다. 그는 옥골선풍(玉骨仙風) 귀공자에 붓으로 그린 듯한 이목구비를 한 빼어난 미남자다. 친척이어서가 아니라, 나는 그런 그에게 한 번도 마음을, 아니 눈길조차도 빼앗겨본 적 없다. 어딘지 그는 못 미덥고 또 나약해 보였다.

"인선아!"

누가 댕기 끝을 장난스레 살짝 잡아당겨서 돌아보니 초롱이었다. 그 옆에 준서도 웃고 있었다. 준서는 내 아래위를 한눈에 일별하더니 몹시 사랑스럽고 자랑스런 표정이 되었다. 열여덟 살 준서 또한 믿음직스런 헌헌장부로 자라 그넷줄을 맨 팽나무보다 더 강건해 보였다. 나는 그 든든함이 마냥 좋았다.

초롱은 오늘을 기다려왔는지 그 자태가 더욱더 요요하게 아름다웠다. 창포물에 머리는 물론 자신이 직접 만들어 쓴다는 수세미 삶은 미안수에 낯을 씻고 분까지 살짝 바른 듯했다. 거기에 연지를 은은하게 발라 복사꽃처럼 요염해 보였다. 자랄수록 키는 오히려 나보다 컸으나 워낙 뼈가 가늘어 안정감은 없어 보이는 초롱이었다. 그걸 초롱은 자신의 미태(美態)로 잘 이용한다. 하늘하늘한 걸음걸이와 가늘고 긴 목 위에 불안하게 얹힌 섬세한 작은 얼굴. 너무 희어 약간 푸른빛이 도는 흰자위에 먹포도처럼 크고 검은 눈동자와 긴 속눈썹은 늘 촉촉하게 애조를 띠었다. 할머니는 초롱의 눈매를 보며 가끔 혀를 차곤 했지만 여자인 내가 보아도 빨려들 만한 매혹적인 눈매였다. 그 큰 눈과 대조적으로 앵두처럼 작고 통통한 붉은 입술. 그 입술에서 새어 나오는 살짝 콧소리 섞인 가는 목소리에는 교태가 녹아 있다.

초롱은 새로 장만한 얇은 분홍색 깨끼저고리에 연두색 치마를 입었다. 바람에 흔들리는 날렵한 도화 꽃가지 같은 초롱. 그때 우연히 나는 재규 오라버니의 눈빛을 보았다. 그리고 초롱의 눈빛도 보았다. 두 사람의 눈길은 그 사이에 선 나를 두고 연리지처럼 순식간에 얽혔다. 나는 본능적으로 얼른 뒤로 물러났다.

처녀들이 그네를 뛰기 위해 순서를 정했다. 올해 그네의 특징은 누가 멀리 높이 뛰나를 가름하기 위해 그네 앞쪽에 방울을 단 장대를 꽂아둔 것이었다. 게다가 발판이 널찍하여 둘이 맞붙잡고 쌍그네를 뛸 수 있다는 것이다. 그런데 몇몇 총각들은 마음에 드는 처녀와 함께 쌍그네를 뛰고 싶어 했다. 처녀들은 모른 척하지만 은근히 이날을 기다려왔다. 문제는 짝을 짓는 게 어색한 데 있었다. 설사 마음에 드는 짝이 있다 하더라도 여러 사람 앞에서 공개적으로 공표할 수는 없지 않은가. 그렇더라도 우연으로 가장하고 싶은 게 부끄러운 이팔청춘의 마음인 것을. 그런데 쌍그네를 함께 뛸 처자와 총각을 정할 묘수가 어느 도령의 머리에서 나왔다. 장님놀이를 하자는 것이다. 그야말로 눈 가리고 아웅이지만 아무도 반의를 표하는 사람이 없었다. 총각들에게 차례대로 명주 수건으로 눈을 가리게 한 뒤 도망 다니는 처녀들을 붙잡게 하는 것이다.

그런데 처녀들은 의외로 도망 다니지 않고 잡혀주었다. 오히려 손뼉을 치거나 부르거나 하여 유인하기도 했다. 세 처녀까지 고르고 난 뒤에는 수건을 풀고 이번엔 그 처녀들을 자신의 뒤에 세워놓고 엽전을 등 뒤로 던지는 것이다. 그중에 그 엽전을 받아내는 처녀가 짝이 되는 것이다. 처음에는 모두들 어색해했으나 처녀들이 하나씩 그네에 올라 그네를 뛰기 시작하자 모두들 노래를 부르며 신명이 나기 시작했다.

"나간다 추천이여. 어~, 나간다 추천이여. 어~."

처녀가 그네에 올라 발을 구르며 앞으로 나가 고운 치마폭에 초여름 훈풍을 잔뜩 부풀려 제비처럼 날아가면 더 큰 소리로 '어~' 하고 추임새를 넣고 후렴을 붙였다. 모든 것이 자연스러웠다. 처녀들은 제 순서껏 그네를 뛰었고, 명주 수건으로 눈을 가린 총각은 자기 짝을 찾아 헤매 다니고, 눈을 가리지 않은 총각들은 그네로 눈을 빼앗겨 처녀의 치마폭이 푸른 하늘로 둥실 떠오를 때마다 가슴이 설레었다. 누군가 엽전을 던지면 받아내는 처녀의 애타는 환성이 들렸다. 그런 유치한 짓들이 일 년 중 양기가 가장 왕성하다는 오월 단오에는 부끄럽지 않았다. 젊은 사람들의 마음은 팽팽한 활시위 같았다. 맘에 드는 처녀를 조준하여 단 한 번의 기회에 명중시켜야 했다. 날이면 날마다 있는 기회가 아니었다. 준서 또한 기꺼이 명주 수건을 쓰고 나를 찾아 나섰고, 나는 기어이 그에게 붙잡혀주었고, 그가 던지는 엽전을 아슬아슬하게 받아내었다. 그러고 보니 어느새 재규와 초롱도 한 짝이 되어 있었다. 만날 짝은 그렇게 다 만나게 되는 것이다.

만약 이 자리에 가연이 있었다면 어떤 총각과 짝이 되어 그네를 뛸까? 열여덟 살까지 버티겠다던 가연은 작년 가을에 서울의 명문세도가로 시집을 갔다. 신랑은 대대로 정승 판서를 지낸 집안인 데다 시아버지가 현직 영의정 자리에 있는 집안의 장자였다. 세 소녀가 약속한 대로 열여덟 살까지 버티기에는 가연의 집안이 너무 완고하고 명문가이기 때문이었을까? 가연은 집안끼리 결정한 그 혼인에 기쁨도 슬픔도 표하지 않았다. 그저 남의 일처럼 고분고분 따랐다. 연지 곤지를 바른 초례청의 가연은 담담하고 초연해 보였다. 신랑의 얼굴은 잘난 편도 아니고 못난 편도 아니었다. 신랑 역시 별로 웃는 편이 아니었다. 장자라 그래서인지 나이에 비해 신중해 보이지만 속을 알 수 없는 얼굴이었다.

먼저 처녀들이 그네를 뛰었다. 다부진 인남이 그네를 뛸 땐 방울을 세 번이나 울렸다. 손뼉과 환호 소리가 요란했다. 초롱도 한 번 울렸다. 그러나 나는 겁이 많고 평소에도 어지럼증이 있어 도저히 장대 끝에 달린 방울을 울리진 못했다. 드디어 준서와 쌍그네를 탈 시간이 다가왔다. 남녀가 짝이 되지 못한 사람들은 처녀끼리 쌍그네를 탔다.

나와 준서가 그네에 올라서자 어디선가 잘 어울리는 한 쌍이라고 말하는 소리가 들려왔다. 나는 무명으로 칭칭 꼰 그네 끈을 꼭 잡고 준서를 올려다보았다. 준서 또한 발그스름해진 뺨에 미소를 머금어 보조개가 패었다. 볼록 튀어나온 목젖이 꿈틀했다. 처음엔 천천히 발을 굴러 서로 호흡을 맞추었다. 우리는 서로의 눈 속에 있는 자신들의 모습을 찾아내기라도 할 듯 뚫어지게 서로만 바라보며 발을 굴렀다. 그네를 밀며 박차고 올라갈 땐 앉았다가, 점점 속도가 붙기 시작하면 일어섰다 앉았다를 반복했다. 이상했다. 아무런 저항 없이 마치 한 몸으로 그네를 타는 것 같았다. 누가 시킨 것도 아닌데 이렇게 온몸의 조화가 맞아떨어지다니. 몸의 굴신이

나 동작이 아무런 계산 없이도 그의 눈만 바라보고도 저절로 호흡이 맞추어졌다. 바람결에 그의 단숨결이 느껴졌다. 그네는 점점 더 높이 떠올랐다. 저 밑에서 노랫소리가 들려온다. "나간다 추천이여, 어~ 어~ 어~ 나간다 추천이여, 어~ 어~ 어~." 두려움이 없어졌다. 무섭지 않았다. 어디든 하늘 끝까지 그와 함께 가고 싶었다. 그도 높이 올라갈 땐 살짝 눈을 감았다.

나는 눈을 감았다. 내 눈엔 준서와 함께 보았던 연리목이 떠올랐다. 구름 위를 나는 것 같았다. 목구멍 깊은 곳에서 뜨겁고 벅찬 기쁨의 신음이 올라오려 했다. 입을 꼭 다물었다. 마치 한 몸의 새가 된 듯, 하나의 까치연이 된 듯 그와 함께 거침없이 하늘을 날고 있다. 비익조(比翼鳥)가 따로 없었다. 어디선가 아련하게 방울 소리가 나는 것 같았다. 이렇게 날다 떨어져 죽어도 좋을 것 같았다. 다시 눈을 떴다. 나는 준서의 눈만을 간절하게 바라보았다. 아아, 그런데 어찌 된 일인지 그의 눈엔 눈물이 가득했다.

*

단옷날 이후 내 가슴엔 준서의 물기 가득한 두 눈이 가시처럼 박혔다. 늑대를 만났던 숲 속의 그날 이후, 둘이 손을 잡고 연리목을 함께 보았던 그날 이후, 말하지 않아도 우리는 자연스레 친밀해져버리고 말았다. 초롱에게도 자연스레 마음이 들켜버렸다. 오히려 잘된 일이었다. 집안엔 비밀에 부쳤지만, 오히려 터놓고 초롱과 함께 준서를 만나는 게 편했다. 초롱의 집에서 가끔 준서를 보았다. 그의 거문고 소리를 곁에서 듣거나 서로 읽은 책 이야기를 했다. 함께 있으면 시간이 살처럼 너무 빨리 흐르는 것 같아 조바심이 났다.

긴긴 겨울밤엔 등잔불을 밝혀 그림도 그리고 준서를 위한 선물을 만들었다. 수놓은 비단 부채, 복주머니, 향낭, 베갯모……. 긴 겨울 지나 봄이 오자 나물을 뜯고 참꽃을 꺾어 화전을 만들면서도 이 음식을 그에게 먹일 수 있다면…… 안타까웠다. 준서는 내가 그림을 그릴 만한 경치 좋은 곳을 초롱과 함께 데려갔다. 덕분에 몇 점의 마음에 드는 산수화를 그릴 수 있었다. 경포호수뿐 아니라 동해 바다나 경포팔경, 또는 이름 모를 산야의 야생초까지 그가 데려다주고 곁에 없었다면 그려내지 못할 것들이었다. 초롱과 함께 경포호수로 산책을 나가 물가의 해오라기나 물새들을 그리고 그가 낚시를 해서 잡은 쏘가리도 그려보았다. 준서는 내가 그려내는 온갖 화초어죽뿐 아니라 산수(山水)를 놀라움과 찬탄을 가득 담은 눈으로 바라보았다. 늑대에게 놀란 그날 이후 지금까지 그와 함께했던 일 년 반 세월 동안 그는 한 번도 내게 슬픈 얼굴을 보인 적이 없었다.

그 누가 모르겠는가. 생각해보면 애틋한 인연이다. 연모하는 사람과 함께 살 수만 있다면 얼마나 좋을까. 아니, 그저 곁에서 바라만 보고 살아도 얼마나 좋을까. 혼인을 하지 않고 홀몸으로 부모를 모시고 살면서 혼례를 올리고 가정을 꾸미고 사는 준서를 가끔 볼 수 있다 해도 나는 살 수 있을 것 같았다. 그림도 그리고 글도 읽고 글씨도 쓰고……. 그러나 나이가 찰수록 음양의 이치나 남녀의 이끌림을 자연스레 몸이 알아갔다. 그리움 때문에 잠 못 드는 밤들이 생겨났다. 저절로 한숨이 새어 나왔다. 어느덧 베갯머리로 눈초리를 적시고 흐르는 눈물이 물뱀처럼 스며들었다. 어쨌든 준서는 기생첩의 아들인 것이다.

그 문제에 관해 우리는 한 번도 입을 뗀 적이 없었다. 준서는 내게 미래를 약속할 수 없다고 스스로 생각했던 걸까. 오히려 초롱에게 하듯 오누이처럼 살갑게 대할 뿐이었다. 다만 그는 간혹 방심한 순간에 뜨거운 눈길을 저도 모르게 보냈다가 화들짝 놀라곤 했다. 그때마다 나는 서글프고 애틋한 마음이 들었다.

언젠가 잔칫집에서 술을 마시고 온 준서가 감정이 격해서 말했다.

"조선이라는 나라는 거꾸로 가고 있어. 법과 도덕은 사람을 위해 존재해야 하는데 잘 살자고 하는 법과 도덕이 사람을 죽여서야 되겠는가. 조광조가 말이야. 지금 나는 새도 떨어뜨린다는 조광조가 말이지. 예전에 조광조의 옆집에 처자가 살았는데, 어느 날 조광조의 글 읽는 소리가 하도 낭랑하여 담을 넘어와 사랑을 고백했다네. 그런데 조광조는 그 처자를 잡아놓고 회초리로 때렸다고 하더군. 그는 피도 눈물도 없는 사내야. 조광조의 개혁정치, 이상정치 다 좋다고 쳐. 그런데 누구를 위한, 무엇을 위한 개혁이고 이상이지? 그리고 모두가 쉬쉬하는 이야기지만, 왜 태종 임금의 맏아들인 양녕대군이 보위에 오르지 못했는지 알아? 재주 많고 덕이 많은 셋째 아우 충녕대군에게 왕위를 양보했다고? 그는 어리라는 천하일색의 유부녀에게 빠졌던 거야. 이 지엄한 조선 땅에서 일개 늙은이의 첩인 어리를 도저히 국모로 만들 순 없잖아? 그 일로 양녕대군은 폐세자가 되어 축출된 거지. 역사란 일국의 대의명분을 위해 그런 걸 밝히지는 않지. 이게 조선이야. 서얼이다 반상이다, 종부법(從父法)이다 종모법(從母法)이다, 인간의 숨통을 조이고 수족을 묶어놓고…… 본디 인간의 마음이 그런다고 묶이겠는가."

단오가 지나자마자 집안은 언니의 혼사 준비로 정신없이 바빠졌다. 부모님이 심혈을 기울여 고른 언니의 혼처는 덕수(德水) 장(張)씨 집안의 자제인 젊은 선비였다. 처자식 고생시키지 않을 만큼 넉넉한 재산이 있고 뼈대 있는 시골 양반집이었으나 멀리 시집을 가면 언니는 친정에 자주 발걸음을 하긴 어려울 것이다. 혼수 욕심이 많아 바리바리 챙기던 언니도 시집가는 것이 점점 실감이 나는지 어머니를 붙들고 자주 옷고름으로 눈물을 찍어냈다. 나는 언니를 위해 별당 뒤꼍의 홍매화를 그린 그림을 한 점 선물했다. 홍매화를 보면 태어나고 자란 친정을 잊지 못할 것이다. 홍매화 가지에 사이좋은 암수 참새 한 쌍이 앉아 있는 그림이었다. 언니도 짝을 만났으니 사이좋게 행복하게 살았으면 싶었다. 초례를 치르기 전날, 언니는 내 손을 잡고 말했다.

"인선아, 내가 가면 이제 이 집은 어쩌니? 네가 이제 이 집의 맏이니 잘 부탁한다. 그동안 너한테 샘도 많이 내고 잘해주지 못해 미안하다. 이렇게 집을 떠나려니 마음에 걸려."

언니의 혼례는 무사하게 잘 치러졌다. 개혼이라 온 집안뿐 아니라 동네 사람들의 축하 속에서 성대하게 잔치가 끝났다. 새 형부는 듬직하고 믿음직해 보였다. 어머니는 든든해 보이는 게 후덕한 맏사윗감이라고 좋아했다. 새 부부는 풍속대로 한동안 집에 머물다가 시댁을 향해 함께 떠났다. 언니의 얼굴은 새색시의 수줍음 속에서도 빛나고 단단해 보였다. 며칠 전 얼굴과 달랐다. 혼례를 올려야 어른이 된다더니, 철없던 언니가 딴사람이 된 것 같았다. 부드러워지고 너그러워졌다. 그것이 혼례의 힘, 음양의 이치인 걸까. 새로 탄생한 두 부부는 한 쌍의 원앙처럼 잘 어울리고 보기 좋았다.

이번 언니의 혼사를 치르면서 나는 속으로 몸살을 앓았다. 혼인이란 두 사람만의 문제가 아니라 두 집안의 문제라는 것. 부모님은 언니에게 그 집안에 들어가 우리 집안을 욕보이지 않고 시댁 집안에 누를 끼치지 않는 몸가짐과 행동거지에 대해 입이 닳도록 부탁했다. 언니는 우리 집안의 대표일 뿐이었다. 형부 될 사람은 장씨 집안의 대표로서, 두 사람의 맺어짐은 두 집안의 결속과 화목을 보장하는 것이니 격려받고 축하받을 만했다. 비슷한 처지의 두 집안의 결합, 온 마을이 축하하는 화혼(華婚)은 편안하고 안정돼 보였다.

잔치에 모인 친척과 동네 사람들은 나를 향해 약속이나 한 듯이 말했다.

"이제 인선이 치울 차례구나. 인선이 올해 열여섯, 시집갈 나이야. 재주 많고 고운 인선이는 어느 가문에 시집갈까. 어느 집인지 복덩어리가 가겠구나."

그런 말을 듣는 내 마음은 내내 울적했다. 혼인이라는 게 남의 일이 아니다 싶었다. 그렇게 중요하다는 인륜지대사인 혼인. 젓가락 두 짝, 짚신 한 켤레의 한쪽 같은 짝과 맺어져 한평생을 살아가야 한다는 일이 무겁게 가슴을 옥죄었다. 준서가 아닌 생판 모르는 다른 사내와 혼례를 올리고 살을 섞고 죽을 때까지 산다고 생각하면 그만 아득해졌다.

언니가 시집을 가고 아버지도 서울로 떠나고 나자 어머니는 더 쓸쓸한 얼굴이 되었다. 그렇게 딸자식을 하나씩 보내는 일을 계산해보면, 막내 말희를 보내기까지 십 년이 걸리지 않아 슬하엔 아무도 남지 않을 터였다. 그런 어머니의 얼굴을 볼 때마다, 그리고 늙은 조부모가 더욱더 나를 의지하는 걸 볼 때마다, 나는 내 생이 이미 내 자신의 것이 아니라는 생각이 들어 가슴이 무거웠다.

언니의 혼사로 경황이 없어 준서뿐 아니라 초롱과도 오래 적조했던 유월 어느 날, 초롱이 찾아왔다. 초롱은 답답하다며 막무가내로 호수로 나가자 했다. 초여름 경포호수는 거울처럼 맑고 잔잔했다. 편안한 곳에 자리를 잡자 갑자기 초롱이 눈물을 보이더니 말했다.

"나, 기녀가 될까 봐."

어금니를 꼭 물고 분김을 내었다.

"오라버니랑 싸웠다. 내 다시는 오라비라 부르지 않을 거야."

"그렇게 의좋던 오누이가 무엇 때문에 싸워?"

대답 대신 초롱은 자신의 치마를 걷어 올렸다. 종아리를 맞았는지 군데군데 터지고 멍이 들었다.

"오라버니한테 맞았어."

"왜?"

"느이 집안 재규 도령이랑 우리 오라버니랑 드잡이를 하고 싸웠어."

점점 모를 소리다.

"내 너한테 고백할 틈이 없었는데 재규 도령이 나를 연모한다고 몇 번 편지도 보내고 찾아왔어. 나도 그날, 얼굴을 처음 본 단옷날부터 사모하는 마음이 생기더라."

초롱이 눈을 내리깔며 수줍게 말했다. 그랬구나. 단옷날 그날두 사람의 눈길이 얽히는 느낌이더니.

"재규 도령…… 나도 소문을 들어 알지. 그러나 내게는 진정으로 여겨졌어. 그래서 몇 번 만났어. 그걸 오라버니가 보고 말렸는데, 내 고집을 꺾지 못했어. 그제 밤에 찾아온 재규 도령을 오라버니가 나가서 거절하다 그만 모욕을 당했나 봐. 화가 난 오라비가 나를 불러 앉히고 호통을 치더라. 나보고 정신 차리라고. 이 꽃 저 꽃 꺾고 싶은 난봉꾼 사내놈 손아귀에 놀아나는 거라고. 나를 깔보고 그러는 거래. 그런데 재규 도령은 분명 내게 천생배필로 생각하고 있다고 누누이 맹세했거든. 상사병이 걸려 죽을 거 같다고 그날 밤도 찾아온 거야. 내가 재규 도령과 혼인할 거라 했어. 그랬더니 오라버니가 내 종아리를 친 거야. 지체가 다른데 그 말을 믿냐고. 재규라는 사내가 그럴 거 같냐고. 나보고 바보래. 그런데 생각해보니 나도 화가 나는 거야. 그럼 오라버니는 왜 언감생심 인선이를 만나냐고 따졌어. 어디 인선네 집에서 오라버니를 사위로 삼을 거 같냐고? 그 주제에 누굴 훈계하냐고. 그래, 혼인 못 하면 나 기생 하면 돼. 걱정 마! 막말을 마구 해버렸어. 흥분한 오라버니가 내 뺨을 치더라. 나도 막 화가 나서 자제가 안 되는 거야. 달겨들다 보니 오라버니 얼굴에 손톱자국을 내버렸지 뭐니. 아휴, 나도 성질이 참……. 그런데 그렇게 흥분했던 오라버니의 얼굴이 갑자기 싸늘해지고, 할퀸 자리에서 피가 배어나는데도 석상처럼 서 있더니……, 그날 밤 집을 나가 아직 안 돌아왔어."

그런 일이 있었구나. 준서가 집을 나가다니. 장승처럼 서 있었다는 준서의 심정이 절절히 다가왔다. 어디 인선네 집에서 오빠를 사위로 삼을 거 같냐고……. 그 말은 그의 가슴에 비수로 꽂혔을 것이다. 앞에 앉은 초롱이 원망스러워졌다.

"너 화났니? 그렇잖아? 말이야 바른말이지."

"언제…… 그리고 준서 오라버니는 어디 있는 거지?"

내가 감정을 누르며 물었다.

"벌써 사흘째야. 아마 답답해서 말 타고 여기저기 돌아다니다 오겠지. 우리 오라버니 원래 바람 같잖아. 참, 그런데 재규 도령, 네가 보기엔 어때? 정말 못 믿을 사내니? 만약 오늘 밤 울 오라버니도 없는데 또 집으로 나를 찾아오면 어쩌지? 내가 결국엔 막아내지 못하고 무너질 거 같거든. 그 사람도 내 마음 알아. 내 마음을 그 사람에게 실토하지 않고는 죽을 것 같았어. 인선아, 사람이 사람을 좋아하는 게 무언지 내 이제야 알 거 같아. 그 사람이 원하는 걸 해주고 싶고 온몸이 하나가 되고 싶은 마음! 늘 곁에 가까이 할 수만 있다면! 너도 그러니? 너도 우리 오라버니한테?"

사랑에 빠진 초롱의 달뜬 목소리가 귀에 들어오지 않았다. 나는 눈을 감았다. 뜨거운 불덩이가 가슴을 막은 것처럼 답답했다. 준서의 물기 어린 눈동자가 떠올랐다. 그 의미가 뭔지 이제야 조금 알 것 같다. 감은 눈앞에 떠오른 준서의 눈동자가 가슴을 후벼 팠다. 한 번도 준서 앞에서 초롱이처럼 솔직한 적이 없다. 그의 마음을 모르는 척 외면하기만 했다. 피하기만 했다. 뜨거운 상상 속에서 홀로 몸이 타올라도, 곁을 주지 않고 그의 뜨거운 눈길을 받는 걸 혼자 몰래 즐기기만 했는지도 몰랐다. 얼마나 잔인한 일인가. 이제 선택해야 한다. 이건 달콤한 꿈이 아니다. 뭔가 마음의 실타래를 풀든가 매듭을 짓든가, 아니면 단호하게 끊어야 할 일이었다.

"에고. 그래, 너도 사랑하고 연모하는 마음 때문에 속이 다 탔구나. 지난번에 우리 오라버니 베갯속을 햇겨로 좀 갈아주려 했더니 푸른 베개 천이 눈물로 얼룩져 검은색으로 굳어져 있더구나. 가여운 정인(情人)들 같으니……."

초롱이 한숨을 쉬었다. 눈물로 얼룩진 준서의 베개……. 그 눈물로 인해 본래의 색마저 변해버리고 딱딱하게 굳은 베개 천이라니. 밤마다 난 그의 단꿈을 위해 꽃나비가 아름다운 베갯잇을 수놓았는데……. 갑자기 내 눈에 뜨거운 눈물이 가득 차올랐다. 눈물을 보이고 싶지 않아 호수로 시선을 돌리고 눈을 깜박였다. 그만 구슬이 떨어지듯 눈물이 방울져 치마폭에 떨어졌다. 초롱이 조용히 눈물짓고 있는 내 어깨를 안았다.

"인선아, 우리 이 일을 어쩌면 좋니? 너나 나나. 우리 도망가 살까? 그래서 넷이 같이 사는 거야. 외롭지 않게……."

사랑에 빠져 두려움과 슬픔에 잠겨 있던 초롱도 제풀에 울음을 터뜨렸다.

사실 재규 오라버니는 집안에서 난봉 버릇을 고친다고 혼처를 급히 알아보고 있는 중이었다. 조만간 결정이 날 거라는 할머니의 말을 들은 적이 있었다. 그러나 나는 지금 당장 그 말을 초롱에게 하고 싶지는 않았다. 그저 지금은 눈물이 흐르는 대로 놔두고 싶다. 마주 보며 두 손 부여잡고 하늘을 자유롭게 날던 쌍그네에서 바라본 준서의 눈물에 그렇게라도 화답하고 싶을 뿐이었다.

*

재규의 혼처가 정해졌다는 소식에 초롱은 자리에 눕고 말았다. 나는 걱정이 되어 초롱의 집을 찾았다. 방에 들어갔을 때 초롱은 속적삼만 입은 채로 누워 있었다. 누운 채로 고개만 살짝 돌려 나를 바라보았는데 표정 없는 얼굴에서 은구슬 같은 눈물이 또르륵 굴러 베개를 적셨다. 초롱의 그런 얼굴은 처음이었다. 나는 초롱의 손을 잡았다. 돌처럼 작고 차가운 손. 가슴이 싸해졌다. 초롱은 죽은 듯 눈도 깜박이지 않다가 그대로 눈을 감아버렸다. 그리고 자는지 오랫동안 기척이 없었다.

나는 일어나서 방을 나갔다. 바깥채로 나가는데 말울음 소리가 났다. "아이구머니, 도련님! 이제야 오십니까!" 계집종의 방정맞은 외침 소리가 들렸다. 대문간에서 준서와 부딪쳤다. 열흘간 어디서 무엇을 하다 귀가했는지 그의 입성과 몰골이 지저분했다. 예상치 못한 만남에 준서가 놀랐다. 짧은 순간이지만, 눈길이 복

196

잡하게 얽혔다. 잠시 침묵이 흘렀다. 내가 목례하고 지나려 하자 준서의 목소리에 힘이 실렸다.

"가지 마오!"

내가 머뭇거리자 준서가 말에서 내려왔다.

"타래도!"

그는 화난 목소리로 내 팔목을 잡고 끌었다. 뿌리칠 수 없는 악력이었다. 나는 준서를 바라보았다. 헝클어진 머리칼이 이마에 흘러내려오고, 얼굴은 아직 아물지 못한 손톱자국과 먼지로 피로하고 초췌해 보였다. 그런데 두 눈만은 형형한 결기로 빛을 내었다. 나는 묵묵히 말에 올라탔다. 내 등 뒤에 앉아 채찍을 든 그가 '이랴!' 말에게 채찍을 내려쳤다. 말은 놀라서 울음소리를 내며 달렸다. 나는 눈을 감았다. 이 순간부터 세상 모든 것을 보지 않았으면 싶었다. 그저 눈을 감고 보지 않으면 모든 것이 아무 문제가 될 것 같지 않았다. 마을 사람들의 눈이 신경 쓰였지만, 내가 귀를 막고 눈을 감고 보지 않으면 무슨 상관이랴.

어디로 달리는지 모른다. 무서운 속도로 달리는 말 위에서 두렵기도 할 텐데 눈을 감은 나는 오히려 담담해져버렸다. 차라리 죽어버렸으면 싶었다. 쌍그네를 뛰고 있는 것 같기도 했다. 속도가 날 때마다 준서의 왼손이 허리를 꼭 감아왔다. 그의 심장이 뛰는 것이 등 뒤에 그대로 느껴졌다. 아무래도 좋았다. 붕새가 되어 남쪽 바다로 구만 리 날아갔으면. 비익조가 되어 두 사람만이 세상의 중심인 어느 곳으로 가버렸으면…….

말은 한참을 달리더니 어느 외진 바닷가에 다다른 것 같았다. 파도 소리가 다가왔다 멀어졌다 했다. 한참을 달려오는 동안 준서는 말이 없었다. 시원한 해풍과 규칙적인 파도 소리가 자장가처럼 마음을 진정시켜주었다. 나는 조용히 큰 호흡을 내쉰 뒤에 눈을 떠보았다. 바닷가 모래사장인 줄 알았는데 시퍼런 파도가 혀를 날름거리는 절벽 위였다. 두세 발짝만 말이 앞으로 달려가면 떨어져 죽을 것 같았다.

"우리, 죽어버릴까?"

준서가 말했다. 준서의 입김이 귓가에 뜨겁게 닿았다.

"대답해보오."

준서가 다시 물었다.

나는 아무 말도 할 수 없었다. 대신 가슴 저 깊은 곳에서 조금씩 속울음이 차올랐다. 이를 꼭 물고 쏟아내지 않으려고 하다 보니 어깨가 떨려왔다. 준서가 어깨를 꼭 그러안았다. 그의 몸의 떨림과 신열, 목구멍을 가득 채운 오열이 폭발할 듯 등과 귀에 느껴졌다. 나는 꼿꼿한 자세로 눈을 크게 뜨고 절벽 아래를 내려다보았다. 검은 낭떠러지 아래에는 괴물 같은 검푸른 바닷물이 흰 이빨을 드러내며 몸부림치고 있었다. 한 발짝 아래 죽음이 무서운 건 아니다. 그러나…… 우리는 말 위에서 바닷물을 내려다보기만 했다. 얼마나 지났을까. 그는 아무 말 없이 말을 돌렸다. 말은 천천히 바닷가를 돌았다. 말은 다시 달려 산길로 들었다.

숲 속에 말을 세웠다. 재작년에 함께 보았던 연리목 앞이었다. 그때와는 달리 엄나무에는 무성한 잎이 달려 있었다. 가시 또한 더욱 성성했다. 가시를 품은 채 한 몸이 되어 꼭 그러안은 연리목.

준서가 도포를 벗어 풀 위에 깔았다. 그리고 나를 앉혔다. 옆에 앉은 준서는 두 손을 들어 까칠한 얼굴과 턱을 문질렀다.

"내가 어디 갔었는지 궁금하지 않소?"

"열흘 동안 어디에 가 있었어요?"

내가 준서의 모습을 조심스레 살피며 물었다.

"두메산골을 헤매 다녔소. 성도 이름도 버리고 죄인과 정인들이 몰래 도망가 부대밭을 일구며 사는 곳. 이 세상이라도 이 세상이 아닌 곳. 그런 세상도 있더이다."

고개를 돌려 준서가 나를 빤히 바라보았다.

"궁금한 게 있소. 내가 없더라도 그대는 잘, 살 수…… 있겠소? 잘, 살 수 있겠지? 나 같은 거야 어찌 되든 무슨 상관이겠소."

"왜 그런 말을…….'"

"열흘 동안 헤매고 다니면서 더욱 또렷해지는 건 이제 그대 없이는 나는 아무 존재도 아니란 거요. 살아도 산목숨이 아닌 거지요. 그 생각이 더욱 또렷해졌던 거요. 그동안 무슨 일이 있어도 피해야 한다고 다짐했던, 그러나 인력으로 막을 수 없는 것……. 대장부로서는 출세할 뜻을 꺾은 지 오래되었소. 이제는 그런 삶에 연연하지 않소. 다만 그대의 지극한 지아비로서의 삶이라면 나는 목숨을 버려도 좋다고, 그래도 좋다고……."

준서는 말을 잇지 못했다. 준서를 바라보는 내 눈에 주렴 같은 맑은 눈물이 방울져 흘러내렸다.

"나와 화전 삽시다. 언젠가 그대가 그랬지. 그림을 그리는 순간이 행복하기 때문에 그리는 것이라고. 내 몸이 흙이 되어도 그대 하나 편히 그림이야 그리도록 못 해주겠소. 세상 미물처럼 법도 도덕도 없는 곳에서 사랑 하나만으로 지아비 지어미 되어 삽시다. 하늘 제일 가까운 곳에서 달도 보고 별도 보고…… 가진 것 없어도 자연의 것들 두루 누리면서……."

준서의 손이 내 볼을 타고 흐르는 눈물을 닦아주었다.

"나를 좀 살려주오. 나를 좀……."

준서의 뜨거운 속삭임이 송곳처럼 귓속을 파고들었다.

아아, 그 시절 내 안에는 광녀가 갇혀 있었어. 그
의 품속에 들었을 때의 햇솜 같은 포근한 기분이라
니⋯⋯. 꿈속에서라도 얼마나 다시 만나고 싶어 했
는지. 그러나 한번 어긋난 길은 꿈길에서도 만날 수
가 없었구나.

동심결(同心結)

　연리목 앞에서 함께 울고 헤어진 이후 며칠간 나는 준서에게
아무 기별도 하지 않았다. 준서가 채근을 하진 않았지만, 조만간
나는 무엇이든 답을 해주어야 했다. 그래야 할 것이다. 그러나 나
는 지독한 혼란에 빠졌다. 준서와 함께 있을 때면 세상도 죽음도
두렵지 않다. 그러나 집에 돌아와 내 처지를 보면, 천하에 없는 귀
한 아들처럼 기대하는 조부모와 혼자인 어머니와 어린 세 동생을
버릴 수 없는 집안의 맏이였다. 할아버지와 아버지에게 준서와
혼인을 하겠다면 어찌 될 것인가. 그냥 어느 날 몰래 야반도주를
하면 어찌 될 것인가. 어머니에게라도 답답한 내심을 털어놓을까.
그러다 고개를 젓고 또 사념에 빠지고…… 병이 날 지경이었다.
　홀로 잠 못 드는 밤이면 모래성처럼 준서를 떠올렸다 지웠다 했

다. 깊은 산골에서 이름 없는 아낙으로 밭을 일궈가며 화조와 초충을 그리며 준서와 오순도순 늙어갈 내 모습을 그려보았다. 마치 밀물과 썰물이 드나들 듯 마음속으로 어지러운 생각들이 끊임없이 들락거렸다. 그 와중에 할아버지가 시름시름 앓더니 병석에 누웠다. 집안의 어른이 쇠약해지자 당장 할머니와 어머니가 장손처럼 나를 마음으로 의지했다. 낮에는 의젓하게 집안일에 간여하면서도 밤이면 밤마다 도망치고 싶었다. 잠 못 드는 밤, 붉은 비단보를 꺼내어 보따리를 꾸려보았다. 옷가지와 그림들 그리고 수를 놓은 비단 천들. 그러다 첫닭 우는 새벽이 되면 다시 풀어 옷장과 문갑에 짐을 넣었다. 미칠 것 같았다. 결단을 내리지 않으면 미쳐버릴 것 같았다. 학문을 닦아 성현의 말씀을 따르고, 여기(餘技)로 그림이나 치면서 신분이 비슷한 좋은 남자를 만나 자식 낳고 복되고 평안하게 사는 것은 모든 양반가 규수의 꿈일 것이다. 내 앞에 그런 생이 저절로 기다리고 있을 줄 알았다. 그런데 이렇듯 올가미에 갇힌 짐승처럼 앞이 캄캄하고 막막할 줄이야……. 이 잔혹한 운명의 구렁텅이에 나를 빠뜨린 하늘이 원망스러웠다. 차라리 절벽에서 떨어져 죽을 걸 그랬다. 그러나 죽음은 완결이 아니다. 죽음조차도 지금은 내 것이 되지 못할 것이다. 가문의 치욕으로 남아 살아 있는 모든 피붙이에게 고통만 안겨줄 것이다. 준서만 도려내면 되는 일이었다. 가슴속 자상(刺傷)을 혼자만 견디면 되는 일이었다. 간단한 일이었다. 어느 날 밤, 밤을 하얗게 새운 나는 붓을 들어 준서에게 편지를 썼다.

"저 또한 당신과 함께하지 못하는 목숨은 살아도 산 것이 아닙니다. 그러나 제 한목숨을 버릴지언정 다른 이들에게 상처 주는 일을 차후로 견뎌낼 수 있을까 두렵습니다. 하여 살아도 행복하지 못하다면 저는 당신과 함께하는 삶을 버리렵니다. 부디 용서하여주시고 저 따위를 잊어주시기 바랍니다."

편지를 보낸 후, 준서에게서는 답이 없었다. 그런 편지를 단호하게 보냈지만, 인간의 마음은 도대체 무엇이란 말인가. 오히려 더욱 준서가 그리워지기만 했다. 거기다가 연민과 죄책감까지 보태져 밤마다 잠을 못 이루고 울었다. 할아버지 병구완을 하는 할머니와 어머니는 내가 할아버지의 병환으로 심려하는 줄 알고 안타까워했다. 내 얼굴은 수척해서 병색까지 돌았다. 이를 악물고 끊자. 이 인연의 고리만 끊으면 된다. 그 한 사람만, 그 하나만 끊어내면 된다. 딸린 식구들을 보면서 나는 다짐에 다짐을 했다. 그리고 악착같이 글도 읽고 그림도 그렸다. 텃밭에 하루 종일 앉아 가지와 벌, 나비, 오이와 개구리, 개양귀비와 도마뱀, 도라지꽃과 여치, 닥치는 대로 그렸다. 이제 어느 누구에게도 몸과 마음을 열지 않으리라. 꽃은 벌, 나비가 한 번 들어가 수정을 하면 입을 오므리듯 꽃잎을 닫아버린다. 헤벌리고 있지 않는다. 그것이 자연의 법칙이었다. 내 마음에는 이미 한 남자의 마음이 들어와 있다. 비록 열매를 기약할 수 없을지라도.

밤이면 밤마다 몸이 지칠 때까지 수를 놓았다. 손으로는 수를 놓지만 마음은 그를 향해 미친 여인처럼 달려 나가려 한다. 이미 자물쇠로 채운 꼭 닫힌 방 같은 마음엔 열린 문도 창문도 없다. 그 안에 갇힌 여인은 밤마다 문 하나 없는 벽에 온몸을 부딪고 운다. 여인의 피눈물처럼 내 입에서 절로 시가 나온다.

창(窓) 내고자 창을 내고자 이 내 가슴에 창 내고자
고모장지 세살장지 들장지 열장지 암돌져귀 수돌져귀 배목걸쇠
크나큰 장도리로 둑닥 박아 이내 가슴에 창 내고자.*

그렇게 열여섯의 여름이 갔다. 그 포악하던 열기도 절기를 속일 수 없는 것이다. 시간이, 세월이 지나면 마음의 고통도 잦아들리라. 나는 애써 위안하였다. 초롱이 병을 털고 일어났으나 넋이 나간 듯 지내고 있다는 것과 준서가 초롱이 완전히 회복하는 대로 금강산으로 떠날 거라는 소식을 그 집 계집종 언년이를 우연히 만나 전해 들었다. 금강산으로 떠나다니? 낸들 압니까? 뭐 중이 되려고 하시나 보지……. 언년이가 입방아를 찧었다. 준서는 왜 아무 말이 없을까. 내가 쓴 편지를 보았을 텐데. 그가 차라리 중이 되는 게 나은 것인가?

* 작자 미상의 시인데, 인선이 쓴 시로 차용하였다.

찬 가을비가 내렸다. 가을비는 가을을 떠나보내는 비다. 비 오고 나면 성큼 추위가 닥칠 것이다. 나는 잠이 오지 않아 수틀을 끼고 앉았다. 장지문 밖에는 추적추적 빗소리가 처량맞게 들려왔다. 내 귀에는 준서의 거문고 소리가 또렷이 들려왔다. 그리고 전에 처음으로 그가 그리움을 담아 보냈던 시가 거문고 음을 배경으로 준서의 목소리로 들려왔다.

　　날은 참으로 음산하고
　　우르릉 우렛소리 들려오네.
　　깨어 앉아 잠은 안 오고
　　생각하자니 그리움 깊어.

준서의 목소리뿐 아니라 마치 그가 귓속에 속삭이는 것처럼 귓속까지 뜨겁고 간지러웠다. 그리움이 가슴을 저미고, 저 아래 빈 곳, 허전한 곳을 조금씩 밀어 올리며 준서의 목소리가 온몸을 휘감는 듯했다. 아아, 이제 환청까지 들리다니. 게다가 환청은 나의 내부에서도 울려 나왔다. 막힌 가슴속에서는 광녀가 문을 내달라고, 창을 내달라고 울부짖고 있었다. 이대로 어찌 평생을 산단 말인가. 이 꽉 막힌 수틀이 웬 말이고, 고상연한 그림은 다 무어고, 금수 같은 마음으로 글은 읽어 무엇하나. 그것들을 하면 내가 행복하다고? 진정 마음을 도려낸 채 그 텅 빈 예(藝)는 무엇이고, 가증스런 예와 학문은 또 무엇인가. 모두 부질없다. 차라리 짐승처럼 살 거야. 인의(仁義)가 다 무엇인가. 장자가 말하길, 벌써 우리는 이마에 인의라는 자자(刺字)를 해버렸다고? 그래서 꼼짝할 수 없이 도덕에 꽉 묶여 있다고? 그래서 자연에 몸을 맡기는 자연인이 될 수 없다고? 실컷 비웃어줄 거야. 자연대로 본성대로 살지 못하는 삶은 이미 죽은 삶이야. 미물들도 그건 알아. 미물들이야말로 자연의 법칙대로 살고 있잖아. 내 눈이 순간, 광기로 번득였다. 나는 반짇고리에서 가위를 꺼냈다. 번개가 치면서 가위 끝이 새파랗게 명멸했다. 내 얼굴에서 핏기가 가시는 게 느껴졌다. 나는 세차게 도리질을 쳤다. 그림을, 그리지 않을 거야! 나는 왼손에 가위를 들었다. 그리고 그것을 오른손 손등에 힘껏 찍어 눌렀다.

*

오른손에 찍힌 가위는 손등의 힘줄을 상하게 했다. 다행히 뼈에는 큰 이상이 없는 듯하나 화농기가 있어 의원은 치료가 쉽지 않을 거라 했다. 의원은 잘못되면 그 손으로 글씨도, 그림도, 자수뿐만 아니라 음식조차 못 할 수 있다는 경고를 했다. 열이 높았지만 다행히 고비는 넘겨 상처는 아물기 시작했다. 어머니는 몇 번이나 곡절을 물었으나 나는 끝내 입을 다물었다. 그사이에 재규

오라버니의 혼례가 있었다. 어디서 소문이 났는지 모르겠으나 초
롱의 일을 알 만한 사람은 다 알게 되었다. 분명 재규에게서 흘러
나왔을 것이다. 준서가 재규와 주먹다짐까지 했다는 이야기부터
준서가 며칠 후면 금강산으로 들어간다는 말까지 하인배들이 하
고 다녔다.

삼경도 넘은 밤, 나는 장옷을 깊이 둘러쓰고 발길을 재촉했다.
그믐밤이었다. 먼 마을에서 개 짖는 소리만 간혹 들려왔다. 나는
돌부리에 넘어지면서도 무작정 앞으로 걸었다. 초롱의 집으로 향
하는 내 얼굴엔 결기와 체념이 뒤섞여 있다. 바깥채로 들어가서
초롱이 있는 안채가 아니라 사랑채로 발길을 돌렸다. 담장 밖에
서 사랑방 들창을 향해 조약돌을 던졌다. 아무 기척이 없었다. 잠
시 후 젊은 남자의 목소리가 들려왔다. 꿈에도 그리던 준서의 목
소리였다.

"밖에 누구요?"

떨리는 목소리로 내가 대답했다.

"인선입니다. 문 좀 열어주세요."

사랑방 문 여는 소리가 나고 놀란 준서의 얼굴이 불빛에 드러
났다. 나는 신을 벗어 들고 방 안으로 들어갔다. 준서가 따라 들어
왔다. 우리는 한동안 말이 없었다.

"내일 금강산으로 떠납니까?"

내가 물었다.

"……."

준서는 내가 앞에 있는 것이 꿈인 듯한가 보았다.

"…… 모레 새벽이오."

내가 고개를 들어 준서를 바라보았다. 그의 눈 속에 일렁거림이 있다. 그것이 마음의 동요인지 너울대는 등잔불의 불꽃 때문인지 모르겠다고 나는 생각한다. 대신 내 목소리는 담담하고 차분하다.

"제 몸과 마음을 제가 아닌 다른 무엇이 지배하고 조종하는 것 같아요. 세상 만물에 다 하늘의 뜻이 있을 것인데, 저를 지은 하늘이 제 마음과 몸을 이렇게 움직이게 하는 것에는 다 뜻이 있겠지요. 제가 배운 바대로 좇아 억지로 사는 인생은 이미 죽은 생입니다. 저는 마음이 움직이는 대로 살고 싶어요. 제가 그림을 그리는 것은 우주와 자연의 조화를 알고 싶어서지요. 그리는 미물들에게 학문을 가르치고자 함이 아니었습니다. 도덕을 숭상하고 예절을 지키는 것도 다 사람답게 살자고 하는 일이지요. 자연에 반하는 도덕이라면 하늘은 인간을 이 우주에 내놓지 않았겠지요……."

내 목소리에 물기가 묻어나기 시작했다. 내가 기도하듯 두 손을 모아 쥐고 엎드렸다.

"저를 죽여주세요. 차라리 당신의 손에 죽어버리고 싶어요."

내가 엎드려 울었다.

"아니, 그런데 손이 왜 그러오? 이게 무슨 일이오?"

준서가 붕대를 감은 내 손을 어루만지며 물었다.

"저를 죽여주시든가 아니면 저도 금강산에 데려가주세요. 어디든 가시는 곳에 저를 데리고 가주세요. 이제는 글씨도 그림도 그리지 않을 겁니다."

내 손을 보며 준서가 상황을 파악했다.

"안 되오. 어리석은 짓을 했구려. 그대 편지를 받았을 때 나는 말을 달려 그 절벽으로 갔다오. 그러나 마음을 고쳐먹었소. 나의 사랑을 죽일 수밖에 없다면, 그대의 재주와 삶은 살려야 한다고. 그대가 그것으로라도 행복할 수 있다면 나는 됐다고. 나만 없어지면 되는 것을. 그리 간단한 것을……. 이제 손은 괜찮은 거요?"

내가 고개를 끄덕이자 그는 나를 끌어다 품에 안고 눈물을 떨구었다.

"저 때문에 중이 되려고 한다면 제발 그러지 마세요. 저는 이제 당신이 없으면 살 수가 없어요. 그걸 알았어요."

"꼭 중이 되려고 하는 것은 아니오. 이 지옥 같은 마음의 근원이 무엇인지 마음공부를 하고 싶었던 거요. 그러다 중이 될 수도 있겠지요. 마음공부를 해서 이 마음을 잘 다스리면 이 사랑이 무슨 대수고, 이 고통이 무슨 대수겠소."

나는 결심한 듯 말했다.

"제 마음은 이미 당신 거예요. 아주 오래전부터. 어쩌면 우리가 그걸 깨닫지 못했던 때부터……. 그러니 받아주세요. 떠나시기 전에 그걸 알려주고 싶어서 죽기를 각오하고 밤길을 달려왔어요. 이 말만 하고 가려고요. 그걸 알아주시면 저는 충분해요."

그가 나를 와락 안았다. 숨이 막히도록 꽉 껴안았다. 다시는 놓치지 않을 것처럼. 추운 밤길을 걸어온 내 몸은 참새처럼 떨고만 있었다.

"아아, 그대는 하찮은 나를 위해 정말 죽기를 각오했구려. 이런 고백을 하기까지 얼마나 고통스러웠을지 뼈가 저리오."

그가 숨죽여 오열했다.

"당신 마음도 제 마음 같은가요?"

내가 물었다.

준서가 내 얼굴을 떼어내 감싸 쥐고 내 눈을 응시했다.

"정녕 모르겠소? 그대보다 내가 먼저 마음을 주었던 것을. 나는 변함이 없소. 정말 모르겠소? 모레 금강산으로 떠나 조금만 머무르다 돌아오겠소. 알고 지내는 선사 한 분에게 가겠다고 기별을 했기에 일단 갔다 와야 할 것 같소. 그리 오래 걸리지는 않을 거요. 원래는 기약 없이, 몇 년 예정하고 가려 했지만. 이제 그대가 보고 싶어 오래 있지 못할 거 같소. 이제 그대 마음을 알았으니 됐소. 앞날의 일은 그때 가서 대처하도록 합시다. 나도 그곳에서 앞날에 대해 진지하게 궁구해보리다. 우리 마음만 변치 않으면 되지 않겠소? 그것이야말로 이 우주에서 가장 소중한 핵심이오. 그러니…… 지금 죽을 만큼 그대를 원하지만 그때까지 그대를 지켜주고 싶소. 내 마음…… 내 진심…… 알겠소?"

준서가 다시 나를 뜨겁게 안았다. 연리목처럼 한동안 말없이 꼭 껴안고 있자니 한없이 포근해서 잠이 올 것 같았다.

"가야 해요."

내가 그의 가슴을 밀어내며 말했다.

"떠나면서 정표라도 주고 싶지만 갑작스러워 마땅치 않구려. 오랫동안 보지 못할 텐데 벌써 그대가 그리우니…… 큰일은 큰일 이오."

준서는 말은 그렇게 하면서도 내 손을 놓지 않았다.

"날이 밝으면 큰일입니다. 누구 눈에라도 뜨이면…….”

"그게 두렵긴 두렵소?"

그가 웃었다. 어디선가 개 짖는 소리가 들려왔다. 화들짝 놀란 나를 보며 그가 급하게 말했다.

"정표는 없지만…… 혹시 동심결이라고 들어보았소."

"예, 언니가 혼인할 때 봤어요. 납폐에서 청실홍실로 매듭을 지은 그걸 동심결이라고…….”

"그래, 그 매듭을 지을 수 있겠소? 정표 삼아 두 정인의 머리칼을 잘라서 두 고를 내고 맞대어 맺기도 하는데, 두 마음이 하나가 된다는 의미라 하오."

준서가 가위를 꺼내 급하게 머리를 풀어내어 자신의 머리칼을 한 모슴 끊어냈다.

"그렇군요. 제가 눈여겨봐두어서 안 봐도 지을 수 있어요. 그래요, 제 머리칼도 잘라주세요."

나도 댕기머리를 풀었다. 그가 숱 많은 내 머리칼 속을 뒤져 가는 수실 묶음만큼 잘라냈다. 나는 두 사람의 가늘고 긴 머리 타래를 두 고로 하여 아직 낫지 않은 손으로 매듭을 지어나가기 시작했다. 손이 완치되진 않았지만 준서의 도움을 받아 그런대로 할 수 있었다. 복주머니나 노리개 장식을 해보느라 귀도래 매듭이나 나비 매듭을 지어보았기 때문에 내게는 동심결 매듭도 그리 어렵진 않았다. 두 사람의 머리칼을 엮어 만든 동심결이 완성되었다. 검은 명주실 같은 머리칼로 만든 동심결이 십자 모양으로 야무지고 단단하게 잘 만들어졌다. 준서의 얼굴에 감동이 서렸다.

"아아, 천하를 얻은 것 같소."

"그런데…… 두 사람의 머리카락으로 만들었으나 물건은 하나니 나눌 수도 없고 어쩌지요?"

"그러니 동심결이지. 두 마음이 하나가 된 거요. 이걸 멀리 떠나는 나한테 줄 수 있소? 홀로 지내는 이 몸이 이걸 간직하면 천하를 얻은 듯, 그대를 품에 안고 있는 듯할 거요. 어떻소?"

나는 잠시 망설이다 선연히 말했다.

"좋아요."

*

준서는 예정대로 금강산으로 떠났다. 초롱도 기운을 차렸지만 왠지 예전의 초롱은 아니었다. 말수도 줄고 웃음도 줄었다. 할아버지의 병세는 점점 더 기울어지고 있었다. 내년을 기약할 수 없을 듯했다. 그래도 내 마음엔 그 좋지 않은 상황들과 반대로 샘물처럼 행복이 솟아났다. 막힘없이 숨을 쉴 수 있었고, 밖이 아무리 추워도 무엇보다 마음과 몸이 따스했다. 아아, 진정으로 살아 있다는 게 이런 거구나. 행복이 이런 거구나. 이런 인간의 마음의 조화가 신묘했다. 그러나 그 행복이란 일시적인 것에 불과한 것일지 몰랐다. 언젠가 준서가 돌아오면 나의 생을 선택해야만 한다. 그것이 종아리를 맞는 정도는 아니라는 걸 알고 있었다. 지금까지의 생과는 달리 모든 것이 뒤집혀질 것이다. 마음이 시키는 대로 선택한 대가로 많은 사람들의 눈물이 기다리고 있을지 모른다.

첫서리가 내리고 곧 첫눈이 내리면서 성큼 겨울 추위가 다가왔다. 그리고 서릿발처럼 두려운 일들이 기다렸다는 듯 일어났다. 할아버지가 조용히 눈을 감은 것은 어쩌면 미약한 서장에 불과한 것이었다. 그 무렵 서울에서는 피를 부르는 사화가 일어났다. 조광조를 필두로 성리학에 의거하여 이상주의적 급진정책을 펴던 신진 사림파가 정면으로 압박을 받던 남곤, 심정, 홍경주 등의 훈구파에 의해 처단되는 기묘사화(己卯士禍)가 일어났다. 훈구파들은 홍경주의 딸이 후궁인 것을 이용하여 베갯머리송사로 중종의 마음을 교란시켰다. 궁중 동산의 나뭇잎에 꿀로 '주초위왕(走肖爲王)'의 넉 자를 쓴 뒤, 이것을 벌레가 갉아 먹어 글자 모양이 나타나자, 그 잎을 왕에게 보여 왕의 마음을 흔들리게 했다는 이야기가 돌았다. '走・肖' 두 자를 합치면 조(趙) 자가 되기 때문에, 주초위왕은 곧 조씨가 왕이 된다는 뜻이었다. 그동안 신진 사류의 급진적이고 배타적인 태도에 염증을 느낀 임금은 결국 조광조를 따르는 수십 명의 대신들을 삭탈관직하여 귀양을 보내거나 사약을 내렸다.

그 불똥은 우리 마을에까지 튀었다. 할아버지의 장례를 치르고 할머니가 갑자기 심신이 허약해져 몸져누워 줄초상을 치를까 온 집안이 노심초사하는 동안, 초롱이 관비로 잡혀갔다. 그 아버지 정 대감이 사화에 연루되어 사약을 받았는데, 역적의 서울 가솔들뿐 아니라 강릉의 첩실 자식들까지 노비로 삼으라는 어명을 받을 수밖에 없었다. 그 소식을 듣고 내가 달려갔을 때는 집 안은 이미 쑥대밭이 되어 있었다. 그 집의 노비들은 이미 살림을 챙겨 줄행랑을 놓았다고 한다. 초롱이 원주 관아의 관비로 들어갔다는 풍문만이 돌았다. 작별 인사는커녕 초롱의 얼굴조차 보지 못한 채 이별하게 된 것이 무엇보다 원통했다.

초롱의 방에는 놓다 만 자수틀이 구르고 있었다. 장지문이 떨어져 나간 준서의 방도 온갖 서책이 찢겨 나뒹굴었다. 하루아침에 이런 일이 벌어지다니. 한 치 앞의 생이 두려워졌다. 나는 두려워 문설주를 잡고 흐느꼈다. 이제 그는 어찌 되는 것일까. 때마침 금강산으로 들어간 그가 이 화를 모면한 것이 불행 중 다행일까? 하지만 알 수 없는 일이다. 한동안 준서는 세상 밖으로 나오지 못할 것이다. 기생첩의 자식으로도 모자라 이제 역적의 자식이란 굴레를 하나 더 쓴 초롱과 준서. 내 가슴은 뻐개질 듯 아팠다. 자나 깨나 준서의 안위가 걱정이 되어 매일 가위에 눌렸다.

다만 불행 중 다행이라면 아버지가 사화의 핏물 한 방울 튀지 않은 채로 무고하다는 것이다. 정 대감뿐 아니라 아버지의 몇몇 친구들도 연루돼 하루아침에 죄인이 되고 집안이 풍비박산이 되었다. 진사시에 합격했지만, 벼슬을 멀리하고 학문에만 정진하던 청렴결백한 아버지는 그렇게 화를 면했다. 할머니와 어머니는 가슴을 쓸고 또 쓸었다.

사람의 약속은 허무하고도 허무해라. 두 정인의 머리칼을 한마음으로 엮은 동심결이 썩으려면 백 년 세월은 걸릴 터. 육신이 땅에 묻히면 약속도 가슴에 묻어야 하는 것. 무릇 약속은 깨지기 위해 존재하는가. 선택은…… 나의 선택은 옳았을까. 옳았다고 믿는 것. 그것이 인생에 대한 예의일진대…… 나는 약속을 지켰다고 믿고 싶어. 아아, 지금 내 혼은 무엇을 보는가. 동그란 올가미가 보인다. 엄나무 연리목에 걸었던 질긴 명주 올가미.

백년가약

준서의 집은 몇 년째 버려져 지붕은 내려앉고 마당엔 잡풀이 우거져 있다. 마당 건너편에 초롱의 방이 있었다. 사람 키만 한 잡풀이 얽혀 있는 마당을 헤치고 나갈 엄두가 나지 않아 나는 반쯤 무너진 흙담에 손을 얹고 서 있다. 여름 내내 능소화가 올라가던 흙담이었다. 집은 폐허가 되었지만 대문 옆 감나무는 여전히 예나 지금이나 주렁주렁 감을 달고 있다. 어쩌다 가을날 이 근처를 오갈 때면 유난히 눈에 익은 주홍빛이 서러웠다. 갑자기 까치 소리가 요란하다. 까치가 감나무에 앉아 감을 쪼고 있다. 금방이라도 준서가 말을 타고 들어설 것 같다. 어디선가 초롱의 재재거리는 목소리가 들릴 것 같다. 가장 가까운 벗과 하늘 아래 둘도 없는 정인을 이렇게 허망하게 잃다니.

초롱아…… 준서 오라버니…… 나지막하게 불러보았으나 그 소리는 가을 햇빛 속으로 사라졌다. 보고 싶어. 그러나 그 소리는 목구멍을 가로막았다. 나는 아프도록 침을 삼켜 그 말을 눌렀다. 단 한 번만이라도 볼 수 있다면. 봄 아지랑이처럼 사라진다 해도. 아침 이슬처럼 금세 햇볕에 말라버린다 해도. 아아, 그 소망도 이제 덧없다. 내 눈에 눈물이 고였다.

준서 오라버니. 내일모레가 무슨 날인지 아세요? 당신은 정말 나쁜 사람이야. 저는 이틀만 지나면 다른 사람의 아내가 된답니다. 어쩔 수 없잖아요. 저도 이제 열아홉 살이랍니다. 제가 무엇을 선택할 수 있겠어요.

나는 사랑채로 건너가 준서가 쓰던 방의 툇마루에 앉아본다. 단 한 번 이 마루를 디뎌보았지. 행여 누구 눈에 뜨일까 신을 벗어 양손에 꼭 쥔 채. 그 밤이 이생에서 그와 함께한 마지막 밤이 되었다니. 이제 이곳엔 다시 오지 않겠어요. 그리고 이젠 당신을 묻어버리렵니다. 그동안의 삼 년 세월을 어떻게 간단히 말할 수 있겠어요. 일각이 여삼추라더니 제게는 삼십 년, 아니 삼백 년만큼 긴 시간이었어요. 기약 없이 당신을 기다리는 것이…….

초롱과 준서가 이 집을 떠난 지 벌써 삼 년이 되었다. 처음엔 금강산으로 떠난 준서가 그 아비가 기묘사화에 연루되어 입은 화를 피하게 되어 천우신조라 생각했다. 그러나 떠날 때 곧 오리라 약속했던 그에게선 날이 가도 감감무소식이었다. 어디 선을 대어 찾아

보면 좋으련만, 나 혼자 도모해볼 수 있는 일이 아니었다. 남장이라도 하고 집을 떠나 금강산으로 들어갈 생각을 하루에도 수십 번씩 했다. 기약 없이 누군가를 기다리는 것, 이것이야말로 가장 끔찍한 형벌이었다. 촛불이 타들어가듯 홀로 가슴이 나날이 타들어갔다. 가연과 예전에 함께 글공부할 때 빌려 왔다가 돌려주지 못했던 『옥대신영(玉臺新詠)』을 펼쳐보았다. 사랑하고 또는 이별한 옛 중국 여인들의 절절한 심정이 그 책에 흥건하게 녹아 있었다.

> 이별한 지 아직은 오래되지 않았지만 (別離雖未久)
> 필경 오랫동안 이별한 것 같아요. (遂如長離別)
> 수북이 자란 계수나무는 금세 잎을 떨구었고 (叢桂頻銷葉)
> 마당의 꽃가지도 몇 번이나 잡아당겼는지 모르겠어요. (庭樹幾攀枝)
> 당신께선 제 모습이 바뀌었다고 말하지만 (君言妾貌改)
> 저는 당신 마음 옮겨 갈까 겁나요. (妾畏君心移)
> 끝내는 한번 서로 만나서 (終須一相見)
> 각자 서로의 마음을 알았으면 하지요. (併得兩相知)*

기약 없이 누구를 기다리며 사는 것은, 살아도 사는 것이 아니

---

* 『옥대신영』 중 「화음양주잡원(和陰梁州雜怨)」이란 제목의 시. 권혁석 번역.

었다. 그럴수록 나는 마음을 다잡았다. 일과표를 세워 더 열심히 글공부를 하고 정신을 집중하여 글씨를 썼다. 그러나 밤이면 답답하여 가슴이 막혔다. 그가 그리울 때면 그의 얼굴을 떠올리며 초상화를 그려보았다. 그러나 그것은 오히려 타오르는 불에 기름을 붓는 격이었다. 아아, 살아 있다면 인편을 통해 소식이라도 좀 전해줄 것이지. 가슴이 터질 것 같은 날에는 경포호수로 나가보았다. 그곳을 한 바퀴 돌았다. 그곳에 간혹 짝 잃은 외로운 해오라기나 백로가 한 마리씩 보였다. 그것들이 마치 내 자신처럼 여겨졌다. 이따금 먼 곳을 바라보는 짝 없는 물새를 그리기도 했다.

한 해 두 해 세월이 흐르자 집안에서는 내 혼삿말이 나오게 되었다. 그럴 때마다 나는 부드럽게 또는 완강하게 거부의 뜻을 밝혔다.

"어머니, 저는 혼인 안 하면 안 되나요? 그냥 그림 그리며 글씨 쓰며 공부하며 평생 곁에서 부모님 모시고 집안 지키며 살고 싶어요. 왜 꼭 혼인을 해야 해요? 정 그렇다면, 제가 이 집에서 살지 못한다면, 저 머리 깎고 차라리 비구니가 되겠어요."

그럴 때마다 어머니는 안타까워했다.

"얘야, 제발 그런 소리 말아라. 다른 일에는 소견이 꽉 찬 애가 왜 혼삿말만 나오면 철없는 소리를 하느냐. 다 큰 처녀를 데리고 있으면 네 욕이 아니라 부모 된 자의 욕이다. 그걸 모르니? 우린들 왜 네가 귀하지 않겠느냐. 왜 너를 곁에 두고 싶지 않겠느냐.

글씨 쓰고 그림 그리고 하거라. 그런 혼처를 찾아보자꾸나. 찾으면 있겠지."

어머니에게 자신은 동심결로 굳게 약조한 백년가약을 맺은 낭군이 있다는 말을 어떻게 한단 말인가. 도대체 그는 어디에 있는가. 백년가약을 맺어놓고 왜 나타나지 않는 것인가. 죽었는가, 살았는가. 설마 죽지 않았다면 어떻게 이렇게 내게 무심하단 말인가. 아버지도 혼사 문제에 만큼은 완강한 내게 역정을 냈다.

"왜 이리 고집을 부리느냐. 너는 효심이 지극한 줄 알았더니 어찌 부모의 뜻을 거스르려고 하느냐. 네 나이 이제 열아홉이 되었다. 처녀 귀신으로 늙어 죽을 작정이냐? 네 한 몸이 어디 네 한 몸뿐이더냐. 가문을 생각해야지. 단샘(醴泉)도 근원이 있고 지초(芝草)도 뿌리가 있다. 네 고조부는 우의정, 증조부는 대사성, 조부는 영암 군수를 지냈으며, 외고조부는 삼수 군수를 지낸 분이다. 이곳 외할머니 쪽 집안도 대대로 당상관을 지낸 명망 있는 집안인 건 온 강릉이 다 안다. 이러한 집안 전통으로 어찌 네가 가문의 누가 되게 하겠느냐. 조상들이 지켜온 수백 년 전통의 집안 가풍에 네가 먹칠을 하겠느냐."

나는 속이 탔다. 그리고 준서가 원망스러웠다.

"아버지. 조금만 더 조금만 더 말미를 주세요. 저도 혼인을 안 하겠다는 말씀은 아니고요. 조금만 더 부모님 곁에서 지내고 싶어요. 작년에 할머니마저 돌아가신 데다, 아버지 한양 가시면 어

머니 혼자 이 집안에 의지가지없이 남으시잖아요. 그리고 아버지
건강도 아직 완전치 못하시고……. 손도 성치 않은 어머니가 부
엌일 하시는 것도 아직 어설프시잖아요."

마음이 편치 않았지만, 그렇게 시간을 벌어볼 수밖에 없었다.

"공연히 핑계는…… 난 괜찮다. 이제 다 나았잖니. 그리고 왼손
인데 뭐."

어머니는 중지가 잘린 왼손을 들어 손사래를 쳤다. 작년에 할
머니가 돌아가셨을 때 기별을 받고 올라오던 아버지가 횡계역에
서 쓰러졌다. 집안에서 달려가 아버지를 모셔 왔으나 아버지는
사경을 헤매었다. 그때 홀연히 사라진 어머니. 예감이 이상하여
뒤늦게 어머니를 찾았다. 어머니는 조상의 사당으로 가서 치성으
로 기도를 올린 후 은장도를 꺼냈다. 그리고 말릴 틈도 없이 단호
하게 왼손 중지를 베었다. 어머니의 단지(斷指)로 인해 하늘이 감
동했는지 아버지는 거짓말처럼 병석에서 일어났다. 나는 아버지
를 향한 어머니의 사랑이 부러웠다. 보세요, 어머니. 어머니도 일
편단심으로 아버지를 목숨보다 더 사랑하시잖아요. 어떻게 사랑
을 두고 다른 사람에게 갈 수 있겠어요. 그렇게 손가락을 자르더
라도 사랑하는 사람과 함께할 수 있다니 어머니는 그래도 행복
하신 거예요. 언젠가 내가 어머니에게 언제부터 아버지를 사랑했
느냐고 물었다. 어머니는 초례청에서 신랑의 얼굴을 훔쳐본 이후
부터라고 했다. 그때부터 온몸이 하늘을 나는 듯 붕 뜨고 입이 자

꾸 벌어져 어금니를 물고 입을 가리느라 애썼다 한다. 게다가 무남독녀 외딸로 시집가서 친정 생각에 눈물짓는 아내를 위해 시어머니께 간청하여 친정에서 부모를 모시고 살게 해주었던 속 깊고 사려 깊은 남편은 두고두고 뼛골 사무치게 고마웠다고 한다. 두 사람이 그렇게 떨어져 산 지 십육 년째였다. 그렇게 떨어져 살아도, 아들 없이 딸만 내리 다섯을 낳아도 첩은커녕 어머니 외에는 눈조차 돌리지 않는 아버지였다. 천생연분이었다. 나는 준서와 그렇게 살아낼 자신이 있었다. 그가 돌아오기만 한다면. 손가락을 잘라서라도 부모를 설득하거나 그도 아니면 아무도 찾지 못할 깊은 곳으로 가고 싶었다. 그가 없으니 생각만 저 홀로 간절하게 달려갈 뿐이었다.

그러나 열아홉 살의 여름은 가혹했다. 서울에서 내려온 어떤 이가, "대궐에서 널리 처녀들을 뽑아 올린다"는 말을 퍼뜨려 딸 가진 집에서는 노심초사하여 발을 동동 구르게 되었다. 폐주(廢主) 연산군 때 여색에 빠진 왕이 채홍사를 두어 전국 각지의 쓸 만한 처녀란 처녀는 다 뽑아 올려 딸 가진 부모들이 애를 먹었던 것을 모두들 기억했다. 자라에 놀란 가슴 솥뚜껑 보고 놀란다는 격으로 모두들 중신아비도 없이 사위 맞기에 광분하여 양반의 집에서도 육례를 다 갖추지 못하고 혼인을 서둘렀다. 일이 이쯤 되자 열아홉 살 과년한 딸을 둔 집안에서도 서두르지 않을 수가 없었다. 버텨 봤자 올가을을 넘기지 못할 것 같은 생각이 들어 가슴이 더욱 타들어갔다. 식구들이 모두 잠든 한밤중, 나는 샘가에서 맑은 물로 정화수를 떠놓고 천지신명께 빌기 시작했다. 하늘이시여, 천지신명이시여. 그를 보내주시옵소서. 그가 저의 배필이 되게 하여주소서. 그와 동심결을 맺어 약속한 백년가약을 지키게 해주시옵소서. 그렇지 않으면 저는 이제 무슨 수로 이 목숨을 견뎌야 합니까. 무슨 욕으로 다른 이를 받아들여야 합니까. 가혹하고도 가혹합니다. 저를 굽어 살펴주시옵소서. 그리고 부디 그를 굽어 살피옵소서.

기도는 밤마다 계속되었다. 기도 덕분인지 희망이 생기는 것 같았다. 어디선가 그가 한 걸음씩 나를 향해 다가오고 있는 것 같은 강렬한 확신이 들었다. 그렇게 기도를 하던 어느 달 밝은 밤, 기도를 끝내고 돌아서는데 어머니가 서 있었다. 두 모녀는 한동안 석상처럼 달빛 아래 말없이 서 있었다.

"인선아, 이것아……."

어머니는 떨리는 목소리로 딸의 이름을 부르고 뒷말을 잇지 못했다. 그리고 천천히 고개를 흔들었다. 어머니는 나를 가만히 끌어다 안았다. 나는 어머니의 품에 안겨 울었다.

"어머니도 아시잖아요, 예? 멀쩡한 손가락을 자르게 하고 죽음을 두려워하지 않게 하는 그게 무엇이란 걸 어머니도 아시잖아요. 전 어머니의 딸이에요."

어머니는 이제 짚이는 데가 있다는 듯 한숨을 쉬었다.

"가여운 것. 그 사랑은 잘못 떨어진 씨앗이야. 세종대왕 시절에

양민가의 여식인 가이와 그 집의 노비 부금의 사랑에 대해 들어보았느냐? 두 사람은 죽을 각오로 혼인했다. 양인 여자와 천인 남자의 혼인은 간통으로 간주해서 엄히 처벌했다. 원래 사형에 처해야 했으나 나라에서는 선처를 하여 가이를 왜인에게 강제로 시집보냈단다. 그런데 가이는 그 왜인을 살해하고 말았지. 결국 부금과 가이, 두 사람은 죽게 되었다. 나라의 법이 그러니 어쩌면 좋니. 이 나라는 아비가 천민이면 자식도 대대로 천민이다. 우리 가문이 어떤 가문이냐. 하물며 역적의 자식으로 낙인까지 찍혔으니……."

"아아, 그놈의 가문! 가문! 저라는 존재는 무엇이고 제 안에 든 이 마음은 무엇이지요? 사람으로 태어나서 가문 때문에 산목숨 죽은 듯 살라고요? 차라리 가문의 명예를 위해 제가 죽는 것을 원하세요?"

"그래도 다른 것은 몰라도 그것만은……."

어머니는 말을 잇지 못하고 고개만 저을 뿐이었다.

"어머니, 일편단심이 어떻게 변할 수 있지요?"

첫닭이 울 때까지 두 모녀는 부둥켜안고 울었다.

그래도 밤이면 나는 더욱더 기도에 매달렸다. 더 이상 매달릴 데가 없었다. 그러던 어느 날, 답답한 마음에 경포호수를 산책하고 집으로 들어서려는데 누군가 말을 붙여왔다. 삿갓을 깊게 눌러쓴 남자였다.

"혹시 인선 아씨십니까? 금강산에서 왔습니다."

내가 경계심을 풀지 않고 고개를 끄덕이자 그는 주위를 살피더니 집 뒤쪽 오죽 숲으로 갔다.

"정준서 도령의 부탁으로 서찰을 가져왔습니다."

나는 떨리는 손으로 서찰을 펼쳐 읽기 시작했다. 눈에 익은 준서의 필체였다. 그러나 글씨는 격한 감정 때문인지 몹시 흐트러져 있었고 눈물이 번져 있었다. 가슴이 뛰기 시작했다.

"오매불망 꿈에도 잊지 못할 낭자 보시오. 어언 삼 년이란 세월이 지났소. 그동안 심신 상하지 않고 잘 지내는지 궁금하오. 집안이 풍비박산이 되었다는 걸 금강산에 들어와 한참이 지난 후 알았소. 속세를 떠나 산에서 공부하며 때를 기다려 세상에 나가려고 애를 쓰는 사이 무심한 세월이 흘렀소. 하지만 그대를 그곳에 두고 금강산에 앉아 있는 나 또한 하루도 마음 편하지 못했소. 우리 사랑이 세상에서 가장 혹독한 벌을 내게 내리는 것 같았소. 그래도 그대만 옆에 있다면 그 어떤 고초도 참을 수 있을 것 같았소. 이번 여름에는 기어코 공부를 끝내고 그대에게 갈 요량으로 정진에 정진을 하였소. 그러나 이 무슨 하늘의 무심함인지. 이유를 알 수 없는 괴질이 몸을 갉아 시름시름 앓은 지 두 달째. 무슨 연유인지 이 몸은 지금 와병 중에 있소. 스승인 지한(至限) 선사께서 온갖 약초를 구해다 주시나 차도가 없소. 이제는 점차 온몸이 마비되어 팔조차 움직이기 쉽지 않소. 내 공부가 그리 깊지는 않으나 이제 때가 온 것을 알 것 같소. 인명은 재천이라 하오. 미물인 나도 그만

한 하늘의 낌새를 모르진 않소. 그러니 그대, 나를 용서하시오. 이 생에서 끝까지 그대와 한 아름다운 약속을 지키고 그대를 지켜주고 싶었으나 하늘이 원치 않는 것 같소. 이 찢어지는 마음을 병든 육신의 고통에 비하겠소. 그러니 그대, 내 목숨을 걸고 부탁하오니, 제발 나를 잊어주시오. 무덤에 묻듯이 나의 기억을 묻어주시오. 집착하면 안 되오. 이렇게 그대에게 멸집(滅執)을 말할 수밖에 없는 못난 이 몸을 제발 용서해주시오. 하늘의 뜻으로 받아들이길 바라오. '인간지사 천명 아닌 것이 없다. 그러니 그 올바른 천명을 순리로 받아들여야 한다. 오직 군자만이 그 올바른 천명을 순리로 받아들일 수 있다'는 맹자님 말씀을 새기길 바라오. 내 죽어서도 그대의 평강을 위해 기도하리다. 그리고 타고난 그대의 천품과 재능이 꽃필 수 있도록 저세상에 가서도 기도하리다. 그대는 내 생에서 사랑했던 오직 단 한 사람의 귀한 여인이었소."

사시나무 떨 듯 떨면서 편지를 읽은 내가 남자에게 겨우 입을 떼어 물었다.

"이분…… 강녕하신지요? 지금…… 어디 계시나요?"

남자는 아무 말이 없었다. 몹시 난처한 낯빛이 되더니 겨우 입을 뗐다.

"지난달 그믐날에…… 결국 숨을 거두었습니다."

대숲에 저녁 바람이 불어와 스스사사 스스사사…… 소리가 났다. 그 소리가 점점 멀어져 가물가물해졌다. 나는 힘없이 쓰러졌다.

*

　초여름 날의 청천벽력과 같은 소식을 듣고 나는 죽은 듯 앓았
다. 그러다 결국 마음 심지의 결기를 돋우었다. 그러기까지는 제
정신이 아니었다. 눈물 한 방울 나지 않았다. 애태운 삼 년 세월
뒤끝에 바스라진 재만 남은 듯 마음속에 황량한 바람만이 불었
다. 명주 끈을 들고 무작정 산속으로 들어가기를 서너 차례. 준서
와 함께 산수화를 그리던 곳. 그리고 엄나무 연리목이 있는 곳.
아, 그 나무를 바라보며 두 사람이 가슴 설레는 무언의 약속을 했
었던가. 그러나 이 생애에서는 이제 그와 함께할 수 없다. 그와
백년해로할 수 없다. 그러니 백년가약이 무슨 의미가 있는가. 약
속의 정표인 동심결도 그의 육신과 함께 묻혀버렸을까? 할 수 있
다면 손톱이 부러지고 손톱 밑이 까매지도록 미친 듯 파내어 불
태워버리고 싶다.

　그와 몇 번 왔었던 연리목 가지에 긴 명주 끈을 걸어놓고 목을
걸기 전에 그 올가미를 한참 바라보았다. 저 올가미에 목을 걸면
모든 게 끝이다. 아니, 그의 곁으로 갈 수 있다. 바람결에 오엽수
인 무성한 엄나무 잎이 사람 손처럼 손사래를 쳤다. 인연의 고리
같은 동그란 올가미 안으로 푸른 하늘이 보였다. 아아, 그는 저곳
에 있을까. 그 올가미 안에 준서의 얼굴이 보였다. 쌍그네를 탈 때
의 눈물 가득했던 그 얼굴. 그렇게 약속만 해놓고 허망하게 죽을

목숨이었다면 왜 내게 무거운 업만 지워놓고 떠났는가. 나는 눈을 꼭 감고 이를 물고 올가미에 목을 넣었다. 디디고 섰던 돌을 발로 차버리자 몸이 허공에 떴다. 하늘이 눈부시게 파랬다. 눈을 감았다. 목이 조여왔다. 숨이 막혀왔지만 몸은 점점 가벼워졌다. 저 멀리 푸른 바다가 보인다. 하얀 백사장 위로 준서가 말을 타고 달려오는 것이 보인다. 준서는 나를 가뿐하게 안아 제 앞에 태워 안았다. 말은 하늘을 나는 붕새처럼 거침없이 달렸다. 두루마리를 펼치듯 준서와 함께했던 나날들이 주르륵 펼쳐졌다. 어느새 말은 몇 년 전 함께 갔던 그 절벽 위에 멈췄다. 함께 죽자며 준서가 말을 몰아갔던 곳. 이 절벽을 뛰어넘어 저쪽 절벽으로 건너갈 수만 있다면 우리는 영원히 함께할 수 있소. 준서의 목소리가 귓가로 파고들었다. 나는 고개를 끄덕였다. 말이 솟구쳐 올랐다. 아아, 나는 이제 하늘에 도달하는 거야. 그런데 아악! 내 몸이 추락했다. 아니 되오. 아니 되오. 어디선가 염불 같은 소리가 귀를 파고들었다. 눈을 떴다. 저 높이 엄나무 가지에 묶었던 올가미가 풀어져 대롱거리고 있었다. 다섯 손가락 엄나무 오엽수가 마치 아니 되오, 아니 되오, 손사래를 치며 합창하고 있다. 소리가 나무에서 난 걸까? 나는 땅바닥에 그대로 한참을 누워 있었다. 바람결에 가지에 걸려 있던 하얀 명주 끈이 춤을 추며 내려와 내 얼굴에 사뿐 내려앉았다. 나는 이제는 풀어져 길게 늘어진 올가미를 눈앞에 가져다 보았다. 풀려버린 올가미. 그것은 어쩌면 하나의 암시처럼 여겨졌다. 갑자기 각혈 같은 통곡이 솟구쳤다.

　그래. 약속의 족쇄를 끊고 인연의 사슬을 끊자. 인생 일장춘몽이라 했지. 한바탕 나쁜 꿈을 꾼 거야. 이번 생을 어차피 목숨 끊어 하직 못 할 바에야 나머지 날을 새롭게, 새날을 열 듯 살자. 부모의 뜻을 받들자. 그게 뭐 어려운 일인가. 그래. 혼인, 할 수 있다. 사내에 대해 이제 더 이상 마음을 두는 일은 없을 것이다. 한 사내의 지어미로서의 삶, 개의치 않겠다. 아니, 여인으로서 살아내야 할 삶, 보란 듯이 잘 살아내겠다. 아내든 어머니든 며느리든 딸이든. 그게 우주의 원리고 이치라면 따르리라. 또한 하늘의 뜻이라면. 누구보다 완벽하게 살아내주리라. 하지만 내 마음을 거기에다 묶어두지는 않을 것이다. 누구든 내 마음을 함부로 할 수는 없다. 내 마음은 내 것이다. 나는 나, 내 마음의 주인은 나다. 온갖 생명 가진 존재들 중에서 인간만이 으뜸가는 지각을 가지고 있지 않은가. 나는 자유로울 것이다. 나는 결국 이 우주 안에 혼자이다. 그러니 이 우주 안에서 홀로 자유로이 노닐 것이다. 삶을 조롱하든 숭배하든.

　여름이 가기 전에 나는 어머니에게 혼인 의사를 말했다. 어머니는 내 손을 꼭 잡아주었다. 며칠 지나지 않아 매파가 들락거렸다. 한양에서 내려온 아버지 또한 혼처를 구해 왔다. 결국 세 군데 혼처가 물망에 올랐다.

　"네 생각은 어떠냐. 한 군데는 대대로 천석꾼 종갓집의 종부 자리다. 어렵고 힘든 자리긴 하다만……. 대종가 살림이 규모가 크지만 너 정도면 현명하게 덕을 쌓으며 잘할 것이다. 또 한 군데는 한양에서 대대로 당상관 벼슬을 지낸 경주 김씨 집안의 차남이다. 그런데 그 시아버지 되는 사람이 여색을 좋아하는 성미라 첩을 둘이나 갈았다는 뒷말이 들리는구나. 아버지가 그렇다고 아들이 반드시 그러리란 법은 없지만. 그거 빼고는 두루두루 좋은 자리다. 그리고 세번째는 여러 조건 가운데 좀 빠지는 면이 있는 자리긴 하다만…… 선대부터 벼슬을 해도 청렴결백하고 깨끗한 선비 집안이라 칭송받는 덕수(德水) 이씨 집안의 외아들이다. 고려 중랑장(中郎將) 돈수(敦守)로부터 헤아려 12대손인데, 다만 아버지를 일찍 여의고 홀어머니 밑에서 자랐다는구나. 그런데 그 홀어머니의 심성이 훌륭하다고 동네에 칭송이 자자하더구나. 신랑이 성격 좋고 효심도 깊다고 하는구나. 게다가 인물도 훌륭하다고 하더라. 당신 생각은 어떻소."

아버지는 어머니와 나에게 동시에 물었다.

"종갓집 맏며느리야 여자로서 그만한 살림을 꾸려내는 것이 힘은 들지만 보람도 느끼겠지요. 그러나 우리 인선이 너무 시댁 일에 묻혀 지치지 않을까요. 그리고 두번째는, 딸은 그 어미를 보고 아들은 그 아비를 보라 했는데 왠지 좀 그렇습니다. 벼슬이 높고 살 만하면 뭐합니까. 마음고생하는 자릴 거 같으면 보내기 싫습니다. 그리고 홀어머니에 외아들 자리. 그것도 쉬운 자리는 아닌데…… 다행히 그 모자가 심성이 어질고 좋다 하니 인선이 시집가면 좀 한갓진 데다 마음이 편하지 싶기도 합니다만…… 그래 그 집 살림살이는 어떻답니까?"

"아버지를 일찍 여의었다고 하니 풍족하기야 하겠소? 다만 우리가 아들이 없으니 아들 얻은 셈치고, 좀 돕고 하면 서로 의지하며 지내기는 부담이 없을 듯하긴 한데……. 그리고 그 시어머니 자리가 툭 트인 사람이라 그런지 우리 아이 재주 있다는 걸 알고는 마음만은 편하게 지내게 해주겠다고 하는구려. 참 고르기가 쉽지 않소. 그래 인선이 네 의향은 어떠냐?"

부모님은 아무래도 좀 만만한 집안을 골라 내가 자유롭게 지내길 원하는 것 같았다. 아들 같은 딸을 시댁에 빼앗기고 싶지 않은 것이다. 나는 셋 중에서라면 덕수 이씨 집안의 외아들이 끌렸다. 일단 시댁 식구들이 없으니 번잡하지 않을 테고, 재산 많고 벼슬 높은 집안보다는 마음이 편할 거 같았다. 어차피 내 재산도 내 벼슬도 아닌 바에야 시집가면 그 집안의 여종과 다를 바 없을 텐데…….

"저 또한 우리 인선이 마음 편히 재주도 펼치면서 사랑받고 살면 좋겠어요. 외로운 처지니 처가와도 잘 지낼 수 있을 테고. 무엇보다 심성이 제일이지요."

"당신도 그렇소? 나도 왠지 그쪽이 끌리는구려. 참 이상도 합니다. 좀 기운 듯도 한데……. 너는 어떠냐. 어디, 끌리는 데가 있느냐?"

"저는 부모님의 뜻을 따르겠어요. 시집을 가더라도 부모님과 영영 이별하지 않고 자주 찾아뵐 수 있으면 좋겠고, 틈틈이 제가 하고 싶은 일을 할 수 있는 여건이면 저야 불만이 없습니다."

혼처는 덕수 이씨 집안의 자제인 이원수(李元秀)로 정해졌다. 그 이후부터는 의혼, 납채, 연길, 납폐의 사례를 갖추어 혼인 절차가 일사천리로 진행될 것이었다. 겨울이 오기 전에 혼례를 치르려면 서둘러야 했다. 어느 처녀나 다 하는 혼인이지만, 나에겐 죽음이냐, 혼인이냐의 갈림길에서 한 선택이었다. 선택은 새로운 탄생을 의미한다. 나는 마음을 정리하기 위해 새벽에 일어나 글씨를 썼다. 또박또박 정성과 심혈을 기울여 해서나 전서를 썼다. 그리고 부지런히 어머니에게 옷 짓는 법과 음식 만드는 법을 배우고 틈틈이 수를 놓았다. 다행히 지난 삼 년간 잠 안 오는 밤에 자수를 한 덕에 혼숫감으로는 부족하지 않았다. 혼인을 앞두고 준비를 하고 있는 자신이 다른 사람처럼 여겨졌다. 신랑에 대해 별 궁금증이 일지도 않았다. 그리고 시댁에 들어가 새로운 관계를 맺고 살아야 할 일도 별로 두렵지 않았다. 그저 어떤 일이 닥쳐도 흔들림 없이 의연해질 수 있을 것 같은 묘한 자신감과 무심함이 있었다. 마음을 다 비워버린 덕분일까. 오랜만에 찾아온 잔잔한 수면 같은 마음이었다.

어느 날 어머니가 안방으로 불렀다.

"너도 이제 혼인하면 어른이다. 당호를 하나 가져도 됨 직하다.

혹시 본받고 싶은 사람이나 마음에 둔 당호가 있니?"

아닌 게 아니라 몇 년 전부터 마음속으로 지어놓은 게 있다. 그때 그 당호를 지을 때와 지금은 상황이 많이 달라졌지만.

"중국의 주나라 창건을 이룬 성군 문왕의 어머니 태임(太任)을 예전부터 마음으로 사사했지요. 태교를 중시해서 아기가 배 속에 있을 때부터 마음을 써서 교육했다고 하더군요. 결혼의 의미는 다른 것도 있지만, 새로운 생명을 만들고 그것에 대한 막중한 책임이란 생각이 들어요. 그분을 본받는다는 뜻에서 스승 사(師)를 넣어 사임당이라 지으면 어떨까 싶어요."

"오오, 그래. 사임당. 좋다. 이제부터 너는 사임당 신씨로 불리겠구나. 사임당, 너는 이제 네 자식의 스승뿐 아니라 세세손손 훌륭한 어머니들의 스승이 되거라."

*

어젯밤 드디어 모든 절차들이 순조롭게 진행되어 신랑 측에서 혼서와 혼수를 넣은 혼수함을 보냈다. 함에는 조촐하게 채단과 봉채를 넣고 혼서지를 넣었다. 채단으로 넣은 신랑과 신부를 상징하는 청단과 홍단은 청색 비단엔 홍색 실로, 홍색 비단엔 청색 실로 동심결을 지었다. 그것을 보자 뜨거운 눈물이 비단에 왈칵 쏟아질 것 같았다. 그와 마지막 날 두 사람의 머리칼을 잘라 동심결 흉내를 낸 적이 있다. 나는 얼른 두 눈을 깜박여 눈물을 수습했다. 어머니는 혼서지를 꺼내 내게 읽으라 했다. 한양에서 시어머니 홍씨가 써 보낸 것이었다.

"오곡백과 무르익는 천고마비의 계절에 옥체만강하온지요. 이번에 저의 독자(獨子)가 성장하여 하늘의 은혜로 댁의 귀한 따님을 아내로 삼게 되니 감사한 마음 넘치옵니다. 이제 옛사람의 예에 따라 삼가 납폐하는 예를 행하옵니다. 두루 갖추지 못한 점 있더라도 널리 살펴주시옵소서."

"잘 간직하거라. 이것으로써 네 혼인이 완전히 결정된 것이다. 너는 이제 이씨 집안의 사람이 된 거야. 무덤까지 갖고 가는 문서다. 여자는 이걸 관에 넣어 갖고 간다. 저승에 가서도 처녀 귀신이 아니라 평생 한 지아비만 섬기고 일부종사했다는 증거다."

관에까지 넣어 가는 문서. 평생 한 지아비만 섬기고 일부종사했다는 증거. 나는 그 한낱 종이의 위력에 조용히 미소 지었다. 어쨌거나 운명은 정해졌다. 잠자리에 누우니 아무리 결심을 하고 마음을 비웠어도, 아무리 쫓아내도 달려드는 참새 떼처럼 두서없는 생각이 밀려들어 심란했다. 의식은 참새 떼를 쫓아내고 싶은데 내 자신이 팔을 움직일 수 없는 허수아비 같다는 생각이 들었다. 밤새도록 잠을 이루지 못하다가 잠깐 눈을 붙였는데, 묘시 무렵에 잠을 깼다. 다행히 불길한 꿈은 꾸지 않았다.

이미 동이 텄다. 혼례 날이다. 집안의 심복인 만득이네뿐 아니라 대소가의 노비들이 일찍 모여 초례 준비를 하기 시작했다. 온 집안이 떠들썩했다. 밖에서 들려오는 소음이 아득하게 느껴졌다. 평생을 함께할 새로운 인연을 만나 예를 올리는 날. 준서의 생각이 엿가락처럼 머리에 들러붙었지만 나는 세차게 머리를 흔들어 생각을 떨쳐냈다. 그러자 갑자기 가연이 생각났다. 열다섯에 서울로 시집을 간 그 아이. 늘 먼 곳을 바라보며 꿈꾸는 듯했던 그 아이. 잘 살고 있을까. 이제 나도 서울로 시집가면 혹 가연일 만나볼 수 있을까. 서울은 아주 너른 곳이라 했는데……. 그리고 초롱은 지금 어디서 무엇을 하고 있을까. 들리는 풍문으로는 관아에서 물 긷는 수급비를 하다가 빼어난 자색 때문에 관기가 되었다고 하던데 믿을 수는 없었다. 차라리 관기가 되었다면……. 요염하고 새침한 모습으로 춤을 추던 초롱의 모습이 떠올랐다. 그 모든 생각을 떨쳐버리고자 얼른 자리를 털고 일어났다.

거폐스러운 신부 치장이 시작되었다. 목욕재계하고 곱게 머리를 빗어 또야머리를 틀고 쪽에 커다란 용잠(龍簪)을 꽂았다. 모은 쪽은 그동안 곱게 땋아 내렸던 예전 머리칼이건만, 이 빗질이 끝나면 이제 다시는 머리를 처녀 때처럼 길게 땋아 내리지는 못할 것이다. 댕기 물린 머리칼을 풀어 한 모숨 가위로 끊어내어 준서의 머리칼과 함께 동심결을 엮었던 머리칼이었다. 머리칼은 땅속에서도 썩지 않겠지만, 그는 세상을 떠나버렸다. 이제 남은 사람은 한마음으로 묶었던 매듭을 이생에서, 이 순간 끊어내야 하는 것이다. 얼굴엔 백분을 발랐다. 혹 눈가에 눈물이라도 스며 나와 번질까 봐 나는 눈에 힘을 주고 이를 꼭 물었다. 그리고 연지와 곤지를 찍었다. 노란색 삼회장저고리와 대란치마를 입었다. 금박이 박인 청색 스란치마 위에 홍색 스란치마를 겹쳐 입어 치맛단이 화려하고 풍성했다. 그리고 녹원삼을 입고 가슴에 봉띠를 둘렀다. 비녀를 꽂은 머리 위에는 칠보화관을 얹고 붉은색 앞댕기와 도투락댕기를 길게 늘어뜨렸다.

신부의 모습을 보자 하객으로 온 대소가의 친척들과 온 동네 사람들의 탄성과 감탄이 이어졌다. 오시(午時)경 기럭아비를 앞세운 신랑이 들어서서 어머니에게 기러기를 전하면서 전안례(奠雁禮)부터 식이 시작되었다. 신랑의 얼굴을 처음 본 것은 초례청에서 교배례를 올릴 때였다. 수모(手母)의 도움으로 신랑에게 두 번 절할 때 잠깐 살짝 일별하였다. 화려한 관복에 사모관대를 쓰고 목화신을 신은 신랑. 적당한 키에 적당한 외모. 흠잡을 데 없는 인상이었다. 누구라도 좋다고 생각했지만 신랑의 인상이 험악하지 않은 것만도 다행이라 여겨졌다. 뭐가 그리 좋은지 신랑은 연신 웃음을 참고 있었다. 입은 꾹 다물고 있었지만 눈에는 웃음기가 가득했다.

"세상에! 선남선녀가 따로 없네. 신랑도 준수하고 색시는 하늘에서 하강한 선녀네."

"어째 저리 잘 어울리냐. 천생연분이다."

"색시가 아깝지 않아?"

"그야 우리 강릉 색시 서울 신랑에게 빼앗기니 아까워서 죽겠지."

동네 사람들이 왁자하게 덕담을 하고 웃고 떠들었다. 드디어 신랑 신부가 술잔에 담긴 술과 표주박에 담긴 술을 마시는 합근례로 혼례 절차를 마쳤다. 무거운 머리와 거추장스런 옷차림 때문에 몸은 천근이고 정신이 하나도 없었다. 수모의 도움으로 꼭 두각시처럼 몸을 움직일 뿐이었다. 어린 시절부터 이날을 얼마나 꿈꾸고 상상했던가. 보름날 자시(子時)에 우물에 가서 두레박으로 물을 길어 올려 그 물을 보면 달빛에 미래의 신랑 얼굴을 볼 수 있다고 하였다. 인홍 언니와 밤에 몰래 나와 몇 번을 두레박질을 하였던가. 준서를 만나면서는 가슴이 에이면서도 그와 혼례를 올리는 상상을 하면서는 한편으로 얼마나 행복해했던가. 앞에 있는 이 남자는 나와 이생에서 부부 연으로 맺어지기 위해 어떤 전생을 거쳤을까. 이 남자와 나는 전생에서 어떤 사이였을까. 부부 연은 하늘이 낸다고 하지 않는가.

밤이 되어 신방에 들어 동뢰상(同牢床)을 앞에 두고 앉아 있으니 신랑이 들어왔다. 상 위에는 합환주와 옥잔이 놓여 있었다. 신랑이 내 옆에 앉는 통에 나비 촛대 위의 촛불이 꺼질 듯 일렁였다. 벽에 신랑 각시의 그림자가 너울거리며 춤을 추었다. 나는 그림자를 바라보았다. 저들은 누구인가. 아아, 저 그림자 각시가 나로구나.

실감이 나지 않았다. 신랑도 어색한지 조용히 헛기침을 몇 번 했다. 신랑이 옥잔에 술을 따랐다. 자신이 반 모금 마시더니 내게 그 잔을 주었다. 나는 입술만 살짝 축였다. 한동안 침묵이 이어졌다.

"사주단자를 통해 알았겠지만 신유(辛酉)생이며 이원수라고 하오. 오늘 처음으로 보는데도 나는 이상하게 낯설지가 않아요. 그게 신기합니다. 내가 참 복이 많은 사람 같소."

나는 그저 눈을 내리깔고 있었다. 불빛에 그의 손이 보였다. 사람의 손은 표정이 있다. 그의 손은 조심스레 망설이고 있었다. 얼굴을 볼 수 없어도 나는 첫날밤을 앞둔 스물두 살 남자의 불안과 기대를 읽을 수 있었다. 신랑의 숨소리가 살짝 거칠어졌다. 신랑이 다가와 풍성한 머리에서 비녀를 뽑아 살짝 내려놓았다. 그리고 조심스럽게 원삼 족두리를 벗겨냈다. 신랑의 몸에서 옅은 땀냄새가 났다. 오늘 하루 신랑도 고단했을 것이다. 이번에는 녹원삼을 벗기려고 다가오는 신랑의 손길을 내가 본능적으로 피했다. 신랑의 손이 놀라 주춤했다.

"벗겨도 되오?"

나는 고개를 돌려 촛대를 가리켰다. 언뜻 보니 신랑은 어색하게 웃고 있었다.

"불을……."

"끄란 말이오?"

내가 고개를 끄덕였다.

"난 싫은데."

예상외의 반응에 내가 고개를 들어 그를 쳐다보았다. 정말 싫은지 어린애처럼 골이 난 표정이었다. 내가 빤히 쳐다보자 그가 씩 웃었다.

"오늘은 달도 없는 날이란 말이오. 그림처럼 아름다운 내 각시를 자세히 보고 싶단 말이오."

혹시 재규 오라버니처럼 노가 난 난봉꾼일까? 은근히 걱정이 되기도 했다. 그러나 신랑의 웃는 얼굴에 엉큼한 구석은 보이지 않았다. 거침없는 성격인 걸까. 아니면 철이 없는 걸까.

"부끄럽소? 하긴…… 그러면 불을 끕시다. 첫날밤이라지만 이상하게 친밀한 감정이 들어 그랬던 거요. 하긴 오늘만 날이 아니지 않소. 우리에겐 함께할 밤이 새털처럼 많이 남아 있으니까."

그가 불을 껐다. 하나하나 옷이 벗겨져나가면서 비단이 부딪치며 내는 사르락 소리만 신방에 가득했다. 달도 없는 캄캄한 밤, 소리는 더욱 예민하게 귀를 간질였다. 그리고 신랑이 옷 벗는 소리, 동뢰상 물리는 소리, 마을의 개 짖는 소리, 침 넘기는 소리. 그 모든 소리들 후에 신랑의 손길이 몸에 닿았다. 온몸의 솜털과 땀구멍이 움찔움찔 놀랐으나 그대로 가만히 몸을 내맡기고 나는 눈을 감았다. 이상하게 떨리지는 않았다. 분명 꿈은 아니었다. 그러나 현실감도 없었다. 내 몸이 내 것 같지 않았다. 감은 눈 속에는 검은 장막이 걷히고 오월 단옷날의 푸른 하늘이 펼쳐졌다. 꽤 오랫동안 몸은 생경한 의식을 치러내느라 낯선 가운데 나의 뇌리는 단옷날 그네에서 바라보던 출렁이던 푸른 하늘만 가득했다. 신랑이 나의 몸 위에서 한참 뒤척이며 애를 쓰던 어느 순간, 낯선 고통이 급습했다. 순간 그네의 발판이 쩍 갈라졌다. 몸이 기우뚱했다. 눈물 가득한 준서의 얼굴이 보였다. 그런데 그 얼굴이 점점 작아져 하늘로 멀어져갔다. 그네에서 꼭 떨어질 것 같았다. 떨어지면 안 돼! 아아, 그넷줄을 놓치면 안 돼. 나는 도리질을 치며 신랑의 등을 꼭 끌어안았다.

　다음 날 묘시에 눈을 떴을 때 나는 요 위에 깔았던 눈처럼 흰 비단 수건 위에 한련화 꽃잎 같은 혈흔 몇 점을 보았다. 그리고 곁에 누운 낯선 한 남자의 평안히 잠든 얼굴도.

대관령은 벽이자 문이었다. 고향으로 가기 위해 넘
어야 할 벽이자 새로운 생을 여는 문이었다. 서울에
서 대관령을 생각할 때면, 가로막힌 벽 앞에서 울 듯
어머니를 사무치게 그리워했고, 서울로 가는 대관
령의 관문을 넘을 때마다는 내 옆에는 새로운 생명
이 하나씩 늘었다.

대관령

　점심으로 동해 바다에서 나온 싱싱한 명태로 탕을 끓여내느라 부엌에서 간을 보고 있는데 새신랑이 뛰어들어왔다.

　"쉬잇!"

　눈을 끔쩍끔쩍하더니 군불용으로 갈무리해둔 싸리나뭇단 뒤로 숨었다. 곧이어 막내 말희와 넷째 옥남이 뛰어들었다.

　"언니, 형부 못 봤어? 옹? 형부!"

　"형부가 분명 이리로 들어가신 거 같았는데."

　아궁이에 불을 지피고 있던 만득 어멈이 대신 말했다.

　"다른 데 가서 찾아봐요. 아무리 숨바꼭질이라지만 사내가 채신머리없이 부엌으로 숨어들라고요."

　"옹, 그래. 맞아. 사내가 부엌에 가면 뭐가 떨어진다고 어머니가 그랬잖아. 언니, 우리 광에 가보자."

말희의 말에 옥남이 고개를 끄덕이며 부엌을 나갔다. 잠시 후 싸리나뭇단 뒤에서 남편이 나왔다.

"고마워요, 만득네. 으음, 냄새 좋다. 무슨 탕이지? 색시! 한입 맛 좀 봅시다. 아아~."

탕 냄비 앞으로 다가온 남편이 나를 향해 입을 벌린다. 어째 이리 채신이 없을까. 나는 못 들은 척한다.

"아씨, 맛 좀 보여드리세요. 방금 어부가 잡은 명태랍니다. 동해 바다 명물이지요. 서울서는 이렇게 싱싱한 것 못 잡수실걸요."

만득 어멈이 재촉했다. 나는 하는 수 없이 국물을 숟가락에 떠서 그의 입으로 가져간다.

"뜨거워요. 데이지 않게 조심하세요."

간을 본 그가 기분 좋게 말했다.

"으음, 우리 색시 음식 솜씨 한번 기막히네. 만득네 우리 색시 못하는 게 도대체 뭐요?"

"생선이 싱싱해서 그렇지요."

내가 새침하게 말했다.

"우리 인선 아씨야 어디 흠 잡을 데가 있나요. 복덩이지요."

만득 어멈이 거들었다.

"그래, 복덩이지. 나 참 장가 잘 들었어."

그가 사랑스러워 죽겠다는 눈빛으로 나를 바라보며 볼을 만지려 했다. 내가 눈을 흘겨 쫓아 보냈다. 그가 나가자 내가 호오, 한숨을 쉬었다. 만득 어멈이 웃으며 말했다.

"아씨, 얼마나 좋아요. 서방님은 양반 같지 않아요. 아니, 제 말은 체면과 체통 때문에 에헴, 큰기침만 하는 양반과는 다르다고요. 다정하시잖아요. 꾸밈이 없으시고. 여자는 뭐니 뭐니 해도 사내가 다정하고 곰살맞으면 살맛이 나지요."

만득 어멈의 웃음에 공연히 얼굴이 뜨끈해졌다. 양반 같지 않다니. 말을 바꾸면 상놈처럼 채신머리없다는 말 아닌가? 혼례를 치른 지 며칠이나 되었다고 어린 처제들과 어울려 숨바꼭질을 하며 아녀자의 공간인 부엌으로 뛰어들질 않나. 장인과 장모 앞에서도 스스럼없이 응석 부리는 자식처럼 하고 싶은 말을 다 하지 않나. 색시가 사랑스러운 티를 눈치 없이 아무 데서나 내질 않나. 도대체 나이를 어디로 먹었단 말인가. 홀어머니에 외아들이라더니 응석받이에 본데없이 자란 걸까. 평생을 의지하고픈 남편이라기보다는 어디서 의붓 남동생 하나가 들어온 것 같았다. 그러나 그런 신랑이 아주 싫지는 않았다. 격식을 따지지 않으니 진솔하고 털털했으며, 신중하다고 할 수는 없었지만 대신 음흉하지 않았으며, 무엇보다 천성이 밝고 어질고 따스한 사람 같았다. 참으로 다행하다 싶었다. 남자로서보다는 사람으로서 그가 아주 싫지는 않았다.

"나 정말 오래 외로웠었다오. 가난한 살림에 어머니는 생계 때

문에 늘 바쁘셨고 형제도 없이 혼자 지냈으니. 그런데 당신처럼
좋은 아내를 얻고 덤으로 귀여운 처제들까지, 장인 장모님은 어
찌 그리 후덕하신 분들인지 내가 전생에 큰 덕을 쌓았었나 봐. 게
다가 처가가 서울에서 멀긴 하지만 산과 호수, 바다가 어우러진
이렇게 멋진 곳일 줄이야. 대관령이 험해도 닳도록 자주 오고 싶
소. 처갓집 말뚝에 절이라도 하고 싶은 이내 마음 알겠소?"

그는 정말 행복해했다. 그의 그런 얼굴을 보고 있으면 그에게
품었던 불만이 일시적으로는 해소되었다. 낙천적인 그의 성격이
나까지 물들이는 걸까. 그저 종당엔 얼굴을 보며 함께 웃게 된다.

점심상을 차려 내가자 그는 동생들과 숨바꼭질을 해서 의관이
흐트러진 모습으로 상 앞으로 다가왔다. 그리고 체면치레도 없이
후룩후룩 소리까지 내가며 맛나게 그릇을 비웠다. 그 모습을 보
자 어머니가 말했다.

"우리 이 서방, 성격도 그리 좋은데 식성도 좋지. 자고로 식성
좋은 사람치고 까탈스런 사람은 없느니라."

"어머님, 귀엽게 봐주셔서 고맙습니다. 혹시 저 욕하시는 건 아
니지요, 하하. 저는 원래 곧이곧대로 듣습니다."

"아이고! 아닐세. 우리 이 서방 성격 좋고 붙임성 있고. 새신랑
이 공연히 무게만 잡으면 우리도 불편해. 우리는 자네를 아들처
럼 생각한다네."

아버지도 그에게는 그저 너그럽게 대했다. 딸자식에게는 엄하

252

게 대하던 부모들이 사위에게는 이렇게 너그럽다니. 딸 가진 죄인이라더니.

점심상을 치우고 방으로 들어가니 남편이 아침에 내가 쓰다 만 초서를 들여다보고 있다.

"아, 대단하오. 글씨가 아니라 용과 뱀이 어울려 춤을 추는 것 같아. 아니, 말로만 듣던 용이 승천하는 것 같아. 글씨가 막 살아 꿈틀거리네. 이렇게 초서를 쓰려면 얼마나 내공이 깊어야 하나. 이게 무슨 내용이오? 내 참, 초서는 알아보기가 쉽지 않단 말이야."

"내공은요. 아직도 멀었어요. 초서를 쓰기 시작한 건 얼마 되지 않았어요. 일필휘지로 단번에 온 기운을 다 쏟아내면서도 물 흐르듯 자유로워야 하는데 아직 모든 게 달려요. 흉내만 내는 단계지요. 그리고 이건 이태백의 시를 써본 겁니다."

"그림도 그렇게 잘 그린다면서? 어디 한번 구경시켜주오."

그가 졸랐다. 나는 마지못해 그림들을 펼쳤다. 초충도와 화조도, 산수화가 다양하게 나왔다.

"아아, 재주가 신묘해. 꽃들이 눈앞에 피어 있는 것 같소. 아이고, 따가워!"

그가 팔뚝을 긁었다.

"아니, 왜요?"

"원추리꽃에 있는 저 벌한테 쏘였어. 벌이 살아 있잖아."

새신랑의 장난에 나도 모르게 그의 팔뚝을 때렸다. 그가 크게

웃으며 나를 끌어안았다. 만득 어멈의 말대로 이런 게 행복이라
는 걸까. 나는 신랑에게 안겨 있으면서 생각했다. 새신랑은 새색
시를 끌어안고 어디를 못 나가게 했다. 그러나 새색시는 새신랑
과 함께 있는 것이 못내 어색했다. 그런 신랑에게 경포호수로 산
책을 나가자고 했다. 며칠 그와 붙어 있으니 가슴이 답답했다. 물
에 나가 물새라도 구경했으면 싶었다.

상강도 지나 날이 많이 찼다. 경포호수 물은 잔잔했다. 이 경포
호수도 이제 자주 못 보겠구나. 이제 얼마 있다가 신행을 가게 되
면 서울 시댁에 가서 살아야 하니. 얼마나 자주 올 수 있을까. 구
백 리 길. 굽이굽이 대관령은 또 어찌 넘고.

"무슨 생각을 하지?"

남편이 다정하게 물었다.

"태어나 열아홉 해를 산 이곳을 떠날 생각을 하니⋯⋯."

"나와 함께 자주 오면 되지. 가서 뵈면 알겠지만, 우리 어머니
참 좋은 분이오. 당신의 재주가 그렇게 뛰어나니 어머니께 잘 말
씀드려서 재주를 접지 않게 할 거요. 그 손으로 밥하고 빨래하고
하는 것보다 그림 그리고 글씨 쓰는 게 더 어울릴 듯싶소. 어머니
하시는 일이야 이모님이 도와주시고, 집안일이야 식구도 없는데
뭐가 있겠소. 당신은 나와 함께 즐겁게 살기만 하면 되지. 재주를
썩히게 하진 않을 거요. 내 그것 하나는 약속하지. 나 솔직히 당신
보다 글공부도 못했고 재주도 없소. 하지만 잘난 사내들이 여편

254

네 찍어 누르는 그런 짓은 하지 않을 거요. 그게 다 못난 짓이지. 배울 바가 많으면 남녀 차별이 뭐요. 배워야지. 아, 나도 깨달은 바가 있는데 당신에게 부끄럽지 않은 짝이 되어야겠다는 거요. 글공부도 다시 시작해볼까 생각 중이오."

"과거를 보시렵니까?"

"그래야겠지. 가세 때문에 그동안 공부에만 매진할 수 없었다면 핑계인지 모르겠소. 그러나 큰 기대는 하지 않소. 나는 과거만이 살길이다 하는 양반의 길이 좀 답답하오. 당신이 현명하니 차차 우리 앞길을 의논해봅시다."

솔직하고 겸손하게 말해주는 남편이 한편으로 고마웠다. 그가 옆으로 와서 손을 꼭 잡아주었다. 몇 번인가 남의 눈을 피해서 준서와 어스름 녘에 이곳을 산책한 적이 있었지. 그곳을 남편이란 낯선 남자와 함께 걷게 되다니. 몸을 맞대고 살을 섞어도 마음은 좀처럼 열리지 않았다. 아직 길들지 않은 새 은장도 칼집처럼 뻑뻑하니 잘 열리지 않았다. 마음이란 것도 시간을 두고 길들기 마련이겠지. 호수는 변함없지만, 철새가 떠나듯 준서는 떠나고 없다. 철새는 봄이면 다시 온다고 하지만, 그는 돌아오지 못한다. 남편을 옆에 두고 죽은 준서를 떠올리는 내 자신이 용렬하게 느껴졌다.

신행을 갈 날이 다가왔다. 어머니는 너도 이제 가고 아버지도 떠나고 나면 허전해서 어찌하느냐고 한숨을 쉬었다. 날이 다가올수록 나도 훌쩍 떠나고 싶지 않았다. 그가 처가에서 살면 안 되는 것일까. 그런데 아버지가 사위를 사랑으로 불렀다. 무언가 긴히 할 이야기가 있는 것 같았다. 잠시 후 아버지는 어머니와 나를 불렀다.

"내 오늘 우리 사위에게 부탁을 한 가지 했네. 신행을 좀 늦추어달라고. 나도 며칠 있으면 한양으로 가야 하는데, 이 두 사람마저 훌쩍 떠나면 네 어머니가 도무지 허전하고 섭섭할 거 같아서 말이지. 한 반년만 늦춰달라 했네. 그동안 이실(李室)이 너는 음식이며 옷 짓는 법이며 살림을 더 배우도록 해라. 말이야 바른말이지, 여자가 아무리 재주가 많아도 살림은 살아야지. 『내훈』에 보면 여자가 지켜야 할 네 가지 행실이 있다고 하던데 그게 뭐더냐? 말해보거라."

나는 아버지의 의중을 알아차리고 대답한다.

"부덕(婦德), 부언(婦言), 부용(婦容), 부공(婦功)입니다. 부덕이란, 재주나 총명함보다 더 중요한 게 맑고 조용하고 바르게 처신하며 절개를 지키고 모든 일에 다소곳한 태도를 보여야 한다는 것입니다. 부언이란 여자는 세 치 혀를 조심해야 하고 입단속을 잘해야 한다는 거지요. 부용이란 얼굴을 예쁘게 꾸미라는 게 아니라 자주 목욕하며 씻어서 깨끗하고 청결해야 하는 것이고, 부공이란 게으름 피우지 말고 부지런히 집안 살림을 잘해야 하는 것입니다."

"것 봐라. 부공! 아무렴, 여자는 살림을 잘해야지. 몇 년도 아니고 몇 달이니 그새를 못 참겠는가. 나는 말일세, 벌써 십육 년이나 떨어져 살고 있다네. 자네 장모가 알다시피 무남독녀 외딸 아닌가. 시집와서 친정 부모 걱정으로 눈물 흘리며 애를 태우는데 내 맘이 편해야 말이지. 친정 부모도 부모 아닌가. 그리고 효도에 딸 아들이 어디 있나. 내 자네가 독자니 그렇게까지야 못 하지, 암. 그러나 우리 아이도 우리 집에서는 아들이나 마찬가질세. 부부가 떨어져 있는 시간도 나쁘지만은 않네. 부부의 정이란 게 무언가. 서로 상대를 편안하게 해주는 데서 더욱 크는 거란 말일세. 나는 오히려 떨어져 사는 동안 학문의 참맛을 알게 되었네. 어떻게…… 그리하겠는가?"

이미 이야기는 끝났고 아버지는 어머니와 내게 남편이 확답하는 걸 보여주고 싶었나 보다. 남편은 어쩔 수 없이 얼굴에 홍조를 띤 채로 머리를 조아렸다.

"예, 그렇게 하겠습니다. 그래서 안사람이 마음이 편하다면 저도 좋습니다."

"아이고, 우리 사위 고맙네."

어머니가 사위의 손을 덜컥 잡았다.

"그럼 며칠 있다 아예 나와 함께 떠나세. 길벗도 되고 적적치 않을 테니."

"이실아, 이 서방 갈 때 기다리실 사부인에게 네가 간곡히 곡절을 말씀드리고 양해를 구하는 서간을 써서 넣어주거라."

*

　장인과 사위는 사이좋게 대관령을 넘어 한양으로 떠났다. 남편
은 떠나기 전날 밤까지 약간 골이 난 듯 부어 있었지만, 아침이 되
자 금세 속을 털고 환하게 웃었다. 오히려 내가 미안하고 마음이
무거웠다. 친정 부모님의 청이 과하지는 않을까. 시댁을 뭐로 보
느냐며 시어머니가 화를 내지는 않을까. 그러나 남편은 걱정 말
라며 오히려 혼자 있을 나를 걱정했다. 대굴대굴 대관령을 넘어
쉬지 않고 꼬박 아흐레가 걸린다는 한양길. 함께 떠나지 못한 나
는 허락받은 반년을 보람차게 보내야겠다고 생각했다. 반년 후면
이제 싫으나 좋으나 약속한 대로 대관령을 넘어야 한다. 그 고개
를 넘으면 새로운 인생이 펼쳐진다. 나는 시한부 여섯 달이 내가
새로 탄생하기 위한 태내 생활이라 생각하기로 했다. 나는 다시
태어난다. 열아홉 해의 삶을 여기서 끊는다.
　아무리 시어머니가 좋은 분이라 해도 마음껏 그림이나 글씨를
쓸 수는 없을 터. 나는 욕심을 부려 그림과 글씨 연습을 했다. 혼
인을 한 몸이라고는 하지만, 처녀 때와 달라진 점은 없었다. 아직
정이 들지 않은 남편이 떠나고 나니 오래 안 보면 잊힐 수도 있겠
다 싶었다. 대신 적막한 시간에는 잠가둔 마음자리에 준서의 생
각이 차올랐다. 그럴 때마다 쪽머리에 손을 대고 옥비녀를 만져
보았다. 나는 이원수의 아내다. 그렇게 뇌까렸다. 그리고 천천히

먹을 갈았다. 그러면 체념 비슷한 평화가 찾아왔다. 그윽한 묵향을 맡으면 코끝이 시큰해졌다. 그래도 남들과 달리 이런 재주가 있어 풀 수 있는 게 얼마나 큰 축복인가. 힘들면 이렇게 나만의 세계로 숨을 곳이 있다는 게 얼마나 큰 행운인가.

틈틈이 살림을 익혔다. 어머니는 반년이란 기간 동안, 딸을 떠나보내는 마음의 준비를 할 것이다. 반년 후 대관령을 넘기까지……. 그러나 내게 대관령을 넘어야 할 일이 예상보다 빨리 닥쳤다. 동짓달의 몹시 추운 날, 아버지가 서울 본가에서 타계했다는 비보가 날아들었다. 이미 숨을 거둔 것은 동짓달 초이레며 장사까지 다 지내고 나서였다. 어머니와 머리를 풀어 곡을 하면서도 도무지 믿어지지 않았다. 두 달 전에 사위와 함께 웃으며 대관령을 향해 떠났던 아버지. 그 대관령을 어머니와 자매들 그리고 어머니 이씨의 외사촌 동생 최수몽이 동행해주었다. 날은 춥고, 슬픔에 젖은 모녀가 넘는 대관령은 그 산굽이만큼 시름겨웠다. 굽이치는 고개는 누운 황소들의 잔등처럼 아득히 이어졌다. 저녁 이내가 내리면 수묵화의 농담처럼 가까운 산과 먼 산이 아련히 겹으로 보였다. 그러나 초겨울 산행은 몸과 마음을 시리게 했다. 옷 벗은 나무들도 쓸쓸했고 산짐승도 우려되었다. 몇 해 전에 늑대에 놀랐던 나는 낙엽이 바스락대는 소리에도 자주 놀랐다. 십육 년 동안 수시로 이 험한 고개를 넘나들었던 아버지의 고충이 가슴 아프게 느껴졌다. 아버지는 이 고개를 넘으며 무슨 생각을 했을까. 대관령을 사이에 두고 철새처럼 오고 갔던 아버지. 오시는 걸음은 바쁘시고 가시는 걸음은 맥이 빠지셨을까. 평생 사랑하는 식솔들과 함께 살지 못했던 한 사내의 한이 느껴졌다. 그러나 마음을 강하게 먹어야 했다. 슬픔으로 시름에 겨운 어머니를 지켜야 했다.

일행이 한양 땅에 도착했을 때는 발인은 물론 삼우제까지 끝낸 뒤였다. 우리 부부는 그곳에서 재회했다. 그가 한양에 있어서 사위로서의 예를 갖춘 것이 무엇보다 다행이며 고마웠다. 궤연 앞에서 곡을 마치고 그를 따라 아버지의 묘로 갔다. 봉분 앞에서 임종을 지키지 못했던 식구들이 목을 놓아 울었다. 어머니는 남편을 곁에 모시지 못하고 홀로 떠나보낸 게 한이 되었다.

"아이고, 아이고. 이 몸, 평생을 살갑게 받들지도 못하고 그 험한 대관령길 마다 않고 오셨는데 정작 가시는 길은 이렇게 외롭게 보내드리다니……. 용서하세요. 아이고 아이고, 내가 죄가 많다. 죄가 많아."

아버지의 묘를 보고 어머니의 애끓는 통곡 소리를 들으니 아버지의 죽음이 실감 났다. 먼 길 오시면서 그 귀한 화첩과 화구를 봇짐에 늘 챙겨 오시던 아버지. 딸자식도 아들처럼 믿고 존중해주시던 아버지. 무엇보다 여자에게 과한 재주를 우려하던 여느 양반들과 달리 내 재주를 금쪽같이 귀히 여겨주시던 아버지. 모계의 입김이 강한 처가에서 온화한 성품으로 여인들을 존중하며 사랑했던 아버지. 무엇보다 어머니가 목숨을 걸고 사랑했던 지아비. 그리고 하늘 아래 둘도 없는 내 아버지. 나도 목을 놓아 뜨거운 울음을 토해냈다.

며칠 후 일행은 아버지의 신위를 모시고 한양을 떠나서 왔던 길을 되돌아 강릉으로 돌아왔다.

내 밭에 씨가 뿌려지고 그 씨를 품어 보듬어 키워내고……. 나는 한 그루 가지며 오이며 호박이니, 내가 저 밭의 열매며 꽃을 어찌 내 몸처럼 귀하게 여기지 않을 수 있을까. 나는 밭이고 땅이다. 내게서 생명이 잉태되어 자라듯 내 화폭 또한 이 세상 모든 미물들의 밭이다.

파종

반년만 친정에 머물다 가겠다는 약속이 아버지의 삼년상 때문에 늦어졌다. 덕분에 혼인은 했으나 나는 자유로운 몸으로 친정에 오래 머물게 되었다. 아버지를 잃고 나서 어머니는 한때 삶의 의욕을 잃은 듯 보였다. 그러나 신행도 미루고 지극정성으로 곁에서 위로하는 딸 덕분에 어머니는 심신을 빨리 추스를 수 있었다. 시간이 흐르자 나도 슬픔에서 빠져나와 평화로운 일상으로 돌아왔다. 그도 그럴 것이 혼자만의 고즈넉한 시간에 서화에 푹 빠질 수 있었기 때문이다. 나는 붓을 잡는 그 시간이 행복했다. 사내의 사랑도 부모에 대한 정도 종당엔 변화하기 마련. 우주의 모든 것은 사계절처럼 변하고, 어차피 모든 존재는 홀로인 것이다. 홀로 우주를 사는 것이다. 붓은 홀로 우주를 주유할 수 있게 하는 날렵한

한 필의 말이었다. 나는 내게 붓을 쥐어준 아버지에게 깊이 고마워했다. 그리고 준서에게도. 아직 애달픈 그리움과 체념이 마음을 쓸쓸하게 흔들었다. 그러나 오히려 그 쓸쓸함 덕분에 먹을 갈곤 했으니 말이다. 내가 붓을 잡고 앉아 있는 그 시간에는 어머니도 동생들도 방해하지 않는 게 집안의 불문율로 되어 있었다.

나는 집 안에 꽃을 가꾸고 채소를 심었다. 채소는 반찬거리도 되었지만 오히려 꽃보다도 더 귀한 것이었다. 그것들은 또 작품의 소재가 되었다. 아름다운 꽃보다도 나는 가지나 오이, 수박 같은 열매채소와 그것을 탐하는 벌, 나비, 벌레들을 주로 그렸다. 아버지가 구해 온 화첩에도 사실 그런 그림은 별로 없었다. 그것은 나만이 그릴 수 있는 그림들이었다. 남자 화가들은 주로 산수화를 그렸다. 하지만 나는 내 곁에 있는 그런 친숙한 소재들이 좋았다. 그런 작은 소재에도 얼마든지 자연의 이치나 삶의 이야기들이 있었다. 그리고 생명의 오묘함이 느껴졌다. 우주 만물의 생명이 자세히 들여다보면 모두가 눈물 나게 어여뻤다.

남편이 가을에 다녀가고 나서 찬바람이 불 무렵, 나는 내 몸이 예전 같지 않음을 느꼈다. 아침에 눈을 뜨면 몸이 천근만근이고 만사가 귀찮아졌다. 늘 촌음을 아껴 정진하고자 애를 쓰며 작품에 몰두하지만 이상하게 붓을 쥔 손이 나른해지고 자꾸 졸음이 왔다. 구수하던 된장국 냄새가 역겹고 그렇게 좋아하던 오징어젓갈 냄새만 맡으면 코를 싸쥐고 토할 것 같았다. 그러고 보니 두 달째 몸엣것을 보지 못했다. 설마……? 어느 날 나는 몸의 이상을 이해하게 되었다.

낌새를 눈치챈 어머니는 오랜만에 기쁜 낯빛이 되었다.

"그래, 태기가 있구나. 에미를 닮았으면 입덧이 심하겠구나. 아이고, 징그러워. 입덧 생각만 하면. 딸 다섯을 해산한 산고는 입덧에 비하면 약과다. 태동할 때까지 산송장으로 누워 있었느니라. 여자는 아기를 낳아보아야 제 어미를 이해하지. 너 이제부터 너무 과로하지 말아라. 그림 그리고 수놓고 글씨 쓰고 하는 것도 좀 줄여. 쪼그리고 오래 앉아 있으면 좋지 않아. 힘들면 쉬고 잠도 마음껏 퍼질러 자고 하려무나. 여기 못된 시어머니가 있니, 미운 시누이가 있니. 그나저나 첫아들을 쑥 낳아야 사부인께도 낯이 설 텐데. 며느리를 친정에서 차지하고 면목이 없잖으냐. 뭐 혹시 먹고 싶은 것 있느냐?"

"생오이를 한입 베어 먹으면 당장 속이 다 가라앉을 거 같아요."

"딱해라. 이 동지섣달에 오이가 어디 있니. 마침 오이지도 다 떨어졌네. 시큼한 건 안 먹고 싶니?"

"앵두요. 빨간 앵두를 실컷 좀 따 먹어봤으면 좋겠어요."

"우물에서 숭늉을 찾아라."

어머니가 웃었다.

"아아, 빨리 봄이 왔으면. 봄에 우물에 가면 앵두가 지천인데."

봄이면 닥지닥지 가지마다 앵두를 달고 있는 우물 옆 앵두나무 생각이 났다. 그러자 갑자기 아홉 살 때 검은 대나무 우듬지에 걸렸던 준서의 까치연이 없어져 서운하던 날의 앵두나무가 그림처럼 선명하게 떠올랐다. 그날…… 파란 하늘에 늘 걸려 있던 그 아이의 까치연은 사라지고 앵두나무만이 오지게 앵두를 달고 있었지. 아아, 이런 기억은 어디에 숨어 있다 한순간 튀어나오는 걸까. 그러자 처음 만났을 때의 준서 얼굴도 떠올랐다. 열한 살, 한창 젖니를 갈고 있던 해맑은 얼굴의 어린 준서……. 가슴 한끝이 싸해졌다. 이제는 이 세상에서 볼 수 없는 사람. 이쯤 되면 잊혀야 되는 거 아닌가? 기억은 늙지도 않나? 기억은 시와 때를 가리지 않고 불쑥 찾아오는 불청객이다.

"이제부터 태교에 힘써야 한다. 단정하며 정성스럽게 생각하고 처신해야 한다. 눈으로는 악한 빛을 보지 말고, 귀로는 음란한 소리를 듣지 말고, 입으로는 거만한 말을 하지 말거라. 잠잘 때도 옆으로 눕지 말고, 앉아도 한쪽 모서리에 앉지 말며, 서도 비스듬히 서지 말고, 나쁜 음식, 해괴한 것은 입에 대지 말아야 한다."

그 심한 입덧을 겪게 되니 어머니가 더욱 애틋했다. 아아, 어머니는 이렇게 입덧을 앓으며 우리 다섯 딸을 낳았구나. 딸이라고 아들보다 입덧이 덜하지 않았으련만 그렇게 힘들게 배 속에서 키우고 낳고 나서도 딸이라고 얼마나 속상했을까. 친정에 있을 동안만이라도 지극히 위해드리고 사랑해드려야지. 여자는 아기를 가져야 어머니를 이해할 수 있다는 말은 참말이구나.

추운 겨울 내내 입덧은 가라앉지 않았다. 바깥바람을 쐬지 못하고 방 안에만 있으려니 더욱 답답했다. 그러나 날씨가 풀리기 시작하자 서서히 입덧도 가라앉았다. 그러면서 박이 크듯 조금씩 배가 부풀어 올랐다. 변화하는 자신의 몸이 신기했다. 입춘이 지나고 완연히 봄기운이 무르익자 나는 지난해 갈무리해두었던 꽃과 채소의 씨를 마당에 뿌렸다. 이제는 꽃과 채소가 예사로 보이지 않을 것 같았다. 내 몸도 꽃과 채소와 다를 바가 없구나. 이게 우주의 법칙이고 섭리구나. 이 몸 안에 씨앗이 떨어져 작은 생명이 자라고 있다. 내 몸도 가지처럼 오이처럼 박처럼 열매를 맺게 되는 거야. 나는 우주의 조화가 이루어지고 있는 나의 배를 쓸어보며 여자로서 기꺼운 감동에 젖어들곤 했다.

음력 삼월이 되어 봄기운이 완연해진 어느 날, 서울에서 남편이 왔다. 그는 아내의 임신 소식에 싱글벙글 웃으며 반가워했다. 손자를 기다리는 서울 시어머니에게 좋은 선물이 될 거라며 기뻐했다. 남편이 온 다음 날은 처음으로 미세한 태동을 느꼈다. 언뜻 배 속에서 무언가 꼬물거리는 느낌이 예사롭지 않았다. 아이로부터의 첫 기별은 머리칼이 쭈뼛 서도록 감동스러웠다. 오오, 그래. 아가야, 너로구나. 너 정말 거기에 살아 있구나. 남편도 신기해서 틈만 나면 내 배를 만지려 했다. 이제 아버지가 될 텐데, 좀 듬직해져야 할 텐데…….

남편은 말로는 본가에서 어머니를 모시고 열심히 글공부를 했다고 하는데 믿을 수가 없었다. 『맹자』를 읽고 있다고 하기에 『맹자』에 나오는 사단(四端)에 대해 물으니 엉뚱한 소리만 늘어놓았다. 자기도 체면이 있으니 안 읽어도 읽은 척하는 게 분명했다. 착한 사람이지만 학식과 경륜이 짧아 대화가 깊지 못한 것이 늘 답답했다. 얼굴을 마주 보면 할 말이 없었다. 열여섯에 사서삼경을 통달했으나 과거를 포기한 준서. 그와 함께 살았다면 얼마나 풍부한 이야기를 나눌 수 있었을까.

마당에서 싹들이 올라왔다. 너무 배게 싹이 나서 솎아주면서 나는 마치 아기한테라도 말하듯 다정하게 말했다. 얘들아, 무럭무럭 잘 커서 튼실한 열매 주렁주렁 맺거라. 배 속의 아기 또한 한식이 지나자 점점 움직임이 활발해졌다. 주먹으로 콩콩 치기도 하고 발을 뻗어 쭈욱 차기도 했다. 나는 아기에게 하루에 한 구절씩 책에서 뽑아 읽고 들려주기로 했다.

아버님께서 내 몸을 세상에 낳으시고 (父生我身)
어머님께서 내 몸을 기르셨도다. (母鞠吾身)

어머님의 배로써 나를 품어주시고 (腹以懷我)
젖으로써 나를 먹여 기르셨도다. (乳以哺我)

옷을 입힘으로써 나를 따뜻하게 하시고 (以衣溫我)

270

밥을 먹임으로써 나를 배부르게 하셨도다. (以食飽我)

높은 은혜가 하늘과 같고 (恩高如天)
두터운 덕이 땅과 같도다. (德厚似地)

어릴 때 무조건 외웠던 『사자소학』의 구절도 부모의 처지가 되
니 뼛속 깊이 이해되었다. 오월 단오도 지나고 몸이 안정 상태가
되자 어머니가 남편과 나를 함께 불렀다.

"첫애라 친정에서 낳으면 좋긴 하겠지만, 피치 못하게 우리가
너무 이실을 끼고 있었네. 여기서 해산을 하게 되면 차후에 어린
것을 데리고 한양길을 가기란 더 어려울 걸세. 본가 어머니가 많
이 기다리실 테니 신행할 채비를 하는 게 좋겠네. 입덧도 끝나고
만삭도 아니니 지금이 움직거리기 그나마 제일 좋을 때네. 내가
외가에 얘기해서 사인교를 준비해놓겠다. 교전비(轎前婢)로는 외
당숙네 집 행랑어멈 딸 삼월이가 올해 열세 살이니 애보개로도
맞춤하고 집안일도 좀 거들 수 있을 게다. 어릴 때부터 널 따랐잖
니? 따라가고 싶어 하니 거두어라."

남편이 그 말을 기다려왔다는 듯이 말했다.

"감사합니다. 사실 본가 어머니께서 말씀은 안 하셔도 하루 속
히 보고 싶어 하십니다."

나도 부푸는 배를 보며 어디서 아이를 낳아야 하나, 남편과 어

머니의 눈치를 살폈다. 정혼(定婚)한 셋째, 열여덟 살 인남의 혼사까지 보고 아이까지 낳고 내년 봄쯤에 가면 어떨까 속으로만 생각하고 있었다.

"저 떠나면 올가을에 인남이의 혼사는 어떻게 하시고요. 큰일 닥치면, 혼자서 괜찮으시겠어요?"

"나도 이제 적응을 해야지 어쩌겠니. 외가가 번족하니 걱정 말아라. 더위 닥치기 전에 떠나거라. 교꾼들과 삼월이가 따라가긴 하지만 이 서방 자네가 각별히 잘 보살펴야 하네."

"여부가 있나요? 이 사람 한 몸에 제 식구가 둘인데요."

친정을 떠나는 날, 나는 동생들에게 일일이 어머니와 집안일을 다시 한 번 부탁하고 어머니에게 큰절을 올렸다. 언제 또 뵐 수 있을까. 속 깊고 음전한 나의 어머니. 엄하되 꾸짖지 않고 손수 몸으로 교훈을 보여주었던 어머니. 준서와 이루지 못한 사랑에 함께 울어주었던 어머니. 어머니는 딸의 비밀을 함께 품어주었다. 삶의 동반자이자 의지처였다.

드디어 내가 가마에 오르자 일행은 출발했다. 정든 친정집 마을의 동구를 지나 경포호수를 지나 대관령에 올랐다. 지난번 아버지 상을 당해 슬픔 속에 오르던 대관령이 아니다. 신록이 왕성하고 춥지도 덥지도 않은 좋은 절기였다. 고개를 오르자 흔들리는 가마 속에서 저 멀리 햇빛에 반짝이는 푸른 비단 같은 동해 바다가 언뜻언뜻 나타났다. 그 바다를 보자 콧날이 시큰해졌다. 저

바다…… 남몰래 목이 메었다. 아아, 이제 가는구나. 내 처녀 적의 모든 눈물과 추억을 이 대관령에 묻고서. 가마의 흔들림 때문인지 배 속의 아기가 요동을 쳤다. 아가야, 이곳이 엄마의 고향인 강릉 땅의 관문인 대관령이란다. 엄마와 너는 이제 이곳을 떠나 서울에서 살게 될 거야. 아가야, 서울에 가면 우리들 앞에 어떤 새로운 생이 펼쳐질까?

*

시어머니 홍씨는 듣던 대로 성격이 툭 트이고 시원시원한 사람이었다. 아마도 그런 솔직하고 대범한 성격이 남편에게 내림이 된 것 같았다. 외아들에 홀시어머니라는 선입견과 달리 나를 딸처럼 편히 대했다. 그렇게 격식을 크게 따지지 않는 모습이 편하긴 했으나 그래도 시어머니는 시어머니였다. 함부로 긴장을 풀 수는 없었다. 나는 눈치껏 시댁 생활의 요령을 익혀나갔다. 시어머니는 일찍 과부가 되어 빈한한 살림을 홀로 꾸려온 사람이다. 추운 겨울철을 빼고는 떡을 만들어 팔았다. 얌전한 솜씨가 인근에 자자하여 주문이 끊이지 않고 들어왔다. 역시 비슷한 시기에 홀로된 여주댁이라 불리는 이종 여동생 박씨가 함께 살며 일을 돕고 있었다. 잔치가 거의 없어 떡 주문이 별로 없는 겨울철에는 바느질을 하였다. 바지런한 시어머니 덕분에 서울 살림은 그런대로 정갈하고 조출했다. 남편의 고향 파주 땅에 있는 조상의 전답을 지키면서 여자의 힘으로 서울 생활을 꾸려나가는 시어머니가 존경스러웠다.

식구 없는 집안 살림을 몸종 삼월이와 둘이 하자니 아무리 임신 중이라지만 놀고먹는 것 같아 떡 만드는 일을 거들라치면 시어머니가 질색을 했다.

"아서라, 몸 다친다. 이것도 다 팔자 센 여자들이나 한다. 내 아직 몸이 성하니 고운 네게 힘든 일을 시키고 싶지 않다. 뼈대 있는 양반집이면 무얼 하니? 목구멍이 포도청이니 양반 아녀자가 생계를 꾸리는 게 상민과 별다를 게 없다. 하지만 험한 일을 하더라도 달리 양반이겠느냐. 내 외아들 원수가 과거에 급제하여 출세하는 모습을 바랐더니라. 그래야 집안도 살리고 조상님들께도 떳떳하고. 그런데 아이가 나약하여 무엇을 시작하면 끝을 보려 하질 않으니 답답하였구나. 마침 너처럼 학식이 뛰어나고 재주 있는 며느리가 들어와주니 얼마나 기쁘던지. 네가 좋은 말로 다잡아서 글공부도 하게 하여 우리 가문의 체통을 좀 세워주길 바란다."

생계를 꾸리느라 아들을 바로 키우지 못했다는 한이 시어머니에게는 있었다. 그래 그런지 시어머니는 내가 남편과 앉아 글공부를 하거나 빈 시간에 그림을 그리거나 글씨를 쓰는 일에 대해 호의적이었다.

구월에 첫아들 선을 낳았다. 첫아기지만 비교적 순산을 했다.

시어머니와 남편이 너무도 기뻐하니 내 스스로도 장한 느낌이 들었다. 마침 강릉 가는 인편이 있어서 득남 소식을 전했다. 강릉의 어머니가 얼마나 기뻐하실까. 한 번도 아들을 낳아보지 못한 어머니. 모름지기 여자는 아들을 낳아야 대접도 달라진다. 시어머니와 시이모 박씨는 하루 네 번, 정성껏 산모를 위해 매번 새 밥에 새 국을 끓여 내왔다. 입맛도 돌고 마음이 기쁘니 산후 회복도 빨랐다. 젖도 잘 돌아 산모와 갓난아기는 부족한 게 없었다. 선은 건강했다. 나의 몸에서 이런 아이가 쑥 빠져나오다니 새삼 신기했다. 여자인 내 몸에서 남자 아기가 나오다니. 그리고 흰 피부와 눈매는 나를 닮고 코와 입술은 남편을 반반씩 닮아 나온 것은 볼 때마다 신비로웠다. 그러나 기쁜 마음도 잠시, 아기는 밤낮이 바뀌어 나를 고통스럽게 했다. 밤에도 수차례 깨어 울고 보채기 일쑤였다. 일어나 앉아 보듬고 젖을 먹이자면 낮에는 아기를 귀애하던 남편도 세상모르게 자고 있다. 아기를 낳으니 생활이 완전히 뒤바뀌었다. 글씨와 그림을 그릴 수 있는 여가 시간은 물론, 남편과 책을 읽으며 대화했던 시간들이 도무지 짬을 낼 수가 없었다. 몸이 고달팠다. 낮에도 젖을 먹이다 깜박깜박 졸고 앉아 있기 일쑤였다.

선이 백일이 지나고 나서야 겨우 정신을 차릴 수 있었다. 백일 지난 아기는 밤에 한두 번만 깨고는 잘 잤다. 아기가 밤에 잠을 자니 자연히 어미의 신관이 편해질 수밖에. 선은 뽀얀 젖을 먹고 무럭무럭 잘도 자랐다. 아기의 울음소리만 들려도 젖꼭지가 뜨거워지고 찌르르 젖이 돌았다. 어미와 자식은 과연 눈에 보이지 않는 핏줄로 한시도 빈틈없이 연결되어 있구나. 어미는 자식의 생명줄이구나. 새끼가 배고플 때는 이렇듯 몸에 신호가 오는구나. 선이 그 작은 입으로 암팡지게 젖을 빠는 모습을 내려다보면, 아이고 이쁜 내 새끼, 라는 말이 저절로 젖과 함께 가슴에 고였다. 소나 개나 돼지의 젖꼭지에 달라붙어 악착같이 젖을 빠는 새끼들. 짐승이나 사람이나, 암컷들의 몸에 음식이 들어가면 뽀얀 젖으로 변해 새끼를 먹이고 살린다. 어미의 몸은 새끼에게 바쳐지기 위해 존재한다. 어미와 새끼. 그 관계는 인간이 아니라 짐승이라 해도 숭고한 것이다. 세상의 모든 어미 짐승들이 위대하고도 애잔하게 느껴졌다. 이제 돼지우리 안에서 젖을 빨리고 있는 어미돼지를 보아도 눈물겨운 동병상련을 느낄 것이다. 아기를 낳아보기 전까지는 깨달을 수도 도달할 수도 없는 경지의 감정이었다.

아기를 키우느라 씨름하는 사이 어느덧 세밑이 되었다. 며칠만 있으면 해가 바뀐다. 시어머니와 시이모 박씨는 비수기인 겨울철이면 삯바느질을 한다. 솜씨 좋은 시어머니에 비해 박씨의 손끝은 좀 무딘 편이다. 떡쌀을 씻고 방아를 돌리고 절구질을 하는 힘든 일에 박씨가 능숙하다면 시어머니 홍씨는 떡을 모양 있게 잘 만들었다. 여자의 손끝 재주는 각각 다르게 타고나는지 옷 짓는 일도 그렇다. 옷감을 사들고 오고 마름질하는 건 박씨의 몫이나

276

어디까지나 바느질은 시어머니의 몫이었다. 설이 다가와 주문이 많이 밀렸다. 나까지 나서서 거들지 않으면 약속한 말미에 닿게 옷을 짓기 힘들었다. 나는 어릴 때부터 자수를 놓았기 때문에 바늘이 익숙했다. 떡 만드는 일보다는 바느질이 더 좋았다.

시어머니도 떡을 만드는 일은 말렸지만 내가 바느질을 거드는 건 말리지 않았다. 오히려 부탁을 하기까지 했다.

"세상에, 바느질이 얌전도 하지. 내가 요새 눈이 자꾸 침침해져 바느질 땀이 곱게 안 나오는구나. 애야, 여기 배래하고 도련선은 네가 좀 이쁘게 공굴려 박아봐라."

바느질감을 자세히 보니 여염집 것보다 화려한 것들이 많았다. 박씨가 슬쩍 말해주길, 교방의 기생들 옷이라 한다. 양반가의 여염집은 보통 침모를 두기 때문에 주문이 많지는 않고 기생들의 옷은 삯을 후하게 쳐준다 한다.

어느 날, 다 된 옷을 들고 교방에 심부름을 갔던 삼월이가 돌아와 나를 보고는 고개를 갸웃거렸다.

"왜 그러느냐?"

선을 안고 젖을 먹이던 내가 물었다.

"아씨, 전에 강릉 살 때 늘 함께 다니던 벗의 이름이 무어라 했지요?"

"누구?"

"왜 기생첩의 딸이라고 동네서 쑤군댔던 애기씨 있잖아요. 키

크고 호리호리하고 새침하니 이뻤잖아요. 그 애기씨 낭창낭창 걷는 뒤태를 보고 우리 어린 종년들이 얼마나 흉내를 냈다고요."

"초롱이······? 너 초롱이를 봤느냐?"

"근디, 글씨······."

갑자기 무언가 짚이는 게 있었다.

"삼월아, 글씨고 종이고 빨리 말해봐. 교방에서 초롱일 본 거니?"

"기생들이 모여서 춤 연습을 하기에 몰래 구경을 했답니다요. 근디 여럿 중에서 금세 눈에 띄게 춤을 잘 추는 기생이 쇤네 눈에 쏙 들어왔어요. 어디서 많이 봤는데······ 아무리 생각을 해도 기억이 안 났는데, 갑자기 생각이 딱 났지 뭐여요. 연습 끝나고 들어가는 그 기생을 쫓아가 물었어요. 혹시 강릉이 고향 아니냐구. 그랬더니 새치름하게 쳐다보더니 내 고향은 서울이야, 그러며 쌩하니 들어가버리더라고요."

"그런데 얼굴을 자세히 봤니? 초롱이가 맞더냐?"

"얼굴은 그 애기씨가 맞는 거 같던데요. 쌍둥이가 아닌 이상 그렇게 닮을 수가 없을 텐디. 근디 그렇게 야멸차게 모른 척을 하니 글씨······."

초롱은 서울서 나서 어려서 북평마을로 이사했으니 강릉이 고향이라고 할 수는 없을 터였다.

"아씨, 이제 이름을 알았으니 다음번에는 이름을 대고 물어볼

게요. 며칠 있다 또 가야 합니다요. 초롱, 초롱. 잊어버리지 말아 야지. 옳지! 초롱초롱! 청사초롱!"

"그래, 잊지 말고 꼭 물어보고 북평마을의 벗 항아, 인선이를 아 느냐고 물어보아라."

며칠 후 삼월이 심부름을 다녀왔기에 또 물어보았다.

"아씨, 오늘은 못 물어보았어요. 아무도 없던데요. 모두들 어디 잔치라도 갔는지. 거기 행랑어멈에게 물었더니 그런 이름을 가진 기생은 없다는데요. 기생이 되면 이름을 새로 짓는다면서요?"

그래, 그 생각을 못 했구나. 초롱은 어릴 때 이름이니 새로 지은 기명(妓名)이 있을 것이다.

"근디 참 알다가도 모르겠어요. 그 어멈이 돌아서면서 이렇게 꽁시랑대던 걸요. 춤을 젤로 잘 추는 기생이 강릉 출신이라 그러 는 것도 같드만……."

그 순간, 그 기생이 초롱이가 맞다는 이상한 확신이 들었다.

"너 언제 거길 또 가니?"

"모르겠어요. 큰마님이 아시지요. 쉰네는 마님이 옷 다 됐으니 갖다주고 오너라, 그러면 가는 거니까요."

나는 며칠 고심을 했다. 내가 한번 찾아가 만나보기라도 할까. 그러나 시집에 들어와서 아이 낳고 젖 먹이느라 바깥 걸음을 한 번도 하지 못했다는 생각이 들었다. 이 너른 한양 땅에서 길을 잃 기라도 한다면. 눈 감고도 코 베어 간다는 서울인데. 그러다 나는 종이를 꺼내 편지를 쓰기 시작했다.

"우리 집 여종이 교방에서 옛 벗과 흡사한 이를 보았다기에 궁금하던 차에 글을 올립니다. 나는 강릉 북평마을 출신의 처녀 적 이름이 평산(平山) 신씨 가문의 인선이라고 합니다. 어린 소녀 적부터 아주 친했던 벗이 있었는데 이름이 초롱이라 했지요. 가문에 큰일을 당해 지금은 행방을 모르는 그 벗을 오매불망 잊은 적이 없습니다. 혹시 사람을 잘못 보아 착각과 오해의 연유일 수 있으나 맞으면 꼭 답을 해주기 바랍니다. 나는 지금은 그대들의 옷을 주문 맡아 짓고 있는 수진방 이씨가의 며느리입니다. 초롱이 맞다면 원컨대, 꼭 얼굴을 한번 보고 싶습니다. 여종 편에 답을 주기 바랍니다."

삼월이를 불렀다.

"너 그 교방에 좀 다녀와라."

"옷 갖다 줄 일이 없는데요."

"이번엔 내 심부름이야. 어머님 몰래 얼른 다녀와. 이 편지를 그때 그 춤 잘 추는 기생에게 전해줘. 그리고 답을 받아 와, 알았지?"

"아이고, 오늘따라 추워서 얼어 죽을 거 같은데……."

"내가 마음이 급해서 그런다. 눈이 올 거 같으니까 어두워지기 전에 얼른 다녀와라."

"예, 알겠어요, 아씨."

삼월이를 보내고 한나절 마음이 진정되질 않았다. 게다가 신시부터는 함박눈마저 내리기 시작했다. 남편은 오늘따라 방 안에서 나가질 않고 곁에서 맴돈다. 날이 어둑해져서야 삼월의 투덜대는 소리가 대문에서 들려왔다.

"아이고, 참! 눈도 푸지게도 오네. 누구 잡을 일 있나."

내가 기다렸다는 듯 나가자 삼월이 투정을 부렸다.

"아씨, 발이 얼어서 오느라 죽는 줄 알았어요. 동태발로 엎어졌다 고꾸라졌다, 온몸이 꽁꽁 언 것 좀 보세요."

"그래, 고생했다. 얼른 부엌으로 오너라. 내 그럴 줄 알고 아궁이불을 미리 지펴놨어. 얼마나 추웠니."

내가 삼월이 손을 꼭 쥐어주며 부엌으로 데리고 갔다. 부엌문을 닫자마자 물었다.

"뭐라든?"

"아씨, 사람 잘못 본 것 같아요."

"편지는 보여줬니?"

"예. 근디, 보더니 자기는 이런 사람을 전혀 모른다는데요. 왜이리 귀찮게 구냐며 다시는 괴롭히지 말아달래요. 치맛귀를 움켜쥐고 쌩하고 돌아서는데, 하이고, 동지섣달 칼바람처럼 쌀쌀맞기는. 지가 그래 봤자 기생 주제에. 생각할수록 부아가 나데요. 그래서 오는 길이 더 추웠나 봐요."

"그래, 애썼다. 그 기생 기명이 뭐라 하더냐?"

"그 뭐라더라. 부엉, 부엉이? 부엉인 아닐 테고. 누가 부르는 걸

언뜻 들었는데."

"부용(芙蓉)이?"

"아, 맞아요. 아씨는 보지도 않고 어떻게 그렇게 딱 알아맞혀요?"

부용이라. 기명으로 탐낼 만한 이름이지 않는가. 꽃이 크고 우아한 부용. 그러나 초롱이 부용꽃을 좋아했던가. 초롱의 자태와는 어쩐지 어울리는 이름은 아니다. 사람을 잘못 보았을까? 세상엔 닮은 사람도 있겠지. 맥이 빠졌다. 그때 선이 배고파 우는 소리가 들려왔다. 나는 젖가슴을 문지르며 얼른 방으로 들어갔다.

연리목에 걸었던 올가미가 풀려 자결(自決)에 실패
했을 때 보았던 그 환영은 내 생의 어둠 속에 도사
리고 있다가 자객처럼 튀어나왔다. 아아, 반복적으
로 꾸었던 절벽의 꿈. 절벽을 건너뛰어야 도달하는
저 너머의 피안. 나는 늘 꿈에서 그 피안에 도달해보
지 못하고 추락하고야 말았어…….

독수공방

　나는 붉은 능소화가 기어오르는 토담을 지나 준서의 방으로 간다. 야밤도 아닌 대낮에 그를 만나러 가는 게 이상하게 두렵지 않다. 그가 죽어 시신을 그의 방 안에 모셔놓았노라고 사람들이 말했다. 나는 그가 비록 죽은 몸이라도 간절하게 보고 싶었다. 준서의 방 앞 툇마루에는 그의 신발이 놓여 있다. 나는 그것을 가져다 코에 대어본다. 신은 따뜻하다. 신에서는 잘 구운 가래떡 냄새가 났다. 문을 열고 들어가니 병풍이 쳐져 있었다. 그 병풍은 내가 즐겨 그렸던 여덟 폭짜리 초충도 병풍이었다. 병풍을 밀치고 들어가니 준서가 반듯하게 누워 있었다. 나는 아무 두려움 없이 그의 옆에 누웠다. 그의 몸은 얼음장처럼 차가웠다. 그의 찬 몸을 녹여주고 싶었다. 나는 그의 얼굴을 어루만지며 그의 몸을 껴안았다. 아, 얼마나 간절히 보고 싶었던 얼굴인가. 죽은 몸이지만 생전의 그 모습 그대로 깨끗한 옥처럼 수려한 모습이었다. 그를 안자 그의 몸에 온기가 퍼지는 게 느껴졌다. 그의 입술에 내 뜨거운 입술을 대본다. 놀랍게도 그의 입술이 부드럽게 열린다. 미끄러지듯 혀가 그 입술 속으로 빨려들어간다. 준서의 얼었던 몸은 서서히 풀리고 그는 완강한 팔로 나를 껴안는다. 아아…… 내 안에서는 어찌해볼 수 없는 응어리진 감정이 용암 같은 뜨거운 눈물로 흘러내리고 아득한 신음이 터져 나왔다. 그런데 어디선가 말울음 소리가 들려왔다.

그와 나는 말을 타고 쫓아오는 자를 피해 도망을 간다. 두 손은 꼭 부여잡았지만 걸음은 흐트러지고 돌부리에 채여 넘어진다. 숨이 턱에 차오른다. 그런데 앞에는 바로 엄나무 연리목이 서 있다. 연리목 밑은 천 길 낭떠러지다. 얼굴도 모르는 남자가 뒤에서 말을 타고 바짝 쫓고 있다. 그런데 그 연리목 가지에 쌍그네가 매어져 있다. 그와 나는 선택의 여지가 없다. 다행히 힘껏 그네를 뛰면 건너편 바위에 무사히 착지할 것도 같았다. 우리는 쌍그네를 탄다. 말울음 소리가 귓전을 울리고 우리는 힘껏 발을 굴러 하늘로 몸을 띄운다. 그런데 그 순간, 연리목에 매어둔 그넷줄이 툭 끊어져버린다. 우리 두 사람의 몸은 지옥의 입구 같은 천 길 낭떠러지로 아득하게 떨어진다…….

아아악! 비명을 지르며 눈을 떴다. 여긴 어디지? 아아, 내가 죽은 걸까? 새벽 미명이 방 안에 가득하다. 또 가위에 눌렸구나. 온몸은 식은땀 투성이다. 너무도 생생한 꿈의 환영에 나는 다시 한 번 치를 떤다. 요즘 들어 왜 이런 가위에 자주 눌리는 걸까. 내가 이다지도 허약해졌나. 몸이 부실해진 걸까. 다 잊었다고 생각했는데…… 죄책감 때문일까. 말을 탄 그 남자는 누굴까. 남편이었을까. 그리고 그 사람…… 이제는 흙이 된 사람. 아, 그 따뜻했던 입술의 감촉이란! 그 느낌이 아직도 내 입술에 남아 있어. 나는 혀를 달싹여 입술을 축여보고 내 몸을 두 팔로 껴안아보았다. 외로웠던 게야. 나는 애써 그렇게 생각했다. 남편과 헤어져 삼 년째 독수공방이었다. 젊은 몸이 외로웠던 거야. 그래서 그런 꿈을 꾸는 거야.

나는 외로워하는 내 몸이 한없이 측은해질까 봐 단호하게 떨치고 일어났다. 어제 그리다가 만 초충도 그림을 다시 끌어다 놓았다. 아하! 이것이 바로 꿈에 보았던 초충도구나. 혼사를 앞둔 옥남에게 혼인 선물로 여덟 폭짜리 초충도 병풍을 만들어주겠다고 약속했다. 그 때문에 그런 꿈을 꾼 거야. 나는 억지로 그런 핑계를 대었다.

그리다가 만 그림은 가지와 벌, 나비를 그린 것이었다. 탐스러운 가지를 그리면서 왠지 모르게 몸이 달아오르는 느낌이 있었다. 곡선으로 휘어진 가지의 가는 줄기에 장하게 맺힌 가지 열매. 그 가지를 그리면서 잠시 남편 생각을 했던 것도 사실이었다. 이

웃 마을의 총각과 혼인을 앞둔 옥남이 가지를 보며 킥, 웃었다.

"그놈 참 실하게 생겼네."

그러며 그림을 자세히 들여다보았다.

"그런데 언니는 요즘 왜 그리 가지나 오이 이런 것들만 그려? 이쁜 꽃을 그리면 보기가 더 좋잖아. 어? 그리고 저쪽에 있는 가지는 색을 왜 안 칠해?"

"그거야 그리는 사람 마음이지. 왜 꼭 가지는 자주색이니 그렇게 그려야 한다고 억지 생각을 하는 거지? 저 흰색 가지는 텅 비어 있어 좀 외로워 보이지 않니?"

"아, 우리 언니가 외롭구나."

"그게 아니라 일인일색, 똑같은 그림이라면 그림이 무슨 재미가 있겠니? 보는 사람이나 그리는 사람이나. 나는 먹으로 선을 그리지 않고 줄기의 선도 곡선으로 그리잖니. 그리고 꽃도 다 붉게 그리지 않고 어떤 것은 청색을 칠해보기도 해. 그렇게 해보면 나만의 꽃이 되는 것 같거든. 그게 나만의 특징이고 그런 것에 애정이 느껴지니까 더 자부심을 갖고 그리게 된다는 거지."

그러나 맞다. 허전하고 외로웠다. 몸의 외로움은 배 속의 허기와도 달랐다. 몸속 어딘가에 외로움이 고이는 샘이 있는지, 외롭다 생각하면 더욱더 외로움이 고여왔다. 그 허기를 달래려고 오히려 더욱더 작품에 매진했다. 그림을 그리는 순간, 글씨를 그리는 순간은 외로움을 망각했다. 허기를 잊고 충만했다. 삼 년간 몸

288

의 허기를 그렇게 달랬다. 여자인 내가 이러니 남편은 오죽할까. 혹시 다른 데 마음을 두고 허랑방탕하게 지내는 건 아닐까?

　그러자 삼 년 전 남편을 매몰차게 쫓아 보냈던 일이 떠올랐다. 남편은 무골호인이었다. 술 좋아하고 친구 좋아하고 천성적으로 여색을 좋아했다. 시어머니의 원도 있고 해서 그가 학문에 뜻을 두게 하려고 애를 써보았다. 그러나 위인이 독한 데가 없어 오래 뜻을 두지 못했다. 집안일을 거들거나 아내의 치마폭에 싸여 지내는 것도 더 이상 봐줄 수가 없었다. 아내에게 빠져 있어 난봉에는 관심이 없는 게 다행이라면 다행이었다. 혼인한 지 삼 년 세월에 그는 아무것도 이룬 것이 없었다. 아내가 남편을 가르치는 것에도 한계가 있어서 자칫 그의 자존심을 건드릴까 봐 조심스러웠다. 실제로 그가 기분이 상해 술에 대취하여 온 적이 여러 번 있었다. 술에 취하면 주사를 부리기도 했다. 그저 호기롭게 큰소리치는 정도였지만 속으로 그런 남편이 점점 우습게 여겨졌다. 벼슬은 고사하고 나이 삼십이 다 돼가도록 홀어머니에게 생활을 의존하는 것도 낯이 서지 않았다. 그런 차에 시댁에서 틈틈이 글씨나 그림을 그리는 것이 자연히 눈치가 보였다. 시어머니도 간혹 불편한 얼굴이 되었다. 아이고, 우리 며느리. 여중신선이 따로 없구나. 너만 도끼 자루 썩는 줄 모르고 그림이나 치면 아범은 술독에나 빠지라고? 시어머니의 말에는 가시가 있었다. 어려운 살림에 며느리가 서화를 하는 게 돈이 나오는 것도 아니고, 남 보기에 남편을 내조하는 것은 더더욱 아니니 시어머니를 섭섭하게 생각할 수도 없었다. 나는 지혜롭게 처신하기로 했다. 당분간 살림과 육아에만 전념하기로 했다. 그러나 곧 허전했다. 사는 게 사는 것 같지 않았다. 남편이 곱게 보이지 않았다. 그가 만족이 되지 않았다. 밤마다 짐승처럼 살만 섞는다고 부부가 아니지 않은가. 나를 채워줄 남자였다면 얼마나 행복할까. 나의 시름 젖은 얼굴을 보고 눈치 빠른 시어머니가 친정에 가서 쉬고 싶은 만큼 쉬었다 오라 했다.

그게 삼 년 전이었다. 돌쟁이 첫아들 선을 데리고 남편과 친정에 혼인 후 처음으로 온 것이었다. 전보다 흰머리가 더 늘어난 어머니와 두 여동생만 남은 집에서 옛 시절로 돌아간 나는 마냥 행복했다. 남편의 존재가 강릉에서는 그리 크지 않았다. 내게는 언제나 돌아갈 마음의 고향 같은 예(藝)의 경지가 있었다. 친정에선 누가 뭐라 그러지도, 어떤 눈치를 볼 필요도 없다. 오히려 심심해진 남편이 동네 주막에 나가 술을 먹고 들어오는 일이 잦았다.

어느 날, 나는 남편에게 각오를 하고 말했다.

"우리 이제 혼인한 지 삼 년이 넘었습니다. 저는 애초에 세상 물정 모르는 백면서생을 지아비로 원하지도 않았지만 당신이 이렇게 취생몽사로 허송생활을 하는 걸 더 이상 보기도 싫습니다. 사내대장부로 태어나 어찌 그렇게 포부도 없고 나약하십니까. 학문을 갈고 닦아 군자의 도를 깨닫고 또 세상에 나가 뜻을 펼칠 생각을 안 해보셨어요?"

"허 참, 왜 내가 그런 생각을 안 해보았겠소. 나도 사내대장부인데. 그런데 말이오. 내가 끈기도 없지만 공부에 별로 흥미도 안 붙더란 말이오. 아무래도 머리가 뛰어나진 않은 거 같아."

"그거야 핑계지요. 언제 한번 바짝 대든 적이 있습니까? 언제까지 이렇게 살 생각입니까. 이제 한 여자의 지아비며 한 아이의 아버지입니다. 그리고 한 가련한 여인의 하나밖에 없는 아들이기도 하고요. 저는 그렇다 치고 어머님이 불쌍하지도 않나요? 당신이 여섯 살 때부터 수절하시면서 모진 일로 생계를 꾸리시며 오로지 당신 하나 출세하는 것에 기대를 걸고 살아오시지 않아요?"

남편이 한숨을 폭 쉬었다.

"삼년불비우불명(三年不飛又不鳴)이라 했습니다. 서방님은 삼 년 동안 날지도 울지도 않은 새였지요. 그러나 저는 믿습니다. 앞으로 웅비(雄飛)할 기회를 노리고 있다는 것을요. 그런 새가 한번 날면 하늘을 찌를 것이오, 한번 울면 천하를 놀라게 할 것이라고요."

"그러니 내가 어쩌면 좋겠소?"

"남아로 태어난 이상 일생일대의 뜻을 세우고 학문에 정진해보셔야지요."

"알겠소. 내 작심을 해보리다."

"지금이 마지막 기회라 생각하고 십 년 공부를 시작하세요. 저와 헤어져 독하게 학문에만 정진하세요."

"뭐요? 십 년? 난 안 하겠소. 십 년이면 좋은 시절 다 지난단 말이오. 당신과 젊을 때 함께 지내는 건 인생의 즐거움이 아니오? 그게 학문의 즐거움만 못하오?"

남편이 흥분하여 따졌다.

"공부도 다 때가 있는 법이지요. 주자가 말씀하셨잖아요. '소년이로학난성(少年易老學難成)'이라고요. 어린 시절에는 어머니 치마폭에, 지금은 언제까지 제 치마폭에 싸여 지내시겠어요? 서울로 돌아가 홀로 계신 어머니 옆에서 부지런히 글공부를 하세요. 어머니도 기뻐하실 거예요. 저는 이곳에서 친정어머니 모시고 당신이 뜻을 이룰 때까지 기도하며 그림이나 치면서 지내겠어요. 돌아가신 제 아버지는 이십 년 가까이 어머니와 떨어져 지내며 학문에 정진하셨지요."

그는 아내의 말이 구구절절 옳으니 반박도 못 하고 한숨만 푹푹 쉬었다.

"당신은 참 독한 여자야. 나더러 학문하라 그러면서 자기가 공부하려고 하는 거 아니오? 당신은 공부하고 그림 그리고 글씨 쓰고 하는 게 매우 재미있는지 모르지만 난 안 그러니 어쩌오? 그런데 십 년씩이나? 좀 깎읍시다. 사임당 마님, 예에?"

남편의 주특기가 나왔다. 어리광을 부리듯 웃으며 졸랐다.

"안 돼요. 십 년은 해야 공부 좀 했구나, 소리 듣지요. 어린 시절 서방님이 너무 태만하게 지낸 탓에 십 년도 충분한 시간이 아닙니다. 사서오경까지는 못 되더라도 사서삼경은 통달하셔야지요."

"좋소. 일단 내가 그렇게 해보도록 결심은 해보리다."

"며칠 내로 준비하여 떠나십시오."

내친김에 나는 단호하게 몰아붙였다.

"허 참, 이 사람이! 당신은 내가 그리 싫소? 보고 싶지 않겠소? 난 못 견딜 것 같은데……."

나는 남편을 뚫어지게 바라보았다. 그 기에 질렸는지 남편이 결국 약속했다.

"허 참! 십 년이라…… 까짓 거, 한번 해봅시다."

"새끼손가락 내미세요. 저랑 약조를 단단히 하신 겁니다."

내가 새끼손가락을 내밀어 남편의 새끼손가락에 걸고 힘을 주었다. 그러나 그렇게 큰소리치고 한양 땅으로 떠났던 남편은 대관령을 채 다 넘지 못하고 세 번을 돌아왔다.

세번째 그가 돌아온 날은 어쨌던가. 남편 앞에서 나는 비녀를 빼고 머리를 풀어 내렸다.

"이렇게 나약한 서방님을 지아비로 모시고 싶지 않습니다. 저는 머리를 깎고 비구니가 되겠어요. 당신의 뜻이 그렇게 허약한데 자꾸 제가 이러는 것이 본뜻과는 달리 도리어 서방님을 괴롭히는 게 되는군요. 이러는 제가 밉겠지요. 더 이상 서방님을 괴롭히지 않겠어요. 저를 부디 용서하세요."

나는 가위를 들어 머리카락을 싹둑 잘라냈다. 검은 머리카락이 어깨 위와 방바닥에 흩어졌다. 남편이 놀라 가위를 빼앗으며 사과했다.

"이 못난 나를 용서하시오. 당신의 그 굳은 뜻이 나를 부끄럽게 하는구려. 알겠소. 나도 이번에는 심기일전하여 당신에게 보란 듯이 학문 성취를 하겠소. 두고 보시오. 정말 미안하오. 낯이 열 개라도 할 말이 없어요. 한 번만 봐주오. 당장 내일 다시 떠나리다. 그리고 스스로 일가를 이루었다고 생각하기 전에는 돌아오지 않을 거요."

지금 생각하니 어찌 그리 모질었을까. 맹자 어머니 생각이 났기 때문이었다. 맹자가 학업 도중 집으로 돌아오자 길쌈 중이던 맹자 어머니가 베틀의 실을 몽땅 끊어 아들의 중도 포기를 호되게 나무랐다는 걸 읽은 게 기억났다. 세 번이나 참지 못하고 돌아온 남편이 철없는 아들처럼 여겨졌던 걸까. 그러나 그 덕분에 남편은 비장한 각오로 다음 날 행장을 꾸려 떠날 수 있었다. 밤새 내 마음 또한 편치 않았다.

"저 또한 당신과 기약 없이 떨어져 있는 게 좋을 게 뭡니까. 당신처럼 어질고 따스한 사람이 곁에 계셔서 제 예민하고 날카로운 성정을 늘 편안히 해주시는데요. 그러나 아직 젊을 때 우리 한번 결단을 내려보아요. 무럭무럭 크는 자식에게 부끄럽지 않게. 백년해로를 약속했으니 우리에겐 앞으로도 많은 날들이 있습니다. 저도 책을 읽으며 늘 당신과 함께 공부한다고 생각하며 지내겠어요."

남편은 나의 그 말에 부끄럽다는 말만 힘없이 반복했다. 추운 겨울날, 길을 떠나는 남편이 안쓰러웠다. 그가 신을 버선을 가슴에 꼭 품었다 꺼내 신겨주었다. 그는 기약 없는 이별이 가슴 아픈 듯 코끝이 발개졌다. 그런 남편을 보자 나도 눈시울이 뜨끈했지만 행여 먼 길 가는 사람에게 좋지 않을까 싶어 참았다. 마음이 약해질까 봐 표정을 풀지 않았다. 대신 손이 시릴까, 그의 손에 들어갈 만한 돌을 화로에 구워 수건에 싸서 쥐어주었다.

그 남편이 삼 년 만에 올 것이다. 옥남의 혼사뿐 아니라 나라에서 어머니의 열녀 정각을 세운다고 했다. 아버지가 병환이 났을 때 단지하여 목숨을 구한 것이 조정에 아뢰어진 것이다. 겸사겸사, 두 가지 큰 경사를 보기 위해서다.

*

장마가 끝나고 오랜만에 해가 났다. 그동안 쓰고 그렸던 글씨며 그림을 꺼내 거풍을 시켰다. 삼 년 동안 정진한 덕에 처녀 때 그림이나 글씨보다 훨씬 더 깊이 있고 생명력이 넘쳐 보였다. 이미 병풍이나 가리개로 만든 그림이나 자수도 꺼내어 마당에 내놓았다. 가끔 집안사람들에게 선물로 주기도 했지만 양이 제법 많이 모였다. 그림을 보니 그림을 그릴 당시의 정황이 하나하나 생각났다. 그런 의미에서 그림은 삶의 증언이자 기록이었다. 준서와 초롱과 함께 어울려 다니던 시절의 산수화도 몇 점, 준서를 생각하며 그린 화조도와 초충도도 몇 점 나왔다.

날이 더워 식구들이 수박을 쪼개 먹으려고 대청에 둘러앉았다. 만득 아범이 밭에서 따 온 수박을 만득 어멈이 시원한 우물물에 담가 놓았었는데 그걸 가지러 갔다. 마당으로 들어오던 만득 어멈의 소리가 들렸다.

"에구, 에구, 저놈의 달구 새끼! 저! 저! 저! 아이고 어쩨! 아씨!"

내다보니 만득네가 마당에서 닭들을 쫓아내고 있었다.

"닭이, 닭이 그림을 쪼아 먹었어요."

어머니와 두 동생들이 우루루 봉당에 내려서서 마당으로 나갔다. 닭이 초충도의 벌레를 쪼아 먹은 것이다. 봉선화 밑에 있는 쇠똥벌레 두 마리 중에 한 마리를 쫀 것이다. 종이에 구멍이 났다.

"하이고, 병신 같은 달구 새끼!"

만득네의 말에 어머니가 말했다.

"닭이 병신 같은 게 아니네. 우리 사임당 그림이 살아 있는 벌레보다 더 생생하게 그려진 때문이지 뭔가. 네 신묘한 재주가 닭의 눈도 속이는구나."

"아! 마님. 정말 그러네요."

"어쩌면 좀 있다가 고양이가 와서 쥐를 잡겠네."

옥남의 말에 말희가 물었다.

"그건 왜?"

"저기 수박 파먹는 쥐새끼 보고 고양이가 입맛 다시며 달겨들지 말란 법 없잖아."

옥남의 말에 모두들 그래, 맞아, 고개를 끄덕였다.

"네 그림이 이제 경지에 오른 것 같구나."

어머니가 말했다. 그때 들에 나갔던 만득 아범이 들어왔다.

"아씨, 밖에 누가 찾아왔는뎁쇼."

"누가?"

"웬 가마가 왔어요. 초당마을 심 판서댁 아씨 마님이라는뎁쇼."

"심 판서댁 아씨라면 가연이 말이냐?"

"그 댁 아씨라면 한 분밖에 더 있습니까?"

"아니, 가연이 웬일로!"

내 가슴이 기쁨으로 뛰었다. 대문간으로 급히 가보니 과연 가마 안에는 쪽머리를 한 가연이 타고 있었다. 가마에서 내린 가연과 나는 두 손을 잡고 반가워서 눈물을 찔끔거렸다. 가연은 몹시 수척해 보였다. 열다섯에 혼인한 가연. 그리고 지금은 둘 다 스물다섯 살. 댕기머리 시절로부터 십 년이 지난 세월이었다.

"어서 들어가자."

내가 가연의 손을 잡아끌었다.

"여길 지나다가 혹시나 해서 들러봤어. 네 어머니 열녀 정각을 세운다는 소문에 어쩜 네가 왔을 거 같기도 했지. 그렇지 않으면 네 소식이나 물어보려 했었어."

안으로 들어가 가연이 어머니에게 인사를 올린 후 별당 내 방으로 들어갔다.

"여기 참 오랜만이네. 네 집은 여전하구나. 십 년 전 풍경이랑 똑같아. 우린 이렇게 변했는데."

가연이 웃었다.

"넌 서울 어디에 사니? 나도 서울로 시집갔어. 나도 네 소식이 얼마나 궁금했는데. 서울로 시집간다기에 금방이라도 널 만날 줄 알았거든. 그런데 모래밭에서 좁쌀 찾기지 뭐니. 그래, 아이는 몇을 뒀어?"

기쁜 마음에 내가 숨도 쉬지 않고 물었다. 가연은 대답 대신 다른 소리를 한다.

"넌 얼굴이 좋아 보인다. 여전히 글씨도 쓰고 그림도 그리니?"

"친정에 오래 머물고 있어. 그래서 좀 많이 할 수 있었지. 그런데 너 얼굴이 좀 안됐어. 어디 아픈 거야?"

가연이 쓸쓸하게 웃었다.

"인선아, 시집가니 좋니?"

"너는? 너 시집갈 때 시집 잘 간다고 온 강릉이 떠들썩했잖아. 영의정 집안으로 가기가 어디 쉽니?"

"그게 다 무슨 소용이니? 며칠 후에 시댁으로 상경해야 하는데 정말 가기 싫어. 넌 남편이란 사람과 화합이 잘되니? 시어머니

하고는 갈등 없어? 난 정말 그 사람들과 무슨 악연인가 싶다. 명문가이면 뭐하니? 남편이란 작자는 한량, 한량 그런 한량이 없지. 시어머니는 그게 다 살갑게 굴지 못하는 내 탓이라고 사사건건 나만 미워하지. 난 그래. 그냥 뉘 집 개가 짖나……. 그렇게 내가 꿈쩍도 안 하고 있는 듯 없는 듯 살아주는 것도 미워 죽겠나 봐. 한집이라도 별당에 유배당한 듯 그렇게 외롭게 살고 있어. 외로운 거야 내 팔자 같다."

가연이 말끝에 눈물을 주르륵 흘렸다.

"인선아, 내가 잘못 사는 걸까? 내가 뭘 잘못하는 거지? 나는 점점 더 고립되고 있는 것 같아. 어디에 있든 내가 있을 자리가 아닌 것 같은 이 기분을 어찌해야 떨칠 수 있을지……. 남편도 시어머니도 그래. 날더러 혼백을 딴 데 두고 사는 귀신 같은 년이라고 섬뜩하대. 나, 아이도…… 아이도 죽었다. 재작년 봄에. 다섯 살 사내아이였지. 그러고는 아기도 잘 안 돼. 계속 유산을 했어. 친정에 몸 좀 추스르러 온 거야. 내 팔자가 왜 이런지……."

가연이 드디어 울음을 터뜨렸다. 아아, 그랬구나. 가여운 가연. 쪽진 머리의 머리칼은 윤기가 없고 끓어오르는 속울음이 지날 때마다 목울대의 뼈가 도드라졌다. 나는 가연의 등을 한참이나 쓰다듬어주었다.

"그래, 글은 계속 짓니?"

울음을 겨우 진정시킨 가연에게 화제를 돌리며 내가 물었다.

"홀로 있는 밤에 할 일이 뭐가 있겠니. 쓰고 태우고 하는데도 문집이 여러 권이다. 남편과 시어머니는 내가 글 짓는 꼴을 죽어라 못 보는구나. 자기 아들 앞길을 가로막는다나……. 그래도 그렇게라도 마음을 표현하지 못하면 미쳐버릴 거 같아. 가슴이 터져버릴 거 같아."

"그럴수록 네 글은 더 빛날 거야. 그런 재주라도 주신 하늘에 감사해야지. 다른 여염집 여자들 같으면 얼마나 견디기 힘들겠니?"

고통스러울 때면 그 고통을 잊기 위해 더욱더 그림에 매달렸던 걸 생각하며 내가 가연을 위로했다.

"하긴 딴에는 그것도 그래."

눈물을 닦고 난 가연이 장난스레 물었다.

"네 신랑은 난봉질은 안 하지?"

"아마 그럴걸."

"그게 무슨 소리니?"

"남편 공부하라고 우리 별거하고 있어. 열녀 정각 다 세워질 무렵 되면 올 거야. 내 신랑은 착하고 진솔한 사람이지만 아주 평범해. 좀 답답하지만…… 하여간 미워할 수 없는 사람이야. 남편이 아니라 왜 물가에 내놓은 아들처럼 안쓰럽고 애틋하고……."

"그 정도면 됐지. 그런 마음이 드는 정도라도 되니. 그것도 인연은 인연인가 보다. 우리 이 방에서 초롱이하고 셋이서 미래의 낭군 얘기할 때가 어제 같은데 참 세월 빠르다. 어찌 보면 초롱이 팔자가 편한 팔자 아니니? 매인 데 없이……."

"참, 초롱이 소식 들었니? 그 집이 역적으로 몰려 멸문(滅門)당한 건 알지?"

"알지. 내 참! 초롱이 소식을 남편을 통해 들었다. 장안의 유명하고 도도한 기생이 되었잖니. 한양 사내들을 갖고 놀기로 유명하잖아. 나도 몰랐다. 한데 세상 인연 참! 남편이 한때 초롱이, 아니 그 유명한 부용이한테 빠졌었잖니."

"가만! 지금 누구라고? 부용이?"

내 가슴이 뛰었다.

"초롱이 기명을 부용이로 바꿨단다. 세도가의 사내들이 부용이를 차지하여 첩으로 들어앉히려고 혈안이 되었다는구나. 내 남편도 한때 그 아이에게 빠져서 집으로까지 끌어들여서 놀곤 했었지. 그 꼴을 우연히 보게 됐어. 초롱이와 내가 그런 인연으로 재회하게 될 줄이야. 벌써 이태 전 일이다. 그때 난 아이를 잃고 제정신이 아니었는데 남편이란 작자가 집 안에서 기생과 놀아나니 그년 머리채라도 틀어쥐고 싶은 마음이었지. 나도 모르게 주연을 벌인 곳에 가서 술상을 둘러엎었지. 그러다 술상 앞에서 초롱이와 조우하게 됐어. 심사는 복잡했지만, 한순간 옛 벗이라 애잔하게 통해버리더라. 둘이 부둥켜안고 눈물깨나 뽑아냈지. 그 이후로는 나도 몰라. 부용이가 우리 남편과 연을 끊고 잠적했대. 남편은 그 이후 그것도 내 탓이라고 술 마시면 부아가 나서 날 비난한다."

"초롱이, 아니 부용이, 내 얘긴 안 하데?"

"내가 물었더니 네가 열아홉 살 가을에 서울에 사는 이씨 성을 가진 총각과 혼인했다고 하더라. 제 오라비를 통해 그 일을 들었다던데?"

갑자기 내 머릿속이 엉킨 실타래처럼 뒤죽박죽이 되었다.

"뭐? 오라비라니? 그 애 오라비가 내가 서울로 시집갔다는 걸 알았다고?"

"그래, 왜 이름이 준서던가? 준수하게 생겼다던 초롱이 오라비. 그 오라비가 금강산에 수양하러 간 사이에 집안의 화를 모면하긴 했나 본데, 그 후에는 거지 같은 행색으로 기인이 되어 세상을 떠돈다고 하더라. 그러며 눈물을 찍어냈어. 이 년 전부터는 아예 소식도 끊겼다며, 죽었는지도 모른다며 울더라. 이 세상에서 당최 제 한목숨에 뜻도 미련도 없는 사람이라 언제 어디서 마음만 먹으면 저절로 죽을 수 있는 사람이라며……."

내 몸에서 피가 빠져나갔다. 현기증이 나고 어지러웠다.

*

가연과 만나고 나서 나는 수습할 수 없는 혼란에 빠져버렸다. 육 년 전의 겨울, 삼월이 교방에서 보았다던 춤 잘 추는 기생 부용은 초롱이었다. 그러나 그때 왜 초롱은 나의 편지에도 불구하고 극구 모른 척을 했던 것일까. 무엇이 섭섭했던 걸까. 초롱이 자신의 처지가 그렇게 된 것이 부끄러워 그랬을까. 그런 자존심 때문에 나와 연을 끊을 초롱은 아니다. 누구보다 초롱의 처지를 잘 알고 이해해주던 나였다. 그리고 준서……. 도무지 이해할 수 없는 일이다. 가연의 말에 의하면 준서는 내가 누구와 혼인했는지도 다 알고 있었다. 그러면 혼인 전에 내게 보내졌던 준서의 편지는 무엇이란 말인가. 그때 준서의 서찰을 들고 금강산에서 왔다는 이는 준서가 죽었다고 했다. 그이의 말대로 음력 칠월 그믐에 죽었다면 두 달 후, 내가 서울의 이원수와 혼인한 것을 알 리가 없다. 더군다나 재작년에 가연이 초롱을 만났을 때, 초롱의 입에서 준서의 소식이 끊긴 게 이 년 되었다고 했다면 지금으로부터 사년 전까지 준서는 살아 있었던 것이다! 그러면 준서는 왜 내게 그런 편지를 보냈을까. 그 편지를 보냈을 때의 심정은 도대체 무엇이었을까. 그리고 거지 같은 행색으로 기인이 되어 세상을 떠돈다고? 답답했다. 가슴이 꽉 막혀 잠을 자다가도 숨을 잘 쉬지 못해 일어나 앉아 주먹으로 가슴을 쳤다.

한창 재롱을 떠는 선의 귀여움도, 옥남의 혼수 준비도, 글씨도 그림도 내 마음을 붙들지 못했다. 차라리 육 년 전에 초롱을 만나지 않은 게 다행이었다. 그랬다면 준서의 소식을 육 년 전부터 알게 되어 괴로웠을까. 가연도 만나지 말 것을……. 내가 눈을 감는 마지막 순간까지 준서가 죽었다고 끝까지 믿고 살았다면 더 행복했을까? 행복? 나는 고개를 흔들며 자조 섞인 웃음을 흘린다. 아니, 좀 홀가분했을까? 그의 존재가 가시가 되어 가슴에 들어박히지는 않겠지. 도대체 그는 왜 그런 편지를 보내 나로 하여금 혼인을 결심하게 하고 약속을 무너뜨렸는가. 준서의 행방을 안다면 당장이라도 달려가 소리치며 따지고 싶었다. 내가 알지 못할 무슨 곡절이 있었을 거야. 준서는, 그렇게 허랑한 남자가 아니야.

"얘야, 너 요새 무슨 일이 있느냐?"

마루에서 넋을 놓고 앉아 있는 내게 어머니가 물었다. 열녀 정각을 세우기 시작하여 이제 보름 후면 완공이 된다 한다. 가문의 영광이고 동네의 자랑이 될 터였다. 남편 이원수도 곧 도착하겠다는 서찰을 인편에 보내왔다. 그리고 또 보름 후면 옥남의 혼례 날짜가 잡혀 있다. 어머니는 큰일을 앞두고 분주했다. 그런데 다른 때 같으면 먼저 나서서 집안일의 두서를 세울 내가 정신을 놓고 있으니 놀라서 물었다.

"가연이 때문이냐? 아니면 가연에게서 무슨 소리를 들었느냐?"

나는 힘없이 고개를 저었다. 어머니는 딸을 애틋한 눈길로 한참 바라보았다.

"얘야, 네가 무엇 때문에 마음을 끓이는지 모르겠다만 인생만사 제행무상(諸行無常)이다. 모든 게 덧없어. 모든 것이 시시때때로 변한다. 사람 마음조차도. 남이 변하는 거야 당연한 것 같지만,

내 자신도 변하는걸. 그리고 그게 나쁜 게 아니다. 우주 만물이 변하니 그 변화를 받아들이고 순리에 맞게 스스로 변하는 게 무슨 잘못이겠니. 오히려 현명한 거지."

어머니의 말이 이상한 느낌으로 가슴에 걸린다.

"어머니, 왜 갑자기 제게 그런 말씀을 하세요? 그렇게 모든 게 변하고 덧없다면 사람은 무엇에 의지하여 마음을 두고 살아야 하나요?"

내 말투에 가시가 돋쳤다. 어머니는 평소 같지 않은 내 모습에 당황한다.

"얘야, 그게…… 하늘의 뜻에 따라 부끄럽지 않게 살면……."

"저 또한 『맹자』의 천명사상을 모르는 바도 아니고 순천자존(順天者存), 역천자망(逆天者亡)이라는 말씀도 새기고 있습니다. 하늘을 따르는 자는 살고, 하늘을 거스른 자는 죽는다고요. 하지만 그러면 그 하늘의 뜻이라는 게 무엇입니까. 열부가 되고 효부가 되는 것이 하늘의 뜻입니까? 어머니는 세상이 열녀라 부릅니다. 어머니, 열녀문을 세운다는 것이 어머니에는 어떤 의미지요?"

"가문의 광영이지. 나라에서 이 부족한 반가의 촌부에게 열녀문을 하사하시니 몸 둘 바를 모르겠구나. 그러나 네 아버지가 곁에 살아 계시는 것만 못하구나."

어머니가 한숨을 쉬었다.

"저는 열녀도 아니고 효부도 아닙니다. 다만 제 앞에 놓여 있는 저의 삶에 최선을 다하며 살아갈 뿐입니다. 그러나 제가 그렇게 최선을 다하고자 하는 삶에 진정성이라는 게 도대체 무언지…… . 저의 삶이 저의 의지와는 달리 저를 기만한다면, 저는 그 삶에 어떻게 경배를 올릴 수 있겠습니까. 하늘을 어떻게 믿고 따르겠습니까? 인생무상이고 제행무상이니 그냥 한평생 아무 생각 없이 되는대로 허랑허랑 살다가 죽으라는 것입니까. 저는 그렇게는 살고 싶지 않아요. 저는 우주의 주인이 되고 싶어요. 아니, 주인이지요. 하물며 개미나 벌과 같은 그런 미물도 자연의 이치와 기미를 파악하고 삽니다. 제 인생에서 저도 모르는 어떤 일이 일어났었다면, 그 미세한 기미조차 감지하지 못했다면, 제가 제 인생을 산다고 할 수 있겠습니까?"

내 목소리가 파르르 떨리며 목이 멘 소리를 냈다.

"얘야, 너 무슨 일이냐? 어미에게 속을 털어놓으려무나. 응?"

나는 더 이상 말을 하지 않았다. 그러나 꼭 다문 입술과는 달리 두 눈에는 눈물이 차올랐다.

"어머니, 혹 저로 인해 어떤 인생이 망가진다면 그 죄를 어찌합니까."

눈물을 보이지 않으려 고개를 돌렸다. 어머니의 얼굴에도 먹장구름 같은 그늘이 졌다.

　야심한 시각에 어머니가 나를 안방으로 불렀다. 바깥에는 마른번개가 치고 멀리서부터 천둥소리가 점점 가까이 들려왔다. 큰비가 올 것 같다. 어머니가 근심스런 얼굴로 말했다.

　"요즘엔 통 그림도 안 그리고 글씨 쓰는 것도 보질 못했구나."

　"별 의미가 느껴지지 않습니다."

　"그래도 몰두하거라. 하늘이 주신 재능이니. 네가 하늘의 뜻이 무언지 모르겠다고 했지? 그게 바로 하늘의 뜻인 게야. 유방백세(流芳百世)라."

　내가 고개를 들어 가만히 어머니를 바라보았다.

　"꽃다운 이름이 후세에 길이 전할 것이다."

　내가 비웃듯 말했다.

　"한낱 계집의 재주입니다."

　어머니는 자리에서 일어나 문갑을 열어 깊이 넣어둔 종이 한 장을 꺼냈다.

　"너의 사주 풀이다. 네가 태어났을 때 할아버지가 보시긴 했으나 네가 자라면서는 재주가 신묘하여 주역과 명리학에 뛰어난 사람에게 할아버지가 너의 앞날을 물어보았다. 이게 반드시 맞기야 하겠냐만. 한번 보거라."

시지유금(時支酉金)이 정화(丁火)에 극함을 받고 해수(亥水)에 설기(洩氣)되니 재성(財星)이 태약(太弱)하여 취용(取用)치 못하고, 월건(月建) 해수칠살(亥水七殺)이 용신(用神)이다. 그런데 지지(地支)에 금수(金水)가 유력하여 일원(日元)이 기약(氣弱)하니 반드시 목이 간지(干支)에 왕성해야 중화(中和)로 재관(財官)을 능히 사용한다…….

사주 풀이는 계속 이어졌다.

"어머니, 도대체 무슨 말인지 잘 이해를 못 하겠어요."

"그래, 그럴 것이다. 나도 역술에 대해서는 문외한이니 잘 모른다. 다만 네 외조부와 아버지가 하시는 말씀을 들었다. 네 재주는 하늘이 내려준 것이고 사통팔달, 학문이나 사물의 이치를 꿰뚫지 못할 바가 없다는구나. 아녀자로 태어난 게 아깝지. 다만 여자 재주가 그리 뛰어나다 보니까 남편 복이 없다는구나. 내 이런 말하기가 뭣하다만 이왕지사 듣고 흘려버리든 마음에 두든 네가 알아서 해라. 그 밑에 '좌자입묘(坐子入墓)'란 글자가 보이니? 배우자궁이 무덤에 들어앉아 있다는구나. 남편이 무덤에 들어 있으니 큰 힘을 못 쓰고 형식적이라는 거지. 그러니 만족할 수가 없다는 거지. 대신 너의 재주는 꽃이 피어 그 이름이 후대에 떨칠 거라는구나. 길신(吉神)은 칠십 세가 넘어 또는 사후에 온다고 하니…….남편이 제구실을 못하긴 하지만, 대신 후세에 길이 빛날 훌륭한 자식을 둔다는구나. 다만 네가 건강이 썩 좋지 않아 자칫 단명할 수도 있다고 하는데, 이걸 다 믿을 거야 없지만 좋지 않은 것은 더 조심해야 하지 않겠니?"

"그런데 왜 갑자기 이걸 제게 보여주시는 거지요?"

"어려서부터 너의 재주가 뛰어나다 보니 은근히 우려가 되었지. 아마도 그런 우려가 그런 일을 자초했는지도 모르겠다."

느낌이 이상했다.

"무슨 일을요?"

어머니는 한동안 말이 없다가 겨우 입을 열었다.

"용서해라. 다만 다 너를 위하자고 한 일이니……. 너를 지금 고통스럽게 하는 일이 무엇이냐. 그게 아직도 잊지 못하는……."

나는 어머니 손을 움켜잡았다.

"어머니는 알고 계시죠? 예? 금강산으로 간 이가 죽었습니까?"

나는 뚫어지게 어머니를 바라보았다. 어머니는 그만 눈길을 떨어뜨리고 말했다.

"그의 생사를 지금은 나도 모른다. 다만 네 혼사 무렵까지는 죽지 않았었다."

그 말에 천지가 무너지는 천둥소리가 들렸다.

"말해주세요. 그래요, 제가 모르는 무언가가 있군요. 어머니는 제 비밀을 다 아시잖아요. 하지만 지금은 제가 어머니의 비밀을 모르고 있는 것 같군요. 저한테 숨기시는 게 있지요? 예?"

"그래 다 말하마. 그게 너를 위해서도 좋을 거 같구나. 네가 혼인을 계속 피하고 정한수를 떠놓고 밤마다 기도하던 때가 있었지. 내게 정 대감집 서자인 준서를 연모한다고, 또 백년가약까지 맺었다고 고백했잖니. 나는 사실 두 사람이 좋아하는 걸 예전부터 눈치는 챘었다. 혼자만 끙끙 앓고 있었지. 네 사주에 도화살이 있잖느냐. 그래도 그렇게까지 네 마음을 다 빼앗긴 줄은 몰랐다. 그런데 아무리 생각해도 그건 말이 안 되는 거야. 금강산에 간 그 도령이 돌아오기라도 한다면 너를 붙잡을 수 없을 거 같더구나. 두 사람의 앞날이야 불을 보듯 뻔하고. 그 도령은 출세길이 막힌, 그야말로 사내로서는 죽은 도령 아니더냐. 그래서 네 아버지께 말씀드렸다. 그때 네 아버지가, 사주에 도화살이 보이고 남편궁이 묘에 들어간 형상이라 말씀하더니 이 아이가 이런 운을 만나려고 그랬었나 보오, 하시더라. 그러므로 무조건 막아야 한다고 하시며 그렇지 않으면 네가 제명에 못 죽을 거라고 하셨어. 여하간에 그 결합을 말릴 방도를 찾았다.”

마른번개와 천둥소리가 계속 들려왔으나 비는 내리지 않았다. 태풍이 오려는지 바람도 심하게 불었다. 어머니의 말 사이사이로 댓잎들이 부대끼는 소리가 심하게 들렸다. 바람에 흔들리는 등잔불이 두 모녀의 그림자를 늘였다 줄였다 했다. 어머니는 숨이 찬지, 아니면 말하기가 벅찬지 잠시 침묵했다. 바깥의 온갖 소리 속에서도 방 안의 긴장은 당긴 활시위처럼 팽팽했다. 갑자기 등잔불이 저절로 꺼져버렸다. 암흑천지에 댓잎들이 부딪치며 몸부림치는 소리만 더욱 크게 들렸다. 한동안 불안한 침묵이 흘렀다. 불을 켤 생각도 없이 어둠 속에서 어머니가 입을 열었다.

"그런데…… 방법은 의외로 빨리 찾아왔다. 너 혼인하던 그해 여름에, 아버지가 마침 출타하셨다가 귀가하는 중에 그 도령이 집 밖에서 얼씬거리는 걸 보셨다. 너를 만나려고 왔던 거지. 고생하여 행색이 초라한 그 도령을 한눈에 알아본 아버지가 그 도령을 데리고 경포바다로 나가셨다지. 그러고는 거짓말을 하셨지. 서울로 혼사가 정해졌으니 포기하라고. 아버지가 정말로 사랑하는 여인을 위한 길이 무엇인지 진정으로 생각해보라고 했단다. 그 도령, 몰골은 지쳐 보였으나 금강산에서 도를 닦았는지 눈빛만은 형형한 그 도령이 끝끝내 네가 약속을 저버리고 그럴 리가 없다고 차라리 자기를 죽여달라고 하더란다. 자기의 목숨은 이제 아무 의미가 없다고. 그런데 한참을 눈을 감고 생각에 잠긴 그 도령이 아버지에게 세 번을 묻더란다. 혼처가 정해진 게 사실이냐고. 난감했지만 너를 구하려는 아버지는 그 도령에게 거짓말을 할 수밖에 없었단다. 그 도령, 어느 순간, 결심을 하고 말하더란다. 자기가 죽은 사람이라 해야 네가 포기하고 혼인하여 잘 살 거라고, 죽었다고 네게 전하라 하더란다. 아버지는 그때까지 너와 그 도령과의 일을 전혀 모르는 것으로 되어 있는데, 네 앞에서 그렇게 말할 순 없었지. 방도를 생각해보던 아버지가 떨고 있는 그를 주막으로 데리고 갔단다. 며칠은 굶은 듯 보이던 그에게 요기도 하게 하고 술도 함께 마셨단다. 그리고 결심이 섰다면 네가 믿을 수 있도록 편지를 쓰라고 했단다. 결국 그 도령이 편지를 쓰고, 주막에 유하던 손님을 사서 네게 편지를 전한 거지. 그리고 다음 날, 아버지가 공부하는 데 보태 쓰라고 돈을 좀 마련하여 주막으로 가니 그 도령은 홀연히 떠나고 난 이후였단다. 우리를 용서하거라. 그러나 부모가 되고 나서 특히나 남편이 묘에 들었다는 사주를 타고난 딸자식에게 출세길이 꽉 막혀 살아도 산 것이 아닌 기생첩의 자식, 역적의 자식을 어떻게 맺어주겠니. 아버지와 나는 정말 두려웠단다. 이건 반드시 가문의 문제도 아니었다. 나는 네가 그와 결합되면 정말 제명대로 못 살 것 같은 생각이 너무도 강하게 들더라. 서로를 지나치게 갈구하는 사랑은 서로를 소진시키는 법이란다. 자칫 단명할 수 있다는데, 명을 재촉하는 일을 저지르려는 너를 구해야겠다는 생각만 들었지. 이 비밀이 무덤까지 갔으면 좋으련만. 살면서 나도 늘 불안했느니라. 그런데 어찌 알았느냐?"

나는 그 말에 대답은 않고 온몸이 굳은 석상처럼 앉아 있었다. 가슴에 묻어두었던 비밀을 털어낸 어머니는 갑자기 온몸에 오한이 나는지 몸을 떨었다. 내 몸에서도 무언가 빠져나가 몸이 텅 비어버린 것 같았다. 어머니가 몸을 떨자 약속이나 한 듯 나도 몸을 떨었다. 마른번개와 먼 곳의 천둥이 멈추고 갑자기 격렬한 폭우가 쏟아지기 시작했다.

붓을 들 때마다 『장자』에 나오는 소의 각을 뜨는 백정의 경지가 부러웠다. 두께가 없어 어느 틈을 비집어도 자유로운 그의 칼. 내게 있어 예(藝)에 이르는 길은 이렇듯 나를 버리고 내가 칼이 되는 것이었다. 두께 없는 칼. 나를 잃어야 얻을 수 있는 법. 그러려면 마음을 굶기고, 내 존재를 망각하여 대나무 속처럼 텅 비워야 한다. 대통(大通)과 하나 되어야 한다. 도(道)는 오로지 빈 곳에만 있는 것……. 하지만 사람과 사람이 얽힌 삶에서, 나를 비워내고 나를 잃는다는 것은 희생의 또 다른 이름일진대…… 하물며 여인의 인생임에야…….

백정(白丁)의 칼

앞길에 바람이 세겠네, (未可動歸橈)

배는 어디에 댈꼬. (前溪風正急)

당나라 시인 대유공(戴幼公)의 시를 쓰다가 나는 벌써 몇 장째 종이를 구겨버린다. 시댁 친척이 여덟 폭짜리 초서 병풍을 부탁해왔다. 이 시의 셋째 행과 넷째 행에 이르러 이상하게 손목에 힘이 들어가며 호흡이 흩어져버린다. 연이어 휘돌아치는 물굽이 같은 일필휘지가 되지 않는다. 벼루에 붓을 놓고 종이를 저만치 밀어내고 보료에 쓰러져 누워버린다. 요즘따라 왜 이리 짜증이 나는 걸까. 배 속의 아기에게도 좋지 않을 텐데. 세번째 임신이었다. 어머니 열녀 정각 세우던 해에 글공부하느라 떨어져 있던 남편이

삼 년 만에 친정에 와서 생긴 첫딸 매창을 한양 시댁으로 돌아와
낳은 게 재작년이었다. 두 해 걸러 세번째 아이가 들어선 것이다.

　그해를 생각하면 한동안 가슴이 아팠다. 준서의 편지에 얽힌
사연을 듣고는 돌아가신 아버지가 원망스러웠다. 어머니를 한동
안 미워했다. 어머니는 가슴에 묻었던 그 일을 토설(吐說)하고 나
서 병환이 났다. 경황이 없는 중에 열녀 정각이 완성되고 옥남이
인근의 권(權)씨가로 시집을 갔다. 겹경사라며 두 번의 잔치가 벌
어졌지만 우리 모녀는 서로 속을 앓고 있었다. 한동안 나는 어머
니를 바로 보지 않았다. 어머니가 무슨 죄가 있을까만, 그것은 내
자신을 용서할 수 없다는 표현이 그렇게 나온 건지도 몰랐다. 준
서 또한 원망스럽기 그지없었다. 모두가 나를 속이고, 내 인생을
기만한 것이다. 나는 산다는 것이 우습게 여겨졌다. 그때 남편과
삼 년 만에 재회했다. 이상하게 썩 반가운 마음도 들지 않았다. 그
무렵엔 모든 게 우울하고 서글프게만 여겨졌다. 그는 학문에 별
로 진전이 없어 보였다. 그러나 나도 더 이상 그의 학문에 기대하
지 않았다. 어쩌면 예상했던 일이었다. 그를 있는 그대로 받아들
였다. 남편이 뭣자리에 있다는 사주가 맞다면 팔자 도망은 못 하
는 것이다. 차라리 잘되었다. 어머니에게 그걸 보여주어 복수하고
싶었다. 앞날이 막힌 서자인 준서를 택해서가 아니라 양반가의
자식인 이원수가 남편이 되어도 어쩔 수가 없지 않은가. 어머니,
보세요. 당신이 고른, 앞날이 구만 리 같은 양반가의 자제입니다.

316

옥남의 혼례가 끝나자마자 말리는 어머니를 뒤로하고 나는 매정하게 친정을 떠나왔다. 처음으로 어머니 가슴에 못을 박는 불효를 저질렀다. 어쩔 수 없었다. 웃음을 잃은 모습을 어머니에게 보여주느니 차라리 시댁으로 돌아와 생활의 굴레 속에 나를 방기하는 게 나을 것 같았다. 시댁으로 돌아와 보니 남편은 떨어져 살던 삼 년 새에 글공부 대신 술이 늘어 있었다. 의지박약한 데다 무골호인이라 술친구도 많을 뿐더러, 외롭게 자란 탓인지 술자리를 일찍 걷질 못하는 성미였다. 게다가 간혹 옷에 분 냄새까지 묻히고 들어왔다.

내 마음 또한 자주 풍랑이 일었다. 첫딸 매창을 낳고 시댁 일을 돕고 살림을 하면서도 간혹 불쑥불쑥 비명을 지르고픈 충동을 잠재워야 했다. 사는 게 이런 건가. 내가 이런 삶을 사는 대가로 그는 걸인이 되고 광인이 되어 떠돈단 말인가. 고작 이것이 그가 나를 위해 선택한 삶이고 내가 선택한 삶인가. 그럴 때마다 미친 듯이 글씨에, 그림에 매달리곤 했다. 밤이 되어 온몸이 피로로, 나무둥치처럼 무거워도 굳은 팔을 들어 올려 그림을 치고 글씨를 썼다. 그렇게 온몸과 정신을 혹사하지 않으면 미쳐버릴 것 같았다. 나는 점점 말수가 줄어들었다. 말이 줄어든 대신 글을 써댔다. 밤늦게 들어온 남편은 불을 끄지 않는다고 화를 내고는 베개를 들고 시어머니 방으로 가서 자곤 했다. 시어머니의 눈길도 예전 같진 않았다. 재주 많고 경전에 통달한 며느리라도 제 서방 하나 제대로 사람 구실하게 하지도 못하다니.

"얘, 재주도 좋다만, 그러고 있으면 밥이 나오니? 떡이 나오니? 아, 그림이나 내다 팔아 돈이나 되면 모를까. 남정네 같으면 환쟁이로 화원에 나가 밥벌이라도 하지. 아녀자가 여기로나 하는 짓, 우리 같은 집안에서 가당키나 하니? 그럴 여력 있으면 네 남편한테, 네 새끼들한테 눈길 한 번 손길 한 번 더 주거라."

시어머니가 어느 날 심정이 상했는지 딴에는 모진 말을 했다. 나는 여기라는 말이 목에 걸렸다. 어머니, 저는 지금 여기로 하는 짓이 아닙니다. 이것이라도 하지 않으면 죽을 것 같답니다. 하지만 시어머니 앞이라 입을 꼭 다물었다. 그러나 결코 살림을 팽개친 적은 없다.

"어머님, 제가 그렇다고 만사를 제쳐놓고 그리하지는 않잖아요. 밤 시간을 쪼개어……."

"그래, 네가 밤잠 안 자고 그리고 쓰면 네 몸 축나서 우리 아들, 우리 손자들 제대로 대접 못 받고 사는 건 생각 못 하니? 여자 몸이 어디 여자 혼자만의 몸이더냐."

그러던 시어머니가 친척들의 부탁이라며 주문을 받아 왔다. 그림 값이나 글씨 값을 어떻게 쳐서 받는지는 모르겠으나 분명 살림에 도움을 받는 게 분명했다. 차라리 마음이 홀가분했다.

시간은 삼경이 다 되어가는데, 남편은 아직 귀가하지 않았다. 나는 다시 일어나 앉아 붓을 잡았다. 앞길에 바람이 세겠네 배는 어디에 댈꼬……. 이 시가 가슴에 와 닿는 것은 요 몇 년간의 내 방황하는 심사를 그대로 읊은 것 같았기 때문이다. 마음의 정처를 잃고 정말 이렇게 나가다간 앞날에 풍파가 있을까 두려웠다.

호흡을 가다듬고 붓을 쥐고 막 첫 자를 쓰는데, 남편이 장지문을 소리 나게 닫고 방 안으로 들어왔다. 나는 고개도 돌리지 않고 단호하게 붓을 쥐고 쓰던 초서를 마저 써내려간다.

"아니, 남편이 귀가했는데 눈도 안 돌리다니. 이러니 내가 집에 들어올 맘이 나겠소? 그러오, 안 그러오? 대답을 해보오."

남편의 몸에서는 술 냄새와 여자 냄새가 섞여 묘한 냄새가 풍겨왔다. 정신을 놓지 않고 끝까지 마지막 글자까지 써내려가려는 찰나, 남편이 종이를 밀쳤다. 물 흐르듯 필체가 흐르다가 마지막 글자에 와서 붓질이 뭉개져버리고 말았다. 나는 꼿꼿한 눈길로 남편을 바라보았다.

"하늘 같은 남편을 이렇게 맞이한단 말이오?"

그가 혀 꼬부라진 말로 항의를 했다.

"약주가 과하십니다. 주무시지요."

"그림이나 글씨가 서방이나 되오?"

"……."

나는 조용히 입을 다물고 있다.

"왜 대답이 없소? 남편 말이 우습소?"

"자리를 펴고 불을 끌 테니 주무세요."

내가 자리를 펴려고 일어나려 하자 그가 좀 전에 글씨를 썼던 종이를 확 구겨서 방바닥으로 던졌다. 내가 참다못해 말을 뱉었다.

"그러는 서방님은 한 점 부끄러움이 없습니까? 투기하는 것 같아 여태 아무 말 하지 않았습니다. 이 시간까지 술만 드시진 않았다는 것 알고 있습니다."

남편의 그런 버릇은 글공부를 핑계로 삼 년간 떨어져 살 무렵부터 생겼다.

"그래, 내가 왜 그러는지 당신은 할 말이나 있소? 당신이 나를 얼마나 외롭게 하는지 알기나 하오? 내 재주 많은 계집이 사내를 외롭게 한다는 걸 진즉에 알았다면……. 당신 마음이 늘 딴 데 가 있지 않소? 언제 내게 닻을 내린 적 있소?"

남편이 베개를 꺼내더니 그 말을 남기고 장지문을 세차게 열고 나갔다. 시어머니 방문이 열리며 잠결에 시어머니가 뭐라 잔소리하는 소리가 들려왔다. 그가 빠져나가느라 열린 문 밖으로 눈썹 같은 초사흘 달이 외롭게 걸려 있다. 나는 어깨를 떨었다. 남편의 말은 틀린 말이 아닐 것이다. 당신이 나를 얼마나 외롭게 하는지 알기나 하오……. 그래, 그랬을 것이다. 나는 문을 닫을 생각도 잊고 문설주에 기대 초사흘 달을 보며 그런 생각이 들었다. 언제 내게 닻을 내린 적 있소? 하늘에 떠 있는 닻처럼 생긴 초승달이 가슴을 찍었다. 갑자기 그 말이 아팠다. 내 마음이 저 초승달처럼 남편에게 그렇게 인색할 수밖에 없었다. 하지만 모든 게 마음대로 되는 것은 아니었으니 어쩌겠는가. 다만 마음속에 한 남자를 품었던 죄의식으로 나는 남편이 간혹 술김에 오입을 하고 와도 모른 척했을 뿐이다. 그러나 그런다고 내 마음이 편한 것도 아니었다. 이렇게 삶이 텅 비고 외롭고 공허하다니. 어찌해야 하는가. 하늘이시여, 제게 지혜를 주소서.

언뜻언뜻, 생에 이렇게 그림자가 질 때면, 내가 할 수 있는 건 서화의 세계로 도망치는 것이었다. 그것에 매달리는 것이었다. 그러나 이제는 그것도 답답했다. 어릴 적 안견의 산수화를 모사한 것부터 시작하면 붓을 잡은 지 이십 년이 다 되어간다. 얼마나 해야 무위자연(無爲自然)의 도가 이루어지는 무하유지향(無何有之鄕)의 경지로 들어갈 수 있을까. 나는 장지문을 닫고 홀로 남겨진 방 안에 앉아 『장자』의 「양생주(養生主)」편을 다시 가슴에 새기며 읽어본다.

한 백정이 문혜왕을 위하여 소를 잡은 일이 있었다.

그의 손이 닿는 곳이나, 어깨를 기댄 곳, 발로 밟은 곳, 무릎으로 짓누른 곳은 슥삭 하는 소리와 함께 칼이 움직이는 대로 살이 떨어져 나가는 소리가 났는데, 음률에 맞지 않는 것이 없었다. 그의 동작은 상림(桑林)의 춤과 같았고, 그 절도는 경수(頸首)의 음절에도 맞았다.

문혜왕이 말하였다.

"오, 훌륭하도다. 그 기술이 어떻게 그와 같은 경지에 이를 수 있느뇨?"

백정은 칼을 놓고 대답하였다.

"제가 좋아하는 것은 도(道)로써 재주보다 앞서는 것입니다. 제가 처음 소를 잡을 때에는 눈에 보이는 것이 모두 소였으나, 삼 년이 지나매 이미 소의 모습은 눈에 보이지 않게 되었습니다. 지금에 이르러서는 저는 정신으로 소를 대하지 눈으로는 보지 않습니다. 눈의 작용이 멎게 되니 정신의 자연스러운 작용만 남게 되어, 저는 천리를 따라 큰 틈새와 빈 곳에 칼을 놀리고 움직여 소 본래의 구조 그대로를 따라갈 뿐입니다. 그 기술의 미묘함에 아직 한 번도 힘줄이나 질긴 근육을 건드린 일이 없사온데, 하물며 큰 뼈야 더 말할 게 없습니다. 솜씨 좋은 백정은 일 년에 한 번 칼을 바꾸는데, 그것은 살을 가르기 때문입니다. 평범한 백정들은 달마다 칼을 바꾸는데, 뼈를 자르기 때문입니다. 지금 제 칼은 십구 년이 되었으며, 수천 마리의 소를 잡았으되, 칼날은 방금 숫돌에 간 것 같습니다. 소의 뼈마디에는 틈이 있는데 칼날에는 두께가 없습니다. 두께가 없는 것을 틈이 있는 곳에 넣기 때문에 칼을 휘휘 놀려도 항상 여유가 있는 것입니다. 그래서 십구 년이 지났어도 칼날은 새로 숫돌에 갈아놓은 것 같은 것입니다. 하지만 그럼에도 뼈와 살이 엉킨 곳에 이르게 되면, 저도 어려움을 느껴 조심조심 경계하며 눈길을 거기에 모으고 천천히 손을 움직여서 칼의 움직임을 아주 미묘하게 합니다. 그러면 살이 뼈에서 발려져 흙이 땅 위에 쌓이듯 쌓입니다. 그리고 나면 칼을 들고 서서 사방을 둘러보며 만족스러운 기분에 잠깁니다. 그러다가 칼을 닦아 챙겨 넣습니다."

문혜왕이 말했다.

"훌륭하구나. 나는 백정의 말을 듣고 양생(養生)의 도를 터득하였도다."

아아, 나는 언제나 도로써 재주를 앞서갈까. 내 붓은 언제 백정의 칼처럼 될까. 지금은 정진하는 것밖엔 다른 방도가 없다. 나는 다시 먹을 갈 준비를 한다.

*

어느 날 가연으로부터 인편에 서찰이 왔다. 보고 싶은 마음에 수소문하여 서찰을 보내니, 가능한 시간을 말해주면 가마를 보내주겠다는 내용이었다. 나는 시어머니에게 사정을 말하고 허락을 구했다. 허락은 쉽게 났다. 시어머니는 영의정의 며느리가 옛 벗이냐며 반색을 했다. 고부간의 대화를 들었는지 남편이 아는 척을 했다.

"영의정집 장자라면 한양 땅에 호가 난 파락호로 소문났던데. 그 무리들이 기방마다 물을 다 흐려놓는다더만. 그 부인이 당신 고향 동무라니…… 참 안됐소. 명문세도가의 남편이면 뭘 하겠소."

사흘 후, 가마꾼이 집 앞에 당도하자 시어머니는 몇 가지 떡을 반합에 선물로 싸주었다. 북촌의 크고 반듯한 기와집의 솟을대문 앞에서 가마를 내리니 행랑어멈이 별당으로 안내해주었다. 행랑어멈은 내 입성을 아래위로 한눈에 훑더니 대갓집의 행랑어멈답게 꽤나 거드름을 피웠다. 그러다 안채를 지날 때는 발소리마저 죽이며 날 보고 쉿, 입술에 손가락을 대며 조용히 지나가라는 표시를 했다. 도둑고양이처럼 별당에 스며들면서 나는 가연의 처지가 왠지 이해될 듯했다.

여름이라 날이 더운데도 별당 가연의 방은 문이 꼭 닫혀 있었다. 가연의 방에 들어서자 묵향이 은은하게 났다. 가연은 시를 짓고 있다가 나를 맞았다. 부끄러운지 얼른 한쪽으로 종이를 치워놓고 일어섰다. 가연은 좀 수척했으나 겉보기에는 조용한 호수처럼 맑아 보였다. 가연이 내 손을 잡았다. 우리는 미소를 머금은 채 서로를 뚫어져라 바라보았다.

"어서 와. 몇 년 만이니? 오오, 그러고 보니 너도 아기 가졌구나. 몇 달째야?"

가연이 봉긋 솟은 내 치마를 보며 물었다.

"여섯 달째로 접어들었어. 그러고 보니 너도?"

가연이 미소를 지으며 고개를 끄덕였다.

"응, 그래. 넉 달째야."

"어머나, 잘됐구나. 입덧은 끝났어?"

"난 원래 입덧 같은 건 안 해. 아이가 잘못되어 그렇지."

가연의 얼굴이 순간적으로 어두워졌다가 다시 밝아졌다.

"그래도 난 내 평생 아이 가졌을 때가 제일 맘 편하더라. 태중에 아이 품고 있을 때면 살아 있다는 느낌이 들거든. 게다가 아무도 날 건드리지 않아서 좋아. 사람들도 왜 새끼 가진 짐승, 잘 건드리지 않잖아. 네 생각 많이 했어. 외롭고 심심해서 정말 보고 싶었단다. 그동안 어떻게 지냈니?"

나는 이태 전에 가연과 만났던 일을 떠올렸다. 가연이 무심히 했던 말에 준서의 비밀을 알게 되고 그 후 혼란에 빠졌다는 말은 할 수 없었다.

"그냥저냥…… 넌?"

"나도 그냥 그렇지 뭐."

너무 오랜만에 만나니 할 말이 없었다. 마침 선물로 가져온 떡 보자기를 풀었다.

"이거 우리 시어머니가 선물로 보내신 거야. 네 시어머니께 보여드려야 하지 않니?"

"됐어. 그러지 않아도 돼. 부딪치고 싶지 않아. 그런데 네 시어머니 떡 솜씨가 인근에 자자하더구나."

그때 바깥에서 가야금 소리가 들려왔다. 잠시 후 여인들과 사내들의 웃고 떠드는 소리가 들려왔다. 내가 어리둥절해했으나 가연은 아무렇지 않게 반합을 열어 떡 하나를 집어내어 한입에 먹어치운다.

"과연 소문대로구나. 정말 맛있다. 너도 먹어."

가연은 떡을 처음 본 가난한 소녀처럼 한입에 경단을 몇 개씩 집어넣었다.

"얘, 체하겠어. 천천히……."

그때 누군가가 장지문을 홱 열어젖히고 들어왔다.

"아니, 누가 왔니? 못 보던 신이 섬돌에 있구나."

잔뜩 떡을 집어 먹다 만 가연의 눈이 놀란 토끼처럼 커졌다. 떡을 채 씹어 넘기지도 못한 채 울상을 짓다가 급기야 목이 메는지 주먹으로 가슴을 치며 기침을 했다.

"하여간 온당하지 못한 것 같으니라구. 그래 시에미 몰래 혼자 먹는 떡 맛이 그리 좋으냐? 모르는 사람이 보면 시에미가 밥을 굶기는 줄 알겠구나. 이러니 내가 제명에 못 살지. 뉘시오? 우리 며느리 벗이오?"

곱지 않은 눈길로 가연을 노려보며 일갈하던 노부인이 나를 향해 물었다. 엄격하면서도 일견 심술기가 있어 보이는 완고한 이 노인네가 가연의 시어머니인가 보았다. 나는 얼른 일어나 예를 갖추고 인사를 올렸다. 가연이 정말 체했는지 가슴을 치며 계속 헛구역질을 했다.

"아! 얼른 나가 물 한 사발 들이켜지 않고 뭐하니? 미련한 것!"

가연이 뛰어나갔다.

"상전이 따로 없지, 상전이."

노부인은 혀를 차며 가연의 뒤를 노려보았다. 나는 몸 둘 바를 모르고 고개만 숙이고 있었다. 노부인이 날카로운 눈으로 방 안을 휘휘 둘러보더니, 서안 위에 덮어놓은 종이를 방바닥에 펼쳤다. 거기에는 좀 전에 지은 듯한 가연의 글이 있었다.

규방의 원망(閨怨)

규방으로 난 문에는 다니는 사람 끊기었고 (閨閣行人斷)
창문에는 비스듬히 달빛 비치는데 (房櫳月影斜)
그 누가 북창 아래에서 (誰能北窓下)
홀로 뒤뜰의 꽃을 보고 있으랴 (獨對後園花)*

노부인은 종이를 팽개치며 혀를 찼다.

"이런! 청승은…… 쯧쯧, 이런 시나 짓고 있으니."

가연의 외로운 처지와 한이 종이에 올올이 배어 나왔다. 아내를 유기(遺棄)하고 대낮에 집 안에서 기생놀음이나 하고 있는 가연의 서방이란 작자에게 화가 치밀었다.

* 옛 중국의 하손(何遜)이란 사람이 지은 시.

부인은 가연이 방으로 들어오자 마지못해 일어섰다. 그리고 양반집 마님답게 음전하게 행랑어멈을 불러 손님상을 한 상 잘 차려 내오라 명령하였다.

"이제 속 좀 괜찮니?"

가연의 낯빛을 살피며 내가 물었다.

"이 집 식구들 얼굴만 보면 속이 뒤집히니…… 큰일이야. 그러니 뭘 먹은들 피가 되고 살이 되겠니."

내 처지를 가끔 한탄하곤 했지만, 가연이 사는 모습을 보니 할 말이 없었다.

"아무리 싫어도 눈치껏 비위도 좀 맞추고 웃는 시늉이라도 하며 살지 그랬니. 어떨 땐 마음 따로 몸 따로 허허실실 사는 게 현명하다는 생각도 들어."

"나도 처음에는 잘해보려고 죽을 만큼 애쓰며 살았다. 그런데 정해진 팔자가 있는지 내 노력으로는 안 돼. 노력하면 할수록 일이 더 꼬이고. 그래도 나 예전보다 많이 나아진 거야. 마음을 다 비웠거든. 아니, 내 자신을 텅 비워버렸어. 그야말로 빈 쪽배란다. 바람이 희롱하는 대로 물결이 흔드는 대로 살고 있단다. 그래도 나만 보면 남편도 시어머니도 저리 못 잡아먹어 안달들이니…… 그러니 여북하면 내가 얼굴을 부딪치지 않으려 할까. 재주 과한 년이 사람 잡는다는 말, 정말 듣기 싫은데 내가 할 짓이라곤 이 규방에 앉아 문방사우랑 노는 것밖에 뭐가 있니."

가연의 처지와 심정이 나로서도 충분히 공감이 갔다.

　"너 내 처지를 짐작했겠지만, 나는 너무 외롭고 두렵단다. 이번에 배 속의 아이가 무사할까? 그리고 이렇게 칡넝쿨처럼 풀 길 없는 내 인생의 앞날을 또 어찌 풀어나갈까⋯⋯. 그래도 이 마음을 글로 풀어낼 재주라도 있으니 다행이다 생각할 수밖에. 참 너 해산은 어디서 하니? 산달이 나보다 좀 이르겠구나. 우리 강릉 친정에 가서 해산하면 어떨까. 강릉에서는 더 자주 볼 수도 있잖아."

　"그래, 그거 좋은 생각이다. 그리되면 좋겠다."

　내가 밝게 웃으며 말했다. 고향 이야기가 나오자 다시 처녀 시절로 돌아간 듯했다. 머릿속에서 막힘없이 신묘한 문장이 쏟아지던 가연. 가연은 내게 늘 새로운 자극을 주곤 했다. 나는 가연이 지은 글을 더 보고 싶었다. 가연은 수줍어하면서 벽장 속에서 그동안 지은 시와 글을 보여주었다. 나는 전율을 느꼈다. 글들은 먹으로 쓴 게 아니라 피로 쓴 듯 절절했다. 글자의 행간에 가연의 한숨이 바람처럼 불어왔다. 어린 시절, 가연이 가진 것들을 얼마나 부러워했던가. 그러나 지금 가연의 처지는 얼마나 딱한가. 그러나 이 고단하고 고통스런 삶이 글을 이렇게 날렵하게 벼리는구나. 가연과 나는 오랜만에 예(藝)의 경지에 대해 논하다가 서로가 『장자』에 빠져 있다는 걸 알았다. 오랜만에 통하였다. 심재(心齊)와 좌망(坐忘)에 대한 생각은 서로 조금씩 달랐다. 가연은 철저히 자신을 현실로부터 격리시키고 텅 빈 배처럼 자신을 비웠다고 했다. 그러나 그것은 오히려 자의식이 너무 넘치는 것이 아닐까. 나는 너희 같은 인간들과는 상대할 수 없어, 라는 오만 아닐까. 현실을 억지로 부정하고 잊으려 한다고 현실이 사라질 것인가. 현실과의 경계마저 의식하지 못하는 것. 그것은 현실을 잊으려고 해서 되는 일은 아닐 것이다. 가연을 보면서 오히려 나는 내 혼란스런 삶이 조금 정리되는 느낌이었다. 마음을 비울 수 있는 데까지 비우고 현실에 연연해하지 않되, 몸은 현실에 더욱더 충실히 복무하여 지혜롭게 살아나가자고 스스로 다짐을 했다.

그 아이는 내가 나를 비우고
비로소 삶을 껴안을 수 있게 되었을 때,
선물처럼 내게 도착했다.
어쩌면 하늘이 필요한 씨를 뿌리고자
'나'라는 밭을 비우게 하였는지도 모르겠구나.

선물

어제가 보름이었으니 오늘이 열엿새 기망이구나. 나는 날짜를 꼽아본다. 달빛이 교교하다. 집 앞으로 펼쳐진 메밀밭이 하얗게 빛나고 있다. 마치 사금파리를 잔뜩 뿌려놓은 듯 황홀하다. 봉평은 메밀이 잘되는 산간 지역이지만 유난히 집 아래로는 넓은 메밀밭이 펼쳐져 있다. 초가을부터 흰 메밀꽃 천지가 된다.

아이들을 재우고 잠을 자려고 누웠다가 잠을 설쳤다. 남편은 가늘게 코까지 골면서 잠에 빠져 있다. 요즘 들어 급격히 배가 불러오기 시작하면서 잠을 설치는 적이 많았다. 나는 동그란 배를 쓰다듬으며 마당으로 나갔다. 장독대로 나가면 달밤의 메밀밭이 잘 보인다. 장독대의 반석에 앉으니 가을바람이 산뜻하다. 아가야, 달빛이 좋지? 산골의 달빛도 좋구나. 바닷물에 비치는 달과

호수에 비치는 달과는 또 다르구나. 잘 보아두거라. 올해 섣달그 믐께나 탄생할 배 속의 아이와 늘 대화를 하다 보니 모든 것을 아 이와 함께하는 것 같았다. 참으로 오랜만에 잔잔한 평화와 기쁨 이 느껴지는 나날이었다.

이 아이는 스물한 살에 첫아들 선을 낳은 이래로, 나에게 다섯 번째 아이다. 둘째는 어머니 열녀 정각 세우던 해에 삼 년간 떨어 져 있던 남편과 만나서 생긴 첫딸 매창. 강릉 친정의 홍매화 생각 이 나서 이름을 매창이라 지은 아이. 창을 열면 다소곳하게 서 있 던 홍매화나무. 영리하고 재주 많은 아이다. 강릉 친정에서는 어 미를 빼닮았다고 하여 '작은 사임당'이라 불렀다. 어리지만 속도 깊어서 나이 들면 어미와 좋은 친구가 될 것이다. 그 이후 두서너 해 터울로 젖을 떼기 무섭게 아이가 생겨났다. 스물여덟에 낳은 둘째 아들 번(璠), 서른 살에 낳은 둘째 딸 한련. 시어머니와 남편 은 살림 형편은 생각지도 않고 무조건 아이 생기는 걸 기뻐했다.

내 나이 어언 서른셋이 되었다. 이제 이남 이녀의 자식을 거느 린, 아내보다 어머니라는 이름이 더 어울리는 여인이 되어버렸다. 한배에서 나왔지만 아이들은 저마다 성정도 용모도 재주도 달랐 다. 각각의 아이들은 색다른 기쁨을 선사했지만, 나는 이제 그만 단산을 하였으면 싶었다. 아이를 키우기 위해 드는 공력은 다른 일을 못 하게 했다. 자투리 시간이 나더라도 아무 쓸모없는 시간 이 되고 말았다. 어떤 일이든 경지에 이르는 시간은 그런 자투리 시간이 아니었다. 장자에 보면 한 푼의 틀림도 없는 저울추를 만드는 팔십 먹은 장인도 그 도(道)에 이르기까지 저울추를 만드는 것 외에는 아무것에도 눈을 돌리지 않고 그 일만 해왔다고 하지 않는가. 자신에게 몰입할 수 있었던 강릉에서의 옛날이 그리웠다. 간혹 틈나는 대로 책의 글줄이나 읽으면 다행이었다. 그래도 하루 중 이른 새벽과 밤 시간은 나를 위해 투자했다. 예(藝)의 기운이 몸에서 떠나지 않게 하려는 것이다. 그래서 단산을 하게 되어 집중적으로 내가 하고 싶은 일을 할 때엔 늘 준비된 기운을 거침없이 쓰고 싶었다. 육아와 가사로 맥이 끊어지면 다시 이어지기 힘든 게 그런 일이기 때문이다. 그러니 젖먹이 아이도 어미가 정색을 하고 앉아 책을 보거나 글씨를 쓰면 숙연해지곤 했다. 어미 곁에서 붓걸이에서 마른 붓을 꺼내 글씨 쓰는 시늉을 했다. 자연스레 문방사우가 아이들의 장난감이 되었다. 큰 아이들도 조용히 어미 곁에 모여 글씨 구경을 하거나 그 글씨를 흉내 내며 익혔다. 집안은 저절로 공부하는 분위기가 되었다. 선과 매창에게 글을 일찍 가르쳤더니 동생들에게 글을 가르치며 잘 데리고 놀았다.

아이들은 탈 없이 무럭무럭 잘 자라났다. 아, 이제는 아이를 그만 낳았으면. 그러나 내 몸이지만 어찌해볼 수 없는 게 임신이었다. 삼신할미가 다른 집은 잊고 내게만 부지런히 아이를 점지하는 걸까. 그럴수록 아이가 잘 안 되어 고통받던 가연이 생각났다. 그리고 달랑 딸자식 하나 낳고는 더 이상 자식을 못 낳았던 할머니 생각도 많이 났다. 세상 참 공평하지 못하다. 가연을 생각하니 가슴이 아파왔다. 그런 면에서 나는 가연에 비하면 얼마나 축복받은 여인인가.

몇 년 전, 가연을 만났을 때, 가연의 시댁에서 가연과 했던 약속은 지켜지지 않았다. 내가 강릉 친정에 내려가 해산을 못 하기도 했지만, 후에 들으니 가연 또한 그 아이를 유산했다 하였다. 재작년에 친정에 다니러 갔을 때, 어머니로부터 가연의 소식을 들었다. 가연이 친정에 와 있는데, 실성기가 있다는 소문이 돈다고 하였다. 사람들 얘기에 의하면, 가연의 실성기는 유산하고 나서부터였다 한다. 시댁에서는 가연을 결국 친정으로 내쳤다 한다. 친정에서도 우울하고 음산한 얼굴로 사람을 피해 칩거하였는데, 정신이 맑을 때와 흐릴 때가 변덕스런 날씨처럼 오간다 했다.

내가 가연을 마지막으로 본 건 그 무렵이었다. 추석 전의 청명한 날씨가 이어지던 초가을, 예전보다 쇠락한 가연의 가세와 집안의 우환을 말해주듯 마당엔 잡초들이 두서없이 자라고 문풍지도 누렇게 바래 있었다. 별당의 툇마루에 가연이 나와 앉아 있었다. 머리도 제대로 빗지 않고 옷도 아무렇게나 걸친 가연이 햇빛 속에 멍하니 앉아 있었다. 포대기를 두르고 넋을 놓은 채……. 내가 다가가, 가연아! 하고 불러보았다. 가연이 고개를 돌려 나를 바라보았다. 가연은 나를 알아보지 못했다. 눈이 부신다는 표정으로, 그저 좀 무심하게 눈을 째긋이 뜨고 바라다볼 뿐이었다. 나는 가슴이 철렁 내려앉았다. 나는 가연이 두르고 있는 포대기를 들여다보았다. 그 안에는 갓난아기가 아닌, 때 절은 베개가 들어 있었다.

가연을 그렇게 마지막으로 보고 나서 사흘 후에 비보를 들었다. 가연이 목을 맸다고 했다. 가연이 죽은 후에 말이 많았다. 가연이 지은 시편들이 매우 많았을 텐데, 어찌 된 일인지 사후에 그 흔적을 찾을 수 없었다고 한다. 그걸 보고는 사람들은 가연 자신이 죽기 전에 그 흔적을 없애고 스스로 목숨을 끊은 것이라고 했다. 그래서 어떤 사람들은 가연이 실성한 척을 한 것이라 말하기도 했다. 어려서 신동 소리를 듣고 고대광실 사대부가에서 부족함 없이 자란 외동딸. 어려서는 얼마나 부러웠던가. 임금 아래 최고의 자리인 영의정 집안으로 시집을 가게 되어 강릉을 떠들썩하게 만들었던 아이. 그러나 박복하고도 외롭게 살다 재능을 활짝 꽃피워보지도 못하고 져버린 안타까운 꽃.

나는 가연을 생각하면 안타깝기도 했지만, 한편 고마운 마음이 많았다. 표현은 안 했지만, 그녀의 뛰어난 재능은 늘 내게 새로운 자극을 주었고, 또 다른 세계에 눈뜨게 했다. 어릴 때 가연의 집에 있는 책들을 뒤적이며 신선한 충격을 받았으며, 가연이 일찍 경도되어 있던 도가 사상에 서서히 눈을 뜨게 되었다. 그리고 함께 재주를 타고난 여인으로서, 박복한 가연을 보면서 어쩔 수 없이 나는 내 자신의 생에 그나마 위안을 받을 수밖에 없었다. 그것이 가연에게 고맙고도 미안했다. 하지만 어쩔 수 없지 않은가. 아무리 가슴 아파도 가연의 생은 다른 곳으로 흘러갔다. 번을 낳았던 그해, 가연의 시댁에 놀러 갔다 온 후, 내 삶에 대한 태도가 서서히 변화되었다. 가연의 불행이 내겐 스승이 되었다. 가연에 비해 내 자신의 삶이 다행다복하다 생각하기로 했다. 어울리지 못하고 폐쇄적인 가연의 성격을 거울삼아 앞날엔 좀 더 밝고 지혜롭게 살자 다짐했다. 시어머니도 남편도, 생각해보면 너그러운 사람들이었다. 문제가 있다면 어쩌면 내게 있었다. 아무것도 모르는 남편과 시어머니, 아이들에게 터럭만큼도 상처 주지 않아야겠다는 생각이 들었다. 그러려면 더욱더 강해져야 했다. 그들에겐 더욱더 부드러우면서도 내 자신에겐 더욱더 엄격해야 했다.

나는 모든 것을 있는 그대로 받아들이자고 결심했다. 남편을 있는 그대로 받아들였다. 그 모든 것으로부터 마음을 비우고 내 자신의 삶을 지금 있는 그대로 받아들이자 이상하게 남편의 또 다른 면이 보였다. 바탕이 어질고 천진한 남편이 물처럼 편안하고 따스하게 여겨졌다. 남편의 외로움도 이해가 되었다. 남편이 고마웠다. 그렇긴 해도 마음 깊은 곳으로부터 남편을 존경하는 마음이 생기질 않아 마음 한구석이 답답하긴 했다. 그럴 때마다 붓을 잡았다. 붓을 놀리는 무아의 세계로 빠질 수 있게 한 것도 어찌 보면 남편의 덕이라 할 수 있었다.

그 무렵에 시어머니가 마음에 드는 제안을 했다. 분가를 제안

한 것이다. 봉평에 사둔 메밀밭이 있는데, 친정도 가깝고 하니 남
편과 조용히 농사도 짓고 솔가를 해보면 어떠냐는 것이다. 시어
머니로서는 그럴만한 사정이 있었으리라. 남편에게 생긴 술버릇
과 오입질을 어떡하든 끊어보고자 함이었을 것이다. 어찌 되었든
내게는 내심 반가운 소식이었다.

"내 다 너를 생각해서 이런다. 그곳엔 둘러봐도 내리봐도 메밀
밭 천지다. 근동에 술집도 기방도 없으니 이 김에 네가 애비를 잘
구슬러 다시 글공부에 입지를 세우게 하는 게 좋겠구나. 밤마다
다 큰 자식이 제짝을 두고 베개를 들고 어미를 찾아오는 꼴도 그
렇고. 그곳에 가서 네 식구들만 끼고 살면 정이 더욱 새로울 것이
다. 내 너가 붓만 쥐고 있는 걸 보면 가끔 부아가 난다. 너무 붓만
쥐고 있지 말고, 식구들에게 더 살갑게 굴면 이다음에 다 너에게
크게 돌아오느니라. 그리고 네 젊은 몸이 줄줄이 아이를 낳는데
먹고사는 일에 지친 늙은이가 이제 손자들 건사까지 힘들구나.
친정어머니 가까이 계시는 그곳이 너도 만만하지 않겠느냐."

나는 시어머니의 말이 고마웠다. 고마워서 깊이 머리를 조아렸
다. 겉으론 음전한 척, 속으로는 며느리에 대한 역정을 소태를 입
에 문 듯 참고 있던 가연의 시어머니에 비하면 너무도 진솔하고
고마운 분이었다.

그리고 가슴에 맺힌 친정어머니……. 서울 시가로 돌아와 첫
딸 매창을 낳고 나서야 어머니 생각이 애절했다. 매창을 낳고 몇

날 며칠 그렇게 눈물이 나올 수가 없었다. 내가 완벽하게 어머니를 이해하게 되었다면 바로 그때가 아니었을까. 어떤 논리가 아니라 갓 난 딸을 바라보면 어머니가 나를 낳고 바라보는 그 심정이 되었고, 젖을 먹이면 어머니가 나를 이렇게 키우셨겠지, 하며 묘한 감정이입(感情移入)에 빠졌다. 어머니와 딸이라는 관계는 남편과의 관계와도 달랐다. 어머니는…… 생명이었다. 한 몸이었다. 남녀 간의 정분이 아니었다. 한때 생명처럼 여겼던 남자, 준서. 그 남자…… 아무리 나의 앞길과 행복을 위해서라지만 아버지의 설득에 넘어가 가짜 편지를 쓰고 잠적한 준서를 한때 용서할 수 없었다. 그 자학으로 걸식을 하다 굶어 죽는다 해도 온전히 그의 탓이다. 사랑을 지켜내지 못하고 회피한 그의 탓이다. 내 탓이 아닌 것이다. 내 탓이 아니란 말이다. 나는 끊임없이 한동안 자기 합리화에 매달렸다. 살아 있다고 해도 내게는 죽은 사람이었다. 죽은 사람으로 생각했고 인연을 끊어내고 다른 남자와 혼인했지 않은가. 어차피 내 안에서는 이미 죽은 남자. 내 마음속에서 죽었으면 세상에 살아 있어도 산목숨이 아니다. 그도 말하지 않았는가. 일체유심조라고. 하지만 자식은, 분신이었다. 아니, 여자에게 자식은 여자 자신이다.

어머니에게 무릎 꿇고 용서를 빌고 싶었다. 당장이라도 달려가 어머니 무릎에 무너지고 싶었다. 천륜을 끊을 수는 없는 법. 세월이 흐를수록 그런 것은 변하는 것이 아니었다. 남녀 간의 사랑은 변한다. 사람도 변한다. 모든 것은 그때그때 인연의 조화다. 그러니 애달파할 것은 아무것도 없다. 어머니의 말씀이 떠올랐다. 그때는 이해할 수 없었던 말이 지금은 이해되었다. 그제야 내가 어머니를 점점 더 깊이 사랑하게 되었다는 걸 알았다.

그리고 세월은, 나를 변하게 했다. 나는 세월이 만들어준 변화를 두 손 벌려 받아 안았다. 어려운 시댁의 형편에 맞게 불평 불만 없이 절제와 절약을 했고, 연이어 태어나는 아이들에게 어미로서 몸을 빌려주고 사랑을 쏟았다. 그래도 허전한 틈이 생길까 봐 틈나면 그림과 글씨, 책에 몰두했다. 그것만은 양보하지 않았다. 작품을 만들기 위해서라기보다는 내 자신을 위해 그만큼이라도 보상하는 시늉이라도 내고 싶었다. 이 세상에 잘못 온 것 같아. 나는 늘 먼 곳을 바라보는 듯했던 불안한 가연이 아니었다. 나는 자신의 것을 지키면서, 자신을 나누어주면서 현명하게 사는 방법이 최선의 삶이라는 걸 깨달아갔다. 솔가해서 살게 된 봉평에서 몸은 고달파도 마음은 평안했다. 남편도 원래 바탕이 착한 사람인지라 내 마음이 달라지자 다시 나를 소중히 여기고 존중해주었다. 모든 것이 평온했다. 봉평에서 몇 년 세월은 물 흐르듯이 흘렀고 나도 이제 아주 젊은 나이는 아니었다.

"여태도 잠들지 않고 무슨 생각을 하오? 날씨가 쌀쌀한데, 고뿔이라도 들면 어쩌려고."

남편이 어느새 뒤에서 홑이불을 어깨 위에 걸쳐준다.

"달빛이 좋아서요. 며칠 있으면 이곳을 떠난다 생각하니 왠지 좀 섭섭해요."

"당신은 좋잖소. 친정어머니랑 한동안 살 테니. 아무래도 해산을 하려면 그곳이 더 편하지. 미안하오. 우리 집 형편이 어려워 처가 신세를 자주 지게 되니. 하지만 잘됐소. 어머니도 생계 꾸리느라 아이 받고 아이 키울 여력이 없는데, 딸들 다 치우고 혼자 쓸쓸히 지내는 장모님은 번잡스럽더라도 손자들 틈에 계시는 게 더 좋다 하시니, 누이 좋고 매부 좋고 아니오?"

"어머님께 제가 늘 죄송하지요. 우리 어머님처럼 아들 가진 유세 안 하시고 시원시원하게 친정에 잘 보내주시는 시어머니는 조선 천지에 드물 거예요."

"그러니 바른 대로 말해보오. 시집 잘 왔지?"

나는 남편의 속을 헤아려 기분 좋게 대답해준다.

"그럼요."

"말이야 바른말이지. 그거야 우리 집 형편이 어려우니 그렇지. 아이들도 자꾸 생겨나니 이 식구가 편히 살 집이라도 좀 더 큰 것을 마련해야 할 텐데……. 서울이다 봉평이다 아이들 끌고 옮겨 다니게 해서 미안하오. 내가 해줄 수 있는 것이라곤 당신네 너른 친정에 아이들과 가끔 보내주는 것밖엔 아무것도 없으니……. 그나저나 이번엔 아들이겠지? 애비보다 나은 아들이 나와야 할 텐데……. 우리, 이 아이 만들던 날 생각나오?"

남편이 뭔가를 떠올리며 겸연쩍게 웃었다.

아기를 만들던 날의 이상한 일이 떠올랐기 때문이다. 남편이 한양에서 온다는 기별이 있어서 이제나저제나 기다리고 있었다. 때는 이른 봄이었다. 매화와 산수유가 지고 양지바른 산에는 진달래가 피어나기 시작했다. 시냇가의 버드나무 가지에도 물이 올라 탱탱해졌다. 땅의 속살 냄새가 훈훈하게 배어 나오는 봄밤, 내 몸도 물이 오르는 기분이었다. 서른이 넘었지만, 사실 운우지정을 제대로 알기는 오히려 서른 이후부터였다. 남편이 은근히 기다려졌다. 춘정을 못 이긴다더니. 나는 슬쩍 얼굴을 붉혔다. 남편은 밤이 이슥해서야 사립을 들어섰다. 봄밤의 야기가 부추긴 걸까. 남편은 옷도 제대로 벗기 전에 급히 나를 껴안았다. 나도 뜨겁게 남편을 안았다. 그 밤, 오랜만에 부부는 뭉게구름 위에서 행복을 만끽했다.

내 얼굴을 쓰다듬던 남편이 말했다.

"아, 정말 보고 싶었소. 오는 내내 이상하게 몸이 달아서 혼났지 뭐요. 그런데 당신 나 칭찬해줘야 하오."

"왜요?"

남편이 흐흥, 하고 겸연쩍게 웃었다.

"내가 말이오. 이상하게 당신이 보고 싶어 걸음을 빨리 해서 오는데도 대화에 다다르니 한밤중이 되었소. 그런데 못 보던 주막이 하나 있더란 말이오. 하루 묵어 갈까 하고 들어가니 웬 곱상한 여인이 주인이더군. 손님은 나밖에 없는데 여주인이 계속 내 주위를 맴돌더니 늦은 밤에 똑똑 문을 두드리곤 주안상을 마련했습니다, 그러지 뭐요. 봄밤에 잠도 안 오고 하니 술이나 한잔 치리다, 그러더란 말이오. 말릴 틈도 없이 상을 들고 들어오는데 뭐, 어쩔 수 없었지. 술을 한 잔씩 주거니 받거니 했소. 그런데 이 여인이 자꾸 쌩긋쌩긋 눈웃음을 치더란 말이오. 그러며 자신은 젊은 나이에 자식도 없이 남편과 사별한 과부라고 하며 나를 처음 보는 순간 가슴이 설레었다고 하더군. 감히 큰 흉이 되지 않는다면 자기를 취해달라는 거요. 갑자기 혼란스럽더군. 당신에게 이런 말 하긴 뭐하지만, 사실 열 계집 마다하는 사내는 없거든."

"그래서요? 옳다구나 취하셨어요?"

내가 살짝 눈을 흘기며 물었다.

"허 참. 그러면 내가 칭찬해달라 그러겠소? 그 여인이 망설이고 있는 내 얼굴을 보더니 일어나서 옷을 하나씩 벗는 거야. 순간, 판단했지. 며칠 전부터 당신이 몹시 그리웠는데 여기서 그 정을 엉뚱한 여인에게 주어버리면 다음 날 봉평에 와서 밤에 당신 얼굴을 어찌 보나 싶더군. 그래서 아예 눈을 꽉 감고 치맛말기를 풀고 있는 그 여인을 피해 방문을 열고 바깥으로 나가버렸소. 한참을 밖에서 기다리니 그 여인이 주안상을 챙겨 나가 자기 방으로 들어가 불을 끄더이다. 그런데 다음 날 아침상을 푸짐하게 올리는데 좀 미안하더군. 그래서 내 그랬소. 내 아내가 나를 기다린 지 몇 달이나 되었소. 나중에 한양으로 올라갈 때 내 형편이 되면 들르리다. 그렇게 핑계를 대고 줄행랑을 쳤지. 그런데 그 여자 별 원망하는 눈치도 없이 부인에게 잘해드리세요. 좋은 일이 있을 겝니다. 그러더란 말이지."

"상경하는 길에 들른다 했으니 한번 들러보세요. 내 모른 척 눈 감아줄 테니."

"정말이오? 아니, 내가 뭐 그럴 리가 있겠소? 농담이오."

그리고 잠이 들었는데 새벽녘쯤에 이상한 꿈을 꾸었다. 눈앞에 푸르른 동해 바다가 펼쳐졌다. 옛날 아버지와 함께 갔던 바다일까. 준서와 함께 갔던 바다일까. 평화롭게 밀물과 썰물이 들락거렸다. 햇빛이 비치는 바닷물은 청옥처럼 아름답게 빛났다. 그런데 그 바닷물 속에서 눈부시게 흰 잠자리 날개 같은 옷을 입은 선녀가 솟아올라 내게 걸어와 절을 했다. 그러고는 가슴에 안은 소중한 것을 내 품에 건네주었다. 자세히 보니 살결이 백옥처럼 희고 투명한 옥동자였다. 그런데 그 옥동자의 얼굴이 낯이 익었다. 백옥 같던 그 아이가 나를 보고 방긋, 웃었다. 아이의 웃음은 해사했다. 나는 깜짝 놀라 잠을 깨었다. 아이는 어릴 적 준서의 얼굴을 닮아 있었기 때문이다.

기이한 꿈이었다. 그러나 이상하게 태몽이란 확신이 섰다. 그날 밤의 뜨거운 결합. 나의 몸에서 수태가 된 것이다. 나는 남편의 정(精)이 내 몸에 뿌리내리는 걸 똑똑히 느낄 수 있었다. 그러나 왠지 나는 다음 날 남편에게 꿈 얘기를 할 수 없었다.

남편이 한양으로 다시 떠나고 얼마 지나지 않아 나는 태기를 느꼈다. 그런데 신기한 것은 남편이 두 달 후 다시 봉평 집에 오자마자 물었다.

"당신, 아이 가졌지? 말해보오."

"어찌 알아요?"

"허 참. 내 다 아는 수가 있소. 분명 아들일 거요. 그것도 아주 비범한."

남편은 조심스럽게 운을 뗐다.

"내가 사실 대화의 주막집에 다시 갔었소. 아아, 묵어 갈 주막이라곤 거기밖에 없는데 뭐 어쩌겠소?"

남편이 내 눈치를 살피더니 억울하다는 듯 변명했다.

"알았어요. 누가 뭐랍니까? 그래서요?"

내가 태연한 척 받아주었다.

"안주인을 보고 내가 전에는 미안하게 되었다 그랬지. 그랬더니 그 여주인이 웃으며 그러는 거요. 제가 음욕 때문에 선비님을 유혹했던 게 아닙니다. 자식 없이 박복한 이년이 세상천지에 자식 딸린 과부 팔자가 그나마 부러웠는데 그날 손님이 들어오시는데 예사 느낌이 아니었습니다. 외람되지만 제가 팔자가 하도 기구하여 주막에 나앉다 보니 관상을 좀 봅니다. 전날 밤 꿈도 예사롭지 않았구요. 그런데 손님이 들어오시는데 용모나 또 풍기는 기운이나 얼굴빛이 그날 합궁하면 천하의 귀한 아들을 얻겠더란 말입니다. 이년이 그저 아들 욕심이 나서 그만, 좋은 씨를 받겠다는 일념으로 그랬지요. 그런데 지나고 나니 모든 일에는 다 임자가 있는 법. 그날 댁의 부인과 합궁하셨다면 반드시 훌륭한 아들을 낳을 겁니다. 아, 이러더란 말이오. 신기하지 않소? 거짓말을 하는 것 같진 않습디다. 그러니 그날 꽁꽁 싸쥐고 부인에게 달려와 푼 일은 두고두고 잘한 일이지. 엉뚱한 주모 좋은 일 시킬 뻔하지 않았소? 하하하."

남편은 호탕하게 웃더니 정색을 하며 말했다.

"그런데 참 아이에게 고비가 한 번 있다 했소. 아이가 호환(虎患)을 당할 위험이 있다고 하오. 방책은 밤나무를 많이 심어야 한다고 했소."

임신 초기부터 그런 일이 있어서 그런지 이번 아기는 왠지 기대감에 차서 기다리게 되었다. 그 덕에 입덧도 수월하게 지나고 임신 기간 동안 몸도 훨씬 편했다. 각별히 태교에도 신경을 쓰게 되었다.

*

다시 고향 친정으로 오랜만에 돌아온 나는 이제는 백발이 된 어머니를 안고 오래 울었다. 네 아이를 차례로 껴안고 보듬던 어머니는 나를 쳐다보고 또 쳐다보았다. 딸은 한 치 건너 손자들보다도 더 가까운 핏줄이었다. 어머니는 아이들을 안으면서도 딸과 눈물 반, 웃음 반 행복하게 눈을 맞추었다. 아들처럼 의지했던 딸. 행여 잘못될까 애를 끓였던 귀한 딸.

"내가 네 아버지 따라 곧 죽을 거 같더니 이렇게 살아서 네 몸에서 나온 손자들을 안아보는구나. 그래 우리 딸, 몸은 건강한가? 왜 그리 말랐냐. 아이구, 참! 우리 사위도!"

갑자기 늘어난 식구들에 둘러싸여 있던 어머니가 무춤하게 서 있는 사위의 손을 잡았다. 아이들은 봉평의 초가에서 너른 기와집으로 오게 되니 신이 났다. 근처에 출가해 사는 옥남이 떡을 쪄왔다. 자매들도 모두 시집가고 늙은 어머니가 홀로 계시는 친정은 쓸쓸했지만 고향의 품은 언제나 따뜻하다. 마음이 벌써 푸근해졌다. 그리고 어머니도 계시고 만득네도 있고 장가든 만득이의 안사람인 분녀도 있으니 아이들에게서 좀 놓여나 그림을 그릴 수 있을 터였다. 내 몸에서 생기가 절로 나왔다. 배 속의 아이도 환호하는 게 느껴졌다.

그럭저럭 강릉 생활이 행복하게 이어졌다. 나는 모처럼 한가한 시간을 덤으로 얻어 그토록 원했던 그림과 글씨를 마음껏 그리고 썼다. 그리고 하루에 오전 나절은 아이들을 앉혀놓고 『천자문』과 『명심보감』, 『사자소학』을 가르쳤다. 그것은 일석이조였다. 아이들을 가르치면서 태교도 되었다. 남편은 임신한 나를 친정에 맡겨놓으니 안심이 되는지 추석 전에 한양으로 떠났다.

섣달 중순이 지나자 날이 부쩍 추워졌다. 해산 날이 가까워지고 있었다. 아침에 눈뜨면 궁금해졌다. 오늘이 해산 날일까? 어머니와 만득네 그리고 아이 둘을 낳은 근처 사는 동생 옥남이 나의 배를 보고 서로 아들이다, 딸이다 점을 쳤다.

그런데 오늘 새벽에 나는 또 이상하고도 생생한 꿈을 꾸게 되었다. 또다시 푸르른 동해 바다였다. 갑자기 바다 한가운데서 무언가 꿈틀거렸다. 곧이어 큰 파도처럼 무언가 그곳에서 솟구쳤다. 그것은 거대한 용이었다. 검은 몸에 금빛 비늘이 현란한 용이 비상하듯 용틀임을 하더니 순식간에 나를 향해 날아왔다. 너무도 놀라 소리를 지르는데 다시 보니 그 용이 내가 자고 있는 별당으로 들어와 똬리를 틀며 앉았다. 놀라서 깨니 배 속이 용틀임하듯 꼬이고 아파왔다. 산통이 시작되었다.

검은 용의 꿈을 꾸고 태어난 아이는 그 꿈 덕에 현룡(見龍)이란 이름을 얻었다. 백옥 같은 옥동자 태몽을 꾸고 얻은 아이라 그럴까. 살결이 희고 곱고, 용모 또한 이목구비가 반듯하고 가지런하여 한 번 본 이는 누구나 입에 칭찬을 달았다. 성질도 순하였다. 아이는 자라면서 집안 식구들의 사랑을 온몸에 받았다. 특히 외할머니 이씨의 사랑은 유별났다. 걸음마를 겨우 떼던 첫돌 무렵부터 아이는 책을 좋아했다. 그 무렵 큰아들 선과 둘째 아들 번을 서당에 보냈다. 두 아이가 집에 돌아와 숙제로 천자문이나 『사자소학』을 외우면 귀담아 들었다가 혀도 잘 안 돌아가는 소리로 흉내를 냈다. 그 모습이 어찌나 귀여운지 형제자매들도 어리다고 빼놓지 않고 하나라도 가르치려 애썼다. 굳이 악착같이 공부를 시키지 않아도 자연스레 학습 분위기에 젖어 놀이 삼아 공부에 흥미를 느끼는 아이들이 대견하고 고마웠다.

남편도 그런 자식들이 기특한지 강릉에 오면 자식들을 무릎에 앉히고 공부 가르치는 걸 좋아했다. 남편이 강릉에 오면, 아이들에게 아버지의 권위를 세워주기 위해 남편에게 그런 시간을 마련해주고 나는 일부러 빠졌다. 아이들의 기억에, 어린 시절의 아버지가 글을 가르치는 든든한 모습이 새겨지기를 바랐다. 그런 일이라도 하지 않으면, 남편은 자기 자신에 대해 자존감을 별로 가지지 못할 사람이었다. 그래 그런지 한동안 아이들 교육은 자신이 도맡겠다고 큰소리쳤다. 그러나 아이들이 글을 읽다가도 어려운 것은 엄마를 찾아 묻곤 하니 남편은 곧 그 일에도 심드렁해졌다. 그래 그런지 요즘 들어 부쩍 술에 다시 빠져드는 것 같았다. 말린다고 될 일도 아니었다. 나는 아무것에도 끈기와 열정을 못 느끼는 남편이 안쓰러웠다. 자신에게는 도피처가 있지만 그에게는 그런 것이 없었다. 그러나 어쩌랴. 부부라도 각자 자신의 길을 갈 뿐인 것이다.

남편이 잔칫집이나 주막에 술을 마시러 가 있는 동안 나는 글씨를 썼다. 언제부턴가 그림보다는 글씨 쓰기에 더욱 몰두했다.

글을 배우는 아이들이 있어서다. 그것도 초서가 재미있었다. 아이들은 어미가 글씨를 쓰려 하면 곁에 모여 먹을 갈고 종이를 대령한다. 숨을 몰아 정신 통일을 한 후 내처 일필휘지로 글씨를 내려쓰면 아이들도 방해가 될까 봐 숨소리조차 내지 않고 앉아 있다. 그러다 붓을 내려놓으면 손뼉을 치면서 자랑스런 표정이 되었다. 아이들에게는 그것이 귀감이 되는가 보았다. 나는 집에서도 서당처럼 다섯 아이들을 순서대로 앉히고 각자에게 맞는 공부감을 주었다. 그럴 땐 나도 서안을 앞에 두고 책을 펼쳐 읽었다. 붓과 종이도 골고루 아이들에게 나눠주었다. 아이들은 배급받은 붓과 종이로 열심히 글씨 연습을 하였다. 아이들 중에 맏딸 매창은 그림에 소질을 보였다.

남편은 한양과 강릉을 오가고, 아이들은 친정에서 무럭무럭 잘 컸다. 현룡도 무탈하게 잘 자랐다. 아니 오히려 예상보다 더욱더 비범함을 보였다. 현룡을 볼 때마다 몰래 가슴을 쓸어내리곤 한다. 어쩐 일인지 현룡은 커갈수록 준서의 모습을 많이 닮은 듯하다. 남편의 씨임은 분명한데 모습이 준서와 흡사한 게 아무리 생각해도 기이했다. 그게 태몽을 꿀 때 아기의 얼굴에서 준서를 떠올렸기 때문일까. 내가 생각해도 부끄러웠다.

어느새 현룡도 다섯 살이 되었다. 아이는 영특하기가 혀를 내두를 정도였다. 형들의 어깨너머로 배운 천자문과 『사자소학』을 줄줄 외웠다. 그 고사리 같은 손으로 글씨도 제법 잘 썼다. 내 나이도 서른일곱이 되었다. 그러나 현룡도 제 앞가림을 하게 되어 심신이 좀 안정이 되나 했더니 또다시 몸에 태기가 느껴졌다. 나는 여자인 내 몸이 저주스러웠다. 아아, 이제는 좀 단산이 되었으면……. 언제까지 이 형벌이 계속될 것인가. 그러나 자식을 배고 그런 생각을 하는 게 또 죄스러웠다. 다복(多福)함을 원망하다니.

이번에 임신한 여섯번째 아기는 초반부터 내내 힘들더니 입덧이 끝날 무렵에도 기운을 차리는 게 힘이 들었다. 임신 기간 내내 몸이 쇠약해졌는지 미열에 식은땀이 늘 흐르고 기운이 없어 누워 지내는 일이 많았다. 막내인 현룡을 더 안아주지 못하는 게 안쓰러웠다. 현룡은 내가 눈을 감고 누워 있으면 살짝 다가와 무릎을 꿇고 앉아 여린 손을 들어 내 이마에 살짝 대보고 한숨을 호오, 쉬고 나가곤 했다.

바깥에서 외할머니와 대화하는 현룡의 목소리가 들린다.

"용아, 이거 봐라. 석류가 빨갛게 익었구나. 이쁘지? 네 눈에는 뭐 같으냐?"

"와아! 할머니 이뻐요. 으음…… 이게 말이에요, 석류피리쇄홍주(石榴皮裏碎紅珠)네요."

"아니, 그래 그게 무슨 뜻이냐? 할미한테 말해봐."

"으음, 석류 껍질 속에 빨간 구슬이 잔뜩 부서져 있어요."

"아이고! 네 머리에서 어떻게 그런 생각이 난단 말이냐. 다른 집 애들 같으면 겨우 기저귀 떼고 말도 제대로 못할 텐데 우리 손자, 우리 현룡이 천하 신동이구나!"

평소엔 신중한 어머니의 호들갑 떠는 소리가 들리고 아이에게 입 맞추는 소리도 들렸다. 아이는 간지럽다고 도망을 갔다. 나는 눈을 떠 열린 문으로 그 광경을 희미한 미소를 지으며 바라보았다. 영리하지만 보배로운 눈과 따스한 마음을 가진 사랑스런 아이. 명심보감에 재상의 목숨을 고치는 약은 없고, 돈이 있어도 자손의 현명함은 사기 어렵다고 했지. 이것은 분명히 하늘의 선물이었다. 지금 죽어도 여한이 없을 것 같다. 이상하게 요즘 부쩍 죽음을 생각하는 일이 잦았다. 그리 오래 살지는 못할 것 같은 막연한 예감이 들었다.

이듬해 낳은 여섯째 아이는 딸이었다. 몸이 쇠약한 뒤끝에 해산한 아이라 아이는 건강했지만 나는 삼칠일이 지나도 자리에서 일어나지 못했다. 아이를 보아도 이상하게 우울하기만 했다. 아이가 백일이 지나도 건강에 차도가 없었다. 의원도 병명을 정확히 내리지 못했다. 그러던 어느 날, 현룡이 없어졌다. 온 집안이 발칵 뒤집혀 집 안에서 아이를 찾았으나 아이는 눈에 띄지 않았다. 날이 어두워질 무렵 아이를 찾은 곳은 뒷동산에 있는 조상을 모신 사당 앞에서였다. 아이는 가을의 추운 저녁 날씨에 무릎을 꿇고 두 손을 모은 채로 잠들어 있었다 한다.

내 곁으로 온 아이를 보니 아이의 얼굴엔 눈물이 말라 있었다.

"여섯 살, 이 어린것이 글쎄, 사당의 조상들께 기도를 올리면 조상들이 기도를 들어주어 엄마 병이 낫는다며 반나절 내내 무릎 꿇고 기도를 올렸구나. 이 아이 생각해서라도 독한 마음먹고 털고 일어나야 한다."

어머니가 눈물을 찍으며 말했다.

"용아, 엄마가 그렇게 걱정됐니?"

"엄마가 죽으면 어쩌나, 두려웠어요. 숨을 쉬나 안 쉬나, 늘 걱정스러웠어요."

"엄마 안 죽어."

아이가 울먹거렸다.

"죽지 마세요. 효경에 이르기를, 어버이를 잃고 상을 당했을 때는 아름다운 옷을 입어도 마음이 편하지 못하고, 좋은 음악을 들어도 즐거운 줄을 모르고 맛있는 음식을 먹어도 맛있지가 않대요. 그러니 아프지 마세요. 죽지 마세요."

현룡이 드디어 울음을 터뜨렸다. 여섯 살 아이가 아무리 의젓해도 아이는 아이였다. 나는 현룡을 끌어다 가슴에 꼭 안았다. 일어나야지. 홀홀 털고 일어나야지. 너를 보고 내가 더 살아야지. 그런데 내 몸을 나도 어쩌지 못하겠는걸. 추위에 언 현룡의 보드라운 몸을 꼭 품은 내 눈에도 눈물이 흘러내렸다.

그 일이 있고 나서 나는 악착같이 기운을 차리려고 했다. 그러나 마음뿐 쇠락해진 몸은 금방 쉬이 회복되지 않았다.

*

어머니의 놀라는 목소리가 들려왔다.

"아니, 뭐? 산삼?"

만득 아범의 우렁우렁한 목소리가 마당에서 울렸다.

"예, 분명합니다요. 제가 심마니들 쫓아서 몇 번 산에 가봤잖아
유. 틀림없다니께요."

"그래, 단단히 붙잡지 않구."

"아, 무슨 걸음이 그리 빠른지 획 뒷모습을 보이더니 그냥 나는
것처럼 빨리 사라지던걸유. 뭔 축지법을 쓰는지, 원."

어머니가 바구니를 들고 방을 들어섰다.

"애, 희한한 일도 있구나. 대문을 두드리는 소리에 만득 아범이
밖에 나가봤더니, 글쎄 중인지 도산지 웬 허름하게 입은 삿갓 쓴
이가 이 바구니를 두고는 바람같이 사라졌다는구나. 이게 틀림없
는 산삼이라는구나. 이 귀한 것을 왜 우리 집에 놓고 갔을까. 불
러다 대접을 하든가 사례를 했어야 하는데. 모르는 이에게 이런
신세를 지다니. 네 병이 하도 오래 끌다 보니 소문이 난 모양인
데, 우리 대소가에 신세를 진 이가 아마 은혜 갚음을 한 거 아닌
가 몰라……."

누굴까. 어떤 중이 아픈 내게 산삼을 보냈을까.

제법 실한 산삼 한 뿌리를 두고 나는 늙은 어머니에게 다려 드

시라 했다. 그러나 어머니는 노한 목소리로 거절을 했다. 다음 날 어머니의 강권에 못 이겨 약으로 나온 산삼을 먹었다. 산삼 덕인 지 현룡의 기도 덕인지 내 몸은 점점 차도를 보이기 시작했다.

몸이 회복되자 삶이 다시 귀하게 느껴졌다. 백일 동안 음지의 꽃처럼 어미의 사랑을 받지 못했던 셋째 딸 수련도 만득이 처 분녀의 젖을 먹고 포동포동 살이 올라 있었다. 아이에게 미안했다. 그동안 못다 한 정을 아이에게 쏟고 싶었다.

새봄이 오자 한양에서 남편이 왔다. 한양의 시어머니가 건강이 쇠약해져서 이제는 모든 살림을 며느리에게 인계하고 싶어 한다는 말을 남편이 했다. 아아 이제는 이곳을 떠날 때가 되었구나. 시집의 살림을 주관하게 되었으니 드디어 명실상부 시집을 가는구나. 살림을 맡으면 시어머니가 집안을 지키고 있을 때보다 집을 떠나 친정을 오기는 정말 어려울 것이다. 게다가 이제는 여섯 아이들을 거느린 대가족이다. 어머니는 사위로부터 그 소리를 듣고는 딸과의 이별에 슬펐지만, 다시 한 번 그동안의 사부인의 배려에 진심으로 감사했다. 딸을 붙들 명분도 없었다.

"내가 이제 너를 살아생전 다시 볼까 모르겠다. 내 나이 환갑이 넘었으니 이제 저승사자가 언제 데려갈지 모르는 목숨. 그래도 네가 아들 노릇 했지. 이제 허리도 아프고 다리도 아프고 기운도 없어. 많지도 않지만 재산을 좀 나누고 정리를 해야 하지 않을까 싶다."

"어머니, 왜 벌써 그런 소리를 하세요."

"네 살림이 풍족하지 않아 그게 마음이 쓰인다. 여섯 자식을 건사하기 버겁잖니. 내가 양식은 대주마. 그리고 이건 내 생각이다만 우리 제사를 현룡이가 지내주면 좋겠구나. 너야 장자가 있으니……. 현룡이 앞으로 몫은 생각하고 있다."

"아이, 참! 자꾸 이상한 소리만 하시네."

나는 말은 그렇게 해도 언제 돌아가실지 모르는 늙은 어머니를 홀로 두고 가는 게 가슴이 미어졌다. 아마 어쩌면 이것이 어머니와의 마지막 시간일지도 모른다. 어머니가 돌아가신다고 해도 구백 리 길 그 먼 한양에서 달려와 임종이나 볼 수 있을까. 떠나기 전에 근처에 사는 옥남을 불러 각별히 어머니를 부탁했다.

대가족이 떠나는 날, 어머니는 기어이 동구 밖까지 나와 손주들을 하나씩 안아보며 배웅을 했다. 옥남의 식구와 노비들, 동네 사람들이 서럽게 이별하는 그들을 보며 안타까워했다. 나는 내내 착잡했다. 아이들과 남편은 동구 밖을 지나자 기분이 좋아졌는지 활기차게 웃으며 걸었다. 대식구를 끌고 대관령 고개를 넘기에 나쁘지 않은 절기였다. 그러나 어린아이들이라 자주 쉬어야 했다.

그러고 보니 이 대관령을 넘을 때마다 식구가 늘었다. 그동안 이 고개를 넘나들던 일들이 그림처럼 머리에 펼쳐졌다. 그러나 아마도 이번이 어머니 살아생전 마지막일 것 같았다. 이 아이들을 데리고 다시 이 고개를 넘는 일은 없을 듯했다. 이번에 처녀 때부터 그린 그림과 글씨, 자수들을 정리해서 한양으로 가져가기로 했다. 꼭 시집가는 새색시처럼 이별이 더욱 가슴 아프게 실감이 났다. 바위 턱에 앉아 쉬는 동안 아이들은 꽃을 따기도 하고 재잘거리기도 했다. 나는 목이 메어 등을 돌리고 강릉 친정 쪽을 바라보았다. 북평 마을이 아득해 잘 보이지 않았다. 나는 일어나서 까치발을 떼고 손차양을 만들어 고향 마을을 애타게 바라보았다. 그때 현룡이 내 곁으로 왔다.

"어머니, 할머니가 벌써부터 보고파요. 어머니도 그렇지?"

나는 현룡의 손을 잡고 아픈 가슴속에서 뜨거운 한숨을 뱉어 냈다. 한숨과 함께 절절한 시가 입에서 새어 나왔다.

늙으신 어머님을 고향에 두고, (慈親鶴髮在臨瀛)
외로이 서울 길로 가는 이 마음, (身向長安獨去情)
돌아보니 북촌은 아득도 한데, (回首北村時一望)
흰 구름만 저문 산을 날아 내리네. (白雲飛下暮山靑)

현룡이 나의 시를 따라 했다.

"잊어버리지 않고 외울 수 있겠느냐?"

"예. 자친학발재임영 신향장안독거정 회수북촌시일망 백운비하모산청!"

현룡이 한 자도 틀리지 않고 한 번 듣고 그대로 시를 외웠다.

나는 가슴속에 있는 애정을 가득 담아 현룡의 눈을 들여다보며
말했다.

"그래, 잊지 말고 기억하거라."

*

시어머니 홍씨에게서 살림을 인수받은 나는 풍족하지 않은 형
편에 더욱더 마음을 졸여야 했다. 그러나 그 살림도 여자인 시어
머니가 평생 각고 끝에 이나마의 규모로 늘려놓은 것이었다. 우
선 집이 좁고 방이 넉넉하지 않아 아이들에게 각방을 줄 수도 없
는 형편이었다. 가장 너른 방을 시어머니께 양해를 구해 공부방
으로 정했다. 남편도 나도 그곳에서 책을 읽고 그림을 그리고 글
씨를 썼다. 아이들의 책상도 그곳에 모아놓으니 작은 서당 같은
분위기였다. 나는 늘 그렇듯이 여섯 아이들에게 억지로 공부를
시키지 않았다. 형제자매끼리 어울려 놀다가도 누군가 하나가 공
부를 시작하면 자연스레 모여 자신들의 공부를 했다. 모르는 것
은 형이나 누나에게 물어보았다. 아이들을 낳고 기르는 것이 힘
들었지만 우애 좋게 크는 아이들을 보면 이제 고생이 다한 듯했
다. 그러기까지에는 다투는 아이들에게 단호하게 회초리도 쳤고
버릇이 나빠질까 일곱 살만 지나면 함부로 내색하여 아이를 어여
뻐하지도 않았다. 나는 아이들에게 최고의 가치로 우애를 꼽았다.

벽에다 큰직하게 '躬自厚 而薄責於人 則遠怨矣(자기에겐 엄하게 하고 남의 잘못은 가볍게 책하면 원망이 멀어진다)'라고 공자의 말씀을 써서 붙여놓았다. 그 덕분에 아이들의 다툼이 점점 줄었다.

현룡의 학문은 날이 갈수록 일취월장하여 둘째 아들 번의 실력을 능가했다. 머지않아 사서삼경은 쉽게 통달할 것 같았다. 아이들이 쓰는 붓과 먹, 종이 그리고 세 아들이 다니는 서당의 학비도 만만치 않았다. 그림 그리는 걸 좋아하는 매창은 요즘 채색화에 맛을 들였다. 물감도 화첩도 마련해주어야 했다. 시어머니와 시이모뻘인 박씨는 계집애에게 돈을 쓸 게 뭐 있느냐고 탐탁해하지 않지만 매창에게도 차별 없이 재능을 펼치게 해주고 싶었다. 그것이 딸인 나를 믿고 밀어준 아버지의 은혜를 갚는 길이기도 했다. 그러다 보니 나이 든 두 노인네와 부부, 여섯 아이들, 애보개로 데려온 계집종 끝순이까지 열세 식구를 총 책임져야 했다. 양식은 시댁과 친정의 논밭에서 나오는 소출로 해결이 되지만 가용에 드는 돈도 만만치 않았다. 남편은 농토가 있는 파주로 가끔 내려가 농토를 관리했지만 큰돈이 되진 못하니 내가 바느질을 하든지 해야 좀 넉넉히 돌아갈 터였다. 그러나 얼마 전에 오래 앓은 적이 있었던 나는 함부로 몸을 사용하여 건강을 잃는 것에 대해 막연한 두려움이 있었다. 대신 아이들과 끝순이에게 절약, 절제를 몸소 보이며 낭비를 줄여야 했다. 크는 아이들의 먹성과 입성도 신경을 써야 했고, 식구들의 빨래 또한 만만치 않았다. 몸이 고달팠다. 잠

한번 실컷 자보고 싶었다. 그렇게 몸을 재게 놀려야 하니 병이 들어올 틈도 없었다. 이날까지 마음은 편하게 살았으나 자신이 정말 빈한한 집안에 시집왔다는 실감이 하루에도 몇 번씩은 드는 나날이었다. 쌀은 비상시를 대비해 매일 한 줌씩 모았고, 아이들에겐 음식을 남기지 못하게 교육했다. 나 또한 배불리 먹지 않았다. 시어머니가 평생 고생한 것을 함부로 낭비해서는 안 되는 것이 그동안 시어머니가 내게 베풀어준 은혜를 갚는 것이었다. 그러다 보니 내 일을 할 여력이 없었다. 나는 마음을 다잡아 스스로 다짐했다. 이렇게 소중한 생명을 만들고 아이들을 사람답게 키우는 것이 진정한 예(藝)의 길이다. 어머니야말로 진정한 예인(藝人)이야.

그런데 이듬해 가을에 또다시 태기가 있었다. 일곱번째 아이였다. 나는 그만 맥이 빠졌다. 이렇게 빈한한 살림에 또 아이를 주시다니요. 그리고 이제는 저도 몸을 내주기에는 벅찹니다. 하늘에다 대고 앙탈을 부렸다. 그러나 어쩌랴. 아이는 하늘의 뜻이니…….

그때 파주에서 시댁의 농토를 관리하던 노인이 죽었다. 시어머니는 큰아들 선과 둘째 번, 둘째 딸 한련은 두고, 아직 어린 현룡과 수련, 그 아이들을 돌볼 큰딸 매창을 데리고 두 부부가 파주로 가서 머무르길 원했다. 그동안 한양, 강릉, 파주, 봉평을 떠돌다시피 살았으니 분가는 오히려 자연스러웠다. 그곳은 현룡이 태어나던 해, 남편이 심은 천 그루의 밤나무가 집 뒤로 도열해 있었다. 이제는 제법 자라 가을이면 소출도 꽤 되었다. 주막 여인의 말대로라면 밤나무가 현룡을 지켜줄 것이라 믿으니 든든하기까지 했다. 파주는 한양에서도 그리 멀지 않아서 고립감도 덜했다. 임진강을 끼고 있는 조용하고 기름진 곳이었다. 또 근처에는 덕수 이씨의 조상들이 지어놓은 화석정(花石亭)이란 정자도 있어서 현룡과 남편은 그곳으로 자주 놀러 다녔다. 현룡은 남편에게도 귀여움을 듬뿍 받았다.

농사철이 되어 우리 부부는 다시 파주로 갔다. 큰아들 선과 번은 다니던 서당도 있고 과거 준비도 있어서 시댁에 남았다. 가을이 깊어지자 천 그루나 심은 밤나무에 밤이 주렁주렁 열렸다. 현룡은 밤나무가 울창하게 심어진 뒷산을 좋아했다. 그래서 어른이 되면 쓸 자신의 호를 율곡(栗谷)이라 지었다. 가을에 남편은 현룡을 데리고 뒷산 밤나무에 가서 밤을 줍는 게 일과가 되었다.

일곱번째 아기는 아들이었다. 셋째 딸을 낳을 무렵 큰 고생을 한지라 나는 이번 아기가 마지막 아기라 생각하고 각별하게 산후조리에 신경을 썼다.

어느 날 남편이 현룡과 함께 기분이 좋아서 들어왔다. 두 사람은 보름날 정취를 만끽하기 위해서 오후 늦게 화석정에 소풍을 가서 밤이 되어서야 돌아왔다.

남편이 현룡을 앞에 세웠다.

"어디 외워보아라. 어머니를 기쁘게 해드려야지."

현룡이 목을 가다듬고 시를 외웠다.

숲 속 정자에 가을이 이미 깊으니 (林亭秋己晚)

시인의 생각이 한이 없어라. (騷客意無窮)

먼 물은 하늘에 닿아 푸르고 (遠水連天碧)

서리 맞은 단풍은 햇빛 받아 붉구나. (霜楓向日紅)

산은 외로운 달을 토해내고 (山吐孤輪月)

강은 만 리 바람을 머금는다. (江含萬里風)

변방 기러기는 어디로 가는가. (塞鴻何處去)

저녁 구름 속으로 사라지는 소리. (聲斷暮雲中)

"기가 막히지 않소? 이게 어디 여덟 살 난 아이가 지은 거라 믿
겠소? 장하다, 내 아들. 오늘 화석정에 도착하니 일몰 무렵이라
해와 달이 교대를 하더구만. 서쪽에서 노을이 지는데 동쪽에선
달이 올라오고 있었소. 장관이었지. 그 저녁의 정경이 하도 삼삼
하여 내가 그냥 재미 삼아 시를 한번 지어보라 그랬더니 순식간
에 아이의 머리에서 이런 시가 나오지 뭐요."

남편은 기분 좋게 너털웃음을 웃어 젖혔다. 아이는 이미 타고
난 시인이었다. 구구절절 빼어난 문장이었다. 그중에서도 "산은
외로운 달을 토해내고"는 백미였다. 어떻게 그런 표현을 할 수 있
을까. 저 조그만 아들의 가슴에 이렇게도 유려하고 슬픈 정조가
도사리고 있다니. 나는 현룡이 이 순간엔 어린 아들로 보이지 않
았다. 그 옛날 대보름날의 답교놀이에서 강희맹의 시를 외우던

준서의 모습이 겹쳐졌다. 아들은 내 몸에서 나왔지만, 나는 현룡을 볼 때마다 가슴이 벅차고 설레었다.

어느 날 글을 읽다 잠깐 잠이 든 남편이 일어나 내게 꿈 이야기를 했다.

"너무 이상한 꿈을 꾸었소. 흰 두루마기에 하얀 백발에 수염도 하얀 노인이 나타나 현룡이를 가리키며 이 아이를 잘 돌보아야 한다. 이 아이는 장차 동방의 큰 유학자가 될 아이다. 그런데 이름을 새로 지어줄 테니 바꾸어라. 구슬 옥(玉) 변에 귀 이(耳) 자가 붙은 이(珥)라고 지어라. 그러며 흰 종이 위에 붓을 들어 글자를 쓰고는 홀연히 사라졌소. 그런데 꿈이 너무 선명해. 글씨도 또렷하고. 예사 꿈이 아니야. 어떻소? 우리 꿈도 그렇고 하니 현룡이 이름을 이로 바꿉시다."

"그러지요. 그런데 그 이 자라면 귀고리 이 자 아닙니까? 무슨 연유인지…… 아마도 꿈에 그런 계시가 있을 때는 굳이 무시할 이유는 없지요. 이야, 이야, 어째 처음이라 좀 어색하지만 우리 집 사내애들 이름이 외자니 구색이 맞네요."

현룡이란 아명이 이로 바뀌었다.

정인이여, 정인이여. 내 몸이 붓이 되어 샘물같이 고
이는 그리움을 찍어내어 희고 텅 빈 마음밭에 그리
고 쓰고 하였습니다. 당신의 부재야말로 당신의 현
존이었습니다. 당신은 내게 없었고, 또 내게 늘 있었
지요. 당신의 존재는 그윽한 그리운 묵향으로 내게
남았습니다…….

정인(情人)

　초서 병풍 여섯 폭을 시댁의 친척으로부터 주문 받았는데 어떤 시를 적어 넣어야 할지 오랜만에 즐거운 고민에 빠져들었다. 그림은 한동안 거의 그리지 못했다. 대식구의 살림을 주관하는 처지이다 보니 여유가 생기지 않았다. 몇 해 동안은 파주와 한양을 오가는 생활을 했다. 농사철에는 농토를 관리하기 위해 파주에 있었다면 농한기인 겨울에는 온 식구가 수진방 시댁에서 함께 지냈다. 겨울이면 아직도 간간이 바느질 주문이 들어와 시어머니를 도왔다. 그리고 틈틈이 서도를 즐겼다. 기력도 열정도 예전만 못했다. 붓을 잡는 것은 한창 그림에 재미를 들인 매창의 그림을 손보아주거나 할 때뿐이었다. 매창의 그림 솜씨는 날로 일취월장이었다.

불혹을 넘기자 세상일에 좀 느긋해지는 걸까. 그림이나 글씨가 자신이 살아 있는 한때 즐거움을 준 것으로 족하다는 생각이 들었다. 글씨나 그림으로 성현의 반열에 들 수도 없을 뿐더러 여자가 서첩이나 화첩을 만들어 후세에 남긴 일을 듣도 보도 못했기 때문이다. 다만 고달픈 세상에서 글씨와 그림은 허전한 마음을 달래준 정인이요, 벗이었다. 그러면 되었지, 무얼 더 바라겠는가. 매창을 볼 때도 그래서 안쓰럽기도 하고 다행이기도 했다. 예(藝)를 향한 열정이 삶과 조화를 잘 이루어야 할 텐데, 하는 걱정과 또 한편으로는 매창이 다른 여인들과 달리 이 세상에서 위로받을 수 있는 벗 하나 두었다고 생각하니 안심이 되었다.

셋째 이의 학문도 손위 형들의 실력을 무색하게 했다. 그런 이가 과거시험에 합격했다. 과거시험을 보던 그날이 떠올랐다. 형들이 과거를 본다고 하니 자신의 공부도 어느 정도 되는지 가늠하고 싶다고 하기에 과거시험에 선과 번과 함께 딸려 보냈다. 그런데 선과 번은 모두 떨어지고 제일 막내인 이가 장원급제를 한 것이다. 세 아들을 시험장에 보내놓고 거동이 불편한 시어머니와 나는 정한수를 떠놓고 천지신명께 간곡하게 빌었다. 세 아들이 모두 급제하면 좋겠지만, 만약 하나를 골라야 한다면 맏아들 선이 우선 급제했으면 싶었다. 번은 아예 기대에 못 미쳤고, 이는 이르나 늦으나 급제할 아이라 여겨져 급하지 않았다.

그런데 아침에 나간 이가 백마를 타고 일산(日傘)을 받치고 악

공들과 무동(舞童)들의 호위를 받으며 유가(遊街) 행렬을 하며 들어서는 게 아닌가. 온 동네 사람들도 아들이 장원급제한 집이라며 구경을 왔다. 그것도 최연소 장원이라니! 사람들의 입에 침이 마르도록 칭찬이 자자했다. 이의 얼굴이 홍조를 띤 반면 그 뒤를 따라온 선과 번은 내색은 안 해도 속이 상했을 것이다. 이의 재주가 워낙 출중하여 일부러 칭찬을 안 해주어도 두 형들은 자칫 열등감을 느낄 수 있을 것이다. 그 옛날 자매들이 내게 느꼈을 그 감정을, 그런 자식을 둔 어미가 되니 훤하게 자식들의 심리가 보였다. 나는 선과 번부터 먼저 위로하고 손을 잡아주었다. 이를 보고는 한마디 했다.

"애썼다."

그러나 마음속으로 용솟음치는 기쁨을 누르기가 쉽지 않았다. 선과 번의 눈을 피해 나는 이를 향해 그런 속마음을 살짝 눈빛에 담아 보냈다. 이는 얼굴을 붉히며 그제야 고개를 숙이고 기쁨의 미소를 지었다. 그리고 모두 잠든 밤, 나는 이를 불러내어 집 뒤꼍에서 꼭 껴안아주었다.

"아아, 장하구나. 내 아들……."

더 이상 말이 나오지 않았다.

단번에 이는 동네에서 유명해졌다. 나도 덩달아 유명해졌다. 내가 밖에 나가면 사람들이 소곤대는 소리가 귓전에 들려왔다. 저 부인이 사임당 신씨야. 아들이 열세 살인데 벌써 장원급제를 했다고. 그런데 모전자전이라고, 저 부인의 학식과 재주가 보통 아니라네. 경서면 경서, 글씨면 글씨, 그림이면 그림, 모두 다 통달했다네. 치마를 두르긴 아까운 인재라네. 여중군자지, 여중군자.

*

어느 날 집 앞에 화려한 가마 한 대가 멈추었다. 나는 아이들의 옷을 잔뜩 빨아 말린 것을 다시 마루에 펼쳐놓고 바느질을 하려고 매창과 조각조각 맞추고 있었다. 처음 보는 계집종이 쪼르르 들어와, 이 집이 옛날부터 유명한 바느질집 홍씨 집이 맞습니까, 하고 물었다. 이 한여름에 누가 바느질을 맡기려 하나 싶어, 그렇다고 대답하자 계집종이 다시 쪼르르 가마로 달려가 고했다.

"마님, 맞다고 하는뎁쇼."

그러자 가마 안에서 화려하게 차려입은 내 또래의 여인이 나왔다. 그녀는 교꾼들과 계집종에게 집 밖에서 기다리라 이른 후 사뿐사뿐 다가오더니 장옷을 열어 얼굴을 드러내었다. 여인은 표정이 복잡했다. 그러나 복잡한 심사를 누르고 어쩔 수 없이 기쁜 표정이 드러났다. 마루에 앉아 있던 내 눈에 어딘지 낯익은 여인의 모습이 들어왔다. 아아! 나는 마루에서 급히 내려왔다.

"세상에, 초롱이! 아니 부용이?"

초롱은 고개를 끄덕였다. 내가 반가워서 얼른 손을 잡았다. 비단결처럼 매끄러운 감촉이 느껴졌다. 순간 집안일에 거칠어진 내 손과 비교되었다. 방으로 들인 후 매창에게 오미자차를 한잔 내오라 했다. 어색한 침묵이 흘렀다. 헤어진 지 삼십 년이다. 예전엔 주로 초롱이 참새처럼 말이 많았는데 초롱은 내 얼굴만 눈물이 글썽해서 쳐다본다. 둘은 그렇게 눈물만 그렁한 채 한동안 바라보았다.

"고생이 많구나."

초롱이 내 거친 손을 보며 말했다. 초롱은 물일을 전혀 하지 않는지 여전히 처녀 때와 별 다를 바 없는 섬섬옥수였다.

"고생은 무슨…… 사는 게 다 그렇지. 네 얼굴과 행색을 보니 넌 잘 지내고 있는 것 같구나."

"네 집을 모르는 사람이 없더구나. 예전엔 바느질 솜씨로 유명한 집이었는데 네 아들이 장원급제를 했다며? 그래, 자식이 몇이야?"

"사남 삼녀야. 넌?"

"난 딸 하나, 아들 하나 두었어. 팔자 도망은 참 못 하는 것 같아. 나 집안이 거덜 나고 관비로 잡혀갔다가 기생이 되었지. 그러다 어찌어찌해서 우리 어미의 팔자를 따라가게 됐단다. 어미로부터 물려받은 타고난 춤 재주로 팔자를 고쳤단다. 우리 대감은 지금 우의정 하는 영감이야. 첩년의 신분이지만 한평생 곤궁하게 살지는 않으니 그나마 복이라 할까."

옛일이 생각나서 조심스레 내가 물었다.

"오래전에 내가 갓 시집왔을 때, 네가 속한 교방의 기생들 옷을 우리 시어머니가 맡아서 만들었지. 그때 우리 집 계집종이 너를 알아봤는데 왜 모른 척했니? 너는 왜 나를 피했었니? 내가 편지 보냈잖아. 그때 나를 모른다고 했지. 그땐 왜 그런 거니?"

초롱이 한숨을 쉬었다.

"사실대로 말하면, 나 평생 너 안 보려고 했어. 그런데 이렇게 세월이 흐를수록 옛일이 생각나더라. 그 모든 허물들도 세월 속에 용서 못 할 게 뭐가 있나 싶고. 살다 보면, 삶이 우리 뜻대로 되는 게 아닌데 누굴 원망할까. 하지만 그땐 널 용서할 수 없었어."

"용서? 내가 뭘 그렇게 잘못했기에……."

"너 우리 오라버니를 배신했잖아. 정표까지 만들어 앞날을 약속했다며. 그런데 오라버니를 배신하고 먼저 혼인을 해버렸잖아. 내가 교방에 있을 때 오라비가 나타났는데, 죽을 목숨처럼 되어 나타났더라. 오라비가 함구한다고 내가 그걸 모르겠니? 우리 오라버니 그 일로 오래 방황했어. 죽을 고비도 많이 넘기고. 산목숨 일부러 광인처럼 걸인처럼 몸을 학대하며 살았어. 그때는 나, 너도 어쩔 수 없는 속물 같은 양반 찌꺼기라 생각했던 거지."

"그 일은 오해였어. 그 사람을 오래 기다렸어. 약속을 지키지 못한 건 오히려 네 오라버니였어. 나도 어쩔 수가 없었어. 지금도 준서 오라버니를 생각하면 가슴이 너무 아파. 하지만 그 당시 난 그 사람이 죽은 줄 알았다. 그래서 나도 너를 꼭 만나고 싶었어."

나는 그간의 어긋난 운명의 진실을 초롱에게 말했다.

"그래, 그랬구나. 이제는 그런 것도 무슨 의미가 있겠니. 우리 인생이 그저 흐르는 물과 같은 것을. 물이 왔던 길을 되돌아 흐르지는 못하잖니."

초롱이 내 손을 꼭 잡았다. 삼십 년 만에 만난 초롱도 이제는 얼굴에 주름이 잡혀 있었다.

"가연을 만나고 나서 네 이야기를 하는 중에 나도 이상한 낌새를 눈치챘어."

그런데 나는 마음속에서 아까부터 궁금했던 질문을 선뜻 물어볼 용기가 나지 않았다.

"그런데…… 준서 오라버니는…… 어떻게 되었니?"

"나도 여태까지 세 번밖에 보질 못했어. 아마 살아 있겠지. 오라버니에게 삶은 그냥 바람 같은 것이거든. 오래 도를 닦아서 거의 도인이 다 되었어. 마지막 본 게 몇 년 전이더라. 그땐 떠돌이 중이 되어 있던데……."

떠돌이 중이라……. 결국 그는 이 세상 안으로 들어오지 못하고 세상 밖을 떠돌았구나. 한평생 나에 대한 오해를 안고, 빼앗긴 자의 울분에 차서 살았을 그의 모습이 가슴에 박힌 가시 같았다. 평생 단 한 번이라도 만날 수 있다면 그 오해부터 풀고 싶었는데……. 그래도 대신 초롱을 만나 평생의 오해가 풀려 가슴이 시원해졌다. 언젠가는 초롱을 통해 그도 진실을 알게 되겠지. 그때 초롱이 명랑하게 물었다. 예전 초롱의 말투로 돌아갔다.

"얘, 그런데 가연이는 어찌 되었어? 통 소식을 모르겠네. 예전에 그 애하고도 이상한 인연으로 만났지."

초롱이 장난스러운 표정으로 웃었다.

"내가 가연이에게 머리채를 잡힐 뻔했지. 아니 잡혔지. 가연이 잘 사니? 그 남편 밑에 살려면 마음고생깨나 할 텐데."

내가 망설이다 말했다.

"가연이…… 죽었어. 갓 서른에…… 기구하게 살다가 죽었단다."

나는 가을 햇빛에 무심하게 나를 돌아보던 정신 놓은 가연의 마지막 모습이 떠올랐다. 때 묻은 베개를 업고 쇠락한 별당 마루에 앉아 혼곤하게 마당의 햇빛을 바라보던 가연. 그 모습은 가을만 되면 철새처럼 나의 뇌리에 날아들곤 했다. 내 이야기를 듣고 초롱이 옷고름으로 흘러내리는 눈물을 닦아냈다.

"재주 많던 가연이 그렇게 죽었구나. 불쌍한 것. 그래도 우린 이러니저러니 해도 이렇게 살아 있으니 얼마나 좋아. 늙어가면서 우리, 보고 살자. 나 북촌에 살아. 네 시댁, 뼈대 있는 양반집인 것 같다만, 너도 시집을 썩 잘 온 것 같진 않다. 에고, 네 손도 거칠어졌고 얼굴도 핏기 하나 없이 까칠하구나. 그래, 이 집에 그 식구가 살려면 고생깨나 되겠다. 인선아, 혹 네가 고깝게 들을까 좀 저어된다만…… 내가 뭐 도울 일 있으면 말해라. 참! 너 아직 그림은 그리니? 그럼 여덟 폭짜리 병풍 하나 부탁하자꾸나. 이쁜 화조도로 좀 그려줘. 아니면 뭐 검은 공단에 자수가 나을까? 내가 값은 최고로 쳐줄게."

*

　종이 위에 마지막 붓질을 하고 붓을 내려놓았다. 오랜만에 그리는 그림이었다. 초롱이 부탁한 화조도가 아니었다. 명문 정승가의 첩이 된 초롱은 의식주 걱정 없이 부귀를 누리는 것 같았다. 나쁘지 않은 삶이었다. 초롱이다운 삶이었다. 그러나 나의 살림을 딱하게 여기며 선심 쓰듯 최고의 그림 값을 부르며 화조도 병풍을 요구하는 초롱에게 나는 마음이 좀 베었다. 내 거친 손을 보고 혀를 차던 초롱. 누구나 자신의 눈으로 인생을 본다. 자신의 생이든 타인의 생이든. 나는 초롱의 섬섬옥수가 결코 부럽지 않았다. 필시 물 한 방울 묻히지 않고 영감의 몸을 위해서만 봉사했을 초롱의 손이 부럽지 않았다. 나의 손은 가난한 양반가로 시집와서 떡을 만들고, 삯바느질하느라 바늘도 잡고, 일곱 아이들의 똥 기저귀도 빨던 손이었다. 그러면서도 평생 붓을 놓지 않았던 손이었다. 애써서 살았고 부끄럽지 않은 손이다. 나는 내 두 손을 펼쳐 바라본다. 예쁘지 않다. 필부(匹婦)의 손이다. 게다가 오른 손등 위엔 희미한 흉터가 드리워진 손이다. 그러고 보니 그 옛날 봉숭아

물을 들이고 우물가에서 세 소녀가 손을 펼쳤을 땐 제일 예뻤던 손이다. 지금은 손톱도 닳고 손가락 마디가 굵어지고 검은 먹물마저 군데군데 묻어 있다. 부귀영화보다 중요한 것은 자신을 지켜내고 살며, 사랑하는 사람들에게 상처 주지 않는 것이다. 나는 그렇게 살려고 노력했고 후회는 없다. 딴에는 삶에 깃드는 그런 자존감이 요즘따라 몹시 귀하게 여겨졌다.

그림을 일부러 내다 팔아 부귀를 누리고자 한 적도 없다. 사내 마음에 들게 치장하고 꾸며 몸을 파는 기생들처럼, 돈을 위해 그림을 꾸미고 치장하여 내놓은 적 없다. 그림은 내 삶이었고 자존심이었다. 두고 보기에 예쁘기만 한 화조도보다 온갖 미물의 생명 이야기가 있는 초충도를 더 즐겨 그리는 것도 미물들의 살려고 하는 노고가 보이기 때문이었다. 여치 한 마리도, 쥐 한 마리도 똑같이 그리지 않았다. 어떤 하찮은 미물도 세상에는 오직 하나의 존재이기 때문이다. 존재 하나하나가 우주의 중심이기 때문이다. 그것이 삶에 대한 내 생각이고 표현이었다. 물새 한 마리를 그리더라도 나의 감정이 들어갔다. 물새의 심정이 되었다. 산수화를 그리더라도 햇빛과 달빛으로 빚어내는 자연의 표정에 나만의 정조와 정취를 담으려 고심했다. 그림에는 그 시간, 그 순간의 내 삶이 절절하게 담겨 있다. 그래서 나는 주문 받지 않고 내가 그리고 싶을 때 그린다. 글씨는 마음을 수양하기 위해 쓰지만, 그림은 내 감정을 단속하거나 또 자유롭게 풀고 싶을 때 그린다.

초롱이 다녀가고 나서 내 마음은 또다시 혼란스러워졌다. 아아, 사람의 마음이란 한평생 늘 잔잔한 경포호수 같진 않구나. 잔잔하다가도 파도가 몰아치고……. 그러니 석가는 인생을 고해(苦海)라 했지. 그 파도 또한 마음이 만들어낸다. 금강산으로 떠날 때 준서는 마음공부를 하고 싶다 했었지. 오랫동안 그도 마음을 숱한 고통으로 단련했겠지. 중이 되었다고 했지. 그는 부처를 찾았을까. 득도를 했을까. 자유로워졌을까.

나는 방금 붓을 내려놓은 그림을 바라보았다. 산수화였다. 그것은 명경지수를 앞에 두고 그린 사생화가 아니었다. 산수를 배경으로 한 상상도였다. 준서의 모습이, 어쩌면 금강산에서 도를 닦고 있을 것 같은 준서의 모습이 그림처럼 계속 떠올랐기 때문이다. 그리지 않을 수가 없었다.

한 번도 가보지 않은 금강산이 그러할까. 시냇물 굽이굽이 산은 첩첩 둘러 있고, 바위 곁에 늙은 나무 감돌아 길이 났다. 숲에는 아지랑이 자욱하게 끼었는데, 돛대는 구름 밖에 뵐락 말락 한다. 해질 녘에 도인 하나 나무다리 지나가고 막 속에선 늙은 중이 한가로이 바둑을 두고 있다.* 금강산에는 영험하고 신묘한 능력을 가진 기인과 도인이 많다는 이야기를 들었다. 오래된 작은 암자에서 늙은 도인을 스승으로 모시고 도를 닦는 준서의 모습이

* 지금은 남아 있지 않은 신사임당의 산수화에 신사임당보다 후세의 인물인 소세양이 이 그림에 부쳐 시를 지은 것 중 일부를 그림에 대한 묘사로 인용했다.

상상되었다. 암자는 오래된 소나무 밑에 겨우 비나 피하게 생겼다. 해질 녘이 되어 바랑을 메고 시주를 받으러 나무다리를 건너는 이가 준서가 아닐까.

그림이 다 마르기를 기다려 장롱 깊은 곳에서 붉은 비단 보따리를 꺼내 그 안에 곱게 잘 넣었다. 그 붉은 비단 보따리는 그 옛날 한때 내가 밤마다 짐을 쌌다가 새벽이면 풀던 것이다. 나는 그 보따리를 쓰다듬어본다. 보따리를 다시 장롱 깊이 넣어두고 자물쇠를 잠그는데 갑자기 기운이 쭉 빠지고 식은땀이 나며 현기증이 돌았다. 가슴 한쪽이 뜨끔거리며 아팠다. 아아, 또 시작이구나. 또 아프면 안 되는데. 잠시 숨을 고르고 있자니 괜찮아졌다.

살며시 장지문이 열리더니 매창이 들어왔다.

"어머니, 홍시가 아주 달아요. 잡숴보세요."

매창이 붉은 감을 얹은 소반을 내려놓았다. 아무도 없는 그 남자의 폐가에도 지금쯤 저 홀로 감이 익고 있겠구나. 혼인 전에 홀로 그 집을 마지막으로 찾아갔던 쓸쓸한 정경이 눈앞에 어제 일인 듯 펼쳐졌다. 삼십 년 전 일이다. 나는 꿈에서 깨듯 머리를 흔들었다. 바로 코앞에 잘 익은 감이 보였다. 딸이 앉아 감꼭지를 따서 들기를 기다리고 있었다. 매창도 이제 스무 살이 되었다. 혼기가 꽉 찼다. 커갈수록 재주는 물론 외모도 나를 닮아갔다.

그때 둥기둥, 둥둥…… 거문고 소리가 울려왔다. 막내아들 우(瑀)가 거문고를 좋아하여 사주었더니 가끔 집안 친척 총각 아이가 와서 거문고를 연주했다. 그 실력이 제법이어서 우에게 가끔 거문고를 가르쳤다. 오늘따라 친척 아이가 연주하는 거문고 소리가 가슴을 쥐어뜯는 것 같았다. 홍시를 베어 물자 달콤한 과육이 입안에 밀려들었다. 갑자기 목이 메었다. 눈시울이 뜨거워졌다. 장지문을 바른 한지에 늦가을 빛이 애잔하게 어룽거렸다. 그러나 내 가슴엔 그때 그날처럼 비가 내렸다. 처음으로 준서의 거문고 가락이 비를 타고 내 마음을 울리던 그날처럼……. 침침한 눈에 고인 눈물 때문일까. 문살이 엿가래처럼 녹아 흐르는 것 같다. 생각하면 늘 처녀 시절은 느린 거문고 가락에 실려 천천히 가고, 그 이후의 세월은 살처럼 흐른 것 같다. 마흔다섯 살의 늦가을이 속절없이 흘러가고 있는 것을 나는 망연히 본다.

꽁꽁 묶은 붉은 비단보는 내 한 점 붉은 마음. 비밀
스런 그 마음을 내 어찌 풀가나. 하지만 활활 풀고
가고 싶구나. 꽃이 피어야 한다면…… 피어야 한다.
꽃이 핀다고 제 속을 부끄러워하랴. 내가 지더라도
언젠가 꽃으로 피어나리…….

붉은 비단보(褓)

　열아홉에 혼인하여 스물한 살에 첫아이 낳고 서른아홉까지 스무 해 가까이 아이 일곱을 낳는 숨 가쁜 생산의 세월이 물러나고 불혹을 넘게 되자 망중한을 즐길 여유가 조금 생겼다. 그러나 그것도 잠시, 시어머니가 노쇠하여 자리에 눕게 되었다. 외며느리인 나는 간호에 정성을 쏟았다. 고맙고도 불쌍한 분이었다. 혼인하여 부친상을 당하자 신행도 늦춰주시고 친정에선 아들 몫이니 아버지 제사 때도 별일 없으면 친정에 가라고 보내주시던 분. 친정 어머니 외로우시겠다며 오래 머물러도 좋다고 너그럽게 봐주시던 분. 그 덕에 재주를 썩히지 않고 틈틈이 붓이라도 잡아볼 수 있었다. 그러나 당신은 청상과부가 되어 외아들 하나 의지하며 양반가의 여인으로 당당하고 부끄럼 없이 생활을 억척스레 꾸려가던 분. 기생들, 귀부인의 잠자리 날개 같은 고운 옷을 지어도 여간해선 비단옷 한번 몸에 걸치려 하지 않던 분. 나는 시어머니가 아니라 같은 여인으로서 그녀에 대해 깊은 연민을 느꼈다. 그런 연민이 그간의 고부간의 사소한 갈등이나 원망을 녹여주었다. 그런 연민이 없었다면, 대소변을 받아내고 쉴 틈 없는 간호를 감당하기에 벌써 지쳤을 것이다. 나는 그녀의 병구완에 정성을 다하는 것이 시어머니에 대한 이 세상에서의 마지막 보답이라 생각했다. 그러나 시어머니 홍씨는 회복하지 못하고 눈을 감았다. 칠순을 넘겼으니 호상이라 할 만했으나 아쉬운 점이 많았다. 우리 부부는 정성껏 격식대로 예를 다해 소상과 대상을 치렀다. 남편은 살아생전 홀어머니에게 제대로 효도 한번 못 했다며 애통해했다. 그러면서 마음을 잘 가누질 못하고 다시 술을 입에 대는 눈치였다. 주막거리에 단골이 생기더니 술 냄새를 풍기고 들어오는 적이 많았다. 오로지 하늘 아래 한 점 혈육을 잃은 슬픔 때문이겠거니 하고 처음엔 모른 척했다. 그러나 점차 습관이 되는가 싶었다. 단골로 다니는 주막의 젊은 여주인인 과부와 그렇고 그런 사이라는 소문이 들렸다. 권씨 성을 가진 과부는 몰락한 양반가의 여식이었다는 말이 돌았다. 그 과부가 성질은 괄괄하나 술도 잘하고 사내들의 비위를 잘 맞춘다 하였다. 정에 약한 남편이 슬픔에 젖어 과부에게 너무 쉽게 마음을 준 것이 아닐까. 그러나 이상하게 그리 시샘도 나지 않았다. 그저 남편이 철없는 아들처럼 보였다.

젊을 때와 달리 나이가 들어서 그런 걸까. 그래도 한 번은 짚고 넘어가야 할 일이었다.

생로병사의 인간지사가 요즘처럼 실감 날 때가 없었다. 육친으로 인연을 함께했다가 소멸한 사람들이 떠올랐다. 할아버지, 할머니, 아버지, 그리고 시어머니……. 결국 이렇게 흙으로 돌아가는데……. 인간의 몸은 이렇게도 허약한 것인데. 인생이 덧없었다. 칠순이 넘은 친정어머니는 안녕하신지. 간혹 인편에 편지나 보내고 있을 뿐 다시 대관령을 넘지는 못했다. 시어머니를 보내고 나자 이상하게 친정어머니가 뼈저리게 그리웠다. 시어머니는 아들이라도 있었지만, 다섯 딸들을 모두 출가시키고 홀로 외롭게 늙어가고 있는 어머니의 모습을 떠올리면 가슴이 무너졌다. 어찌 그리 외로운 팔자를 타고났을까. 무남독녀로 태어나 형제자매 없이 외로운 어린 시절을 보내고, 혼인하여 계속 남편과 떨어져 살고, 그 남편마저 젊은 나이에 잃고 과부가 되어 이제 슬하의 다섯 딸마저 모두 떠나보내고 홀로 죽음을 맞을 여인. 얼마나 외로울까. 얼마나 두려울까. 이제 살 만큼 살아 보니 죽음이 더 가까이 느껴진다. 언제부턴가 몸에 미열이 있고 가슴이 아프고 현기증이 났다. 편히 쉬면 또 괜찮아져서 자리에 누울 정도는 아니지만 은근히 걱정이 되었다. 의원의 말로는 폐와 심장이 약해졌다고 하지만, 중병은 아니라고 했다. 지금 당장 죽어도 큰 여한은 없지만, 친정어머니를 돌아가실 때까지 곁에 모시지 못하는 것이 한이 될 것 같았다. 아들처럼 믿고 의지했으나 어머니가 갑자기 돌아가시면 어쩌면 임종조차 못 할 불효녀야말로 내가 아닐까.

하지만 마흔일곱 살 고개에 그렇게 허망한 일만 있었던 건 아니다. 어두운 곳이 있으면 밝은 곳이 있게 마련이다. 살아 보니 그게 인생이었다. 시어머니 상을 마치고 얼마 되지 않아 남편이 종오품 벼슬인 수운판관으로 임명된 것이다. 수운판관이란 지방의 조세로 바치는 곡식을 배로 실어 나르는 일을 맡아보는 관리였다. 남편의 나이 쉰 살이었다. 뒤늦은 행운에 기뻐하면서도 먼저 간 시어머니 홍씨를 생각하니 안타까웠다. 시어머니야말로 제일 기뻐할 사람이었기 때문이다.

남편은 기쁜 마음으로 그 벼슬을 받았다. 뒤늦게 얻은 말단 관직이지만 천직이라 여겼다. 사람은 모름지기 할 일이 있어야 하는 법. 남편의 얼굴에는 생기가 흘렀다. 몇 날 며칠, 많게는 한 달씩 집을 떠나 배를 타야 하는 고된 일이기도 했다. 그러나 당파싸움에 눈치 보고 머리 쓸 일 없으니 사람 좋고 마음 약한 남편이 할 일로는 제격이었다. 그 일로 녹을 받으니 살림이 조금씩 폈다. 마침 삼청동에 맞춤한 집이 나와 이사도 앞두고 있으니 오랜만에 마음이 여유로웠다. 그러나 푸르고 맑은 하늘에 검은 까마귀 날갯짓 같은 어둠이 잠깐씩 스쳐 지나갔다. 간혹 새카만 현기증이 지나갔다. 예감이 좋지 않았다. 몸이 몹시 쇠약해진 것인지 기운도 없었다. 살 만해지니 몸에 이상이 왔다. 몸에 기운이 없으니 아무 의욕이 없고, 의욕이 없으니 욕심이 멀어졌다. 무욕은 심신에 평화로움을 가져다주었다.

*

삼청동으로 이사하고 남편과 두 아들은 관서 지방으로 임무를 수행하러 떠났다. 한식이 지나 모종을 심은 꽃들과 채소들이 잘 자라났다. 새로 마당에 심은 목단나무에도 봉오리가 맺히고 더러는 피기도 했다. 그리 크진 않아도 정갈한 남향받이의 집. 집이 마음에 들었다. 아이들도 다 커서 막내아들 우가 열 살이다. 스물세 살인 맏딸 매창이 집안 살림과 동생들을 잘 건사했다. 맏아들 선과 매창이 혼기가 꽉 찼는데 짝을 찾지 못해 그게 걱정이었다.

생활의 질곡에서 벗어나 모처럼 한가한 시간을 맞아 그림이나 글씨를 좀 해보려 했으나 오래 버티질 못해 요즘은 그동안 모아두었던 작품을 꺼내 손을 보거나 정리하는 일로 소일한다. 어렸을 때부터 그린 그림들은 매창을 위해서도 좋은 교본이 될 것이다. 매창뿐 아니라 열 살 먹은 막내 우도 예(藝)에 대한 감성을 타고난 것 같았다. 아직 어리지만 거문고에도 흥미가 많을 뿐 아니라 제법 연주 흉내를 낼 줄 알았다. 큰누이 매창을 따라 옆에서 곧 잘 그림을 베끼는 걸 보면 싹이 보였다. 이 아이들이 재주를 활짝 꽃피울 때까지 내 앞날이 어찌 될지…… 세월이 기다려주진 않을 것이다.

친정에 두었던 작품들을 시댁의 살림을 맡을 때 아예 다 가져왔는데 중간에 분실된 것들이 많았다. 그동안 수차례 서울과 강릉을 오갔지만, 강릉에 주인 없이 방치된 세월이 있었고 이번 삼청동 이사 통에도 몇 점 없어진 것이 있었다. 그림을 보고 있자니 살아온 세월이 보였다. 제일 오래된 그림은 '서호지(西湖志)'라 이름을 붙인 매화를 그린 습작품들이었다. 친정에서 가장 먼저 봄을 알려주던 별당 뒤켠의 홍매화나무. 백 년이 넘은 그 나무가 아슴아슴 떠올랐다. 내가 죽은 후에도 그 나무는 언제까지 살까. 그리고 이 그림은? 가장 오래된 그림으로는 일곱 살 때 그린 안견의 산수화를 모사한 그림이 있었는데, 분실된 게 제일 속상했다. 할아버지 생전에 사랑방에 자랑용으로 늘 보관되고 있었는데 어느 결에 없어졌는지 기억에도 없다.

초충도와 화조도, 화초어죽, 산수화를 골고루 들여다보니 그림을 그리던 그 옛날 그 현장에 있던 내 모습이 보였다. 경포호에 나가 청둥오리 한 쌍을 그릴 때의 호수의 빛깔, 아버지를 따라가 본 바다의 인상을 그렸던 〈월하고주도〉. 아, 그날 밤 돌아와 초경을 했었지. 얼마나 놀랐던지. 가연과 초롱과 함께 봉숭아물을 들이던 그 봉선화꽃도 화폭에 담겨 있다. 수박을 갉아먹는 쥐를 그릴 때 수박이 얼마나 맛있었는지 내가 다가가도 모르던 귀여운 생쥐들. 꽃나무에, 열매에, 채소 잎에 떨어지던 그 햇살을 보며 얼마나 행복했던가. 그러나 아름다운 꽃을 보면 볼수록 그 이면의 어두움은 더욱 깊었다. 모양은 그대로 똑같이 화폭에 옮길 수 있지만 아름다운 꽃에서 느껴지는 비애를 잘 그려낼 수는 없었다. 누군가가 그것을 설명해주지도 않았고, 어릴 때 보고 배운 화첩에서는 그걸 터득할 방법이 없었다. 기껏 시도해본 것은 색채의 채도와 형태를 좀 변형해보는 것이었다. 꽃나무 가지를 휘게 그림으로써 단순하지 않은 화가의 심정을 그리려 했고, 상식과 다른 색을 칠함으로써 색다른 감정을 표현하고 싶었다. 채색화를 그릴 때도 검은 먹으로 선을 그리지 않는 무골법을 썼다. 하지만 이제는 그림이 조금씩 보인다. 그림을 그린 사람의 마음이 그림을 통해 느껴진다. 그것은 설명할 수 없는 이치였다. 살아보지 않고는 알 수 없는 일들, 어느 세월에 이르지 않고는 이해될 수 없는 이치 같은 걸까. 그림을 보니 그 시절 나의 희로애락이 녹아 있다. 어느 날은 초충도를 그리며 슬펐을 테고 화조도를 그리며 우울했을 터였다. 앞으로 내게 시간이 충분하다면 내 그림은 앞으로 또 어떤 경지에 이르게 될까. 내게 시간이 얼마나 남은 것일까. 아이참, 방정맞게 왜 자꾸 그런 생각을 한담. 나는 고개를 흔들고 이번에는 글씨들을 꺼냈다.

어린 시절 습작하던 것들은 많이 빠졌다. 해서와 전서가 좀 보였지만 단연 초서가 많았다. 사람들은 내가 쓴 초서를 보고 놀랐다. 아녀자가 쓴 것 같지 않다는 것이다. 대장부의 기개와 힘이 넘쳐난다고, 글씨 쓴 이를 모르면 분명 남자의 서체라 볼 만하다는 것이다. 가만 생각해보면 딴은 그럴 수 있다. 겉보기에 여성스럽고 약해도 나는 자신이 무척 강하다는 걸 안다. 웬만해선 고집을 잘 안 부려도 굳은 결심과 고집은 아무도 함부로 하지 못했으니까. 나약한 아녀자 같았으면 진즉에 붓을 놓았을지도 모른다.

그리고 검은 공단에 수를 놓은 자수 작품들이 나왔다. 오래된 것은 살짝 좀이 슬기도 했다. 매창의 혼수로 쓸 수 있을까, 걱정이 되었다. 언니와 동생들의 혼수로 선물을 많이 해서 남아 있는 자수는 몇 점 되지 않았다.

모두 차곡차곡 모아 커다란 지함에 넣어 푸른 보자기로 싸서 통풍이 잘 되는 벽장에 넣어두었다. 이 푸른 보자기는 매창에게 맡겨야지. 나는 이번에는 고이 간직해둔 열쇠를 꺼내 장롱의 깊은 곳을 열어 붉은 비단 보자기로 싼 함을 꺼냈다. 잠깐 주위를 살폈다. 장지문을 다시 닫고 밖을 내다보았다. 매창이 동생들을 데리고 동네의 잔칫집에 가서 집 안은 적막하게 비어 있다. 이 붉은 비단 보자기를 몇 번 열어보지는 않았다. 가슴 아픈 추억들이 보자기를 풀면 독사처럼 튀어나와 물고 놔주질 않을 것 같았다. 그런 두려운 세월이 있었다. 그러나 세월은 독사의 독도 치료할 만큼 내성이 강한 약이었다. 얼마 전에 한번 열어보니 그리 고통스럽지 않았다. 그저 흘러간 삶의 한 편린이었다.

붉은 보자기를 여니 준서와 초롱과 함께 다녔던 곳을 그린 산수화와 초충도, 그리고 밤마다 그리운 얼굴을 그리고 또 그렸던 초상화, 연리목 그림도 나왔다. 쌍그네 타는 처녀, 총각의 그림도 나왔다. 하나하나 날짜도 짚을 만큼 선명한 기억들이 그림에 줄줄 딸려 나왔다. 아아, 이런 시절이 있었지. 몇 장의 그림은 아주 서툴렀다. 사랑을 못 견뎌 그림을 그리지 않겠다고 가위로 손을 찍은 적도 있었다. 그 손이 회복되기도 전에 그림을 그리고 싶어 그렸던 것들이었다. 맨 마지막 그림은 삼 년 전에 그린 금강산 산수화였다. 금강산의 풍경 속에 한 남자가 있다. 석양 무렵에 바랑을 메고 나무다리를 건너 어디론가 떠나는 떠돌이 중. 신분의 굴레에서 자유롭지 못했던 그의 영혼은 이제 산새처럼 자유로울 것이다. 하늘 위를 날며 세상 모든 것을 내려다보며 세상을 조롱하며 어디든 마음대로 날아갈 수 있는 새. 처음 만난 날, 그의 까치연이 오죽 위에 걸려 안타까웠던 기억이 났다. 이제 그는 매인 데 없이 연줄을 끊고 훨훨 하늘을 나는 까치가 되었을까.

긴긴 동짓달 밤, 그를 위해 수를 놓았던 복주머니와 베갯모, 방석도 나왔다. 그리고 낡은 옥색 치마가 나왔다. 아아…… 늑대를 만난 날 입었던 치마였다. 그리고 그를 생각하며 썼던 시들도 보였다. 지금 보니 낯이 달아올랐다. 누구에게라도 절대 보여서는 안 될 시였다. 그리고 준서의 편지. 종이 색이 누렇게 변했지만 열여섯 살 패기 넘치는 사내의 글씨는 아직도 강하고도 다정했다. 아아, 그때 그의 나이가 열여섯. 지금 우리 이의 나이로구나. 나는 시를 다시 읽었다. 가슴이 따스해졌다.

　날은 참으로 음산하고
　우르릉 우렛소리 들려오네.
　깨어 앉아 잠은 안 오고
　생각하자니 그리움 깊어.

　그리고 마지막 편지가 나왔다. 눈물이 떨어져 먹이 번진 준서의 그 마지막 편지. 그 편지를 썼을 때 준서의 심정은 어땠을까. 드디어 사랑하는 여인을 만나러 왔다가 그 여인이 함께 맺은 가약을 끊어버리고 다른 사내와 혼인을 한다는 이야기를 들었을 때 그의 심정은 어땠을까. 가여운 사람……. 참으로 오랜 세월 뒤에 나는 그의 심정이 이해되었다. 어쩌면 나보다 더 고통스러웠을 그. 우리는 그때 그 운명의 어긋남으로 한 번도 만나보지도 못하고 어쩌면 생을 마감해야 할지도 모른다. 그도 언젠간 생의 어두운 그늘 속에서 자신들조차 모른 채 운명이 어긋나버렸다는 걸 알게 될까. 그때 그의 심정은 또 어떨까. 그도 나를 마음에 품고 그리며 살았을까. 어느새 내 눈에서 눈물이 두 방울 떨어졌다. 나는 얼른 종이 위에 떨어진 눈물을 손으로 닦아냈다.
　붉은 보자기를 다시 싸며 나는 중얼거렸다. 아아, 이것이 내 마흔여덟 해 동안 내 생의 그림자로다. 참으로 열심히 살았지. 재주 많고 총명하고 속도 깊은 신씨가의 둘째 딸로 사람들에게 각인되어 그것에서 벗어나지 않으려고 애쓰며 살아왔지. 남편과 시어머니 거스르지 않고 여자로서의 삶에 순응하며 일곱 자식 키우며 힘든 세월도 보냈지. 최연소 장원급제자의 어머니라며 아들 가진 여자들이 모두 부러워하였지. 남들은 모를 것이다. 내 삶이 아무런 고통 없이 갈등도 없이 순하게 이어져왔다고 생각할지 모르겠다. 하루에도 몇 번씩 내 생에 치를 떨면서도 유능제강(柔能制剛)이란 단어를 새기면서 살아왔다. 부드러움이 결국 강함을 이긴다. 나는 삶을 껴안기 위해 구부러졌다. 엄나무 연리목처럼 구부러지고 휘었다. 나로 인해 많은 사람들 상처 주지 않기 위해 내 몸을 조이는 엄나무 가시 같은 상처를 참으며 살아온 세월이었다. 그러나 그 상처가 없었다면 또 살아내지 못할 세월이었다. 그림은, 글씨는 내 상처를 먹고 자랐다. 상처가 아플수록 나는 그림을 욕망했다. 그것들은 나의 정인이었다. 오히려 정인이 있어서 내 앞의 삶을 더욱 반듯하게 살아냈다. 모순이었다. 그래, 모순이었다. 그게 삶이 아닐까. 모순이 아니라면 삶이 아니지. 모순을 껴안지 않으면 삶이 아니지. 후회는 없다.

그런데 이 보자기를 어찌할꼬. 내 몸이 사라지면 한때 내 몸의 욕망으로 연유된 이 물건도 소멸해야 할 터. 남김없이 다 태우고 가리라. 나는 언제 날을 잡아 태워 없앨 요량을 하며 다시 장롱 깊은 곳에 보자기를 넣어두었다. 그런데 그 사람에게 언젠가는 꼭 고맙다는 말이라도 했으면 싶은데……. 초롱에게 기별해서 편지라도 써서 맡겨놓으면 언젠가 한 번은 누이에게 들르지 않을까? 서안에 다가가 종이를 꺼내 펼쳤다. 그러나 먹을 갈아 붓을 적신 후 종이 위에 쓰려고 하니 머릿속이 종이보다 더 새하얘졌다. 손이 벌벌 떨려왔다. 말이, 글이, 무슨 의미가 있을까. 어떤 말도 정확하지 않은 것 같았다. 붓은 허공에서 한참을 떨며 내려올 줄 몰랐다. 떨리는 붓끝에서 검은 눈물방울 같은 먹이 몇 방울 떨어졌다. 종이 위에 떨어진 점 세 개. 그것은 글자보다 더 간절한 글자였다. 나는 붓을 벼루에 다시 얹었다. 아아, 말은, 글은, 무용하구나. 되었다. 나는 조용히 고개를 끄덕였다. 그는, 새처럼 자유로운 영혼을 가진 그는, 내가 아무 말이 없더라도 내 마음을 진즉에 알았을 테니…….

대신 붓을 다시 든 나는 남편에게 편지를 쓰기 시작했다.

　서방님 전상서

　옥체 일향만강 하옵신지요. 선과 이도 무탈하게 잘 지내겠지요. 배멀미로 고생은 안 하는지 걱정됩니다. 이곳 식구들도 좀 더 넓은 새집으로 이사 와서 잘 적응하며 지내고 있습니다. 식구 중에 셋이 빠지니 참으로 집 안이 적적합니다.

　저는 요즘 조용히 쉬면서 여가를 보내고 있습니다. 무엇보다 건강이 소중하다고 생각하기 때문입니다. 그러나 썩 좋은 상태는 아님니다. 그렇다고 전혀 걱정할 정도는 아닙니다. 그저 예전 같지는 않다는 말이지요. 제 나이 이제 마흔여덟이니 적은 나이는 아니지요. 당신을 열아홉에 처음 만나 혼인하여 일가를 이룬 지 어언 삼십 년 세월입니다. 돌아보니 아득도 한데 당신 없는 지금, 가만 생각하니 이 세월, 이만큼 살아낸 것이 모두 당신의 은덕이 아닌가 싶습니다. 당신, 소중하고 소중합니다.

생각해보면 저보다 세 살이나 연상인, 오라비 같은 당신에게 섭섭하고 모질고 차갑게 군 적도 많을 겁니다. 당신의 그 순하고 어질고 진솔한 성정이 아니었다면 제 스스로 견디기 힘들었을지도 모릅니다. 진정으로 고맙다고 생각한 적이 많았습니다. 제 표현이 서툴고 마음이 살갑지 못하여 그대로 지나간 것을 이제야 밝힙니다.

저를 당신이 곱고 귀하고 총명하고 순정한 여인으로 믿고 사랑해주셔서 감사합니다. 당신이 그렇게 믿으니 저는 그런 삶을 살아내었겠지요. 아니, 그렇게 살려고 애썼겠지요. 그러나 저는 너무도 부족하고 불완전한 인간이자 여인이었음을 고백합니다. 당신에게 온 마음을 바치지 못하고 예술을 한답시고 다른 세계를 헤매고 있는 저를 곁에서 보면서 얼마나 외로우셨습니까. 그래도 늘 든든한 산처럼 아무 말 없이 저를 지켜주신 당신께 고개 숙여 감사합니다.

당신을 만나 귀한 일곱 자식을 얻었으며 친정에도 효도하며 지낼 수 있었습니다. 여자로서의 삶이 이만큼 다복하고 자유로웠으니 저는 제 일생이 감사할 뿐입니다. 이런 편지를 쓰게 되어 무척 민망합니다. 제가 얼마나 더 살지 모르겠으나 살아 있는 동안은 이 마음 변치 않고 당신 곁에 머물겠습니다.

부디 객지에서 옥체를 잘 보존하시어 무사히 임무 수행하시기 바랍니다. 돌아오실 무렵이면 제가 심어놓은 마당의 꽃들이 만발하여 당신을 맞을 것입니다. 저도 꽃 같은 미소로 활짝 당신을 맞겠습니다. 당신과 두 아들의 귀가를 행복하게 기다리고 있겠습니다.

쓰는 중간 자꾸 눈물이 났다. 종이 위의 먹이 번졌지만 개의치 않고 써내려갔다. 그때 방문이 열리고 매창의 목소리가 들렸다.

"어머니, 다녀왔어요!"

눈물을 흘리며 편지를 쓰고 있는 나를 보자 매창은 머쓱해져서 조용히 장지문을 닫았다.

아! 절벽을 뛰어넘으니
무하유지향(無何有之鄕)*이로구나!

* 『장자』의 「소요유」 「응제왕(應帝王)」 「지북유(知北遊)」 등 여러 곳에 나오는 말이다. 있는 것이
란 아무것도 없는 곳이란 말로, 이른바 무위자연의 도가 행해질 때 도래하는 생사가 없고, 시비
가 없으며, 지식도, 마음도, 하는 것도 없는, 참으로 행복한 곳 또는 마음의 상태를 가리킨다.

불꽃

붉은 비단보를 안채 마당으로 들고 나왔다. 오월 봄 햇살이 눈부셨다. 마당에는 온갖 봄꽃들이 피어났다. 마당가에 심어놓은 모란꽃이 벙긋벙긋 함박웃음을 흘리며 피어나고 있었다. 날짜를 꼽아보니 만약 별일이 없다면, 사나흘 후면 남편이 귀가할 날이었다. 한 달을 객지를 떠돌았으니 얼마나 집이 그리울까. 이번에 처음 아버지를 따라간 선과 이는 세상 구경을 잘 했을까. 열여섯 살 호기심 많은 이는 여행 중에 또 무엇을 보고 깨달았을까. 그리고 선이 돌아오면 매파를 구해 혼처를 좀 알아봐야 할 텐데……. 그래서 빨리 며느리를 봐야 내가 살림을 맡기고 안심하고 편안히……. 왜 자꾸 편히 눈을 감고 싶다는 생각이 드는 걸까. 아직 할 일이 많이 남았는데. 언젠가 어머니는 내가 단명할지 모른다고 했지. 그런 것을 무턱대고 믿을 건 아니지만 어젯밤 잠들 때 가슴이 몹시 아프고 기침이 심하게 났다. 밤엔 어두워서 보지 못했는데 아침에 일어나 보니 기침할 때 입을 막았던 손수건에 피가 뭉텅 배어 있었다. 차라리 밤에 잠들어 조용히 눈을 감고 뜨지 말았으면 싶었다. 오래 앓고 싶지 않았다. 그러나 머지않았다는 예감이 들었다.

아침에 매창에게 일러 목욕물을 데우라 했다. 단오는 지났지만 단오 때 쓰던 창포가 있어서 창포를 우린 물로 머리를 감고 정성스레 몸을 닦았다. 열여섯 살의 단옷날이 떠올랐다. 방에 들어와 경대 앞에 앉아 오래 거울을 보며 머리를 빗었다. 귀밑과 이마 위로 흰 머리칼이 제법 보였다. 머리칼이라면 자신 있었는데. 차지고 윤기 나는 흑단 같은 머리채였는데…… 이제 숱도 덜하고 희끗희끗해졌다. 눈가의 주름과 입 옆의 팔자주름. 맥없이 늘어진 지친 눈시울. 사십팔 년 세월 동안 육신을 부린 피로한 여인의 모습이 거울 안에 있었다. 그 옛날 단옷날의 댕기머리의 처녀는 어디로 갔는가. 그때 그 거울을 보며 내 자신마저 반할 만큼 당당하고 자신만만하던 그 젊음은 어디로 갔는가. 나는 옷을 갈아입었다. 깨끗한 옷으로 갈아입고 소지(燒紙)의식을 행하고 싶었다.

두 아들이 서당에 가고 한련이 수련을 데리고 친구 집에 놀러 가 집 안에는 행랑어멈과 매창만 남아 있었다. 나는 매창을 불러 행랑어멈과 장터에 나가 며칠 후면 돌아올 삼부자를 위해 장을

보게 했다. 모두 내보내고 나니 집 안은 절간처럼 고요했다. 장지
문을 열어젖히니 방 안으로도 봄 햇살이 쏟아졌다. 마당의 화초
는 햇빛을 받아 더욱 환하면서도 그늘 또한 깊었다. 그 빛과 그늘
이 공존하는 꽃과 잎사귀를 그리고 싶다는 욕망이 솟았다. 아아,
저것이 생이다. 어둠은 빛을 더욱 밝히고 빛은 어둠을 더욱 깊게
한다. 하지만 그 모든 것이 하나로다. 색(色)이고 공(空)이다. 햇빛
가득 찬 마당에 온통 화초들의 그림자가 어른댔다. 어지러웠다.
눈을 감았다. 감은 눈 위로 햇살이 희롱하여 붉은 기가 도는 어둠
이 눈 속에서 붉은 막처럼 흔들렸다.

　나는 붉은 비단 보따리를 들고 풍로 앞으로 갔다. 그 풍로는 매
창이 나를 위한 탕약을 끓이기 위해 안방 앞에 가져다놓은 것이
다. 숯에 밑불을 붙여 부채로 살살 흔들자 건조한 오월 바람에 금
방 발갛게 불이 붙었다. 숯 냄새가 순간 코를 찌르자 아득하게 현
기가 몰려왔다. 눈을 뜨니 활짝 핀 모란꽃들이 보였다. 화려하고
화사하기도 해라. 풍로의 불꽃도 꽃처럼 피어났다. 붉은 보자기를
풀었다. 보자기는 커다란 꽃잎처럼 벌어졌다. 풀어보니 다시 애
틋한 마음이 들었다. 그래도 깨끗이 태우리라 마음먹었던 것이니
땅바닥에 모두 펼쳐놓았다.

　제일 먼저 눈에 뜨인 것은 맨 위에 있던 준서의 시와 편지였다.
불꽃은 그것을 날름 맛있게 집어삼켰다. 그리고 그를 그리며 내
가 지었던 시들을 꺼내 또 한 장씩 태웠다. 종이는 참으로 잘 탔

다. 금세 재만 남았다. 재는 얇은 잿빛 명주 같았다. 준서와 함께 다녔던 곳의 산수화와 그가 금강산으로 떠난 후에 그린 짝 잃은 물새나 새를 그린 그림들이 재로 변했다. 이번에는 인물화 몇 점이었다. 한 장씩 불 위에 올려놓으니 그의 이목구비가 온갖 표정을 지으며 사라져갔다. 마치 그 표정은 웃는 것 같기고 하고 우는 것 같기도 하고 성내는 것 같기도 했다. 참을 수 없이 그리워서 그 얼굴을 그리던 밤들이 지나갔다. 그렇게 한 시절, 한 시절을 태워나갔다. 갑자기 바람이 불어왔다. 인물화 서너 장이 호르르 마당가로 달아났다. 주우려고 일어서니 현기증이 밀려와서 그만둔다. 이번엔 치마를 꺼내었다. 불이 좋을 때 이것부터 태우리라.

  낡은 옥색 치마는 늑대를 만났던 날 입었던 것이다. 늑대의 피가 묻은 그 치마를 그날 밤 집으로 돌아와 벗어서 그 위에 그림을 그렸지. 핏자국이 커서 붉은 물감으로 흐드러진 목단 꽃송이를 그려넣었다. 삼십 년이 지났지만 목단 꽃송이는 약간 좀이 슬고 색깔만 조금 검어졌을 뿐 거의 그린 그대로 있었다. 나는 눈앞에서 바람에 간들거리는 활짝 핀 화단의 목단 꽃송이와 삼십여 년 전에 치마폭에 그린 목단꽃을 번갈아 보았다. 지금 이렇게 목단꽃 앞에서 생의 흔적을 태우기 위해 그때 치마폭에 하필 이 꽃을 그렸던 걸까. 기이하구나. 나는 치마를 들어 코에 갖다 대보았다. 아주 희미하게 비릿한 내음이 풍겨오는 듯했다. 나는 잠시 망설이다가 불꽃이 괄한 풍로의 숯 더미에 치맛자락을 얹었다. 불꽃은 배고픈 짐승의 혀처럼 날름날름 비단 치마를 잘도 먹었다. 머리카락이 타는 듯, 살이 타는 듯한 비단 타는 냄새가 역하게 풍겨왔다. 그 냄새가 너무 역하다 싶을 때 가슴속에서 무언가가 울컥 솟았다. 불이 붙은 치마를 끌어다 입을 막았다. 선지 같은 붉은 핏덩어리가 치마에 쏟아졌다. 각혈이었다.

나는 마음이 급해졌다. 그때 바람이 불어 종이들이 또다시 날아갔다. 종이들은 화마에 먹히지 않으려고 도망치는 어린 흰 토끼들처럼 바람결에 도망을 쳤다. 순간, 나는 그것들을 태운 것이 후회가 되었다. 저것 또한 나의 그림자인데. 아아, 태우고 싶지 않아. 내 영혼을 자유롭게 놓아두고 싶어. 그러다 정신이 들었다. 아니야, 마저 다 태워야 하는데…… 저 욕망의 편린들을……. 종이를 붙잡으려 일어나는데 가슴이 타는 듯한 느낌이 들었다. 나는 숨을 멈추고 그 뜨겁고 불같은 고통이 사라지길 눈을 감고 기다렸다. 그러자 온몸이 재가 된 듯 희고 투명하고 가벼워진 느낌이 들었다. 겨우 눈을 떴으나 눈앞의 목단꽃들이 얼굴을 들이밀었다 당기며 웃고 있었다.

진실

이는 요즘 나날이 수척해지고 있다. 영원한 정신적 지주였던 어머니마저 잃고 의지할 데라곤 서책들뿐이었다. 그러나 언제부턴가 글자들이 머리에 들어오지 않았다. 이렇듯 마음이 황량한데 대과(大科)에 급제한다 한들 무슨 의미가 있을까. 열세 살 어린 나이에 초시에 장원급제하여 이의 일생은 모두가 탄탄대로를 달리리라 기대하고 있다. 그러나 열여섯, 소년도 어른도 아닌 어중간한 나이의 이는 요즘처럼 생이 혼란스러운 적이 없다. 어머니를 보내고는 갑자기 사람의 한생이 무얼까, 맥없이 허무해지곤 했다. 어머니가 살아 있다면 무릎에 머리를 묻고 울고 싶어질 것이다. 어머니는 누가 뭐래도 이에게는 갈증을 풀어 내리는 단 샘물 같고, 혼란스런 머리를 식혀주는 청량한 솔바람 같은 존재였다. 재작년 가을날이 아련히 떠오른다.

입추도 지나고 나니 가을바람이 소슬했다. 공기도 더욱 투명하고 가벼워졌다. 모처럼 집 안도 한가했다. 파주에 사는 친척의 회갑연이 있어 할머니와 이모할머니 박씨를 모시고 아버지가 형제들과 새벽에 집을 떠났다. 이만 며칠 전부터 토사곽란을 만나 음식을 입에 대지 못해 집에 남았다. 어머니는 부엌에서 죽을 끓이고 있었다. 뽀글뽀글 죽 끓는 소리만 들릴 뿐 집 안은 적막했다. 어머니의 정성 어린 간호 덕인지 기운이 좀 났다. 이는 누워 있다가 어머니를 기쁘게 할 양으로 자리에서 일어났다. 그리고 서책을 끌어다 낭랑한 목소리로 읽었다. 어머니가 죽 그릇을 들고 들어왔다. 아직 좀 더 누워 있어야 하는데……. 어머니는 말은 그렇게 하면서도 이를 그윽이 바라보았다. 요즘 들어 음성도 변하고 코밑도 거무스레해지는 이를 바라보는 어머니의 눈길은 아련했다. 이도 또한 어머니를 바라볼 때면 가슴속에서 올라오는 기쁨을 지그시 눌러야 했다. 늘 곁에 있어도 그리운 눈빛을 하고 있는 두 사람은 모자지간이라도 아름다운 연을 타고난 게 분명했다. 집 안에 둘만 남게 되자 이는 좀 더 대담하게 응석이 깃든 기쁜 눈길을 보냈다. 그도 그럴 것이 여러 자식과 함께 있을 때 어머니는 절대 편애하는 법이 없었다. 이미 열세 살의 나이로 진사 초시에 응시해 장원급제를 하여 주머니 속의 송곳처럼 세간에 존재를 불쑥 알리고야 말았지만, 이 역시 형제들 속에서 일부러 잘난 척을 하지 않았다. 두 사람은 비밀스런 연모의 감정을 드러내지 못한 연인들처럼 마음으로만, 눈빛으로만 서로를 읽어냈다.

죽을 먹고 난 후에 어머니와 함께 대청마루에 나앉아 집 앞 소나무를 바라보았다.

"아니, 좀 더 쉬지 않고 벌써 글공부를 시작했니?"

"어머니, 오늘부터는 몸이 달라요. 벌써 다 나은 거 같아요."

"그래도 그렇지. 좀 더 누웠거라."

죽이 들어가서 온몸에 기운으로 화하는지 따스한 생기가 올라왔다. 이는 혼곤한 가을 햇빛이 기분 좋게 느껴졌다. 눈을 떼지 않고 줄곧 집 앞의 소나무를 보았다.

"어머니, 저 소나무 가지를 보세요. 바람이 보이네요. 가지를 살살 흔드는 바람이란 무엇일까요? 어디로부터 왔을까요?"

어머니는 이를 바라보고 또 바람에 흔들리는 소나무 가지를 바라보았다.

"글쎄다. 나도 어린 날 댓잎을 흔드는 바람 소리를 들으며 바람의 존재에 대해 궁금했던 적이 있었구나. 꽃을 그릴 때도 바람에 흔들리는 꽃나무를 그렸다. 그래서 줄기를 바람결 따라 부드럽게 곡선으로 그리곤 했지."

"하늘은 끝이 없고 손에 잡히지 않는 허공인데…… 어찌하여 그 색은 푸른색이며 또 시시각각 그 색깔이 달라지는지…… 참 오묘하고 신기해요. 궁금해요."

"사물은 천지의 기운과 한시도 쉴 없이 교감하고 있으니……
모든 게 우주 기운의 조화 아니겠니?"

"과거시험 공부는 그런 걸 풀어줄 수 없지 않습니까. 어머니, 학
문이란 게 꼭 과거를 통해야 하는지, 제가 무엇을 목표로 해야 하
는지 답답해요."

언제부턴가 마음속에서 솟아나오는 고민을 말했다.

"이야, 네 나이 열네 살. 어리다면 어리지만 사내라면 인생의 뜻
을 세울 나이다. 어미는 네게 우선 학문에 목적을 두고 공부를 하
라 했지, 과거시험만을 목적으로 하라 하진 않았다. 학문은 경쟁
이 목적이 아니라 끊임없이 배워서 인간이 되는 것이다. 너도 알
지? 네가 이미 진사 초시에 장원급제했다고 하지만, 너는 평생 배
워야 하느니라. 무엇을 하든 기본은, 배우는 사람은 뜻을 장대하
고 굳게 세워야 한다는 것이다. 맹자도 입지(立志)의 중요성을 거
듭 말하지 않았니? 이왕 뜻을 세우는 거, 성인(聖人)이 되어야 한
다고. 모든 사람이 선하니 다 성인이 될 수 있다고 했지. 그러니
뜻을 원대하게 세우고 털끝만큼도 자신을 작게 나약하게 여기고
핑계 대면 안 된다. 알겠니, 이야? 보통사람들도 그리하면 성인
을 기약할 수 있다는 걸 명심해라. 어미는 살다 보니 그게 불가능
하지 않다는 걸 알겠더라. 타고난 용모와 신체 그리고 체력과 기
질은 바꾸기 어렵지만 마음의 능력이란, 오직 입지만이 어리석은
것을 슬기로운 것으로, 불초한 것을 어질게 할 수 있지. 그것이 사

람의 본성이니 어찌 공부하고 정진하여 그 도에 이르지 않을 수 있겠니. 그것이야말로 삶의 완성이다. 그러니 너도 뜻을 단단히 세워야 한다."

"어머니, 과거를 보고 나니 마음이 흔들립니다."

"학문의 길이 본류고 과거는 지류니라. 큰 뜻을 학문에 두면 지류를 여기저기 산책하여도 언제든 길을 잃지는 않을 것이다."

이는 머리를 끄덕였다. 그리고 좀 더 조심스레 말했다.

"그런데 요즘 제 안에서 또 다른 욕망이 솟습니다."

"그게 무어냐?"

"성현들의 학문을 답습하다가도 불쑥불쑥 문장에 대한 저만의 욕구가 생깁니다. 아직 문장을 함부로 다뤄서는 안 되겠지요?"

"문장을 다루고 싶니? 책을 짓고 싶다는 말이냐?"

"예, 제가 궁금한 것은 우주의 원리이며 그런 것을 결국에는 책으로……."

"아직 공부를 더 하거라. 양(梁)나라 무제의 태자 소망(蕭網)은 입지와 입신을 우선적으로 신중하게 하고 문장은 그다음으로 방탕해야 한다고 했다. 네가 우주에서 방탕하게 노닐어도 거침없을 때 너만의 문장을 갖게 될 것이다."

"아, 어머니. 한동안 어둡고 혼란스러웠던 마음이 정리가 되는 것 같아요."

이가 환하게 웃었다. 어머니가 이의 손을 잡아주었다. 오른손

등 위에 희미한 흉터가 있는 어머니의 손이 몹시 거칠었다.

　부드럽고도 강한 내 어머니. 내가 거침없는 문장을 갖게 되면 언젠가는 어머니의 일생에 대해 쓰고 싶었지. 그러나 어머니가 세상을 뜨기 얼마 전, 어머니의 붉은 비단보를 알고 난 이후, 그리고 어머니가 갑자기 타계한 이후 이는 지옥 같은 상상에 몸을 떨어야 했다. 어쩌면 그것은 몽정처럼 어지럽고 난감한 꿈같은 것인지 모른다. 비록 낮이면 단정하게 글을 읽지만 간혹 밤이면 몽정으로 이부자리를 더럽히는 자기 존재에 대한 자괴감처럼 어머니에 대해 요즘 불쑥 치미는 무엇이 있었다. 그것이 수치인지 분노인지 질투인지 슬픔인지 이는 혼란스러웠다.

　그런 그림들을 그린 어머니의 생에 무슨 일이 일어났던 걸까. 그렇게 단아하고 고졸하며 엄격한 어머니에게 무슨 곡절이 있었기에……. 몹시도 외로우셨을까. 진실은, 생의 진실은, 세상의 진실은 과연 무엇일까. 요즘 같으면 모든 걸 접어두고 금강산으로 떠나고 싶다. 무언가 생의 이면에 있는 것들을 보고 싶다.

　그런데 어느 날 갑자기 붉은 비단보에서 보았던 남자의 초상화가 불현듯 떠올랐다. 아무래도 낯이 익었다. 어디서 보았을까. 혹시…… 갑자기 이의 몸에 전율이 일었다.

유품(遺品)

　장마도 지나고 복더위도 지나 아침저녁으로 선선해졌다. 어머니 세상 떠난 지도 몇 달이 흘렀다. 아버지는 임무 수행차 평안도로 떠나고 때늦은 매미 소리만 들릴 뿐 집 안은 적막했다. 집 안에 아무도 없는 줄 알았는데 이의 글 읽는 소리만 간혹 낭랑하게 간헐적으로 들려왔다. 매창은 얼마 전부터 들려오는 이의 글 읽는 소리가 다행이다 싶었다. 모두가 슬픔을 잔뜩 머금은 얼굴을 했지만 절기를 속일 수 없듯이 시간이 흐르자 조금씩 누그러지는 기색이었다. 그러나 이는 달랐다. 무슨 큰 근심이 있는 얼굴로 야심한 시각에 홀로 마당을 서성이기도 했다. 달빛 어린 백옥 같은 그의 옆얼굴에 드리운 깊은 오뇌의 그림자가 서늘하게 느껴졌다. 짐작 가지 않은 바는 아니나 매창은 내심 모른 척했다. 매창 자신도 어지러운 심사를 들키지 않으려고 오히려 이를 피하기까지 했다. 간혹 이를 붙들고 앉아 허심탄회하게 의논하고 싶기도 했다. 그러나 실마리를 찾기보다 묻어두는 것이 나은 일도 있는 법.

한낮이 무르익을 무렵, 누가 찾아왔다는 기별이 왔다. 대문 앞에 가마를 세우고 안채로 들어선 사람은 나이는 들었으나 아직 자태가 고운 부인이었다. 낯이 익었다. 곁에 수행하고 온 계집종을 물리고 나서 부인은 나지막이 말했다.

"우의정 대감댁에서 왔소."

그제야 매창은 섬돌에서 급히 내려와 안으로 들기를 청했다. 수년 전 어머니를 찾아왔던 어머니의 처녀 적 벗이었다. 그때 오미자차를 내갈 때 얼굴을 보았던 기억이 났다. 게다가 아무에게 말은 안 했지만 보름 전에 그 댁에서 받은 물건 때문에 내심 속을 끓이고 있던 참이었다. 부인이 주위를 둘러보고 안으로 들자 매창도 더운 날이지만 문을 닫았다. 좌정을 하자 잠시 침묵이 흘렀다.

"기별을 하지……. 그래 편히 눈을 감으셨소?"

"예, 주무시듯이 돌아가셨어요. 그래서 유언도 없으셨지요."

부인은 고개를 끄덕이더니 매창을 뚫어지게 바라보았다.

"자태나 음성이 어쩌면 어머니를 그대로 빼다놓았소. 어머니를 앞에 보는 것 같아……."

부인의 목소리에 물기가 어렸다. 매창은 할 말이 없어 머리를 조아렸다.

"말씀 놓으십시오."

"자연스레 되면 그리하지. 그래, 그것은 어찌했소?"

"그대로 가지고 있습니다. 짐작하기에 은밀하고 또 황망한 일인 것 같기에 제 짧은 식견으로는 대책이 없었습니다. 안 그래도 한번 찾아뵐까 마음만 먹고 있었습니다."

보름 전에 어떤 이가 우의정 대감댁 작은 마님의 심부름이라며 어머니에게 전하라고 밀봉된 봉투를 가지고 왔다. 매창은 어머니가 지난 오월에 운명하셨다고 말했다. 물건을 받을 어머니가 이미 이 세상 사람이 아닌 줄 모르나 보았다. 하긴 기별을 하지 않았으니 모를 터였다.

"나도 고민 많이 했었다오. 그러나 그 물건은 내가 주인이 아니니……."

"제가 감히 어머니를 이해하지 못할까 두려워서……. 제 어머니와 그 물건…… 하지만 저는 어머니를 사랑하기에……."

매창은 그동안 참았던 의혹과 슬픔이 한꺼번에 몰려와 가슴이 벅찼다. 봉투에 빈틈없이 밀봉되었던 물건은 검은 매듭이었다. 비단실인가 보았더니 검은 머리칼로 지은 매듭이었다. 매창은 문갑 문을 열어 그 봉투를 꺼냈다.

"돌려드려야 할 것 같아서……."

"이제는 주인들을 잃은 물건이 무슨 소용이 있겠어."

부인이 쓸쓸하게 말했다.

"사람의 한평생은 가고 한때는 두 사람의 마음을 묶어 백년가약을 맺었을 동심결만 남았으니, 인생이 참⋯⋯."

부인이 무언가 말을 할 듯 말 듯 머뭇거리며 침묵을 지켰다.

"제 어머니는⋯⋯ 어떤 분이셨습니까?"

매창은 결심한 듯 눈길을 부인의 눈에 맞추었다.

"자유로운 사람이었다오. 그만큼 또한 독한 사람이었지."

그 말을 듣자 매창은 어머니의 내밀한 삶의 실마리를 풀 것 같은 생각이 들었다. 매창은 일어서서 벽장 속에 여러 번 자물쇠를 채운 나무함을 꺼내 안에서 붉은 비단보를 꺼냈다. 의아해하는 부인 앞에서 매듭을 풀었다. 타다 만 그림들과 미처 타지 못한 온전한 그림들 그리고 글이 나왔다. 타다 만 비단 치마와 산수화들, 연리목 그림과 쌍그네 타는 그림. 두 처녀 총각이 말을 타고 절벽을 나는 그림은 전혀 타지 않았다.

"이 그림들은 그 옛날 처녀 적에 내가 본 적이 있는 그림이구려. 모두들 그림이란 특히, 사대부가에서는 사군자나 치는 문인화의 양식만 알 텐데, 자네 어머니는 갇혀 있는 여인네의 꿈과 상상을 자유롭게 화폭 위에 펼쳐냈던 거지."

부인은 그림들을 뒤적이다가 인물화에 손길을 멈추었다. 그리고 큰 한숨을 쉬었다.

"지난봄에 어머니를 내가 만나자고 한 적이 있다오. 지금에 와서 보니 그 얼마 뒤에 눈을 감은 것 같네. 그때가 마지막이 될 줄은 몰랐지. 사실 수년 전부터 일 년에 한두 번쯤 내왕은 했지만, 언제부턴가 두 사람이 소원했었다오. 그게 다 내 좁은 소견 탓이지만……. 나는 자네 어머니 앞에서 늘 온전치 못한 자괴감에 평생 시달렸지. 타고난 태생도 태생이려니와 그 어떤 것으로도 자네 어머니를 당해내지 못한다는 생각 때문에 괴로웠다오. 자네 어머니 앞에서 그러지 않으려고 했지만 스스로가 초라한 생각은 어쩔 수 없었지. 자네 어머니와 나, 타고난 재주를 죽이지는 못했지. 그래 봤자 아무짝에도 쓸모없는 계집의 재주. 나는 그래도 춤재주를 밑천 삼아 이렇게나마 팔자를 고친 걸 다행으로 여기며 살았지. 하지만 내가 뽐내던 한낱 재주와 미색도, 지금의 이 값진 비단옷도 다 늙은 자네 어머니의 거친 손과 무명옷을 이기지 못했지. 그럼에도 어머니에게 나름대로 큰소리를 칠 수 있었던 것은 다름 아닌 내 오라버니와 얽힌 인연 때문이었다네. 여러 사내 전전하던 기생첩년으로 이리 사나, 마음속에 사내를 품고 겉으로는 양반가의 음전한 현모양처로 사나, 무엇이 다르냐고 나는 표독하게 자네 어머니를 자주 비웃어댔네. 내 마음 한켠으로는 하늘 아래 하나뿐인 혈육인 내 오라버니의 불행한 삶이 자네 어머니 때문이라는 원망이 깔려 있었지. 어머니는 아무 말 안 했지만 자연히 우리 사이가 소원해지더이. 내가 참 그릇이 작았지."

부인은 이마의 땀을 훔치며 옷고름으로 눈물을 찍어냈다. 매창은 차라리 이렇게 진술하면서도 시원시원한 부인의 성품에 마음이 점점 열리는 기분이었다.

"그러다 지난봄에 내가 기별을 했던 것은 오라버니 때문이었지. 아녀자들이야 모르겠지만, 오라버니는 오래전부터 쫓기고 있는 몸이었다오. 궁궐 앞이나 사대문 안팎에 오라버니의 용모파기를 방으로 붙여 의금부에서 수배를 하고 있었지. 출세길이 막힌 서자들을 모아 산골에서 화전을 가꾸며 공동으로 생활하면서 평화롭게 그저 글줄이나 읽고 그림 그리고 교양을 즐기는 그것을 아마도 나라에서는 역모를 꾸민다고 생각했던 게지. 나라에서는 그 근원을 뽑으라고 해서 그 무리들과 심한 마찰이 있었던 모양인데, 오라버니가 지금은 흩어진 그들의 수장이라는 죄명으로 도성 여기저기에 방을 붙여놓았었지. 어머니도 그 사실을 모르는 것 같았다오. 밖에 돌아다니지 않는 아녀자들이야 세상 돌아가는 것을 어찌 알겠는가. 그런데 드디어 오라버니가 잡혔다는 소식을 접했네. 곧 목이 베어질 거라는 소식과 함께. 나는 몰래 선을 대어 옥졸을 매수하였다오. 죽기 전에 오라버니의 얼굴이라도 한 번 보고 싶었네. 그러다 어차피 오라비 죽기 전에 단 한 번 힘들게 면회를 하는데, 나뿐만 아니라 마음속 한으로 남았을 자네 어머니 생각이 났네. 날을 받아놓고 자네 어머니를 불렀네. 어머니는 몹시 놀라더군. 그런데, 그런데 자네 어머니는 일언지하에 거절을 하더군. 참 독한 사람이라 생각되었네. 약속한 시간은 점점 다가오고 설득을 해도 소용이 없었지. 그러면서 그이가 알던 인선은 이미 죽은 지 오래되었다고 하더군. 다만 그이는 내 마음에서 샘 솟는 한(恨)의 샘이었다네. 그리움이 고이는 샘. 그 샘에 붓을 축이며 나는 나의 삶을 살았던 것이라네. 이제 와서 그이의 얼굴을 다시는 보고 싶지 않네. 그가 죽었든 살았든 이미 내 마음에는 아무 경계가 없네. 그런 한이라도 없었다면, 그렇게 붓을 축이며 그림을 그리지 않았다면, 어찌 온전한 삶을 살았겠나. 이러더군. 그러면서 야심한 시각에 홀연히 내 집에서 나갔네. 내게는 그 모습이 자네 어머니 이생에서의 마지막이었다네."

매창은 지난봄, 어느 야심한 밤에 어머니가 혼이 빠진 얼굴로 들어오던 모습이 기억났다. 그리고 그 후로 어머니는 시름시름 앓기 시작했다. 목이 메이는지 말을 멈춘 부인은 앞에 놓인 봉투를 만지작거리더니 그 안의 물건을 꺼냈다. 작고 단단한 매듭이 나왔다. 그것을 들고는 오른손으로 어루만지더니 말했다.

"그런데 나는 결국 내 오라버니를 그날 밤 보지 못했다오. 약속된 시각에 면회를 갔지만 이미 오라버니는 처형된 후였지. 반역죄라면 엄중하게 다스리라는 나랏님의 지엄한 어명으로 예상보다 빨리 집행이 되었다고 하더군. 다만 은밀하게 매수한 옥졸이 오라비의 유품만은 빼돌렸다가 전해주더군. 유품이라 봤자 오라비가 걸쳤던 누더기가 전부였다네. 역적으로 처단되는 통에 유언을 남길 수 있었겠나, 그 개죽음에 무덤을 쓸 수 있겠는가. 내가 단 한 점 혈육이라 한들 제사나마 지낼 수 있겠는가. 그 유품이나마 들고 와서는 자나 깨나 오라비를 그리며 몰래 울기를 거듭하길 여러 날. 그런데 저고리 소매 안쪽, 눈에 띄지 않는 겨드랑이쪽에 덧대어 꿰맨 부분이 내 눈에 어찌 뜨이게 되었는지…….”

부인이 옷고름을 다시 눈가에 댔다.

“이 물건은 그 속에서 나온 것이라오. 오라버니는 평생 이것을 제 몸 깊숙이 지녀왔던 게지. 누더기 안쪽 깊은 곳, 남의 눈에 띄지 않는 곳에. 불쌍하고도 불쌍한 오라버니. 평생 바람처럼 떠돌며 한 여인만을 품에 안고 다닌 오라버니. 그 인생이 참으로 가여웠어. 그것을 보고도 당장 자네 어머니에게 전해주지 않은 것은 마지막으로 본 그 독한 모습에 더 화가 났던 거라네. 다시는 보고 싶지 않았지. 그러나 어차피 내 물건이 아닌 것. 어머니에게 전해주는 게 오히려 복수하는 기분이 들기도 했던 게지. 그것을 보고 눈물 흘리는 자네 어머니 모습을 떠올리면 내 분이 좀 삭을 것 같았어. 제명에 못 죽은 오라버니의 한도 좀 풀릴 거라 생각되었지. 그러나 심부름꾼으로부터 어머니가 돌아가셨다는 말을 듣고는 맥이 빠졌지. 허나 시간이 갈수록 두 사람의 인연이 애틋하고, 또 자네 어머니를 이해할 수도 있을 듯도 하고. 오라버니와의 인연뿐 아니라 내게는 하나밖에 없는 소중한 벗이었으니…….”

드디어 부인이 두 눈에서 주렴 같은 눈물을 계속 떨어뜨렸다. 좀 전에 그림을 펼쳤다가 곱게 싸놓은 붉은 비단보를 끌어안더니 부인의 몸이 무너졌다.

"아이고, 인선아⋯⋯."

매창도 가슴이 자꾸 먹먹해졌다. 꼭꼭 잠가놓은 방문 너머로는 매미 소리만 아득히 들려왔다. 눈물 가득한 눈으로 보니 문살이 뭉개져 보였다. 방 안 공기도 더위에 뭉근하게 익고 있었다. 장판 위에 동심결만 덩그러니 놓여 있었다. 소리 죽여 흐느끼는 부인을 바라보다 매창은 우물 속에 채워놓은 시원한 수박이라도 가져와 대접해야겠다는 생각이 그제서야 들었다. 방문을 열고 대청마루에 나서다 매창은 멈칫했다. 이가 눈물이 그렁한 눈으로 매창을 바라보고 있었다.

여명(黎明)

　우의정댁 작은 마님이 다녀간 이후로 매창은 어머니에 대해 많은 생각을 했다. 이제는 성숙한 같은 여자로서 깊은 동병상련이 느껴지는가 하면, 예인으로서 어머니의 내밀한 삶의 편린이 들어 있는 붉은 비단보가 이해되기도 했다. 그러나 가문이나 여인의 덕목으로 보아서는 치부로 지탄받을 일이었다. 함부로 드러내서는 안 되었다. 어머니는 어머니의 욕망과 한과 꿈을 종이 위에 내밀하게 펼쳐 그렸다. 어머니는 현실세계에서는 어떤 여인도 함부로 드러낼 수 없는 그림을 화폭 위에 살려내었다. 붉은 보에 있는 그런 그림들이 있었기에 푸른 보의 그림이 존재할 수 있었다. 어머니는 매창에게 푸른 비단보로 싼 그림함을 남겼다. 그 안의 그림들은 무섭도록 절제된 고졸한 아름다움을 풍기는 그림들이다.

그것은 스승으로서의 어머니가 매창에게 남긴 유품이었다. 그러나 타다 만 붉은 비단보의 그림은 어머니의 단심(丹心)이었다. 어머니 이전의 한 여인의 마음이었다. 그 붉은 비단보 안의 그림을 볼 때면 매창은 한없이 자유로움을 느꼈다. 비록 여인으로서 삶이 갇혀 있더라도 화폭에서는 한없이 자신의 삶을 펼칠 수 있을 것 같은 위안과 희망이었다. 양식에 갇히지 않고 자신의 마음속에 일어나는 풍경을 그린 것도 아름다운 그림이 될 수 있다는 새로운 발견. 그러나 어디까지나 그것은 어머니와 같은 예(藝)의 길을 가고 싶은 매창의 입장일 터였다. 그것이 아버지나, 특히 어머니를 사랑했던 아들들의 입장이라면 또 다를 것이다. 가문이나 체면을 최우선의 가치로 본다면 문제는 달라질 것이다. 이가 괴로워하는 것도 그런 것이 아닐까. 그런 의미에서 붉은 비단보는 위험하다. 붉은 비단보의 존재를 알았던 것만으로 매창은 충분했다. 그래서 매창은 결심했다.

얼마 전에 아우 이의 방으로 그 보따리를 들고 찾아들었다. 붉은 비단보를 앞에 놓자 이의 눈빛이 일렁였다.

"이야, 내가 아무리 생각해도 이것을 어째야 하는지 모르겠어. 아무에게도 말은 안 했지만, 왠지 너한테는 이야기를 해야 할 것 같다. 너도 혹시 짐작했는지 모르겠지만 어머니가 남기신 물건이다."

이는 떨리는 손으로 보자기를 풀었다. 타다 만 그림들이 나오자 이의 얼굴이 의혹으로 가득 찼다.

"어머니 쓰러지던 날, 그날 장에 갔는데 이상한 기분이 드는 거야. 어머니께 꼭 무슨 일이 난 거 같아 불안했어. 그래서 파주댁에게 일을 맡겨놓고 내가 먼저 집으로 들어왔단다. 그런데 세상에 이럴 수가, 마당으로 들어서니 어머니가 각혈을 하신 채 목단 꽃나무 밑에 쓰러져 계셨어. 마당 풍로 주변에는 재가 수북하고 그림이며 글씨를 쓴 종이들이 흩어져 있는 거야. 풍로의 숯불은 거의 꺼지고 있었는데 타다 만 비단 치마가 바닥에 뒹굴고 있었고. 정말 이상한 광경이었어. 왠지 모르게 두려웠어. 어머니는 의식은 없지만 고요히 주무시는 것 같았어. 어머니를 그냥 마당에 편히 눕혀놓은 채로 내가 급히 한 일은 타다 만 물건들과 흩어진 종이들을 모아서 정신없이 다시 붉은 비단 보자기에 싼 일이야. 그리고 그것을 아무도 모를 곳에 꽁꽁 숨겨놓았어. 왠지 그래야 할 거 같았어. 마침 그때 행랑아범이 들어와서 어머니를 안방에 모셨지. 어머니가 깨어나면 돌아가시기 전에 저 붉은 비단 보자기를 어찌해야 할지 물어보려 했었어. 그런데 어머닌 한 번도 깨어나지 않고 숨을 거두신 거야. 이걸 어쩌야 하는 걸까? 어머니는 이걸 돌아가시기 전에 태우고 싶어 했던 걸까. 그 의중을 나는 아직도 잘 모르겠다. 네가 한번 보거라. 너의 명석한 판단이 필요한 것 같다. 푸른 비단함은 내가 보관하겠지만. 아무래도 이건 없애야겠지……?"

이는 차분하게 그 안의 것들을 살펴보았다.

누이의 긴 설명이 필요치 않았다. 타다 만 비단 치마가 처음에
나왔다. 치맛단이 탔을 뿐 치마 중간에 모란꽃이 그려져 있었다.
그리고 타다 만 몇 장의 글씨와 말짱한 그림들이 나왔다. 오래된
것들인지 종이들이 누렇게 색이 바랬다. 맨 밑에 가장 최근의 것
인지 색이 바래지 않은 산수화가 들어 있었다. 그리고 그 밑에 타
다 만 종이 위에 적힌 시가 보였다. 앞의 두 구(句)만 남아 있었다.
이는 언뜻 일별했다. 그러다 가슴이 떨려왔다. 기이했다. 이는 고
개를 흔들었다. 어머니의 은밀한 마음 한 자락을 훔쳐본 듯 종이
를 쥔 손끝이 떨려왔다. 종이 끝에서 가는 잿가루가 이의 흰옷으
로 떨어졌다.

　　밤마다 달을 향해 비는 이 마음 (夜夜祈向月)
　　살아생전 한 번 뵐 수 있기를. (願得見生前)

이는 그 잿가루를 물끄러미 응시할 뿐 말이 없었다.
"가문이나 후대의 오해를 없애려면 태워야겠지?"
매창은 다시 물었다.
이는 눈을 감았다. 어머니 생전에 보았던 몇 장의 그림들. 그중
에 한 남자의 초상화. 그 초상화의 주인공이 나중에 거리에 나붙
었던 죄인의 얼굴이었다는 것이 떠올랐을 때 느꼈던 공포. 어머니
에 대한 모종의 배신감. 삶의 허무와 영원한 진실에 대한 의문. 그

런 것들이 끊임없이 파도처럼 마음을 쳐대던 시간들이 떠올랐다. 지난 늦여름, 어머니의 오랜 벗이었던 우의정댁 작은 마님과 매창의 대화를 우연히 엿듣고 비밀의 실마리가 풀리게 되었다. 매창이 어머니의 붉은 비단보를 가지고 있다는 걸 알게 되었지만 이는 더이상 그것에 미련을 두고 싶지는 않았다. 매창과는 비밀을 공유한 사람들의 은근한 눈빛으로만 통할 뿐 그 문제에 대해 이야기를 해본 적은 없었다. 그런데 매창이 가만히 한숨을 쉬며 또 이렇게 말하는 게 아닌가.

"너 언젠가 어머니의 일생을 기록하고 싶다 했지? 이런 것을 굳이 기록할 필요는 없겠지만, 나는 외람되지만 이것이 어머니의 진짜 삶이었다는 생각이 들긴 한다."

이는 엉뚱한 대답을 하고 만다.

"금강산에 들어가려 하오."

매창은 놀라서 이의 얼굴을 쳐다본다.

"모든 것을 근원부터 살펴보고 싶어. 그러니 누이가 한동안은 그걸 은밀히 잘 보관해주오. 아직은, 아직은 태우지 말고. 어머니의 뜻을 알게 되면 그때 태워도 늦지는 않을 테고. 그리고 어머니의 행장을 기록하는 것은 내 붓이 우주를 자유로이 주유할 수 있을 때, 그리고 내 마음이 맺힌 데 없이 자유로울 때 써야 할 것 같아. 그렇지 않으면 어머니의 일생에 대해서 쓰는 게 의미도 이유도 없을 거 같아."

매창은 소중하게 붉은 비단보를 다시 묶었다.

매창은 어머니의 붉은 비단보를 맡기로 했다. 태워야 할지 말아야 할지……. 어머니의 뜻은 과연 무엇이었을까. 열여섯 살의 이는 언젠가 어머니의 뜻을 알게 될 날이 올 거란 생각이 들었다. 그때까지, 그때까지. 아직은, 아직은……. 이와 매창은 어머니를 아직은 그렇게 빨리 떠나보내고 싶지는 않았다.

*

매창은 아우의 모습이 동구 밖으로 멀어질 때까지 뒷모습을 바라보고 있다. 집 안에서 형제자매들과 작별 인사를 하고, 아버지에게 절을 올린 후, 이는 먼동이 틀 무렵에 봇짐을 챙겨 대문을 나섰다. 대문간에서 두 오누이의 눈이 마주쳤다. 많은 말을 머금고 있는 두 사람의 눈길이 허공에서 한동안 얽혔다. 먼저 눈길을 피한 이가 어색한 미소를 머금었다. 매창은 얼마 전에 화구상에게 말해둔 최상품 황모 붓을 봇짐에 넣어주었다. 금강산에 가서 수양을 하고 심신을 단련하더라도 어쩌면 붓은 필요할 것이다. 언젠가 어머니의 행장에 대해 쓰고 싶다는 말을 들어서일까. 그것이 아니라도 마음이 고요하지 않을 때는 붓을 움직여보는 것도 괜찮다는 게 매창의 생각이었다. 그것이 그림이든 글이든.

매창의 시야에 이의 뒷모습이 점점 작아졌다. 이가 사라지는 동쪽 하늘이 붉고 환하게 밝아오기 시작했다. 이는 그렇게 여명 속으로 사라져갔다.

개정판을 내며

　팔 년 전에 펴냈던 『붉은 비단보』의 작가의 말을 지금 보니, 구구절절하고 긴 변명 같다. 그녀를 그녀라 부르지 못하는 안타까움과 아쉬움 때문이었을까.

　그녀는 현모양처의 대명사며 우리나라의 역사적인 우상이다. 그리고 그녀는 여성 예술가다. 여성과 예술에 관심이 많은 작가인 나는 예술가로서의 그녀를 소설로 그려내고 싶었다.

　십 년 전 그녀가 남긴 시 중의 하나인 낙구(落句)의 구절을 읽다가 감히(!) 그녀의 사랑을 상상하기 시작했다.

　　밤마다 달을 향해 비는 이 마음 (夜夜祈向月)
　　살아생전 한 번 뵐 수 있기를. (願得見生前)

그녀의 시는 모두 사친시(思親詩)라 알려져 있지만, 만약 그녀가 이토록 그리워하는 이가 어머니가 아니라면? 이 상상의 씨앗이 소설 속에서 그녀가 평생 죽을 때까지 마음속에 간직하고 예술로 승화시킨 준서와의 사랑으로 형상화되었다. 그녀에게 빙의된 듯 나는 몰아치듯 열정적으로 초고를 마치고 출판사에 넘겼다. 그러나 출판하기에는 시기상조라는 여타의 의견과 우려의 분위기로 나는 원고를 거둬들이고야 말았다. 어쨌거나 그녀는 우상이니까.

결국 그녀의 이름을 명시하지 않고 조선의 여성 예술가로 살다 간 여인의 이야기로 출판했다. 그것이 그녀에게도 내게도 미안하고 떳떳하지 못했는데, 개정판을 내면서 초고대로 책을 내게 되었다. 그녀의 이름도 되찾아주게 되었다. 사임당. 온기와 숨결과 눈물을 가진, 우상이 아닌 한 인간을 나는 호명하고 싶었다.

훌륭한 어머니, 아내, 딸이자 자신의 예술 세계를 오롯이 지켜내고 살아온 그녀, 사임당의 삶과 예술 그리고 내면을 다양한 각도로 형상화하는 작품들이 앞으로도 많이 나오기를 기대한다.

사임당의 예술혼을 기리며
2016년 8월
권지예

430

작가의 말

한때 그림자에 매혹된 적이 있었다. 몇 살이었는지 기억나지는 않는다. 아주 무료한 여름날 오후, 어린 나는 내 그림자를 보고 놀라버렸다. 내 존재의 어떤 분리감 때문이었을까. 나는 두려웠다. 쫓기도 하고 피하기도 했으나 허사였다. 그러다 모든 존재는 다 그림자를 가지고 있다는 걸 알게 되었다. 그때부터 나는 그림자 놀이를 즐기게 되었다.

요즘도 간혹 그림자를 통해서 존재감을 느낄 때가 있다. 아무도 없는 쓸쓸한 광장 같은 곳이나 끝없는 담벼락 같은 곳을 홀로 지날 때는 특히 그렇다. 나와 뿌리를 함께한 내 그림자는 나보다 훨씬 더 길다. 그래서 내 그림자는 나보다 훨씬 더 외로워 보인다. 또는 투명한 햇살이 비치는 겨울날, 건물 벽에 드리워진 가로수

그림자가 먼저 보일 때도 있다. 그 그림자에 눈길을 두고 쫓다 보면 실체인 가로수를 나중에 보기도 한다. 어쩌면 그림자는 존재에 덧씌워진, 존재 이전의 운명 같은 것인지도 모른다. 이 소설은 그림자에 관한 이야기다.

어린 시절, 처음 그림자를 보고 놀랐던 것은, 내 안에 오롯이 자의식이 싹트고 있었기 때문이 아니었을까. 나는 이렇게 내 존재의 틀에 갇혀 있는데, 그림자는 어떻게 내 의지와 달리 시시때때로 변하며 갇혀 있지 않을까. 모든 그림자가 빛 때문에 생긴다는 과학적 지식을 생각하면 우습지만, 그 생경한 첫 느낌을 오래도록 지우지 못했다. 의지대로 산다고 하지만, 우리 생의 뒤에는 검은 베일처럼 그림자가 길게 드리워져 있을 것 같았다.

언제부턴가 예술적 자아를 가진 여성 예술가의 이야기를 쓰고 싶었다. 그러나 현대소설에 넘치고 넘치는 예술가의 전형은 이미 클리셰(cliché)가 된 지 오래다. 폭풍 같은 열정과 광기, 그로 인해 불행한 삶을 사는 여성 예술들. 그러나 그들은 예술가로서의 자각을 이미 안고 삶을 사는 '직업적 예술가'가 대부분이다. 나는 여성 예술가라는 현대적 이름이 있기 전부터 이미 드리워진 그림자 같은 운명적 존재로서의 예술가를 그려내고 싶었다. '나' 또는 '자아'라는 개념조차 용인되지 않았던 유교사회인 중세 조선시대에 '끼'를 가지고 태어난 자아가 강한 여성들. 그 예술적 '끼'는 현대에 와서야 '재능'이란 이름을 부여받았을 터. 그 시대 여성들에게는 이런 현대적 의미의 예술가로서의 의식이나 있었을까. 그저 한낱 기생의 재주나 사대부가 여인네의 교양 정도로만 용인되었을 것이다. 도를 지나친 예술혼은 오히려 도화살이나 화냥기 같은 위험한 '끼'로 여겨져 스스로도 일종의 재앙처럼 두려워하지 않았을까. 그런 존재의 어두운 그림자가 드러나는 게 두려워 자신의 본모습을 죽이며 생을 보낸 알려지지 않은 여성 예술가들도 많았으리라. 나는 그런 '저주받은 영혼'에 대해 쓰고 싶었다.

나의 소설, 『붉은 비단보』는 조선시대 대표적 여성 예술가인 신사임당의 외면적 생의 조건이 주요 모티브가 되었다. 그러나 소설 속의 여주인공 항아는 내 상상 속에서 탄생한 전혀 다른 영혼이다. 또한 소설 속에서 동시대 친구로 등장시킨 가연과 초롱에게서 허난설헌이나 황진이의 모습을 언뜻 발견할 수도 있으리라. 그러나 그들은 모두 내가 가공한 소설의 캐릭터로 허구의 인물일 뿐이다.

혹시 이로 인한 오해가 있을까 우려되어 밝히고 싶다. 그분들은 흔히 우리 역사상에서 여성 예술가로 꼽히는 대표적인 인물들이다. 이들은 공교롭게도 조선 중기에 오십 년 전후의 격차를 두고 생몰했던 분들이다. 예술적 재능을 타고났으나 각자 다른 운명을 살다 간 분들이다. 그러나 소설가인 나의 관심은 그분들의 역사적 삶이나 그 복원이 아니다. 소설적 필연성에 따라 세 여인을 동시대 친구로 배치했으니 역사소설도 아니며 더군다나 평전도 아니다. 그들의 업적이나 역사적 사실을 왜곡할 의도는 전혀 없음을 이야기하고 싶다. 소설적 재미를 위한 로맨스도 물론 허구일 뿐이다. 그저 현대적 시각으로 쓴 여성 예술가의 이야기로 읽으면 좋겠다.

어긋난 사랑의 상처를 안고 그것을 예술로 승화시키며 자유로운 혼으로 현실과 상생 화합하며 살아가고자 했던, 양반가 여인의 생을 돋을하게 쓰고 싶었다. 그 옛날 여성이 후세에 예술가로 어떻게 태어나게 되는지 그 탄생의 기미를 들여다보고 싶었다. 예술가스러운 예술가와 좋은 예술가에 대한 견해가 늘 일치하는 것은 아니다. 그런 의미에서 나는 화려한 삶이나 비극적인 삶으로 예술가적 아우라를 담보하는 것이 아닌 반(反) 클리셰적인 예술가를 그리고 싶었다. 지독히 현실적이면서도 성찰적이고, 분열적이면서도 타협적인, 영악하면서도 인간적인 그런 예술가를 그려보고 싶었다.

각자 다른 예술적 재능을 타고난 세 소녀 항아, 가연, 초롱. 이 소설은 그중에서도 아홉 살 계집아이가 자신의 이름을 '항상 나'라는 뜻의 항아(恒我)로 스스로 짓고, 마흔여덟 해의 삶을 굽이굽이 살다가 마감한 항아의 운명적 사랑과 예술에 관한 이야기가 큰 줄기이다. 한 여인의 삶에 아롱진 그림자. 그런 것이 없었다면 찬연한 빛을 발하는 예술이란 것도 존재하지 않을 거란 게 내 생각이다. 이 소설을 쓰면서 과연 지혜로운 예술가라는 것이 있다면, 진정한 의미의 예술가라면 어떤 것일까를 고민해보았다. 현실과 균형을 잃지 않으면서, 일상에 매몰되지 않으면서, 예술혼을 자유롭게 불태울 수 있는 예술가의 경지는 어떤 것일까. 고졸한 절제미의 극치야말로 예술의 절정인가. 끊임없이 솟아나는 표현의 욕구를 자유분방하게 표출하는 것이 본연의 예술인가. 어쩌면 그 고통은 백조의 춤 같은 것이 아닐까. 나는 물속 백조의 고통스런 발짓을 엿보고 싶었는지 모른다.

결국 예술가란 작품으로 남는 사람이라고 단언하고 싶다. 예술가는 생에 함몰되지 말아야 하며 어떡하든 작품으로 살아남아야 한다. 어쩌면 영원한 예술가의 존재는 자신만의 '붉은 비단보' 안에 갇혀 있을지도 모를 일이다. 그러므로 소설 속에서 내가 툭, 던져놓은 '붉은 비단보'를 열어 그녀의 생사를 확인하는 것은 독자들의 몫으로 남겨둔다.

모던도 부족해 늘 포스트모던 한 것에 목말라 있던 나로서는 이번 소설의 의미가 깊다. 옛 여인들을 소재로 소설을 써본 낯선 모험을 했다. 부족한 것을 뼈저리게 느끼면서도 옛사람들에 대한 매력을 뿌리칠 수 없었다. 특히 초고를 읽고 자료에 대한 의견이나 조언을 주신 김태완 선생님께 깊은 감사를 드리고 싶다. 혹시 출처가 빠진 부분들이나 고증에 소홀한 부분이 있다면 전적으로 나의 무지의 소치이니 널리 양해를 구하고 싶다.

이 소설을 쓰는 동안 작은 마당이 있는 집으로 이사하여 소설에 나오는 화초와 채소를 가꾸어보았다. 햇빛을 사랑하게 되었다. 또한 땅이 키우는 모든 것들과 친해지게 되었다. 햇빛 속에 가만히 쪼그려 앉아 그것들을 오래 응시하다 보면, 내가 오백 년 전의 아득한 햇빛 속에 있는 것 같았다. 항아와 가연, 초롱. 아련하고 애틋한 처녀 시절의 그녀들과 함께 있는 것 같았다. 햇빛이나 땅처럼 변하지 않는 유구한 자연에 깊은 신뢰를 느끼게 되면서, 바로 면면히 이어졌을 그 힘이 옛 여성 예술가들과 공감하는 힘인 것을 깨달았다. 그리고 그것이 어쩌면 '저주받은 영혼'으로서의 나 자신을 사랑하는 힘이 되었는지 모르겠다. 내가 얻은 가장 큰 선물이다.

지금의 내 나이, 마흔여덟 살 항아의 영혼이 무하유지향(無何有之鄕)에서 다시 태어난 이 찬란한 오월에 책을 내게 되어 가슴이 벅차다. 이 땅에 묻힌, 위대한 예술혼을 갖고 태어났으나 불행하게 살다 간 영혼들에게 부족하나마 이 책을 바치고 싶다.

2008년 5월
권지예

사임당의 붉은 비단보

ⓒ 2016 권지예

초   판 1쇄 발행일 2008년 5월 13일
개정판 1쇄 발행일 2016년 8월 25일

지은이   권지예
펴낸이   정은영
책임편집 김정은
펴낸곳   (주)자음과모음
출판등록 2001년 11월 28일 제2001-000259호
주소   (04083) 서울시 마포구 성지길 54
전화   편집부 (02)324-2347, 경영지원부 (02)325-6047
팩스   편집부 (02)324-2348, 경영지원부 (02)2648-1311
이메일   munhak@jamobook.com

ISBN 978-89-544-3627-4 (03810)

이 도서의 국립중앙도서관 출판예정도서목록(CIP)은 서지정보유통지원시스템 홈페이지
(http://seoji.nl.go.kr)와 국가자료공동목록시스템(http://www.nl.go.kr/kolisnet)에서
이용하실 수 있습니다.(CIP제어번호: CIP2016015234)